KiWi
1652

W0030315

Das Buch

Sommer an der Côte d'Azur. Cannes und seine Bewohner leiden unter der schier unerträglichen Hitze, die alles und alle zu lähmen scheint.

Da wird ein junger Fischer tot aufgefunden, vor sich einen Abschiedsbrief an seine Geliebte. Kommissar Duval wird hinzugezogen und beginnt mit ersten Ermittlungen. Als ihm klar wird, dass es sich bei der Geliebten um Nicki, die Frau seines Dauerfeindes Louis Cosenza, handelt, wird er misstrauisch. Was auf den ersten Blick wie Selbstmord aussieht, muss ja vielleicht gar keiner sein, wenn Cosenza seine Finger im Spiel hat. Der Kommissar verstärkt seine Nachforschungen, und schnell geraten immer mehr Leute in den Fokus der Polizei. Unter anderem Cosenzas Sohn, aber auch Patrick, ein ehemaliger Skipper, der im Suquet, der Altstadt von Cannes, gestrandet ist. Auf unterschiedlichsten Pfaden, die so verschlungen sind wie die Gassen des Suquet, nähert sich Duval der Lösung des Falles. Und auch für ihn persönlich gibt es noch Überraschungen: So erfährt er endlich das Geheimnis, das seinen Vater mit Cosenza verband.

Die Autorin

Christine Cazon, Jahrgang 1962, lebt mit ihrem Mann und Katze Pepita in Cannes. »Das tiefe blaue Meer der Côte d'Azur« ist ihr sechster Krimi mit Kommissar Léon Duval.

Weitere Titel bei Kiepenheuer & Witsch

»Mörderische Côte d'Azur«, KiWi 1376.
»Intrigen an der Côte d'Azur«, KiWi 1429.
»Stürmische Côte d'Azur«, KiWi 1469.
»Endstation Côte d'Azur«, KiWi 1531.
»Wölfe an der Côte d'Azur«, KiWi 1592.

Christine Cazon

Das tiefe blaue Meer der Côte d'Azur

Der sechste Fall für
Kommissar Duval

Kiepenheuer & Witsch

Die Handlung des vorliegenden Romans spielt in Cannes und an anderen Orten in Südfrankreich. Die Stadt, einige Dörfer und viele der darin erwähnten Örtlichkeiten sind real, die Geschichte aber ist fiktiv, ebenso wie die darin vorkommenden Personen. Ihre beruflichen wie privaten Konflikte und Handlungen sind frei erfunden. Jede Ähnlichkeit mit lebenden oder realen Personen wäre rein zufällig und ist nicht beabsichtigt.

Verlag Kiepenheuer & Witsch, FSC-N001512

1. Auflage 2019

Umschlaggestaltung: Barbara Thoben, Köln
Umschlagmotiv: © mybixo – stock.adobe.com
Foto der Autorin: © Jan Welchering
Karte: Oliver Wetterauer
Gesetzt aus der Scala Pro und der Copperplate Gothic
Satz: Wilhelm Vornehm, München
Druck und Bindung: CPI books GmbH, Leck
ISBN 978-3-462-05294-7

Aux pêcheurs de la rade et
au large de Cannes

C'est pas l'homme qui prend la mer
C'est la mer qui prend l'homme

RENAUD, Dès que le vent soufflera

1

Selbst hier oben in *Super Cannes* war die Hitze drückend. So sehr, dass Louis Cosenza, obwohl seit je an den südfranzösischen Sommer gewöhnt, sie heute kaum ertrug. Trotz einer gewissen Erschöpfung hatte er während der *sieste* nicht geschlafen. Eine fette Fliege sirrte ununterbrochen durch das Zimmer und prallte wieder und wieder an die Fensterscheibe. In seinem Kopf sirrte es ebenso. Er fühlte sich wie erschlagen und schleppte sich von einem Zimmer ins andere.

Er stellte die Klimaanlage höher ein. Und riss dann doch die Schiebetüren der Terrasse weit auf. Es war ihm, als würde er ersticken. Luft. Er brauchte Luft. Aber die Luft draußen war klebrig und schwer. Schweißtropfen bildeten sich sofort auf seiner Stirn. Dennoch blieb er auf der Terrasse stehen und blickte auf die Bucht, die unter ihm lag. Das Mittelmeer lag ihm zu Füßen, das kräftige Blau erstreckte sich bis zum Horizont, und an klaren Tagen konnte man von hier bis nach Korsika sehen. Heute sah man nur bis zu den Iles de Lérins und zum Esterelgebirge. Weiße Yachten und Segelboote kreuzten in der Bucht vor Cannes und um die Inseln. Der Lärm der Stadt drang nicht bis hier hinauf. Hier oben war es ruhig. Viel zu ruhig, so schien es ihm plötzlich. Von einem Nachbargrundstück hörte man jauchzende und kreischende Kinder, die vermutlich in einen Pool sprangen. Der Pool. Gute Idee. Er würde ein paar Bahnen schwimmen. Es würde ihn erfrischen, und die Bewegung im Wasser tat ihm immer gut. Schnaufend wie ein Walross pflügte er durch den kleinen Pool, schon bald hatte er aufgehört, die Bahnen zu zählen, aber auch seine Anstrengungen, sich ganz auf die Kraulbewegungen und den richtigen Atem zu konzentrieren, wurden immer wieder unterbrochen vom Sirren in seinem Kopf. Wie die Fliege, die immer wieder an die Fensterscheibe prallte, kehrten seine Gedanken immer wieder an denselben Punkt zurück. Mittags war er zum Essen im *Oasis* verabredet gewesen, und die Aussicht auf ein ausgezeichnetes Sternemenü, zu dem ein Geschäftsfreund ihn einladen würde, ließ ihn leichten Sinnes vom Casino am Palm Beach losfahren. Er fuhr offen und genoss die Blicke, die ihm und seinem Bentley Cabrio galten, was selbst das Warten in der Hitze an den roten Ampeln entlang der Croisette angenehm machte. Die Ampelschaltung vor dem Rathaus allerdings ließ auf sich warten, *wroammmm wroammmm,* ein paarmal ließ er den Motor aufheulen, zwei junge Japanerinnen, oder waren es Chinesinnen, das wusste man ja heute nicht mehr so genau, schossen kichernd mehrere Selfies mit Peacezeichen und setzten sich beinahe auf die Kühlerhaube. *Wroammmm,* noch einmal ließ er das satte Motorgeräusch erklingen, setzte sein schönstes Wolfslächeln auf und trommelte mit seiner goldberingten Hand auf das Lenkrad. Er betrachtete wohlgefällig die langbeinige Blondine, die er hinter den Asiatinnen entdeckte. Sie schritt, handtaschenschlenkernd und auf ihr Smartphone starrend, Richtung Suquet. Na so was, dachte er. »Michou!«, rief er und hupte kurz, die Asiatinnen schrien erschrocken auf und liefen kichernd davon. Michou aber reagierte nicht. Vielleicht war sie zu weit weg, als dass sie es auf sich bezogen hätte. Vielleicht reagierte sie auch nie auf hupende Autofahrer. Viel zu vulgär. So etwas hatte sie nicht nötig. Er blickte ihr nach. Es war Michou. Wo ging sie hin? »He du Trottel, grüner wird's nicht!« Erst das Hupen seiner Hintermänner, denen es sichtlich Spaß machte, einen Bentley-Fahrer anzumaulen, ließ ihn aus seiner Erstarrung erwachen, und er gab Gas. Vor dem Gebäude der *Police Municipale* stiegen gerade drei *Flics* auf ihre Motorräder, sodass er davon absah, einmal schnell sämtliche Spuren zu wechseln, um rechts abzubiegen, nur um ihr zu folgen. Er fuhr am alten Hafen entlang, ohne die Yachten und die alten Segler eines Blickes zu würdigen. Am nächsten Kreisverkehr drehte er um. Ruckelnd setzte sich genau vor ihm das Touristenbähnchen in Gang. *Merde.* Mit aufheulendem Motor überholte er das Bähnchen, die ihm entgegenkommenden Fahrer bremsten, hupten und verharrten in Schockstarre. Ein Bentley machte Eindruck, und immer ließ man ihm die Vorfahrt, sei sie auch noch so aggressiv erzwungen. An der Mairie bog er nun zügig links ab und donnerte die Avenue Georges Clemenceau hinauf, in die er Michou hatte verschwinden sehen. Was wollte sie hier in dieser düsteren Straße? Hier sah man nur die Hinterseite der schmucken mehrstöckigen Häuser, deren bunte Fassaden zum Hafen ausgerichtet waren. Die Rückseiten waren grau und schmutzig von den Abgasen und gespickt mit den hässlichen Kästen der Klimaanlagen. Dazwischen ein paar schäbige Nachtclubs, Kebapbuden und drittklassige Friseure. Und die Thermen! Natürlich. Sie hatte vor nicht allzu langer Zeit dort einen Job ergattert. Er sah sie gerade noch in der gläsernen Eingangshalle verschwinden. Sie war Kosmetikerin, saß aber überwiegend an der Rezeption des Wellnesstempels, lächelte rundliche

Damen an und verkaufte ihnen irgendeine Anwendung. Beteuerte, dass man sich nach einer Thai-Massage oder einer Behandlung mit ayurvedischem Schlamm, heißen Steinen, erfrischenden Grünteemasken oder was auch immer gerade angesagt war, wie neugeboren fühlen würde. Frisch, entspannt und sexy. »Ich mache es regelmäßig«, beteuerte Michou und lächelte reizend. Es saßen nur die hübschesten Mädchen an der Rezeption. Er konnte diesem Wellness-Trend nicht folgen, es interessierte ihn auch nicht sonderlich. Ein paarmal hatte er Nicki Gutscheine für die Thermen geschenkt und sie anfangs dorthin begleitet. Die Mädchen am Empfang wussten vielleicht nicht, mit wem sie es zu tun hatten, aber seine Präsenz allein beeindruckte sie, und sie behandelten Nicki von da an mit unterwürfigem Dienstbotengehabe. Die junge Kapverdianerin, die ihm den Bademantel reichte, wusste hingegen genau, wen sie vor sich hatte, und machte ihm unverhohlen schöne Augen. Er nahm es mit unbewegtem Gesicht zur Kenntnis, man wusste ja nie, doch seit er mit Nicki zusammen war, war er beinahe monogam. Den braun gebrannten Bodytrainern, die bei der *Aquagym* in munterem Ton alternde Damen mit üppigen Cellulitisschenkeln und wogendem Busen durchs Wasser scheuchten und dabei mit Kennerblick die langbeinigen Schönheiten, die sich auf der Terrasse in den Liegestühlen rekelten, begutachteten, machte er mit seiner Anwesenheit unausgesprochen klar, dass es sich bei Nicki um eine *Proprieté privée* handelte. Privatbesitz. Anbaggern verboten. Auch wenn Nicki später alleine dorthin ging, war allen klar, dass man die neue *Madame Cosenza* respektvoll zu behandeln hatte und sie ansonsten besser in Ruhe ließ.

Cosenza sah auf die Uhr und tastete nach seinem Handy, aber dann ließ er es bleiben. Er bog an der nächsten Möglichkeit links ab, um am Park Fréderic Mistral wieder die ursprüngliche Route am Meer entlang aufzunehmen. Während des Essens, obgleich ein Augen- und Gaumenschmaus, und obwohl sie im schattigen Innenhof beinahe unter sich blieben, war er unruhig und unaufmerksam, und daran hatte sich bis eben nichts geändert.

Schnaufend hievte er sich aus dem Pool, rieb sich kurz mit dem Handtuch ab und genoss einen Moment die Frische seines nackten Körpers. Dann ging er ins Haus und zog sich an. Er wählte helle Shorts und eines der weißen Leinenhemden, die Nicki so an ihm liebte. Das Sirren im Kopf aber hörte nicht auf. Er brauchte eine Beschäftigung. Im Garten entrollte er den Schlauch, der auf einer der unteren Terrassen an der Mauer sorgsam aufgehängt war. Selbstverständlich hatte er einen Gärtner. Und natürlich hatten sie eine Bewässerungsanlage für das riesige terrassierte Hanggrundstück. Nachts ergoss sich ein zarter Sprühnebel über die Pflanzen und den Rasen, aber hin und wieder mochte er es, selbst etwas im Garten zu tun. Für Nicki hatte er, als sie endgültig ihre Koffer bei ihm abgestellt hatte, eigenhändig eine weiße gefüllte Damaszenerrose gepflanzt, die trotz all der Aufmerksamkeit, die er ihr zollte, nach einem anfänglichen Blütenrausch nur kärglich vor sich hin wuchs. Die schweren Blüten ließen an dem schwächelnden Strauch schnell die Köpfe hängen, und der Strauch wurde selbst dann nicht kräftiger, als er ihn eines Tages entschlossen zurückschnitt. Er verweigerte sich energisch dem in ihm aufsteigenden Aberglauben, dies als Omen für ihre Beziehung zu sehen. Es war nur eine Rose, Herrgott noch mal. Sie wollte nicht blühen, er hatte vielleicht einfach nicht den besten Standort gewählt. Vielleicht war sie überzüchtet. Zu empfindlich für das südfranzösische Klima. Weiß der

Kuckuck. Vielleicht hätte er die Pflege ausschließlich dem Gärtner überlassen sollen, anstatt immer wieder selbst Hand anzulegen. Er besah den langen dünnen Trieb, der zusätzlich aus der Wurzel geschossen war und an dessen Ende sich ein paar Blätter und immerhin drei Blütenknospen entwickelt hatten, weshalb er es nicht übers Herz gebracht hatte, den Trieb, wie der Gärtner ihm geraten hatte, abzuschneiden. Er war eben doch ein Romantiker. Und er liebte Nicki. Schon als er sie zum ersten Mal gesehen hatte, wusste er, dass er sein restliches Leben mit ihr verbringen wollte. Nie hätte er gedacht, dass es ihm einmal so gehen würde. Nicki. Schon war das Sirren im Kopf wieder da. Er versuchte sich ganz auf das Bewässern der dunkelroten Bougainvillea zu konzentrieren, als er das Motorgeräusch wahrnahm. Er zwang sich, nicht den Kopf zu drehen und nur den Geräuschen zu lauschen. Das Portail öffnete sich automatisch und beinahe lautlos und blieb dann mit einem kurzen *klack* stehen, das Auto fuhr an, er hörte das Knirschen der Räder auf dem Kies. Eine Tür knallte. Dann hörte er ihre Schritte. Nun hielt es ihn nicht mehr. Er drehte sich um und sah ihr entgegen, wie sie die kleine Allee entlangschritt in ihrem grünen, schmal geschnittenen Sommerkleid, vergnügt eine Basttasche mit bunten Pompons schlenkernd. »*Coucou,* ich bins!«, rief sie und winkte. Da er keine Anstalten machte, ihr entgegenzugehen, lief sie auf ihn zu, schob die Sonnenbrille in die Haare und küsste ihn. »*Bonsoir, Cheri!*« Er küsste sie zurück und forschte in ihrem Blick. Sie wirkte so frisch und spontan und entwaffnend ehrlich, dass ihm alle seine Befürchtungen albern erschienen und in der Hitze zusammenschmolzen. Trotzdem fragte er streng.

»Hast du den Schlüssel abgezogen?«

»Soll das deine Begrüßung sein?«, schmollte sie.

»Bonsoir, Chérie«, sagte er entschuldigend und küsste sie noch einmal.

Sie lächelte süß.

»Und hast du?«, wiederholte er.

Sie verdrehte die Augen. »Ich geh ja schon«, stöhnte sie dann und lief den Weg zum Auto zurück. »Und das bei dieser drückenden Hitze!«, brummelte sie, sodass er es hören konnte.

»Wenn du deine Gedanken ein bisschen zusammennehmen würdest, müsstest du nicht immer zweimal gehen!«, konnte er nicht umhin, ihr hinterherzurufen. Ohne sich umzudrehen, machte sie eine abwehrende Geste mit der Hand.

Sie war flatterhaft und gedankenlos. Sorglos wie ein Kind. Es war dieser Charme, der ihn fasziniert hatte. Ihm das Gefühl gab, sie brauche ihn. Einen starken Mann, der sie beschützte, der Entscheidungen für sie traf, ihr Ruhe und Geborgenheit gab. Und finanzielle Sicherheit. Das vor allem. Er fragte sich, wie sie es vorher geschafft hatte, mit dem wenigen Geld, das sie hatte, zurechtzukommen, denn sein Geld gab sie mit beiden Händen aus. Sorglos und geradezu naiv. »Ich kann sehr gut ohne Geld leben«, behauptete sie, wenn er sie gelegentlich darauf hinwies, dass sie vielleicht etwas übertrieb, »aber wenn ich welches habe, dann gebe ich es auch aus. Wozu hat man es denn?«, fragte sie mit großen unschuldigen Augen, und er schmolz augenblicklich dahin. Alles Geld der Welt würde er in solchen Augenblicken für sie geben.

»Voilà«, sie klimperte demonstrativ mit dem Autoschlüssel. »Serviert man mir jetzt vielleicht etwas zu trinken in diesem Haus?«

»Sicher«, er strich ihr zärtlich eine Haarsträhne aus der Stirn, dann legte er schwer den Arm über ihre Schultern und führte sie ins Haus. »Was möchtest du?«

»Einen Kir bitte, mit viel Eis.«

»Und, wie war dein Tag?«, rief er aus der Küche, als er ihr den Cassislikör mit kühlem Weißwein auffüllte und sich selbst einen Fingerbreit Campari in ein schweres Longdrinkglas goss.

»Ganz o. k.«, sie warf sich in einen Sessel und schüttelte die flachen Sandalen lässig von den Füßen.

Aus dem Eiswürfelspender des Kühlschranks ließ er ein paar Eiswürfel in eine Glasschale fallen. Er warf je drei in die beiden Gläser, schwenkte sie leicht und reichte Nicki den *Blanc Cassis,* wie er den Kir nannte. »Was hast du gemacht? Warst du am Strand?«

»Bist du verrückt?«, fragte sie zurück. »Am Strand! Bei der Hitze und mit all den Touris im August? Nie im Leben!«

Er amüsierte sich. Vor drei Jahren war sie selbst als »Touri« nach Cannes gekommen. Eine snobistische Pariserin. Schlimmer konnte es kaum kommen.

»Ich habe den Nachmittag mit Michou verbracht, hast du es vergessen? Ich habe es dir mindestens zweimal gesagt«, ahmte sie den Ton nach, in dem er ihr gewöhnlich ihre Nachlässigkeiten vorwarf. »Wenn du deine Gedanken etwas zusammennähmst ...«, setzte sie spöttisch hinzu.

»Mit Michou.« Er sah sie prüfend an. »Und was habt ihr gemacht?«

»Wir sind mit dem Heli nach Monaco zum Shoppen gedüst.«

Überrascht sah er sie an. »Ernsthaft?«

Sie verdrehte die Augen und machte ein Clownsgesicht. »Nein. Natürlich nicht. Wir waren brav bei Michou zu

Hause. Sie hat ihre Terrasse so nett hergerichtet, es ist jetzt total süß bei ihr. Wir haben gegessen, und später hat sie mir die Nägel gemacht«, sie streckte ihm ihre Füße mit den rot lackierten Fußnägeln entgegen, »und wir haben lange geredet. Frauenthemen«, setzte sie hinzu.

»Soso.« Er warf einen prüfenden Blick auf ihre Füße und biss derart die Zähne zusammen, dass ihm der Kiefer schmerzte. Blut schoss ihm in den Kopf. Er war kurz davor, sich auf sie zu stürzen, ihr ins Gesicht zu schlagen, sie an den Haaren nach draußen zu schleifen und unter Tritten und Schlägen ein Geständnis zu erzwingen. »Wo warst du? Was hast du gemacht, *salope?!* Ich weiß, dass du nicht bei Michou warst, ich weiß es! Bei wem warst du? Bei einem Kerl? Hast du einen Liebhaber?«

Er erschrak vor seiner eigenen Wut. Und bekam Angst vor dem, was Nicki ihm gestehen würde. Dann gäbe es keinen Weg mehr zurück. Und er fände sich allein in dieser Villa. Allein. Ohne sie. Ein Leben ohne Nicki erschien ihm plötzlich sinnlos. Und nur die Vorstellung genügte schon, dass er sich zusammennahm. In einem neutralen Ton hörte er sich fragen »Wie geht's ihr?«.

»Bestens. Sie hat einen neuen Freund.«

Er verschluckte sich kurz an seinem Campari, hustete, und das Glas in seiner Hand zitterte derart, dass etwas von dem giftroten Aperitif auf sein weißes Hemd spritzte. *»Ah merde!«,* fluchte er heftiger als nötig.

»Chéri!«, sagte sie mahnend. »Zieh besser gleich das Hemd aus, dieses rote Zeug macht total eklige Flecken«, riet sie dann. »Gib her, ich sprühe etwas von dem Fleckenzeug drauf.« Sie machte Anstalten aufzustehen.

»Lass«, winkte er ab. »Ich mach's schon.«

Mit großen Schritten lief er ins Badezimmer. Dort riss er

sich das Hemd vom Körper. Er war vollkommen nass geschwitzt. Er hielt den Nacken unter den Wasserhahn und ließ lauwarmes Wasser über seinen Hals und die Schultern laufen. Dann rieb er sich mit einem Handtuch trocken.

»Sie lässt dich übrigens schön grüßen!«, hörte er Nicki rufen.

Er war wieder ruhiger. Und was, wenn er sich geirrt hätte? Vielleicht hatte er gar nicht Michou gesehen? Er hängte das Handtuch nachlässig über die Duschstange. Auf einem der Badezimmerschränkchen lag etwas von Nickis Schmuck. Zwischen zwei modischen Halsketten aus großen bunten Klunkern lagen lange silberne Ohrringe, und, wie es ihm schien, geradezu achtlos, der Ring, den er Nicki zum letzten Hochzeitstag geschenkt hatte. Ein Goldring mit Diamanten von Cartier aus der aktuellen *Cactus*-Serie. Sie hatte einen originellen Ring gewollt, edel, aber nichts Spießiges. Und sie hatte gelacht über seine Wahl. *Superbe* fand sie ihn. Es traf ihn, dass sie ihn dann dennoch nicht trug, sondern hier achtlos zwischen buntem Modeschmuck herumliegen ließ.

»Alles in Ordnung, *Chéri?*«, rief Nicki.

»Jaja, ich komme schon.«

Er steckte den Ring in seine Hosentasche und ging zurück ins Wohnzimmer. Er war ruhiger, aber dennoch angespannt und schnippte ein paarmal mit dem Feuerzeug, bis er sich eine Zigarette angezündet hatte.

»Oh«, machte sie in einem spöttischen Ton, »die wievielte ist es heute? Mir war so, als wolltest du aufhören?«

Ärgerlich wehrte er mit der Hand ab und inhalierte tief. »Wo hast du deinen Ring gelassen?«, fragte er wie nebenbei und blies den Rauch nach oben.

»Welchen Ring?« Sie sah betroffen auf ihre Hände.

»Nicki! Der kleine Kaktus von Cartier.«

»Ah.« Sie überlegte kurz. »Er wird bei meinem Schmuck liegen«, sagte sie nachlässig.

Es war dieser sorglos-nachlässige Ton, der ihm bitter aufstieß. »Du hast ihn getragen, als du weggefahren bist«, sagte er streng.

»*Ah bon?*« Sie schien betroffen.

»Hör mal Nicki, ich will nicht kleinlich sein, aber dieser Ring hat ein kleines Vermögen gekostet, es täte mir weh, wenn du ihn schon verloren hättest.«

»Aber wieso soll ich ihn denn verloren haben?«

Er zuckte mit den Schultern.

Sie sprang auf und lief ins Schlafzimmer. Er hörte, wie sie in einer Schublade herumwühlte. »Das gibt's doch gar nicht«, schimpfte sie vor sich hin. Sie war nun im Badezimmer und öffnete Schubladen, Kisten und Körbchen und suchte immer nervöser werdend in allen Behältnissen, in denen sie ihren Schmuck abzulegen pflegte. »Ich verstehe das nicht«, sagte sie, als sie wieder in den Salon kam.

»Ich sage dir, du hast ihn getragen, als du aus dem Haus gegangen bist. Vielleicht ist er in deiner Tasche?«, fragte er und machte einen Schritt darauf zu.

»Ach was!« Sie war schneller als er und begann unruhig in ihrer Basttasche zu suchen.

»Und?«

»Und! Und!«, gab sie gereizt zurück.

»Hast du den Ring?« Seine Stimme bekam etwas Inquisitorisches.

Sie antwortete nicht. »Gib her!« Wütend riss er ihr die Tasche aus der Hand und leerte sie unsanft auf dem gläsernen Couchtisch aus. Sie schrie auf. Es klirrte und klimperte, Geldstücke, Steinchen und Muscheln fielen auf den Tisch, und manches kullerte auf den Steinboden. »Du zerkratzt den Tisch!«, schimpfte sie empört und sammelte ein paar Münzen auf. »Und meine Halskette!« Sie griff nach einer grünen mehrreihigen Glasperlenkette, die ebenfalls auf den Boden gefallen war. Sie prüfte, ob die Perlen gesprungen waren.

»Ach, um dieses billige Ding machst du dir Sorgen.« Er konnte sich eine gewisse Bitterkeit nicht verkneifen und betrachtete das Sammelsurium auf dem Tisch.

»Was hast du alles für Zeug dabei für einen Nachmittag bei einer Freundin«, schüttelte er verständnislos den Kopf und besah, was auf dem Tisch lag: ihre Schlüssel, eine Bürste, Lippenstift, eine Puderdose, ein Eau de Toilette, ein Wasserspray, ihr Portemonnaie, das beinahe so groß war wie eine Handtasche, Papiertaschentücher, Parkhaustickets, Geldstücke, Kugelschreiber, ein kleines Notizheft, Kaugummi, Zuckertütchen und ihr Handy. Sie griff danach und legte es neben sich auf den Sessel. Er zeigte auf die Parkhaustickets und sah sie streng an. »Warst du noch woanders? In der Stadt? Hast du etwas gekauft?«

»Ich war nirgendwo«, sagte sie aggressiv und riss die Tickets in kleine Fetzen. »Die sind von irgendwann, was weiß ich. Ich räume nicht immer alles aus.« Er öffnete ihr Portemonnaie und blätterte durch das Notizheftchen. »Jetzt übertreibst du aber.« Sie klang genervt.

»Hör zu, Nicki, der Ring war wirklich teuer, es tut mir leid, das wiederholen zu müssen, aber wenn du ihn verloren hast oder wenn er dir gestohlen wurde, dann sollten wir zur Polizei gehen. Je eher, desto besser. Wenn du in der Stadt warst oder am Strand oder sonst wo, dann solltest du es mir jetzt sagen, verstehst du?«

»Ich war bei Michou!«, erklärte sie trotzig, nahm ihm das Notizheft aus der Hand und begann ihre Sachen wieder in die Tasche zu räumen. »Vermutlich habe ich ihn bei ihr vergessen. Das Blöde mit solchen Ringen ist, dass man sie zum Händewaschen immer ausziehen muss«, rechtfertigte sie sich. »Ich habe ihn wohl bei ihr im Badezimmer ausgezogen, und da liegt er jetzt noch.«

Er zog die Augenbrauen hoch. »Dann rufen wir sie an, damit wir sicher sind.« Er stand auf und näherte sich dem Telefon. »Hast du ihre Nummer?«

Sie nahm ihr Mobiltelefon. »Ich schicke ihr eine SMS«, sagte sie in leicht gequältem Ton.

»SMS, Mails, das geht mir auf die Nerven, euer ewiges Herumgetippe auf diesen Dingern«, polterte er. »Ruf sie an!« Es war ein Befehl.

Sie schnaufte genervt und scrollte ihre Kontakte durch. Sie klickte eine Nummer an und lauschte dann in das Telefon. Er sah sie ungeduldig an. »Und?«

»Anrufbeantworter.«

»Anrufbeantworter! Noch schöner! Immer und überall erreichbar sein wollen und dann das Mobiltelefon ausschalten! Wo immer ich heutzutage anrufe, stoße ich auf Anrufbeantworter«, ereiferte er sich. »Ich verstehe das nicht. Entweder ich habe ein Handy, dann bin ich erreichbar verdammt noch mal, oder ich habe keins.«

Sie stöhnte auf und verdrehte die Augen.

»Ja, stöhn du nur! Was machen wir jetzt?« Er war aggressiv.

»Was weiß ich«, sagte sie ausweichend. »Ich rufe später noch mal an. Oder morgen.«

»Morgen!«, polterte er los. »Du bist wirklich ein Herzchen. Und wenn man dir den Ring gestohlen hat? Dann gehst du auch erst morgen gemütlich zur Polizei oder was?«

»*Chéri* bitte! Ich bin sicher, er wurde mir nicht gestohlen. Ich habe den Ring bestimmt bei Michou vergessen.«

»Dann fahr hin! Und hol ihn. Damit wir das Thema beenden können. Ach was, ich fahre hin!«, entschied er. »Dich scheint es ja nicht besonders zu interessieren.«

»Doch! Nein!«, rief sie und sprang auf. »Natürlich interessiert es mich.« Sie ergriff ihre Tasche. »Du hast vollkommen recht. Ich fahre noch mal hin. Jetzt gleich«, lenkte sie ein. Sie schien erleichtert, seiner Aggression einen Moment entgehen zu können.

»Na gut«, knurrte er und lief ruhelos auf und ab. »Los, los!«, herrschte er sie an, als sie zögerte. »Was stehst du noch herum?! Soll ich vielleicht mitkommen?«

»Nein!«, schrie sie. Erschrocken über ihre eigene, heftige Reaktion fügte sie ruhiger hinzu: »Bitte, bleib hier. Es nervt mich, wenn du so aggressiv bist. Wir werden uns nur streiten unterwegs, das muss nicht sein. Ich fahre zu Michou, suche diesen bescheuerten Ring und komme umgehend wieder, o. k.?«

»Bescheuert ist er, ja? Danke schön auch, weißt du, was er gekostet hat, dieser bescheuerte Ring, den du so unbedingt haben wolltest?«

»Oh nein, entschuldige, ich meine das nicht so. Ich meine nur, weil wir uns deswegen so streiten …«, beschwichtigte sie und änderte die Taktik. »*Chéri!* Das ist es nicht wert, oder?« Sie umschmeichelte ihn, legte die Arme um seinen Hals und gab ihm viele kleine Küsschen.

Er löste ihre Arme und schubste sie von sich. »Jaja. Es ist ja nicht dein Geld«, schimpfte er. »Los jetzt!«, sagte er grob. »Geh schon!«

»Bin schon weg. Bis gleich!« Sie schlüpfte in ihre Sandalen. »Ich beeile mich! Und versuche dich zu beruhigen, bitte!«, rief sie noch über die Schulter zurück. Geradezu erleichtert wirkte sie, als sie zum Auto eilte. Oder bildete er sich das nur ein? Er beobachtete sie von der Terrasse aus. Der Motor des kleinen Coupés jaulte kurz auf, und es spritzte Steinchen, als sie auf dem Kies ungeschickt wendete. Vor und zurück, vor und zurück. Er schüttelte den Kopf. Glücklicherweise saß er nicht mit im Wagen. Autofahren konnte sie nicht. Er wartete, bis das große Tor wieder geschlossen war, dann trat er mit dem Fuß gegen den Liegestuhl und stieß bei jedem Tritt einen Fluch aus. »*Salope!* Miststück! Schlampe! *Putain parisienne!*« Warum hatte er auch ausgerechnet auf eine dieser Pariserinnen hereinfallen müssen? Alle hatten ihn gewarnt. »Sie ist zu jung! Sie ist nicht von hier!«, hatte seine Mutter sich ereifert, die, wenn überhaupt, lieber eine italienische Schwiegertochter gehabt hätte. »Warum musst du überhaupt noch einmal heiraten?«, fragte sie verständnislos. »Reicht dir deine Familie nicht? Deine Kinder? Wir sind doch alle da für dich! Ich bin da!« Und als er sie nur belächelte, kam sie ihm mit seiner ersten Frau. »Und Elisabetta, Gott hab sie selig, dreht sich im Grab herum, wenn sie dich sieht mit dieser kleinen …«, sie ließ das böse Wort aus, »die ihren Platz eingenommen hat! Willst du, dass sie im Himmel weint? Was sollen deine Kinder denken, wenn du ihre Mutter durch dieses junge Ding ersetzt? Sie ist kaum älter als Giorgio!« »*Maman!* Hör auf!«, blaffte er. Was sollte er seiner Mutter von Liebe und Leidenschaft erzählen, die beides vermutlich nicht kennengelernt hatte? Liebe! Man hatte sie mit einem entfernten Cousin verheiratet, als sie gerade sechzehn war. Ob sie den gewollt hatte, ob sie vielleicht etwas ganz anderes gewollt hätte in ihrem Leben, das hatte man sie nicht gefragt. Er hatte Elisabetta auch nicht wirklich geliebt, das wusste er heute. Aber was wusste man schon mit zwanzig Jahren? Elisabetta war hübsch, sie stammte wie er aus einer ursprünglich italienischen Familie, und es gab keinen Grund, sie nicht zu heiraten. Sie war eine gute und willige Ehefrau gewesen, eine hingebungsvolle Mutter für ihre beiden ersten Kinder, dass sie kurz nach der Geburt ihres Nachzüglers an einer Infektion verstorben war, hatte er lange nicht verwunden. Aber das, was er für Nicki empfand, hatte damit nicht das Geringste zu tun. Es war, als sei er mit Nicki überhaupt erst lebendig geworden. Sie sprach etwas in ihm an, von dem er bis dahin nicht gewusst hatte, dass es existierte. »Sie hat mich geweckt, aufgeweckt, erweckt«, versuchte er hin und wieder zu erklären. Pathetisch sei er, sagte man ihm achselzuckend. »Deswegen musst du sie aber doch nicht *heiraten!*«, rieten ihm auch seine Freunde. »Leb dein erwecktes Leben, amüsier' dich mit ihr. Dagegen hat ja niemand etwas. Aber warum heiraten?!«

Er konnte ihnen nicht verständlich machen, weshalb er aus Nicki unbedingt Madame Cosenza machen wollte. Er wollte Nicki behalten, er wollte nicht nur eine Sommeraffäre mit ihr haben, er wollte sie für immer an seiner Seite. Basta. Drei Jahre war das nun her. Drei Jahre. War er glücklich mit ihr? Im Augenblick spürte er nur Wut und Schmerz.

Er nahm den Hörer des Festnetztelefons ab und rief seinen Freund Alain an.

»Hallo?«, meldete sich eine Stimme.

»Wer ist am Apparat?«, rief Cosenza.

»Das frage ich Sie!«, knurrte die Stimme.

»Oh! Alain, bist du es? Hier ist Louis. Verzeih, ich habe mich wohl mit der Nummer vertan, ich habe deine Stimme nicht erkannt.«

»Ah Louis, wie geht's?«

Kurz plauderten die beiden Freunde über dies und das und versprachen sich gegenseitig, sich bald mal wieder zum Essen einzuladen. Nach den Grüßen, die man der jeweiligen Gattin zukommen ließ, legte Alain auf. Cosenza aber unterbrach die Verbindung nicht, sondern legte das Telefon neben das Netzteil. Er stellte sein Smartphone stumm, warf es lässig auf einen Sessel und verließ das Haus durch die Garage, wo er im Vorübergehen ein paar Einweghandschuhe und einen Cutter einsteckte. Dann fuhr er den unauffälligen kleinen Lancia aus der Garage und machte sich ohne Hast ebenfalls auf den Weg Richtung Innenstadt. Nicki fuhr einen sportlichen offenen Mini-Roadster, nahm die enge kurvenreiche Strecke aber immer langsam, viel zu langsam für seinen Geschmack, sie erschrak und bremste bei jedem Auto, das ihr entgegenkam. Von oben sah er den kleinen weißen Wagen, wie er vor einer Kurve verlangsamte und beinahe zum Stehen kam, um einen Kleinbus passieren zu lassen. Er beschleunigte, und bald sah er sie vor sich fahren. Mit einer Hand hielt er das Lenkrad, mit der anderen öffnete er das Handschuhfach und tastete darin herum. Zunächst stieß er auf ein Paket Zigaretten, das er herauszog und auf den Beifahrersitz warf, dann suchte er erneut mit der rechten Hand und fand sogleich die Waffe, die er »für alle Fälle«, wie er sagte, immer dabeihatte. Man wusste ja nie, was einen so erwartete. Und im Zweifelsfall musste man sich verteidigen können. Louis Cosenza war Geschäftsmann. Das war klar. Welcher Art seine Geschäfte waren, war weniger klar. Er interessierte sich für alles. Alles, was Geld und Renommee einbrachte zumindest. Schnelle Autos, Immobilien, schöne Frauen. Schon zu Schulzeiten hatte er ein kleines Business mit Mädchen und Waffen aufgezogen und war, nachdem er seine Schullaufbahn abgebrochen hatte, alsbald Besitzer eines maroden Spielclubs geworden, den er in kürzester Zeit auf Vordermann gebracht und zu einem angesagten Ort in Pokerkreisen gemacht hatte. Aus dieser Zeit besaß er auch noch immer einen Boxclub in einer der letzten proletarischen Ecken von Cannes. Heute gehörten ihm jedoch zusätzlich der schickste Nachtclub der Stadt und das Spielcasino am Palm Beach mit einem Gourmetrestaurant, dessen erstklassiger Koch im vergangenen Jahr einen Stern vom Gastronomiehimmel gekocht hatte. Alle Gastronomieführer schwärmten in höchsten Tönen von Luigi Ribieni, dem italienischen Starkoch in Cannes, der neben all den feinen Gaumenkitzeleien auch die beste Bouillabaisse an der Côte d'Azur machte. Eine Bouillabaisse ist ja nicht irgendeine Fischsuppe. Eine Bouillabaisse ist eine Bouillabaisse. Cosenza seufzte wohlig, als er sich an das letzte große Essen erinnerte, zu dem Luigi einen Kessel Bouillabaisse angesetzt hatte. Was war das für ein Gelage gewesen! Eine Bouillabaisse musste man mit guten Freunden essen. Mindestens acht, besser zwölf oder auch zwanzig. Sie hatten gegessen und getrunken, gesungen und gelacht bis in den Morgen. Es ging nichts über gute Freunde. Manche Dinge aber musste man alleine regeln. Cosenza warf einen Blick auf die Waffe in seiner Hand. Es war eine Beretta, die er von einem italienischen Kleinganoven übernommen hatte, nachdem dieser bei einem bedauerlichen Zwischenfall ums Leben gekommen war. Italiener oder nicht, man sollte nicht glauben, dass Cosenza sich von jedem hergelaufenen *Itaker* oder *Rital,* wie man sie hier nannte, ans Bein pissen ließ. Manchmal musste man durchgreifen, um zu zeigen, wer der Herr im Haus ist. Die Beretta hatte er jedenfalls behalten. Warum auch nicht. Das

Geld aus dem Spielcasino und dem Nachtclub lockte allerhand Gesindel an. Er tastete weiter und stieß auf den kleinen Karton. Munition hatte er auch. Beruhigt schloss er das Fach und jonglierte eine Zigarette aus der Packung, zündete sie mit dem billigen Feuerzeug, das ebenfalls in der Packung steckte, an und zog intensiv daran. Es war wohl nicht der richtige Moment, das Rauchen aufzugeben.

Er folgte Nicki über den kurvigen Boulevard Beausoleil und blieb bis zum Boulevard Montfleury diskret hinter ihr. Später konnte er sich unbemerkt nähern. Die Stadt war im August voller Menschen und Autos. Einmal hatte er sie bei einer Ampelschaltung verloren. Er sah sie links abbiegen und fluchte. Warum war sie hier nicht geradeaus gefahren? Wieso der Schlenker nach links? Aber kurz darauf sah er sie auf der Schnellstraße wieder vor sich. Noch könnte sie an der nächsten Ampel nach rechts abbiegen, um zu Michou zu gelangen, die am oberen Boulevard Carnot in einem Apartmenthaus wohnte. Cosenza war angespannt. Nicki fuhr auf einer der mittleren Spuren. Der Stau vor der Ampel war lang. Zwei, wenn man Pech hatte standen sie sogar drei Ampelphasen hier herum. Er hasste es. Normalerweise würde er sich über alle Lücken bis nach vorne drängen, doch heute blieb er diskret, aber mit zusammengebissenen Zähnen ein paar Autolängen hinter dem kleinen weißen Coupé stehen. Was machte sie? Sie drehte den Kopf, machte den anderen Autos ein Handzeichen und fuhr bei der nächsten Gelegenheit auf eine der zwei rechten Spuren. Er seufzte vor Erleichterung und ließ sich entspannt in den Sitz fallen. Nicki würde nach rechts abbiegen. Gut so. In Gedanken leistete er schon Abbitte. Er würde sie zum Essen ausführen. An den Strand. Er mochte es nicht, im Sommer am Strand zu essen. Außerdem fand er, dass das Restaurant in seinem eigenen Casino weitaus die beste Küche in Cannes zu bieten hatte, aber Nicki mochte es, wenn die Restaurants die Tische auf den Strand platziert hatten und sie während des Essens die nackten Füße in den Sand wühlen konnte. Hin und wieder sprang sie auf, lief wie ein übermütiges Kind zum Meer und ließ sich die Wellen über die Füße plätschern. Eine Woge von Zärtlichkeit durchflutete ihn, als er daran dachte. Ach Nicki. Er überlegte kurz, war heute nicht sogar eines der Feuerwerke, das sie im Sommer jede Woche in die Luft böllerten? Mist, dann würden Krethi und Plethi unterwegs sein. Aber, na gut. Hin und wieder konnte er seine Frau ja auch mal so ausführen, wie sie es mochte. Die Ampel schaltete auf Grün, und Cosenza, der schon den rechten Blinker gesetzt hatte, gab Gas, um bei der Ampelschaltung mitzukommen. Aber was machte sie? Sie fuhr geradeaus. *Porco Dio!* Cosenza fluchte und setzte ihr nach. »*Quelle Salope!*«

Nicki fuhr geradeaus weiter und blinkte an der nächsten Kreuzung erneut rechts, dann links und fuhr wieder geradeaus. »*Madonna!*«, fluchte Cosenza. Machte sie das absichtlich? Wie eine Pariserin fuhr sie, dachte Cosenza wütend. Außerdem glaubte er zu erkennen, dass sie telefonierte. Das erklärte vielleicht ihre sinnlose Blinkerei. Am Ende der Schnellstraße bog Nicki nach links ab, und er beschleunigte noch einmal, um sie nicht zu verlieren. Sie blinkte immer noch links. Er ließ sich davon nicht mehr irritieren, aber dann war sie tatsächlich sofort wieder abgebogen und fuhr zügig das kleine hügelige Sträßchen hinauf und hinab. Auf den wenigen, für Anwohner reservierten Parkplätzen vor der Moulin Forville parkte sie mehr schlecht als recht in eine enge Lücke ein. Cosenza sah ihr Manöver von weitem und schnaufte. Glücklicherweise fuhr in dem Moment ein

Lieferwagen von einem Anlieferparkplatz, und Cosenza stellte seinen Wagen ab. Er blieb im Auto sitzen. Als er Nicki in die schmale Straße Richtung Suquet verschwinden sah, stieg er eilig aus und näherte sich ihrem offenen Wagen: Er beugte sich tief hinein und zog an der Verriegelung für die Motorhaube. *Klack.* Er öffnete die Motorhaube und schnitt rasch mit dem Cutter den Benzinschlauch an. Zweimal musste er mit der Klinge darüberfahren, bis der harte Plastikschlauch zu etwa zwei Dritteln eingeschnitten war. Er ließ die Motorhaube wieder vorsichtig zufallen. Eine Sache von Sekunden. Dann folgte er Nicki. *Klipp-klapp* machten ihre Sandalen auf dem Straßenpflaster, und er sah sie gerade noch leichtfüßig rechts die Stufen zum Suquet hinauflaufen. Er legte einen Schritt zu, nahm zwei Stufen auf einmal und geriet am Ende der Treppe mitten in eine ausgelassene und laute amerikanische Touristengruppe. *»Merde«*, fluchte er. Grob und ohne ein Wort der Entschuldigung schob er die Amerikaner auseinander. Für Höflichkeiten hatte Louis Cosenza keine Zeit und keinen Sinn. Wo war Nicki? Menschen kamen von oben das steile Sträßchen herabgelaufen, andere stiegen schnaufend von unten hinauf, dazwischen standen die *rabatteurs,* die Anwerber, die einen in die Restaurants quatschen wollten, und die Kellner auf den winzigen Restaurantterrassen. Alle umwarben wortreich und lächelnd die potenziellen Gäste. Nicki aber war verschwunden. Vergeblich suchte er ihr grünes Kleid zwischen den Touristen und lief, einer Eingebung folgend, die schräg gegenüberliegenden Stufen hinauf. Im Suquet war er zu Hause. Er kannte jede Stufe, jeden Stein. Seine Eltern hatten sich, als sie in den sechziger Jahren nach Cannes gekommen waren, hier angesiedelt. Die Franzosen, die es sich leisten konnten, waren aus den engen, dunklen Sträßchen und den mitunter feuchten Häusern in andere, hellere und luftigere Viertel von Cannes abgewandert und ließen den schäbigen Altstadthügel den Italienern, die damals scharenweise aus dem Piemont einwanderten. Mit seinen Freunden hatten sie die Altstadt unsicher gemacht. *Les Ritals,* wie man sie abfällig nannte, die Bande der Italiener, war der Schrecken des Suquets gewesen. Keine Katze, keine Taube und kein dösender Hund waren von ihnen sicher. In diesem Gässchen hatte Mademoiselle Mimi gewohnt. Mit Steinschleudern hatten sie nicht nur die Tauben von ihrem Dach vertrieben, sondern auch regelmäßig ihre Unterwäsche von der Leine vor dem Fenster geschossen, die diese, zur Empörung aller Frauen, dort aufgehängt hatte. Sie steckten ihre Nasen in die gelblichen Spitzen der Slips und Büstenhalter und atmeten den Duft des Waschmittels und ihres penetranten Parfüms ein. Später klingelten sie an der Tür von Mademoiselle Mimi, die ihnen stets rauchend und im leicht klaffenden Morgenmantel öffnete, und sie überreichten ihr in einer Mischung aus verlegenem und dreistem Grinsen die Unterwäsche. »Ist runtergefallen«, behaupteten sie mit aufgerissenen Augen, und je nach Laune verjagte sie die Jungs schimpfend oder verharrte einen Moment in der offenen Tür. Feixend und erregt drängten sich die Jungs im Treppenhaus, um so lange wie möglich den Blick auf den rundlichen Frauenkörper auszukosten. Abends im Bett und leise stöhnend löste sich die Anspannung. All die Bilder stiegen aus seinem Gedächtnis auf, als er die vielen Stufen der Rue Panisse hinaufeilte, die auf das kleine Plätzchen am Ende der Rue Coste Corail führte. Und hier entdeckte er auch Nicki wieder. Er atmete auf. In dem engen Sträßchen wartete sie vor einem der schmalen hohen Häuser. Es summte, die Tür öffnete sich mit einem *klack,* und Nicki verschwand dahinter. Mit zwei Sätzen war er an der langsam zuschwingenden Tür und beeilte sich, sie aufzuhalten. Sein Herz klopfte stark. Er wartete einen Moment. Vorsichtig schob er die Tür auf, schlüpfte hinein und lehnte sich schwer atmend und verschwitzt im kühlen dunklen Eingangsbereich gegen die Briefkästen. Dort lauschte er dem Klipp-Klapp der Sandalen auf den Steinstufen. Drei Stockwerke hatte das Haus. Nach seiner Schätzung lief sie bis zum obersten Stock. Eine Klingel schrillte durch das Treppenhaus. Eine Tür öffnete sich, er hörte Nicki und eine Männerstimme, konnte aber nicht verstehen, was sie sprachen. Die Tür schloss sich, und es war wieder still im Treppenhaus. Langsam und leise schnaufend stieg er die Stufen hinauf. Er erinnerte sich, hier hatte zu seiner Zeit die Familie Tommassini gewohnt, zu fünft in zwei Zimmern, darüber, wie hießen sie noch, Signore Cordi mit seiner Frau und der kleinen Lina. Und im Erdgeschoss die Witwe Brun, die nicht aufhörte, sich über den Lärm, den die Italiener machten, zu beschweren. Damals war der Verputz des Treppenhauses grau und fleckig gewesen, teilweise abgeblättert, und es hatte immer ein wenig eigentümlich gerochen. Heute sah es hier neu und edel aus, und es roch nach gar nichts, weder nach Essen noch nach Wäsche. Im Treppenhaus hatte man die einfachen, sechseckigen roten *Tomettes* gegen die wieder schick gewordenen gemusterten Zementkacheln getauscht, um einen traditionellen französischen Stil zu erhalten. In jedem Stockwerk gab es nur einen Eingang. Es war still hinter den dunklen Holztüren. Nur im dritten Stock hörte er Stimmen. Kurz blieb er stehen und lauschte. Das Treppenhaus führte noch eine Etage höher, er glitt die letzten Stufen hinauf und fand sich vor einer alten grauen Metalltür wieder. Der Dachboden befand sich dahinter, und von dort konnte man mit etwas Geschick aus einem Fenster aufs Dach steigen, wie er sich erinnerte. Vorsichtig drückte er die Türklinke herunter. Verschlossen. Natürlich. Heute ließen sie einen nicht mehr so einfach auf die Dächer steigen. Er schüttelte die alten Erinnerungen ab und überlegte angestrengt, was er nun tun sollte. Er wusste, was er anderen in einer vergleichbaren Situation raten würde. Er wusste, was die Männer in seiner Familie ihm raten würden. Es gab nur eine Antwort. Deine Frau betrügt dich? Töte sie! Oder du tötest den Liebhaber! Am besten tötest du beide! Es gab keine Alternative. Die Vorstellung, dass Nicki in ihrem Blut auf dem Boden lag und es sie nicht mehr geben sollte, war ihm so unerträglich, dass sich sein Herz zusammenkrampfte. War er feige, wenn er Nicki nicht töten wollte? Sein Leben ohne sie zu verbringen, schien ihm unvorstellbar. Sinnlos gar. Lieber hätte er Nicki, die einmal untreu gewesen war, als keine Nicki. Er würde sie schon zur Vernunft bringen. Sie sollten ein Kind zusammen bekommen! Der Gedanke schoss ihm durch den Kopf und setzte sich fest. Einen Sohn. Oder eine Tochter? Ein Mädchen, genauso liebreizend wie Nicki! Ihm wurde ganz warm ums Herz. Sie sollten ein Kind machen. Er war sicher, dass es genau das war, was Nicki fehlte, in ihrem bislang nur auf Luxus und Geldausgeben fixierten Leben. Ein Kind. Genau. Dem Leben Sinn geben. Er hörte, wie sich die Tür unten öffnete, und drückte sich gegen die Metalltür. Er tastete nach der Beretta. Jetzt wäre der Moment. Er müsste nur einen Schritt machen, dann könnte er sie beide …

»Ich verstehe das nicht«, hörte er Nicki sagen. Ihre Stimme klang aufgeregt und nervös.

»Ich habe dir gesagt, dass er nicht hier ist«, sagte die Männerstimme.

»Aber vorhin hatte ich ihn doch noch«, quengelte sie.

»Hm«, machte er. »Kann mich nicht erinnern. Vielleicht hast du dich getäuscht, und er liegt bei dir zu Hause. Hast du da überhaupt gesucht?«

»Ja, schon ...«, sie schien zu überlegen. »Louis war plötzlich so unangenehm, dass ich nur schnell wegwollte, und dass ich den Ring bei dir vergessen habe, schien mir plötzlich die logischste Erklärung.«

Louis Cosenzas Herz krampfte sich zusammen.

»Meinst du, er ahnt etwas?«

Allerdings, dachte Cosenza grimmig.

»Was weiß ich«, sagte hingegen Nicki. »Vielleicht sollten wir uns ein paar Tage nicht sehen. Ich rufe dich an, wenn ich ihn habe.«

»Schick mir besser eine Nachricht.«

»Du hast recht. *Bisou*«, flötete sie.

»Bisou, ma belle«, sagte die Männerstimme rau.

Dieser Wichser, dachte Cosenza wütend und umklammerte die Beretta.

Die Tür wurde geschlossen, und Nicki klapperte mit ihren Sandalen durch das Treppenhaus nach unten. Er wartete, bis die Haustür ins Schloss gefallen war. Dann stieg er die Stufen zur dritten Etage hinunter, atmete vor der Tür einmal tief durch und drückte entschieden auf den Klingelknopf. Ein schriller Ton erklang.

»Noch was vergessen?« Der Mann riss die Tür auf. »Oh«, stieß er dann aus. In seinen Augen waren Schreck und Überraschung zu lesen. Cosenza musterte ihn. Er war jung, braun gebrannt, muskulös und bärtig. Alle waren heute bärtig, dachte Cosenza missmutig. Was für eine dämliche Mode. Der Mann trug eine Jeans und ein weißes Poloshirt. Seine blonden Haare waren nass oder gegelt, auf jeden Fall sah er im Unterschied zu Cosenza, der den Schweiß an sich herunterlaufen fühlte, frisch aus und jung. Entsetzlich jung. Was wollte sie mit so einem Kind?

»*Bonjour,* Louis Cosenza«, stellte sich Cosenza vor.

»Sehr erfreut«, antwortete der junge Mann in ironischem Ton. »Raphaël Picot.«

»Sie wissen, wer ich bin?«, forschte Cosenza.

»Sicher doch.« Der junge Mann grinste leicht. Er schien kein bisschen eingeschüchtert.

»Dann wissen Sie auch, weshalb ich gekommen bin?«

»Ich habe eine gewisse Vermutung.« Er grinste immer noch.

Cosenza, der dem jungen Mann gerne sofort eins in die Fresse gehauen hätte, damit ihm dieser ironische Ton und das Grinsen vergingen, riss sich zusammen. »Lassen Sie uns einen Moment in Ruhe unterhalten«, sagte er bemüht höflich. »Darf ich?« Er machte einen so entschiedenen Schritt, dass der junge Mann ihm die Tür freigab. »Bitte schön«, sagte er.

Cosenza sah sich um. Er stand in einem Wohnzimmer, es war hell und größer als er erwartet hatte, modern eingerichtet, wirkte jedoch ein bisschen leer und unpersönlich. Der Raum ging nach Osten und hatte eine große Fensterfront, davor einen Balkon mit Blick auf das Meer, die Stadt und den Hafen. Die Schiebetür zum Balkon stand offen. Von unten drangen die Geräusche der sommerlichen Stadt hinauf.

»Sie sind der Liebhaber meiner Frau!« War es eine Frage oder eine Feststellung, der junge Mann zumindest reagierte nur mit einem kurzen Zucken der Augenbraue.

»Ich werde Ihnen ein paar Fragen stellen, wenn Sie erlauben.«

»Nur zu.« Die Coolness des jungen Mannes, der sich lässig an einen Schreibtisch lehnte, regte ihn auf. Er fühlte sich alt und schwerfällig in seinem Körper. »Warum fragen Sie nicht Nicki?«, setzte Raphaël Picot ein bisschen aufsässig hinzu.

Es versetzte Cosenza einen Stich, dass dieser Schnösel den Namen seiner Frau in den Mund nahm.

»Das werde ich. Keine Sorge. Wie lange kennen Sie sich?«, fragte er und fühlte sich im gleichen Augenblick entsetzlich altmodisch und lächerlich.

»Knapp drei Monate«, antwortete der junge Mann aber ohne Umschweife. »Ich habe sie am Strand kennengelernt. Ende Mai.«

»Am Strand Ende Mai«, wiederholte Cosenza dumm. So lange schon. Und er hatte nichts bemerkt.

»Ja, ich dachte, sie mache hier Ferien, und habe sie auf einen Cocktail eingeladen.«

In Cosenzas Kopf ballten sich die Gedanken zu dunklen Wolken. Sie ließ sich einfach so ansprechen und einladen.

»Sie schien sich zu langweilen.«

Das war eine Unverschämtheit. Als würde er sich nicht ausreichend um sie kümmern.

»Und wie stellen Sie sich das weiterhin mit ihr vor?« Lächerlich machte er sich. Lächerlich.

Der junge Mann lachte auf. »Sehen wir mal.«

»Lieben Sie sie?«

»Liebe!« Der junge Mann lachte erneut. »Große Worte.« Er strich sich durch seine feuchten oder gegelten Haare. »Ja«, sagte er dann plötzlich ernsthaft. »Wenn Sie es wirklich wissen wollen, ja, ich liebe sie. Erst war es nur ein Flirt, eine Sommeraffäre, dachte ich, aber unsere Beziehung hat sich verändert. Ich denke, wenn sie sich von Ihnen getrennt hat, werden wir zusammenziehen.«

Cosenza glaubte, nicht richtig zu hören.

»Wie kommen Sie darauf, dass Nicki sich von mir trennen könnte?«

»Fragen Sie sie.«

Cosenza schnappte nach Luft. »Was machen Sie beruflich?«, setzte er seine Befragung bemüht ruhig fort.

»Was tut das zur Sache?« Raphaël Picot sah ihn beinahe provokant an. »Ich bin Fischer«, sagte er dann mit einem gewissen Stolz.

»Fischer?« Cosenza blieb der Mund offen stehen. »Sie meinen, richtig Fischer? Sie fangen Fische?«

Nun wirkte der junge Mann verletzt. »Ja«, sagte er ruppig. »Was dagegen? Ich verdiene mein Geld mit meiner Hände Arbeit. Ehrliche Arbeit«, fügte er hinzu. »Ich bin selbständig. Mir gehört eines der Boote im Hafen.« Er machte einen Schritt zum Balkon und deutete Richtung Hafenbecken.

»Ein Fischer«, wiederholte Cosenza noch einmal. Dann lachte er spöttisch. »Und mit dem Erlös von drei Sardinen glauben Sie, dass Sie eine Frau wie Nicki halten können?«

Der Blick des jungen Mannes wurde finster. »Nicki ist im Grunde ein einfaches Mädchen«, sagte er jetzt. »Sie sehen ja selbst, dass all das Geld, das Sie haben, sie nicht davon abhält, zu mir zu kommen.«

»Pah«, machte Cosenza verächtlich. »Nicki hat sich an einen gewissen Lebensstandard gewöhnt. Sie glauben doch nicht im Ernst, dass sie auf dem Fischmarkt Ihren täglichen Fang anbieten und gar Fische ausnehmen wird?!« Cosenza sah den jungen Mann entgeistert an. Sah der in seiner Nicki zukünftig wirklich eine vulgäre Fischverkäuferin?

»Und warum nicht?«, gab der junge Mann aggressiv zurück. »Die Fischerei ist eine ehrliche Arbeit. Zur Zeit verkauft meine Mutter den Fisch, den ich fange. Ich wüsste nicht, warum Nicki das nicht eines Tages machen sollte. Es ist extrem befriedigend, von seiner Hände Arbeit zu leben. Das können Sie vielleicht nicht verstehen.« Er sah Cosenza provokant an.

Cosenza dachte an alles, was er aufgebaut hatte. Im Prinzip hatte er auch klein angefangen. Seine Eltern hatten ihr Leben lang als Putzfrau und Gärtner gearbeitet. Wie hatte er dieses ärmliche Milieu gehasst! Er wollte unbedingt mitspielen in der Welt der Reichen und Schönen. Heute gehörte er dazu, braun gebrannt, gut aussehend, immer perfekt angezogen. Nur das Bündel Geldscheine, das er früher, um Eindruck zu machen, mit sich herumgetragen hatte, war exklusiven Kreditkarten gewichen. Wie er es bis in die gehobene Gesellschaft, *le gratin,* wie er noch immer spöttisch zu sagen pflegte, geschafft hatte, das war eine andere Sache, aber es war auch extrem befriedigend. Für ihn zumindest. Und selbst wenn ein Teil der *Haute Societé* von Cannes ihn stets ein wenig von oben herab betrachtete, so ließ ein anderer Teil sich gern mit ihm sehen, denn er war ein amüsanter Gast und ein außerordentlich großzügiger Gastgeber, und wenn er einen Scheck für wohltätige Zwecke ausstellte, lächelten noch immer alle strahlend in die Kamera des nur zu diesem Zweck anwesenden Journalisten von *Nice Matin.* Er hatte es geschafft. Er war ganz oben angekommen. Seine ersten beiden Söhne arbeiteten für ihn. Sie hatten Familie und Kinder. Alles lief bestens. Nur Giorgio, sein jüngster Sohn, dem all dieser Reichtum in den Schoß gefallen war, hatte keinerlei berufliche Ambitionen. Also zumindest nicht die, die Louis Cosenza sich für ihn vorgestellt hatte. Gerne hätte er aus Giorgio, der ein so charmantes und elegantes Auftreten hatte, wenn er wollte zumindest, einen perfekten Gentleman gemacht. Mit ein paar Semestern *Science Po* an einer Eliteschule hätte er vielleicht in den diplomatischen Dienst eintreten können. Cosenza hatte alle seine Beziehungen spielen lassen, um seinen Sohn trotz ungenügender Leistungen auf die hochkarätige ENA, die *École Nationale de l'Administration,* zu schicken, ohne die sich keine Tür in Politik oder Wirtschaft öffnete. Aber Giorgio hatte kein Interesse. Er strebte weder die diplomatische noch eine andere aussichtsreiche Karriere an. Er fuhr gern schnelle Autos und schraubte ebenso gern daran herum, sodass Cosenza ihm letztlich eine Autowerkstatt gekauft hatte. Nicht irgendeine natürlich. Bentleys und Luxuswagen mussten es sein, einschließlich Vermietung. Doch Giorgio hatte die Lust daran schnell wieder verloren. In der Werkstatt sah man ihn selten. Schrauben wollte er gar nicht mehr. Meistens fuhr er die Autos nur probehalber herum und tat ansonsten nichts. Anders als der junge Mann, den er hier vor sich hatte, was Cosenza zusätzlich auf die Palme brachte. Warum hatte Giorgio nicht etwas von dem Ehrgeiz dieses Fischers?, dachte er und sah Raphaël Picot noch eine Spur grimmiger an. Vermutlich war Nicki wirklich angezogen von ihm. Gut aussehend wie er war, gab sie sich romantischen Vorstellungen vom einfachen Leben hin. Nicki verfolgte tatsächlich jedes Jahr mit feuchten Augen die kitschige Serie *L'amour est dans le pré,* die montags abends in den Sommermonaten ausgestrahlt wurde, in der rotbackige und schrecklich ungeschickte Bauern und Viehzüchter eine Frau suchten. Herrje, Nicki auf dem Fischmarkt. Er schüttelte den Kopf.

»Ich liebe sie auch, wissen Sie? Und sie ist *meine* Frau! Und das wird sie bleiben.« Er konnte nicht verhindern, dass sein Ton drohend wurde.

»Na, das sehen wir dann.« Der junge Mann sah ihn mit leichter Verachtung an.

»Ich verbiete Ihnen, sie wiederzusehen!«

»Ha!« Jetzt lachte Raphaël Picard laut auf. »Sehr schön. Genau, verbieten Sie es mir. Machen Sie sich nicht lächerlich.«

»Ich lächerlich?« Cosenza schwoll der Kamm. Was erlaubte sich dieser kleine Dreckskerl überhaupt? Warum redete er überhaupt so lange mit diesem Wichser? »Ich werd's dir geben ›lächerlich‹, ich werd's dir geben, du kleiner Wichser, dann wirst du sehen, wer hier lächerlich ist.« Er hatte die Beretta in der Hand und zielte auf Raphaëls Bauch. Raphaël sah ungläubig auf die Waffe. »Das ist jetzt nicht Ihr Ernst, oder?«

»Und wie das mein Ernst ist, Bürschchen. Sehr ernst. Und sie ist geladen.« Er entsicherte die Waffe.

Raphaël wurde jetzt doch unruhig. »Was wollen Sie, dass ich auf die Knie gehe und schwöre, dass ich auf Nicki verzichte?!« Trotz der Ironie zitterte seine Stimme.

»Du hast es erfasst.« Cosenza beherrschte die Situation wieder. »Setz dich auf deinen hübschen Arsch an deinen hübschen Schreibtisch, nimm ein Blatt Papier und schreib ihr einen hübschen Abschiedsbrief. Los, los!« Cosenza dirigierte ihn mit der Waffe an den Tisch.

»Einen Abschiedsbrief? Was soll das denn?«, wagte Raphaël zu widersprechen, setzte sich aber, zog aus einer Schublade ein paar Blatt Papier und suchte nach einem Stift. »Was soll ich schreiben?«, fragte er dann folgsam und beobachtete vorsichtig jede Bewegung Cosenzas.

Ja, jetzt hatte er Muffensausen, der kleine Pisser. Wer war jetzt lächerlich? Cosenza genoss die Situation.

Ein Mobiltelefon klingelte. Raphaël griff danach, aber Cosenza war schneller. Er hielt ihm die Waffe an den Kopf, schnalzte leise mit der Zunge und schüttelte den Kopf.

Langsam ließ Raphaël das Telefon los. Es klingelte noch ein paarmal und war dann still.

»Bitte!«, sagte Raphaël jetzt nervös. »Bitte, ich schreibe, was Sie wollen. Sie werden mich doch nicht erschießen, oder?«

»Nicht sofort zumindest«, Cosenza lachte. Dieser kleine Hosenschisser. Jetzt sollte Nicki ihn sehen. Wie er anfing zu schwitzen. »Weißt du«, sagte er und er genoss die Situation, »ich bin ein konservativer Mann. Ich liebe Nicki. Ich werde sie nicht mit einem anderen teilen. Und ich will sie auch nicht verlieren. Sie ist *meine* Frau, verstehst du? Wir haben kirchlich geheiratet.« Den letzten Satz hätte er sich vielleicht sparen können. Er war nicht sicher, ob so ein Bund vor Gott für diesen Jungspund überhaupt einen Wert hatte. Für ihn allerdings war das Sakrament der Ehe heilig. Was Gott vereint hat, das soll der Mensch nicht trennen.

»Wenn Sie mich töten, wird Nicki Sie hassen. Dann haben Sie sie auch verloren.«

»Siehst du, deswegen werden wir auf diese Variante auch nur im äußersten Notfall zurückgreifen.«

Raphaël atmete auf.

»Freu dich nicht zu früh. Wenn du meine Bedingungen nicht erfüllst, dann ...« Er sprach nicht zu Ende.

»Welche Bedingungen?«

»Brav!«, nickte Cosenza. »Du fängst an zu verstehen, wie es hier läuft. Siehst du, wenn du auf Nicki verzichtest, lasse ich dich am Leben, guter Deal, oder? Aber ich will, dass Nicki aus freien Stücken zu mir zurückkommt, ohne Druck, ohne dass sie weiß, dass ich weiß, verstehst du?«

»Sie wollen, dass ich mich von ihr trenne? Und ich soll ihr erzählen, dass ich sie nicht liebe?«

»Ganz recht.« Cosenza bewegte den Kopf abschätzig hin

und her. »So in etwa zumindest. Ich fände es angemessen, wenn du es ihr schriebst, einen richtigen Brief, das ist vielleicht altmodisch, aber immer tröstlicher, als ein paar seelenlose Zeilen in einem Mobiltelefon vorzufinden. Ich denke da an Nicki, wie du siehst. Und dann verschwindest du für einen Moment. Bist nicht mehr erreichbar. Nimm ein paar Tage frei und fahr weg, nach Italien meinetwegen.« Sein Blick fiel auf einen Werbeprospekt der Corsica Ferries, der auf dem niedrigen Couchtisch lag. »Oder nach Korsika. Gute Idee, Korsika«, wiederholte er zufrieden. »Fahr irgendwohin, wo es kein Mobilfunknetz gibt vielleicht, in den korsischen Bergen zum Beispiel ist es noch sehr ursprünglich.«

»Aber wie soll ich das denn erklären, mitten in der Saison, ich habe ein Geschäft ...«

»Pscht!«, machte Cosenza und dirigierte die Beretta auf seinen Kopf zu. »Das sehen wir später. Du wirst dich nicht bei ihr melden, sage ich, du wirst schön verschwinden und nicht auf ihre Anrufe oder ihre Mails oder ihre Nachrichten oder was auch immer reagieren, und du wirst ihr kein Sterbenswörtchen von unserem Gespräch sagen, verstehen wir uns?«

Mit der Beretta an seinem Kopf wagte Raphaël nicht zu widersprechen. Er nickte nur.

»Brav«, sagte Cosenza erneut und stupste ihn mit der Beretta an. »Schreib jetzt.«

»Was soll ich denn schreiben?«

»Phantasie hast du keine, was?«, spottete Cosenza. »Schreib *Ma Chérie,* oder wie immer du sie nennst ...«

Ma Chérie, schrieb Raphaël folgsam und wartete.

»*Ma Chérie*«, wiederholte Cosenza und diktierte weiter, »ich kann so nicht mehr leben.«

»*Mhm*«, murrte Raphaël.

»Was ›*mhm*‹?«

»Bisschen pathetisch«, wandte Raphaël ein. »Das wird sie nie glauben.«

»Pathetisch, pathetisch«, wetterte Cosenza, »das wird immerhin ein Abschiedsbrief! Dann schreib was anderes! Schreib: Du wirst es vielleicht nicht glauben, aber ich kann so nicht mehr leben.«

Raphaël verzog unwillig das Gesicht, schrieb etwas, strich es gleich danach durch, zerknüllte das Blatt Papier und warf es in den Papierkorb.

»He!«, machte Cosenza und fuchtelte mit der Beretta herum, »was machst du?«

»So etwas schreibe ich nicht«, sagte Raphaël, »das ist nicht mein Stil.«

»Nicht dein Stil. Aha.« Cosenza unterdrückte nur noch mühsam seine Wut. »Mir scheißegal, dein Stil. Schreib gefälligst, was ich dir sage!« Dann begann er zu diktieren.

Und Raphaël schrieb mit spürbarer Verachtung.

Ma Chérie,
du wirst es vielleicht nicht verstehen, aber ich kann so nicht mehr leben. Bitte verzeih, wenn ich dir Kummer bereite, ich habe lange über alles nachgedacht, und ich weiß, es geht so nicht mehr. Ich habe mich entschieden, und es gibt kein Zurück mehr: Ich verlasse dich, ma Chérie,

Das Telefon klingelte zum zweiten Mail. »Untersteh dich!«, knurrte Cosenza, als Raphaël erneut Anstalten machte, danach zu greifen. Raphaël atmete tief durch und ließ den Arm sinken. »Du schreibst weiter«, herrschte Cosenza ihn an. »Wo waren wir?«

»Ich verlasse dich, *ma Chérie*«, antwortete Raphaël bewusst gelangweilt. Wann war dieses dumme Spiel beendet?

»Genau. Ich verlasse dich für immer. Adieu! Verzeih mir und versuche, mich zu vergessen ...«

Raphaël schrieb es, ließ den Arm sinken und sagte seufzend und kopfschüttelnd: »Das glaubt doch kein Mensch. Nie im Leben würde ich so etwas schreiben!«

»Nicht schlimm«, sagte Cosenza. Er griff Raphaël jäh in die blonden Haare, zog ihn kurz und heftig nach oben, presste die Beretta auf seine Brust und drückte ab. Der Schuss durchbrach die Stille in der Wohnung. Einen Moment hallte er nach. Dann war wieder alles still. Cosenza lauschte, ob sich auf der Straße oder im Haus etwas regte, aber alles blieb ruhig. Wenn von den in sommerlich-sorgloser Stimmung flanierenden Touristen am Hafen überhaupt jemand einen Knall wahrgenommen hatte, zwischen all den knatternden Motorrollern, der wummernden Musik in den vorbeifahrenden Autos und den satt röhrenden Motoren der Harleys, der Ferraris und Maseratis, die ihre *m'as tu vu*-Runde drehten, so dachte man eher an einen Probeabschuss des Feuerwerk-Festivals, das für den späteren Abend geplant war. Überhaupt war man viel zu guter Stimmung, als dass man einen Mord am helllichten Tag vermuten würde. Gerade diskutierte man, wo und bis wann man seinen Tisch auf einer der Restaurantterrassen reservieren müsste, um eine möglichst gute Sicht auf das Feuerwerk zu haben. Cosenza ließ die gegelten Haare des jungen Mannes angewidert los, der sackte nach vorne, beide Arme fielen nach unten, der Kopf fiel auf den Tisch. Blut rann aus dem Mund, sammelte sich dort und floss langsam auf den Brief zu.

Cosenza legte die Waffe vorsichtig auf eine Kommode, streifte die Einweghandschuhe über und holte aus seiner Hosentasche einen kleinen Karton mit Patronen, wischte ihn mit einem Stofftaschentuch ab und drückte die Finger der rechten Hand Raphaëls in beliebiger Reihenfolge darauf. So verfuhr er auch mit der Beretta, die er Raphaël in die Hand drückte, sie fiel auf den Boden. Gut so. Das Kästchen mit den Patronen schob er in eine der Kommodenschubladen. Seitdem er in diese Wohnung gekommen war, hatte er nichts, aber auch nicht das Geringste berührt. Nichts würde ihn verraten, und schon gar nicht diese Beretta aus dem Besitz eines toten Italieners.

Er griff nach dem Mobiltelefon des jungen Mannes, warf einen kurzen Blick darauf und steckte es ein. Dann machte er eine Runde durch das angrenzende Zimmer, öffnete, immer mit den behandschuhten Händen, Schränke und Schubladen. Nirgends ein Computer, kein Fotoapparat. »Dann nicht«, dachte er, aber jetzt war es Zeit zu gehen. Einen Moment lauschte er, bevor er die Tür öffnete. Die Klimaanlage über der Tür surrte und blies kühle Luft in den Raum. Er schaltete sie aus und lauschte erneut. Über den Balkon drang noch immer der sommerliche Lärm der Stadt in die Wohnung. Von irgendwo hörte er ein Radiojingle des amerikanischen Radiosenders *Riviera Radio*. Im Haus schien alles still. Mit dem Taschentuch in der Hand drückte er die Türklinke nach unten, öffnete, lauschte noch einmal, trat ins Treppenhaus, zog die Tür mit einem leisen *klapp* hinter sich zu und eilte die Treppenstufen hinunter. Er wartete angespannt hinter der Haustür, bis er Stimmen hörte, dann setzte er die Sonnenbrille auf und öffnete die Tür. Draußen fiel die schwüle Hitze über ihn her, die sich in den engen Gässchen staute. Sofort begann er zu schwitzen. Eine

Gruppe asiatischer Touristen wanderte in kleinen Schritten folgsam ihrem Reiseleiter hinterher, der einen violetten Schirm in die Höhe hielt und die Gruppe die kleine Treppe Richtung Notre Dame d'Espérence hinaufführte. Neben der Kirche war eine Aussichtsterrasse, die einen fantastischen Blick über die Stadt und die Bucht bot, und der Weg dorthin gehörte bei allen Touristenführungen zum Pflichtprogramm. Cosenza senkte den Kopf und glitt unauffällig in die Menschentraube. Niemand beachtete ihn. Kurze Zeit später bog er nach links ab und eilte die Stufen hinunter. Er schlug das Mobiltelefon kurz gegen eine Hauswand, warf es zu Boden und trat zweimal kräftig darauf, streifte die Handschuhe ab und ließ alles im Vorübergehen in einer Mülltonne verschwinden. In weniger als fünf Minuten war er zu seinem Auto zurückgekehrt. Er wählte bewusst nicht die übliche Strecke, sondern fuhr parallel auf kleinen Straßen kreuz und quer den Hügel hinauf.

Zu Hause angekommen, riss er sich erneut das verschwitzte Hemd vom Körper, griff zum Telefon, unterbrach die noch immer andauernde Verbindung und stellte es in das Netzteil. Er schwitzte und hatte gleichzeitig Schüttelfrost. In seinem Kopf dröhnte es. Bis eben war er nicht dazu gekommen, nachzudenken. Hatte nur gehandelt. Zack, zack, eins nach dem anderen, so wie er es sich ausgemalt hatte. Es hatte perfekt funktioniert. Jetzt aber überkam ihn Übelkeit. So viele Emotionen hatte er sonst nicht. Du bereust es doch nicht etwa, fragte er sich selbst? Natürlich nicht. Es war die einzig logische Reaktion, beschwichtigte er sich. »*Allez,* mein Alter«, redete er sich zu, »schön die Nerven behalten. Keine Schwäche jetzt.« Er würde eine eiskalte Dusche nehmen, das würde ihm guttun. Er hatte, als er die Villa vor ein paar Jahren übernommen hatte, das Badezimmer von Grund auf modernisiert und unter anderem eine gemauerte ebenerdige Dusche *à l'italiènne* einbauen lassen, und sie zusätzlich mit Massagedüsen versehen. Nun genoss er die kräftigen Wasserstrahlen, die seinen Körper bearbeiteten. Er war noch dabei, sich abzutrocknen, als Nicki ins Bad stürmte.

»Da bist du!«, rief sie empört. »Warum antwortest du denn nicht? Ich habe dich überall gesucht. Ich dachte, dir ist was passiert!« Sie sah erhitzt und aufgewühlt aus.

»Ich war unter der Dusche«, entschuldigte er sich, »ich habe dich nicht gehört.«

»Aber ich habe x-mal versucht dich anzurufen. Seit Stunden!«, regte sie sich auf. »Immer nur der Anrufbeantworter. Weder auf dem Handy noch auf dem Festnetz konnte ich dich erreichen!«

»Verzeih, *Chérie,* ich habe vorhin erst bemerkt, dass ich beim letzten Anruf vergessen habe, die Verbindung zu beenden.«

»Und dein Handy? Hast du das auch ausgeschaltet? Du, der du immer predigst, man müsse damit erreichbar sein?«, ereiferte sie sich.

Er suchte das Smartphone in der Hose, die er achtlos auf den Hocker im Badezimmer geworfen hatte, und tat verblüfft, als er es nicht fand. »Na so was?! Ach, übrigens«, begann er und holte stattdessen den kleinen Kaktusring aus der Hosentasche und hielt ihn hoch, »ich habe den Ring gefunden. Ich habe ihn entdeckt, kurz nachdem du weg warst. Er lag unter dem Sofa«, log er. »Vermutlich ist er aus deiner Tasche gefallen und dorthin gerollt, als ich sie ausgeschüttet habe, und wir haben es nicht bemerkt. Hier«, er streckte ihn ihr entgegen.

Sie griff danach und steckte ihn mechanisch an ihren

rechten Ringfinger. »Warum hast du mich denn nicht angerufen?«, fragte sie empört. »Du lässt mich die ganze Strecke umsonst fahren, dabei war er hier, dieser blöde Ring!«

Das Smartphone lag noch immer im Sessel im Wohnzimmer. »Da ist es ja!«, tat er überrascht. Mehrere Anrufe von Nicki waren eingegangen. Er hielt es hoch. »Ich hatte es stumm gestellt.« Er sah sie mit gespielt zerknirschter Miene an und fügte streng hinzu: »29 000 Euro, *ma Chérie,* habe ich immerhin für diesen ›blöden Ring‹ hingeblättert, ein bisschen Sorgsamkeit kann ich für solche Geschenke schon erwarten, meinst du nicht?«

Sie schnaufte kurz und sah ihn wütend an. Wie unfein zu sagen, was dieser Ring gekostet hatte, schien sie zu denken. »Und weil er so teuer war, hast du mich nicht angerufen? Du wolltest, dass ich mir Sorgen mache?« Ihre Augen funkelten böse. »Weißt du, was mir passiert ist?«, setzte sie dramatisch an: »Ich hatte eine Autopanne!« Sie sah ihn herausfordernd an.

»Oh!«, sagte er gespielt schockiert. »Mit dem neuen Mini? Unglaublich. Was ist passiert?«

»Was weiß ich. Auf dem Hinweg war noch alles in Ordnung. Aber zurück bin ich liegengeblieben. Das Auto sprang noch ganz normal an, ein Stück konnte ich noch fahren, aber dann begann es zu stottern, und dann ... dann blieb es plötzlich stehen, mitten auf der Kreuzung!« Ihre Stimme klang schrill vor Aufregung.

»Hört sich nach Benzinpanne an. Hast du möglicherweise vergessen zu tanken?«, fragte er vorsichtig.

»NEIN!«, schimpfte sie wütend. »NEIN! NEIN! NEIN! Wie oft muss ich mir das noch anhören? Immer wirfst du mir solche Sachen vor, nur weil ich *einmal* kein Benzin mehr hatte!«

»Na ja, *ma Chérie,* du bist ein bisschen nachlässig mit solchen Dingen, du lässt den Schlüssel stecken, du vergisst zu tanken ...«

»Einmal! EINMAL habe ich es vergessen!«

»Gut, gut«, beschwichtigte er. »Es lag also nicht am Benzin. Was hast du dann gemacht? Hast du die Versicherung angerufen, dass sie dir einen Pannen-Service schicken?«

»Oh.« Sie schwieg betroffen. »Ich habe nicht mal daran gedacht«, gestand sie. »Es war so schrecklich. Ich stand mitten auf dieser großen Kreuzung, weißt du«, kurz hielt sie inne, »ach ist ja auch egal wo«, fuhr sie fort, »auf jeden Fall hatte ich sofort einen riesigen Stau verursacht in alle Richtungen. Es hupte, und die Leute schimpften und schrien mich an, als hätte ich es absichtlich gemacht. Es war so furchtbar.« Sie schniefte kurz.

»Mein armes Häschen«, sagte er mitfühlend.

»Ja«, stimmte sie dankbar zu. »Und DU warst nicht erreichbar!«, quengelte sie dann empört. »Tausendmal habe ich angerufen, auf dem Festnetz und auf dem Handy!«

»Es tut mir wirklich leid, *Chérie,* aber du hättest die Versicherung anrufen sollen. Die Telefonnummer steht auf der Versicherungsmarke, die vorne an der Scheibe klebt, das weißt du doch.«

»Hm«, machte sie kleinlaut. »An die Versicherung habe ich nicht gedacht.«

Es rührte ihn. Sie war eindeutig nicht sehr praktisch veranlagt. Und sie hatte *ihn* angerufen, damit er ihr helfen sollte! Sie brauchte wirklich jemanden, der sich um sie kümmerte. »Wie ging es weiter?«, fragte er.

»Zwei junge Männer haben mir irgendwann geholfen, den Wagen wenigstens von der Kreuzung zu schieben, aber dann sind sie so schnell sie konnten wieder in ihre Autos gesprungen und weggefahren. Niemand wollte mir helfen!«, empörte sie sich mit weit aufgerissenen Augen über die mangelnde Ritterlichkeit.

Er schüttelte mitfühlend den Kopf. Er hätte einer Frau mit einer Autopanne sofort geholfen. Einer so entzückenden noch dazu. »Hast du ein Taxi genommen?«

»Nein. Irgend so ein Tourist hat mir dann geholfen«, sagte sie abfällig. »Ein Engländer oder vielleicht war es auch ein Deutscher, was weiß ich. Schrecklicher Typ, er schwitzte ganz furchtbar, hatte ein rotes Gesicht, und er war so geschmacklos angezogen«, sie verdrehte die Augen. »Mit Outdoorsandalen.« Sie schüttelte den Kopf. »Ich meine, Tourist hin oder her, wir sind doch in Cannes!«

Er amüsierte sich. Sie konnte selbst in dieser Situation noch snobistisch sein. »Immerhin hat er dir geholfen.«

»Ja, aber er sprach nicht mal Französisch«, entrüstete sie sich. »Er hat nur gestikuliert, dass ich die Motorhaube öffnen soll, ich habe sie aber vor lauter Nervosität nicht mal aufgekriegt, ach es war alles so schrecklich«, wiederholte sie. »Und dann hat er sie selbst aufgemacht und irgendwas mit den Schläuchen gemacht und Unverständliches gebrabbelt, und dann hat er *›bonne route‹* gerufen, und weg war er.«

»*›Bonne route‹* hat er aber gesagt?«

»Ja, aber sonst habe ich nichts verstanden«, maulte sie unzufrieden. »Und wie der angezogen war«, sie verdrehte die Augen. »Es war mir richtig peinlich! Ein kariertes Hemd mit kurzen Armen, und er hatte schreckliche weiße Beine in kurzen Hosen. Ein Franzose würde sich selbst im Urlaub nie so anziehen.«

Er hörte ihr teilnahmsvoll zu. Das Gefühl, dass sie gerade einen Teil ihrer Strafe abgebüßt hatte, tat ihm gut. Wissend, dass der Grund für ihre Untreue nun auch beseitigt war, spürte er eine gewisse Erleichterung. Die Ereignisse des Nachmittags waren überraschend in weite Ferne gerückt. All das verschwamm schon in seiner Erinnerung. Als hätte er es nur geträumt. Ein Albtraum, der beim Aufwachen noch kurz ein ungutes Gefühl hinterließ, das sich dann aber verflüchtigte. Alles würde sich wieder einrenken. Und sie würden ein Kind zusammen haben. Diese Idee beruhigte ihn, sie schien ihm die Lösung schlechthin zu sein.

»Morgen gebe ich das Auto in die Werkstatt. Giorgio soll sich das mal ansehen«, sagte er abschließend.

Nicki machte Anstalten, ihn zu umarmen, aber er gab vor, es nicht zu merken, wandte sich kurz ab und steckte sich erneut eine Zigarette an. »Sollen wir irgendwohin essen gehen?«, schlug er stattdessen vor. »Heute Abend ist eines dieser Wettbewerbs-Feuerwerke, wir könnten am Strand essen, ich dachte an das Miramar Plage, von da hat man einen guten Blick, was meinst du?«

»Oh!«, jubelte sie, »du bist so ein Schatz!« Sie umhalste ihn nun doch und küsste ihn, obwohl er die Zigarette im Mundwinkel hatte. »Ich *liebe* es, am Strand zu essen, und ich *liebe* das Miramar!«

»Ich weiß, *ma Chérie,* ich weiß!«

2

Die Sonne schien bereits kräftig auf den Balkon und durch die Fensterfront des kleinen Apartments und ließ die verchromten Stühle auf dem Balkon blitzen. Duval nahm die Sonnenbrille ab, beugte sich über die Brüstung und sah zu, wie man die Bahre mit dem Toten durch die engen Sträßchen des Suquets abtransportierte. Der morgendliche Lärm der Stadt drang herauf. Die verschiedenen Dienste der Müllabfuhr arbeiteten sich langsam durch die Straßen vor, gefolgt von den Straßenreinigungsfahrzeugen, die die Straßen mit bestem Trinkwasser reinigten, sodass sie nun in der strahlenden Sonne dampften und kleine Feuchtigkeitswolken abgaben. Auf dem Balkon im dritten Stock spürte man schon die sommerliche Hitze, die auch heute wieder an der gesamten Côte d'Azur herrschen würde. Duval seufzte. Er war bereits erschöpft. Um sechs Uhr morgens hatte das Thermometer schon oder vielleicht auch immer noch knapp 30°C in seiner Wohnung angezeigt. Allerdings waren es gleichzeitig auch draußen bereits 30°C, sodass er die geöffneten Fenster sofort schloss. Die Fensterläden waren im Sommer ohnehin immer geschlossen. Man verbrachte die Tage bei stehenden Temperaturen und im steten Halbdunkel. Ihn erschöpfte diese Hitze, und selbst die Erfrischung vom frühmorgendlichen Schwimmen im Meer hielt nicht lange an. Vielleicht müsste er zu Hause doch eine Klimaanlage einbauen lassen, anstatt nachts die Fenster offen stehen zu lassen, überlegte er zum wiederholten Mal in diesem Sommer. Auf frische Luft wartete er derzeit sowieso vergebens. Nur Moskitos, die wummernden Bässe der Musikveranstaltungen am Strand und der im Sommer unablässige nächtliche Autolärm drangen durch die offenen Fenster in die Wohnung. Er sah sehnsüchtig hinaus aufs Meer. Am hellblauen Himmel war kein einziges Wölkchen zu sehen, und das türkisfarbene Meer kräuselte sich schon leicht vom aufkommenden Wind, den er hier oben nur erahnte. Die ersten weißen Segelschiffe kreuzten bereits vor den Iles des Lérins. Einige Yachten und ein mehrstöckiges Kreuzfahrtschiff lagen ebenfalls in der Bucht, und kleine Fährschiffe transportierten noch immer die Passagiere an Land. Es war wieder einer dieser unglaublich großen Sommertage, deren leuchtendem Blau die Côte d'Azur ihren Namen verdankte.

»Commissaire!«, unterbrach Léa Leroc seine Gedanken, und Duval wandte sich seufzend vom türkisfarbenen Meer ab und seinem mühseligen Polizeialltag zu. Dieser junge gut aussehende Mann, dessen braun gebrannter und muskulöser Körper, einer der *plagistes* vielleicht, auch leblos noch so kraftvoll wirkte, hatte sich das Leben genommen. Das zumindest besagte der Abschiedsbrief, den man gefunden hatte.

»Ja?«

»Das hier ist ein Ferienapartment, genau wie die beiden anderen im Haus auch. Im Nachbarhaus genau das Gleiche. Sie werden wochenweise vermietet an Touristen oder Kongressteilnehmer. Der Hausbesitzer lebt in Paris und hat das ganze Prozedere einer Agentur übertragen, die sich um die Vermietung, die Sauberkeit und Bettwäsche kümmert.«

»Und weiter?!«

»Die Agentur hat die Betreuung der Apartments weitervergeben an eine junge Frau ...«

»Léa«, unterbrach Duval, »ich muss das nicht alles wissen. Wer ist dieser junge Mann? Das will ich wissen!«

»Er heißt Raphaël Picot«, sie hielt ihm den Personalausweis des jungen Mannes in einer Plastikhülle entgegen.

»Raphaël Picot«, wiederholte Duval. »Ein Tourist?! Ein junger Mann ganz allein hier in Urlaub? Ohne Freunde? Ungewöhnlich, oder? Kriegen Sie raus, wer er ist, ob es ihn vielleicht in irgendwelchen Karteien gibt, das interessiert mich. Und wieso er sich im besten Lebensalter erschossen hat, interessiert mich natürlich auch. Er ist, wenn's hochkommt, dreißig, da erschießt man sich doch nicht wegen einer Frau, oder?«

»Er ist dreiunddreißig«, korrigierte Léa mit Blick auf den Personalausweis, »und er ist in St. Raphaël geboren. Vielleicht heißt er deshalb Raphaël? Vermutlich kein Tourist.« Sie betrachte das Foto. »Es soll Männer geben, die nehmen sich eine Liebesgeschichte zu Herzen. Sind ja nicht alle so drauf wie Villiers«, befand Léa kritisch.

»Hm«, machte Duval halb zustimmend, halb zweifelnd. Er war spät eingetroffen. Man hatte den Toten schon nach unten transportiert, für ihn aber noch einmal den Reißverschluss des Transportsacks geöffnet. Er hatte die sehnigen Unterarme und die breiten, kräftigen Hände voller Hornhaut betrachtet, die, obwohl sauber, dunkle Ränder unter den kurzen Fingernägeln hatten. »Er hat Arbeiterhände. Ein junger Mann, braun gebrannt, muskulös, der offensichtlich mit den Händen arbeitete, und dann bringt er sich einfach so um?«

»Warum denn nicht?«, widersprach Léa. »Vielleicht war

er depressiv? Wenn Sie wüssten, wer heute alles depressiv ist! Oder bipolar.« Léa Leroc hatte erst vor kurzem eine Dokumentation über Bipolarität im Fernsehen gesehen, die sie nachhaltig beeindruckt hatte. Außerdem war eine ihrer engeren Freundinnen, vielleicht war sie auch *die* Freundin, Duval konnte das nur vermuten, denn in all den Jahren hatte Léa nur wenig über ihr Privatleben preisgegeben, diese Freundin war auf jeden Fall Psychologin oder Psychotherapeutin, weshalb Léa immer häufiger ihr Wissen über das Seelenleben der Menschen verbreitete. »In den manischen Phasen sind die Menschen oft überaktiv, fühlen sich kraftvoll, großartig, ›beinahe wie Gott‹, sagte einer der Männer in der Dokumentation, die ich neulich gesehen habe. Und der hat auch mit den Händen gearbeitet, war Schiffbauer oder so was.«

Duval nickte.

»Und von einem auf den anderen Tag bricht diese gefühlte Großartigkeit weg, und man fühlt sich unfähig, all die Projekte, die man eben noch angeleiert hat, auch auszuführen.«

»Ich weiß Léa, Sie haben das schon das eine oder andere Mal ausgeführt.«

Léa schwieg gekränkt.

»Das würde auch diesen dramatischen Abschiedsbrief erklären. Die Angst, diese Situation nicht mehr ertragen zu können, überfiel ihn ...«

»Welche Situation, Léa? Darüber wissen wir noch gar nichts. Haben Sie einen Computer gefunden, eines dieser Pads oder *tablets* im Nachttisch oder ein Mobiltelefon? Das ist doch nicht normal, dass ein junger Mensch nichts davon hat, oder? Wenigstens ein Mobiltelefon!«

Sie schüttelte den Kopf. »Aber er war in den Ferien. Vielleicht wollte er mal eine Auszeit von all dem elektronischen Spielzeug nehmen. Es gibt immer mehr Menschen, die davon abhängig sind und bewusst versuchen, sich eine Zeitlang davon zu lösen. Und vielleicht wollte er Abstand zu seiner unglücklichen Liebe haben, um sie zu überdenken.«

Duval seufzte unhörbar. »Wäre gut zu wissen, wer die Frau ist, die ihn dazu brachte, sich eine Kugel ins Herz zu schießen.«

»Was sagt denn Charpentier? Wenn er überhaupt schon etwas gesagt hat?« Solange der Gerichtsmediziner nicht alles haarklein belegen konnte, ließ er sich nicht zu voreiligen Schlüssen hinreißen.

»Docteur Charpentier ist nicht gegen die Selbstmordtheorie. Eher dafür. Wenn Sie etwas früher gekommen wären, hätten Sie noch, ich meine …« Sie zeigte auf den Schreibtisch, auf dem das eingetrocknete Blut noch sichtbar war.

Duval überhörte die Kritik. »Erzählen Sie's mir.«

»Also, er saß hier.« Léa zeigte auf den Stuhl. »Er hat wohl noch diesen Brief geschrieben.«

»Der Brief ist eigenartig für einen jungen Mann, finden Sie nicht?«

»Stimmt, klingt altmodisch. Aber es gab einen ersten Entwurf, den er zerknüllt in den Papierkorb geworfen hatte. Er hat also einen Text erarbeitet, könnte man sagen. Der Stift, ein Tintenroller, lag noch offen daneben. Dann hat er sich erschossen und ist nach vorne auf den Tisch gesackt, die Waffe fiel ihm dabei aus der Hand. Eine Beretta, Kaliber 7.65 übrigens.«

»Seine Waffe?«

»Sieht so aus. Wir haben Patronen in einer der Schubladen gefunden. Das ist alles schon auf dem Weg zur PTS.

Die haben auch Fingerabdrücke genommen, das Übliche eben.«

Flüssigkeit tropfte zu Boden. Überrascht blickte Duval unter sich und tastete nach seiner Nase. Dann wischte er sich mit einem Papiertaschentuch den Schweiß vom Gesicht. »Diese Hitze macht mich fertig. Es ist unerträglich hier. Kann man nicht die Rollos runterlassen?« Er suchte nach einem Schalter neben der Fensterfront. »Oder gibt's eine Klimaanlage? Die machen doch heute keine Ferienwohnung mehr ohne Klimaanlage.«

Léa drückte auf einen Schalter neben der Tür, und augenblicklich sprang leicht summend ein Kasten über der Tür an und blies kühle Luft in den Raum.

Duval betrachtete interessiert den Apparat über der Tür. »Ich war bislang immer gegen Klimaanlagen«, sagte er und stellte sich in die Nähe des Luftzugs, »das ist eines dieser reversiblen Dinger, oder? Im Winter Heizung, im Sommer Klimaanlage? Haben Sie Erfahrung damit?« Duval sah Léa an, die kritisch die Augenbrauen hochzog. »Was ist los, Léa?! Bin ich Ihnen zu pragmatisch?«, fragte er. »Der Sommer dieses Jahr bringt mich um«, fügte er entschuldigend hinzu.

Léa, die sich bemüht hatte, ihren kritischen Blick zu entschärfen, musste jetzt wider Willen lachen: »Da gibt's doch einen Film, der so heißt, oder?«

»Ach wirklich?«, tat Duval überrascht. »›*Der Sommer, der mich umbrachte*‹?«

»Nein, *Mörderischer Sommer,* das ist doch ein alter Film mit Isabelle Adjani, oder?«

»Ah, die schöne Isabelle Adjani«, seufzte Duval und sah Léa Leroc verschmitzt an. »Sie waren doch noch nicht mal geboren, als der Film rauskam, oder? Ich war ja selbst noch ein Kind, und ich erinnere mich, dass sich alle älteren Jungs in meiner Umgebung aufgeregt die Szenen aus dem Film erzählten, in denen man Adjani nackt sah. Das war damals der Hauptgrund, sich den Film anzusehen.«

»Natürlich.« Léa verdrehte die Augen. »Ich habe übrigens keine Erfahrung mit reversiblen Klimaanlagen, falls Sie das noch wissen wollten, aber ich habe ausreichend Erfahrung, um zu wissen, dass Sie in diesem mörderisch-heißen August niemanden mehr kriegen, der Ihnen eine Klimaanlage einbaut, reversibel oder nicht.«

»Dann wird es ein Projekt für nächstes Jahr«, befand Duval, »immerhin habe ich ja einen Ventilator. Erzählen Sie weiter. Die Waffe ist auf dem Weg zur *Police Téchnique Scientifique*«, nahm Duval den Faden wieder auf.

»Genau. Charpentier sagte, die Waffe habe den Körper berührt. Verbranntes Fleisch. Der Tod ist quasi augenblicklich eingetreten.«

»Weiß man, wann?«

»Im Nachbarhaus wollte jemand gestern Abend gegen halb acht einen lauten Knall gehört haben. Charpentier sagte noch nichts. Die Klimaanlage war, wie Sie gemerkt haben, nicht eingeschaltet, und der Körper hat bei dieser schwülen Hitze in der Wohnung gelegen ...«

»Da hören die Nachbarn einen ungewöhnlichen Knall und fühlen sich nicht mal bemüßigt, nachzuschauen?«

»Na ja, ein amerikanisches Paar«, sie sah auf ihre Notizen. »Urlauber, John und Linda Murphy aus Chapel Hill, Minnesota. Und dann noch im Haus nebenan. Wie sollen sie da nachschauen? Man kommt ja ohne Türcode gar nicht rein. Sie glaubten, es sei die Detonation eines Feuerwerkskörpers gewesen. Es war doch eines dieser Sommer-Feuerwerke gestern Abend.«

»Aber das beginnt doch viel später, nach Einbruch der Dunkelheit, nicht schon um halb acht.«

»Das wissen die Touris ja nicht, wie das hier abläuft, die dachten, es sei ein Probeschuss oder so was. In Nizza böllern ja auch um zwölf Uhr mittags die Kanonen. Das ist auch ungewöhnlich, und trotzdem denkt keiner an einen Krieg.«

Duval nahm es zur Kenntnis. »Wer hat den Toten entdeckt?«

»Eine Putzfrau«, sie sah auf ihre Notizen, »Madame Latifa Sifaoui. Diese Apartments werden mit Putzfrau vermietet, die dreimal pro Woche kommt. Montags, mittwochs und freitags. Sie kam heute früh um kurz vor acht Uhr und öffnete mit ihrem Schlüssel.«

»War die Tür abgeschlossen?«

»Nein, nur zugezogen. Aber man braucht einen Schlüssel, um sie zu öffnen.«

»Und man braucht einen Türcode für die Haustür unten«, fügte Duval hinzu.

»Richtig. Die Putzfrau hat dann gleich die Polizei gerufen.«

»Und was denkt sie?«

»Sie war schockiert. Logisch. War nicht schön, der Anblick, Sie haben ihn ja nicht mehr ...«

Duval winkte ab. »Geschenkt, Léa. Kannte sie ihn? Wann hat sie ihn zum letzten Mal gesehen?«

»Sie hatte ihn am Freitag noch gesehen. Sie sagte, er sei vergnügt gewesen. Ein netter Kerl, fand sie. Er habe immer viel gelacht.«

»Ein netter Kerl, vergnügt, der zwischen Freitag früh und Montag etwas erlebt, was ihn dazu bringt, sich das Leben zu nehmen.«

»Na ja, vielleicht war er auch nicht wirklich vergnügt. Man vertraut sein Seelenleben ja nicht unbedingt einer fremden Putzfrau an«, wandte Léa ein.

»Hm«, machte Duval zustimmend. »Wie weit sind Sie mit den Anwohnern?«

»In den beiden anderen Wohnungen hier im Haus sind Feriengäste, zwei Paare, Japaner und Deutsche, die waren unterwegs. Nebenan wie gesagt ein amerikanisches Paar. In den anderen Wohnungen nebenan habe ich niemanden erreicht, und bei den Nachbarn in der Straße war ich noch nicht.«

»Gut, dann machen Sie da weiter«, entschied Duval, »aber zunächst sollten wir die Familie des jungen Mannes finden, ich möchte nicht, dass sie den Tod ihres Sohnes aus den Medien erfahren.«

—

»Ich weiß nicht, was passiert ist, Monsieur Cosenza, hier hat jemand den Schlauch abgeschnitten und provisorisch wieder aufgesteckt. Vermutlich der, der ihrer Frau geholfen hat. Recht professionell, das muss ich sagen, diese Schläuche sind aus Hartplastik, das muss man schon können. Was vorher mit dem Schlauch passiert ist«, er zuckte mit den Schultern, »keine Ahnung.« Michel kroch wieder unter der Motorhaube hervor. »Vielleicht hat jemand nachgeholfen?!«, schlug er vor.

Cosenza zuckte mit den Schultern. »Warum sollte denn jemand so was machen?«

»Um Benzin zu klauen vielleicht. Kommt immer häufiger vor. Seitdem der Tank abgeschlossen ist und man es deshalb nicht mehr direkt absaugen kann, machen sie es oft so. Oder einfach aus Spaß an der Freud, um irgendjemanden zu ärgern. Die Leute werden immer übler heutzutage. Richtige Arschlöcher manchmal. Irgendwelche Jugendliche, die sich langweilen und dann von weitem zusehen, wie der Besitzer des Wagens sich abmüht. Die Welt ist echt schlecht geworden, ich könnte Ihnen Sachen erzählen …«

Die Stimme des Automechanikers hallte in der großen hellen Werkstatt wider. Cosenza sah mehrere Bentleys, einer davon angeschlossen an elektronische Technik. Es sah aus, als verpasse man dem schweren Wagen ein Elektrokardiogramm.

»Was ist mit dem?«, fragte Cosenza und zeigte auf den silbergrauen Wagen.

»Was weiß ich, hab noch nicht die Zeit gehabt, mich zu kümmern, das Telefon klingelt dauernd und …«

»Giorgio ist nicht gekommen heute?«

Der Mechaniker zuckte mit den Schultern. Giorgio kam so gut wie nie, aber er hatte keine Lust, in einen Streit zwischen Vater und Sohn verwickelt zu werden. Außerdem genoss er seine relative Freiheit, wenn ihn niemand herumkommandierte.

Cosenza wusste es wohl. Immer wieder war er mit seinem jüngsten Sohn aneinandergeraten. Ihrer beider Temperament kochte hoch, Sie schrien sich an, warfen sich gegenseitig Faulheit und Kontrolle vor, bis in der Regel Louis Cosenza sich erweichen ließ, sich entschuldigte, versprach, dem Sohn mehr Vertrauen entgegenzubringen. Dann wurde es wieder ruhiger zwischen ihnen, bis … zum nächsten Mal. Gerade hatte Cosenza das Gefühl, dass sein Sohn ihn verarschte. Er spürte die Wut in sich aufsteigen.

Das Telefon klingelte in dem kleinen Büro.

»Ich gehe schon«, sagte Cosenza und klappte die Tür des gläsernen Büros hinter sich zu.

»Platynum Garage, zu Ihren Diensten«, nahm er das Gespräch an, gestikulierte, nickte. »Einen Augenblick«, sagte er, legte den Hörer ab und öffnete die Tür: »Michel! Monsieur Joukovsky fragt, wann er den Wagen wieder abholen kann?!«

»Der ist fertig. Da war nur die Flüssigkeit der Klimaanlage auszutauschen.«

»Sie können vorbeikommen. Ja sicher. Nein, zwischen zwölf und zwei haben wir geschlossen. Ja, ich verstehe, in Ordnung, ich warte auf Sie, keine Ursache. Sehr wohl, Monsieur Joukovsky. *À votre service,* Monsieur Joukovsky.« Es stimmte, sie würden sich so etwas Altmodisches wie eine Mittagspause bald nicht mehr leisten können. Die Zeiten änderten sich. Sie waren nicht mehr die einzige Werkstatt in Cannes, die sich um Luxuslimousinen kümmerte. Zafer Lahoud, ein junger Libanese, hatte vor kurzem einen Gebrauchtwagenhandel mit Luxusautos aufgezogen und zusätzlich eine Werkstatt angeschlossen. Er hatte vor allem spektakuläre schnelle Wagen in seinem mit kunstvollem Graffito geschmückten Laden stehen. Nur einen Zentimeter neben einem roten Porsche 911 Targa stand vielleicht ein gelber Ferrari F12 Berlinetta und daneben ein weißer Lamborghini Aventador Roadster. An der Wand hinter seinem Schreibtisch hatte Zafer Lahoud zwei Kalaschnikovs hängen, und sein protziger Chefsessel glich einem Thron. All das war eher vulgär und schrill in Cosenzas Augen, der sein Leben lang daran gearbeitet hatte, in die edle High Society aufgenommen zu werden, aber er konnte nicht umhin, zuzugeben, dass dies eine junge ultrareiche Klientel anzog, darunter die Fußballer aus aller Welt und ebenso die arabischen Prinzen aus den Erdölstaaten, die gerne mit einem der Ihren arbeiteten. Und so hatten sie bereits den einen oder anderen arabischen Bentleybesitzer an den aufstrebenden Konkurrenten verloren. Drei junge Männer arbeiteten für Zafer. Es war »cool« für ihn, in diesem Laden und mit diesen Autos zu arbeiten. Und vermutlich belästigte niemand den jungen dynamischen Geschäftsmann mit der Frage nach einer pünktlichen Mittagspause oder gar nach Betriebsferien. Sie mussten aufpassen, dass ihnen das Geschäft nicht entglitt. Noch hatten sie die Russen als feste Kunden, die die Araber nicht mochten, aber dennoch war das Geschäft im Umbruch. Es war Giorgios Job, das war doch eine Herausforderung, er verstand nicht, dass seinen Sohn das nicht reizte. Herrgott noch mal, was machte der eigentlich? Cosenza wühlte sich durch die Papiere, die ungeordnet auf dem Tisch lagen, blickte um sich und seufzte. Er nahm einen Ordner aus dem Regal, öffnete ihn und begann, die Rechnungen abzuheften.

Der Automechaniker klopfte an die Tür und riss sie gleichzeitig auf. »Ihre Frau hat die Batterie übrigens schon erheblich leer genudelt, vielleicht hat sie mal die Scheinwerfer angelassen oder auch nur das Standlicht, ich würde sie austauschen, was meinen Sie?!«

»Meine Frau?«

»Die Batterie, Monsieur Cosenza.«

»Ah ja.« Cosenza dachte an den gestrigen Abend. Das Essen im Miramar war ausgezeichnet gewesen, Mimmo, der Besitzer, hatte ihnen einen Tisch am Strand ein wenig abseits und direkt am Meer zugewiesen, und Nicki war entzückt. Das Feuerwerk, einer der Beiträge des jährlichen im Sommer stattfindenden Kunstfeuerwerk-Wettbewerbs, war großartig gewesen. Das Thema »Orpheus und Eurydike«

schien zu ihnen zu passen, glaubte Cosenza, der sich nur vage an den Inhalt der Sage erinnerte. War es nicht eine große Liebesgeschichte? Das Feuerwerk wurde begleitet von einem Reigen klassischer und moderner Musik. Dass sie unter anderem *Malade* von Dalida gewählt hatten, traf Cosenza mitten ins Herz. *Je n'ai plus envie de vivre ma vie, ma vie cesse quand tu pars … Je suis malade complètement malade,* sang er voller Inbrunst den Text mit und sah Nicki dabei eindringlich in die Augen. Es war romantisch und spektakulär. Nicki war aufgedreht und quirlig wie selten. Er ertrug ihr Geplapper, denn sie sah hinreißend aus. Sie erinnerte ihn an Marylin Monroe, als sich die Wellen über ihren Füßen kräuselten und sie dabei das Kleid kokett anhob und lachte. Solange sie unter Menschen waren, gelang es ihm, seine Rolle zu spielen, aber zu Hause, neben der selig schlafenden Nicki, zählte er die Stunden. Er fühlte sich nicht schlecht, Raphaël Picot erschossen zu haben, aber dennoch wurde ihm körperlich schlecht, als er daran dachte, wie der junge Mann auf dem Schreibtisch zusammengesackt war. Hätte er die Beretta nicht doch mitnehmen sollen? Erst gegen Morgen war er eingenickt, um wie jeden Tag um sieben wach zu werden. Nicki lag neben ihm, schön, jung und heiter sah sie aus in ihrem Schlaf, eine kleine verschwitzte Haarlocke klebte auf ihrer Stirn, und es erregte ihn, sie so zu sehen. Seine Frau. Sie gehörte ihm. Wieder ihm. Nur ihm. Er wälzte sich auf sie und drückte ihre Beine auseinander. »Oh«, kiekste sie überrascht und …

»Was meinen Sie also?«

Cosenza erwachte aus seinem Tagtraum und spürte seine Erektion. Hoffentlich sah man sie nicht. Er drückte seinen Bauch an den Schreibtisch. »Was meine ich wozu?«

»Soll ich die Batterie austauschen? Im Auto Ihrer Frau«,

setzte der Automechaniker nach, denn Cosenza schien gedanklich woanders zu sein.

»Ja, ja, machen Sie das, wenn Sie glauben, dass es nötig ist.«

»Ich denke, es wäre besser, nur ... ich habe leider keine Batterie dieser Größe vorrätig. Ich kann eine beim Großhändler bestellen, obwohl ...«, er sah auf die Uhr, die über der Tür des Büros hing, »um heute noch beliefert zu werden, ist es schon zu spät.« Er zuckte die Schultern. »Ich kann ein bisschen rumtelefonieren, ob eine Tankstelle noch einen Vorrat hat, im August ist das alles nie so sicher ...«

»Michel, es ist Ihr Job, machen Sie, was und wie Sie wollen, aber machen Sie es. Meine Frau braucht das Auto erst morgen.«

»*Oui,* Monsieur Cosenza, nur, wenn ich immer alles alleine machen soll, telefonieren, Teile bestellen, Auskunft geben, die Karren schrauben ...« Er blickte wieder auf die Uhr.

Cosenza folgte seinem Blick. Es war schon kurz nach zwölf. »Und dann machen Sie nicht mal pünktlich Mittagspause. Ihre Frau wird warten und sich ärgern, wenn das Essen verkocht ist!« Cosenza kannte die Gewohnheiten von Michel, der zum Mittagessen nach Hause ging, er wohnte nur zwei Straßen weiter, und der danach gerne eine ausgiebige *sieste* machte, bevor er um 14 Uhr wieder in der Werkstatt erschien.

Michel lächelte verlegen. »Na ja, ich bin es gewohnt, ich komme selten pünktlich raus.«

Cosenza verstand. »Ich werde dafür sorgen, dass Giorgio heute Nachmittag da ist. Jetzt bleibe ich hier und warte auf Monsieur Joukovsky. Danach mache ich zu. Gehen Sie nur, Michel, es ist ja schon spät.«

Michel nickte dankbar. »Wissen Sie, ich mache gern nach dem Essen eine *sieste,* und vor allem bei der Hitze ...«

Cosenza nickte. »Wie geht's Nathalie?«, erkundigte er sich dann, mehr aus Höflichkeit als aus echtem Interesse.

»Oh, danke der Nachfrage, es geht ihr gut, sie ist mit den Kindern und den Kleinen bei meinen Eltern, in Cabris, die Ferien, wissen Sie.« Er wischte sich die schmierigen Hände an einem nicht weniger schmutzigen Tuch ab. Cosenza nahm es verärgert zur Kenntnis. Sauberkeit war für ihn das A und O. Die Werkstatt war bewusst in Weiß und Hellgrau gehalten. Tageslicht kam über das Glasdach, mit dem sie die Innenhöfe überbaut hatten. Letztes Jahr hatten sie für 60 000 Euro einen neuen hellgrauen Fußbodenbelag gelegt. Es gab einen schicken Warteraum mit hellgrauen Ledersesseln, dezenter Musik, Zeitschriften und Kaffeeautomat. Alles war tipptopp, um die empfindlichen Limousinen und ihre noch empfindlicheren Besitzer zu umsorgen.

»Dort oben sind es ein paar Grad weniger, nachts kühlt es ab, und die Luft ist frisch. Da müsste man jetzt sein«, seufzte Michel.

Cosenza verstand durchaus. Michel war noch ein Mechaniker vom alten Schlag, »Was wollen Sie machen, Michel. Unsere Klientel ist nun mal jetzt hier, jetzt im Sommer. Wenn wir jetzt nicht arbeiten, wann dann?«

»Natürlich. Das wollte ich gar nicht gesagt haben«, gab Michel zurück, obwohl er durchaus alle die Kollegen beneidete, die im August die Werkstatt einfach schlossen. Spätestens am 15. August, irgendwann waren sie einem egal, die Urlauber, die mit ihren heißgelaufenen Autos Schlange standen. Egal wie viel sie einem boten. Herrje, es war Sommer, und man hatte doch selbst auch Kinder und Enkel und Urlaub mit ihnen verdient! »Ich meine, wenn es hier wenigstens mal ein Gewitter gäbe, ein schönes Sommergewitter, damit all diese Schwüle verschwindet. Früher konnte man sicher sein, dass es im August immer Gewitter gab, aber heutzutage, mit diesem Klimawandel, ist ja alles durcheinandergeraten …«

Etwas von Michels Rede hatte Cosenza berührt. ›Sie ist im Hinterland bei meinen Eltern, mit den Kindern und den Kleinen‹, ging ihm nicht aus dem Kopf. Eine Welle der Nostalgie überkam ihn. So hatten sie es auch gemacht mit Elisabetta. Sie war mit den Kindern in den Sommerferien immer nach St. Cézaire gefahren, und er war an den Wochenenden nachgekommen. Häufig kamen noch seine Schwester und sein Bruder mit ihren Kindern hinzu. Luca und Massimo waren mit ihren Cousins und Cousinen durch die Felder und Wälder gestreift, hatten in der Siagne gebadet, und sie hatten Kirschen und Feigen von den Bäumen gegessen, bis ihnen schlecht war. Die Erwachsenen hatten stundenlang im Garten gesessen, erzählt, gegessen und getrunken. Seine Mutter hatte riesige Platten mit Fleisch und Geflügel auf den Tisch gestellt. Die Frauen wuselten herum und überboten sich darin, die fleißigste und aufmerksamste Gastgeberin zu sein. Er wurde wehmütig, als er daran dachte. Warum lebte er das nicht mit Nicki? Wieder schoss ihm der Gedanke durch den Kopf, noch entschiedener jetzt: Wir sollten ein Kind haben! Kinder. Zwillinge. Ha! Warum nicht Zwillinge. In der Familie gab es immerhin die erbliche Anlage. Sein Bruder hatte zwei reizende Zwillingsmädchen gemacht. Er atmete schwer. Ein Kind. Jawohl. Irgendwann musste sie erwachsen werden, seine Nicki, ein Kind würde ihr guttun. Verantwortung übernehmen.

»Monsieur Cosenza!«

»Ja?«

»Kann ich?!«

»Verzeihen Sie Michel, natürlich, gehen Sie nur, *bon appetit!*«

Duval musterte die Psychologin von der Krisenintervention. Sie hatten nur ein paar Worte gewechselt, Aurélie Gaymard war ihm durchaus nicht unsympathisch, aber er fand den Begriff der Krisenintervention etwas hochgegriffen. Krise. Natürlich war es nicht angenehm, eine Todesnachricht zu überbringen. Das war es niemals. Aber früher hatten sie so etwas auch ohne psychologische Unterstützung hingekriegt. Nun denn. Picot stand auf dem Klingelschild. Er klingelte.

Beinahe augenblicklich öffnete eine kleine, rundliche Frau die Tür. Sie blickte von Duval zur Psychologin und schien sofort zu wissen, worum es ging.

»Madame Picot?«

Sie nickte.

»Wir sind von der *Police Nationale* ...«, begann Duval

»Nein!«, sagte sie leise und begann zu weinen.

»Madame Picot, lassen Sie uns bitte hineingehen«, bat Duval ruhig, aber bestimmt.

»Madame Picot«, wiederholte Duval. Es war die Psychologin, die die kleine Frau auffing, als sie zusammensackte.

Gemeinsam hievten sie die Frau in die Wohnung und setzten sie behutsam in einen Sessel, der in einer Ecke der Küche stand. »Madame Picot, alles in Ordnung mit Ihnen?« Während Duval den SAMU, den *Service Medical Assistance Urgence,* anrief, ließ die Psychologin Wasser aus dem Wasserhahn laufen. Sie hielt die Hand darunter, bis es richtig kalt war. Dann füllte sie ein Glas Wasser und reichte es der kleinen Frau. »Trinken Sie einen Schluck, das wird Ihnen guttun«, sagte die Psychologin warm. »Haben Sie das öfter? Nehmen Sie irgendein Medikament?«

»Meine Tropfen!«

»Tropfen? Welche Tropfen? Wo sind sie?«

»Notfalltropfen. Im Badezimmer, im kleinen Schränkchen hinter dem Spiegel.«

»Ich gehe«, sagte Duval und machte ein paar Schritte in der kleinen Wohnung hinter der Küche. Drei geschlossene Türen. Hinter der ersten befand sich ein Schlafzimmer, dessen knallige orangefarbene Wände mit den altmodischen, dunkel lackierten Holzmöbeln kontrastierten. Hinter der gegenüberliegenden Tür war offensichtlich das Zimmer eines jüngeren Menschen. Ikea-Holzregale voller Bücher, Zeitschriften, DVDs, ein etwa 1,20 Meter breites Bett. Eine Weltkarte hing an der Wand. Das Bett war sorgfältig gemacht. Auf einem Schreibtisch ein großer Bildschirm und eine abgenutzte Tastatur.

»Haben Sie die Tropfen?«, rief Aurélie Gaymard.

Duval beeilte sich, die dritte Tür, die zum Badezimmer führte, zu öffnen. Im Spiegelschrank über dem Waschbecken fand er schnell die Notfalltropfen, pflanzliche Essenzen in Alkohol gelöst. Er glaubte nicht wirklich an die Wirkung der Pflanzen, vermutlich war es der Alkohol, der den Kreislauf eines geschwächten Menschen wieder in Gang brachte.

»Hier«, Duval hielt Madame Picot das Fläschchen hin. »Wie viele Tropfen nehmen Sie? Wie nehmen Sie sie ein? In Wasser? Auf Zucker?«

»Vier Tropfen direkt auf die Zunge«, sagte Madame Picot und ließ bereits vier Tropfen auf die Zunge tropfen.

»So.« Sie blieb zusammengesackt sitzen und atmete schwer aus.

»Es ist was mit Raphaël, nicht wahr?«, fragte sie dann leise.

»Ja, Madame Picot«, sagte Duval. Es hatte wenig Zweck, die schlechte Nachricht hinauszuzögern: »Wir haben ihn heute früh tot aufgefunden.«

Sie schluchzte auf und weinte. »Wo?«, fragte sie.

»Er wurde tot in einem Ferienappartement in der Rue Coste Corail gefunden.«

»In einem Ferienappartement in der Rue Coste Corail?«, fragte sie und hörte überrascht auf zu weinen. Sie richtete sich auf. »Was machte er denn da?«

»Das wissen wir nicht. Ich dachte, Sie könnten uns etwas dazu sagen?! Er wohnte noch bei Ihnen? Ich habe sein Zimmer gesehen«, erklärte Duval.

»Na ja, wohnen. Zum Schlafen kam er hin und wieder, und er hat noch Sachen hier. Er ist schon lange ausgezogen. Was ist denn passiert?«, fragte sie.

»Es sieht so aus, als habe er sich das Leben genommen.«

»Was?« Sie war fassungslos und sackte wieder zusammen.

Es klopfte an der Tür, fast gleichzeitig wurde sie aufgestoßen. »Lydie? Alles in Ordnung, Lydie?« Eine ältere Dame mit weißen Haaren wuselte herein. »Verzeihen Sie, aber ich habe Sie hineingehen sehen, und ich musste einfach nachschauen, ob alles in Ordnung ist«, setzte sie an und wandte sich an Madame Picot. »Lydie? Ist alles in Ordnung, Lydie?«

Madame Picot stöhnte kurz auf.

Duval führte die Dame resolut wieder Richtung Tür. »Wer sind Sie, Madame?«

»Ich wohne nebenan, ich bin die Nachbarin, ich bin

Mado, *Mado, la Cannoise*«, sie sah den Commissaire verschmitzt und gleichzeitig herausfordernd an.

»*Mado, la Cannoise*«, wiederholte Duval, der die Anspielung auf die Nizzaer Kleinkunstschauspielerin *Mado la Niçoise* sofort verstand. »Sehr erfreut, Mado. Spielen Sie auch Theater?«

»Ich könnte wohl, alle sagen das, aber nein«, sie schüttelte den Kopf. »Clary, Madeleine ist mein Name«, stellte sie sich dann korrekt vor. »Mado sagen sie zu mir, weil ich auch so eine große Klappe habe wie Noelle Perna, das sagen zumindest alle, und so wurde ich zu *Mado la Cannoise*«, erklärte sie. »Lydie und ich, wir sind Nachbarinnen, schon immer. Nicht wahr, Lydie? Wir sind Nachbarinnen«, rief sie zu Madame Picot gewandt in die Küche. »Ich habe Sie vor der Tür gesehen«, redete sie dann eifrig auf Duval ein. »Sie sind von der Polizei, nicht wahr? Ich wusste sofort, dass etwas geschehen ist, ich wusste es. Ich dachte es mir schon, Raphaël war ja heute Morgen nicht auf dem Markt, das war schon ungewöhnlich, nicht wahr. Wir kennen uns hier ja alle, nicht wahr, also wir vom Fischmarkt und …«

»Madame Clary …«, begann Duval

»Sagen Sie ruhig Mado zu mir«, unterbrach Madeleine Clary ihn sofort, »wenn Sie Madame Clary sagen, dann fühle ich mich nicht angesprochen!«

»Mado Clary also«, versuchte Duval einen Kompromiss, »würden Sie uns noch einen Moment alleine lassen? Wir kommen nachher zu Ihnen, und Sie erzählen uns, was Sie wissen, und Sie können sicher später auch etwas für Madame Picot tun, aber jetzt …«, er öffnete die Tür.

»Natürlich, das verstehe ich«, beteuerte Mado. »Ich bin für dich da, Lydie, das weißt du, Lydie, ich bin da!«, rief Mado la Cannoise noch einmal in die Küche. »Ruf mich an, wenn was ist, ruf mich an, oder ich komme später noch einmal vorbei, Lydie, hörst du?«

»Sie hat es gehört, und sie weiß es sicher«, sagte Duval und schob die Dame sanft über die Türschwelle.

Mit lautem Martinshorn kam der Notarztwagen vorgefahren und hielt schräg auf dem Bürgersteig. Arzt und Sanitäter sprangen aus dem Wagen, und Duval öffnete ihnen weit die Tür und zeigte seinen Dienstausweis. »Sie ist in der Küche, Schwächeanfall«, erläuterte Duval. »Lydie Picot. Wir mussten ihr eine Todesnachricht überbringen. Der Sohn.«

Der Notarzt nickte und lief eilig in die Küche. »*Bonjour*, Madame Picot«, sagte er und drückte ihr die Hand, »ich bin der Notarzt, mein Name ist Thierry Giraud«, während er ihr gleichzeitig den Puls fühlte und in die Augen sah. »Wie fühlen Sie sich?«

»Nicht gut.«

»Nicht gut, das kann ich mir vorstellen nach so einer Nachricht. Sind Sie gefallen? Haben Sie sich weh getan?«

Sie schüttelte den Kopf.

»Sie ist zusammengesackt, und wir haben sie aufgefangen«, erklärte Duval. Der Arzt nickte.

»Bleiben Sie erst mal ganz ruhig sitzen«, sagte er zu Madame Picot, »wir sind ja da. Alles gut. Sind Sie Diabetikerin? Nehmen Sie Medikamente?«

»Ich habe die Tropfen genommen.«

»Die Tropfen, welche Tropfen?«

Lydie Picot hielt ihm das Fläschchen entgegen.

»Ah, die Bachblüten, das ist immer gut«, sagte der Arzt beruhigend. »Und sonst, nehmen Sie sonst Medikamente?«

»Ich nehm' was für das Cholesterin«, sagte sie und machte Anstalten aufzustehen.

»Ganz ruhig. Cholesterin, sonst noch etwas? Ihr Herz ist

gesund?« Er hatte ihr die Blutdruckmanschette schon über den Arm gestreift und pumpte sie nun auf. »Kreislaufprobleme?«

»Na ja.«

»Na ja ja oder na ja nein?«, fragte der Arzt munter weiter, sah ihr prüfend in die Augen und maß den Blutdruck. »100 zu 65«, sagte er und ließ den Druck wieder ab. »Ist ein bisschen schwach. Ist das normal? Haben Sie einen niedrigen Blutdruck?«

Sie schüttelte den Kopf.

»Gut, ich gebe Ihnen mal eine Spritze, mit einem Mittel, das Sie ein bisschen stabilisiert und gleichzeitig ruhig macht. In Ordnung? Sind Sie allergisch gegen irgendwas?«

»Allergisch?«

»Ja, reagieren Sie allergisch auf bestimmte Medikamente?«

»Nein.«

Duval ging zurück in das Zimmer Raphaël Picots und hörte den Arzt weiter sprechen, während er schnell und leise Schubladen aufzog und die Maus neben der Tastatur bewegte. Der Computer schaltete sich mit einem kleinen Ächzen ein, ein Fischerboot, ein türkisfarbenes *Pointu,* wurde auf dem Hintergrundbild sichtbar, allerdings wurde ein Passwort erfragt. 1 2 3 4 gab Duval ein, manchmal war es so einfach, aber nicht in diesem Fall. An der Wand hingen Fotos von jungen Männern und Frauen, die mit vom Wind verwehten Haaren lachten, Fotos von Männern auf Fischerbooten. Raphaël posierte mehrfach, lachend und stolz mit einem riesigen Fisch. Duval nahm eines der Fotos von der Wand und steckte es ein.

»Haben Sie jemanden, der nach Ihnen schaut? Leben Sie allein?«, fragte der Arzt in der Küche.

Madame Picot schluchzte heftig auf und begann wieder zu weinen.

»Es tut mir sehr leid, Madame Picot. Ich gebe Ihnen jetzt eine Spritze, ja?«, hörte er den Arzt sagen.

»Alles gut«, sagte fürsorglich die Psychologin. »Ich bleibe bei Ihnen«, erklärte sie, »ich bin Psychologin und arbeite mit der Polizei zusammen, ist das in Ordnung, Madame Picot, wenn ich erst mal hier bei Ihnen bleibe? Sie müssen nicht mit mir reden, ich bleibe einfach nur einen Moment da, oder wir können zusammen überlegen, was zu tun ist.«

Duval fand sie gar nicht so schlecht, die Psychologin. Außerdem gab sie ihm die Möglichkeit, unauffällig ein bisschen herumzustöbern. Er öffnete den großen altmodischen Kleiderschrank, dessen Tür knarzte. Er erschrak, aber aus der Küche kam keine Reaktion. Er durchsuchte den Schrank, fand aber außer Kleidung, Schuhen und Bettwäsche nichts, was seine Aufmerksamkeit erregt hätte. Dann stieg er auf einen Stuhl, um einen Blick hinter den Schrankaufsatz zu erhaschen. Ein alter Lenkdrachen lag da, ein großformatiger Kalender mit Aufnahmen von alten Segelschiffen und: eine Aktenmappe. Bingo! Er öffnete sie und stutzte. Schnell blätterte er durch eine große Sammlung an Zeitungsausschnitten und nahm die Mappe an sich.

»Oder möchten Sie, dass ich Ihre Nachbarin hole? Die, die eben schon da war?«, fragte die Psychologin.

Lydie Picot verneinte. »Das ist mir jetzt zu viel.«

»Verstehe.«

Duval versuchte noch einmal vergeblich, sich am Computer anzumelden.

»So«, sagte der Arzt, »das war's schon.«

»Das war's?«

»Ja. Hat nicht weh getan, oder?«

»Ich habe gar nichts gespürt.«

»So soll es sein. Und schon sehen Sie wieder besser aus«, sagte der Arzt. »Wie fühlen Sie sich jetzt?«

»Na ja.«

»Ich weiß schon, Madame Picot, nicht gut, aber rauscht es noch in den Ohren? Kribbelt es irgendwo? Fühlen Sie sich schwach?«

Duval trat wieder in die Küche. Die Psychologin bemerkte die Mappe unter seinem Arm und sah ihn streng an. Er zog nur kurz die Augenbrauen hoch und lehnte sich an die Wand.

»Dann stehen Sie mal vorsichtig auf und machen ein paar Schritte ...«, fuhr der Arzt fort.

Sie erhob sich folgsam und ging bis zum Waschbecken. Dort stützte sie sich ab und schluchzte wieder auf.

»Ja, das ist normal«, sagte der Arzt. »Ganz normal. Aber ich muss Sie nicht mit ins Krankenhaus nehmen, oder?«

»Nein.«

»Gut, Madame Picot, ich fülle jetzt ein paar Blätter aus, Papierkram, das ist so, haben Sie Ihre Versichertenkarte gerade da?«

»In der Handtasche«, sie sah sich suchend um. »Da!« Sie zeigte auf die Tasche am Kleiderhaken neben Duval. Duval reichte sie ihr, und sie suchte darin. »Hier«, sie gab das kleine grüne Kärtchen an den Arzt weiter.

»Danke schön. Sie erlauben, dass ich mich setze?«, fragte er und griff schon nach einem Stuhl.

»Natürlich.«

Am Küchentisch füllte er rasch ein mehrseitiges Dokument aus. »Das müssen Sie mir bitte hier«, er zeigte auf die Stelle und reichte ihr den Kugelschreiber, »unterschreiben, und dann sind Sie uns schon los.«

»Aha«, machte sie und schrieb langsam und deutlich ihren Namen.

»Das war's für den Moment, Madame Picot, machen Sie langsam, bleiben Sie heute mal drinnen bei dieser Hitze. Trinken Sie viel! Und schauen Sie in den nächsten Tagen mit Ihrem Hausarzt, wer ist denn Ihr Hausarzt?«, unterbrach er sich.

»Docteur Dupont, Henri Dupont.«

»Gut. Schauen Sie mit Docteur Dupont nach dem Blutdruck und ... schlafen Sie denn gut?«

»Na ja«, sagte Madame Picot leise, »ich schlafe schon lang nicht mehr richtig gut.«

»Na, da kann Ihr Hausarzt Ihnen vielleicht auch etwas verschreiben. Wir sind jetzt erst mal wieder weg ... *Au revoir!*« Er gab ihr die Hand, die sie schlaff drückte.

Das Funkgerät rauschte, eine verkratzte Stimme war zu hören, der Assistent gab kurze Antworten. »Verstanden. Sind fertig hier.«

»Gut, meine Herrschaften«, der Arzt sah kurz zu Duval und der Psychologin, hob grüßend die Hand, und er und sein Assistent waren genauso schnell verschwunden, wie sie gekommen waren.

Dann herrschte wieder Stille in der kleinen, abgedunkelten Wohnung.

»Möchten Sie vielleicht einen Kaffee?«, fragte höflich Madame Picot.

»Nein, nicht für mich, Madame Picot«, antwortete Duval, »vielleicht Aurélie?«

»Das sehen wir gleich«, antwortete Aurélie.

»Madame Picot«, begann Duval, »ich gehe jetzt, Aurélie bleibt noch einen Moment bei Ihnen. Ich lasse Ihnen meine Karte da, aber ich komme in den nächsten Tagen sicher auch so noch einmal wieder, um mit Ihnen zu sprechen. Vielleicht morgen. Haben Sie jetzt noch eine Frage?«

»Wo ist mein Sohn jetzt? Kann ich ihn sehen?«

»In der Gerichtsmedizin. Ich will schauen, ob und wann Sie ihn sehen können, ich bringe das in Erfahrung, ja?«

Sie nickte.

»Mich können Sie jederzeit anrufen«, er legte ihr seine Visitenkarte auf den Tisch.

Madame Picot nahm sie und las laut »Commissaire Léon Duval«.

»Ja«, Duval nickte, »das bin ich. Ich komme in den nächsten Tagen wieder. Sie sind doch hier?«

»Wo sollte ich denn sonst sein?«

»Gut!«, befand Duval. *»Au revoir!«* Er nickte Aurélie zu und machte mit der Hand eine Geste für »wir telefonieren«. Sie nickte. Dann ging er.

Mado, la Cannoise hatte nur auf diesen Moment gewartet. *»Monsieur«,* rief sie, *»Monsieur le Policier!«* Sie erhob sich von einem schattigen Mäuerchen und lief eilig auf ihn zu. Duval blieb stehen. »Sie sind doch von der Polizei?«, fragte sie dann atemlos.

»*Oui,* Madame.«

»Ach sagen Sie doch *Mado,* das Madame ist mir zu steif«, wehrte sie ab. »Was ist denn nun mit Raphaël?«, fragte sie mit unverhohlener Neugier. »Falls Sie mir das sagen können natürlich nur«, versuchte sie ihre Direktheit abzumildern. »Wissen Sie, wir haben uns alle Gedanken gemacht heute Morgen.«

»Wer ist *wir,* Madame?«

»Na, wir, die Fischer, Raphaël ist Fischer, wie sein Vater. Hat Ihnen Lydie das nicht gesagt? Mein Mann René war auch Fischer«, erklärte sie. »Nun, er ist schon ein paar Jahre tot, mein René, er hatte ein Problem mit dem Herzen, aber er wollte nicht aufhören mit der Fischerei. Man ist Fischer, oder man ist es nicht, wissen Sie. Mein René, der war Fischer mit Leib und Seele. Aber der Arzt hat es ihm gesagt, Monsieur Clary hat er gesagt, wenn Sie nicht langsamer machen, hat er gesagt, und eines Morgens hat man ihn tot in seinem Boot gefunden, meinen René. Für ihn war es sicher das Beste so. Er hat es so gewollt, sage ich, aber für mich, für uns, für seine Familie war es schwer zu ertragen, nicht wahr. So plötzlich. Und also heute Morgen, als Raphaël nicht auf den Markt kam ...«

Duval nickte müde. Mado Clary hatte eine Art zu reden, die ihn erschöpfte, wo nahm sie die Energie her bei diesen Temperaturen? Zu gerne wäre er sie losgeworden und hätte außerdem gerne etwas Kühles getrunken und in Ruhe diese Mappe durchgesehen. Aber neugierige und geschwätzige Menschen waren immer eine nützliche Informationsquelle, insofern hörte er zu.

»Raphaël kam sonst jeden Tag auf den Markt?«

»Na ja, es ist Lydie, die den Fisch auf dem Markt verkauft. Sie war da und wartete auf seine Lieferung. Aber er kam nicht.«

»Er kam nicht«, wiederholte Duval.

»Nein. Wissen Sie, manchmal gibt es keinen Fisch, oder manches Mal hat er den Fisch schon direkt an ein Restaurant verkauft, aber dann ruft er an. Aber gerade haben wir einen Schwarm Doraden in der Bucht vor Cannes. Alle Fischer hatten heute unendlich viel Fisch im Angebot. Also warteten wir auf ihn. Ich mache das zusammen mit Lydie, das heißt wir wechseln uns ab, verstehen Sie. Aber er kam nicht. Lydie begann irgendwann, sich Sorgen zu machen, und ich lief zum Hafen, um zu sehen, ob sein Boot da war, denn wenn etwas auf dem Meer passiert wäre, *malheur,* nicht auszudenken ...« Sie hob dramatisch die Hände zum Himmel. »Aber sein Boot lag da. Und es war unberührt. Das sah man. Er war gar nicht rausgefahren. Die anderen Fischer haben das bestätigt. Niemand hatte Raphaël heute Morgen gesehen.«

»Welches ist sein Boot, Madame Clary?«

»Mado, sagen Sie doch Mado. Ein türkisfarbenes Pointu. Es liegt ganz oben am Kai. Soll ich es Ihnen zeigen?«

Duval wehrte ab. »Ich finde das schon.« Er zog sein Smartphone hervor und warf einen Blick darauf. »Madame Clary«, begann er.

»Mado«, unterbrach sie sofort, »ich bin Mado!«

»Mado also, ich muss jetzt leider«, sagte er. »Sie können ja jederzeit ins Kommissariat kommen und dort eine Aussage zu Protokoll geben, vor allem, wenn Ihnen noch etwas einfällt, nicht wahr?!«

Mado, la Cannoise klappte stumm den Mund auf und zu wie ein Fisch auf dem Trockenen.

»Kommen Sie aufs Kommissariat, Madame ... Mado«, wiederholte Duval. Er reichte ihr seine Karte. »Ich muss jetzt wirklich weiter.«

»Natürlich, ich verstehe das. Wie geht es Lydie denn? Kann ich zu ihr?«

»Im Augenblick ist noch eine Psychologin bei ihr.«

»Ah bon?«, rief sie aus. »Eine Psychologin? Ist es so schlimm?«

»Krisenintervention«, erläuterte Duval kurz.

»Ach so ja, ich verstehe«, gab sie vor. »Na, dann gehe ich vielleicht noch nicht zu ihr, was meinen Sie? Wenn eine *Psychologin* da ist.«

»Tun Sie, was Ihnen richtig erscheint, das sehen Sie dann schon. *Au revoir* Madame.«

»Mado!«, verbesserte sie ihn erneut. *»Au revoir, au revoir Monsieur le Commissaire!«,* rief sie eifrig, und er sah aus den Augenwinkeln, wie sie sich dem kleinen Haus von Lydie Picot näherte.

Erleichtert, der geschwätzigen Dame entkommen zu sein, lief Duval schnell das enge Sträßchen hinab und gelangte über die Treppen am Ende der Rue du Barri zum Hafen. Die Mittagssonne knallte unbarmherzig auf den schattenlosen Quai de St. Pierre, auf dem sich dennoch die Menschen drängelten. Viele kamen schon rotgesichtig und erschöpft vom Strand zurück, andere schleppten noch frohgemut Taschen, große Handtücher und aufgeblasene Matratzen dorthin. Wieder andere flanierten in bester Urlaubslaune und bestaunten die blitzenden weißen Yachten, machten Selfies davor und lasen im Vorübergehen die Menüangebote der Restaurants, die sich hier aneinanderreihten. Neben dem Hafenbüro der Police Municipale standen die Menschen Schlange, um einen Platz in der benachbarten großen Pizzeria zu ergattern. Duval bahnte sich seinen Weg, grüßte im Vorübergehen die Kollegen der Police Municipale, die vor dem Eingang standen und rauchten, und warf einen Blick auf die Fischerboote, die am oberen Ende des Hafenbeckens lagen. Klein, bunt und ein bisschen armselig schaukelten hier, nur einen Steinwurf entfernt von den zwei- und dreistöckigen Luxusyachten, eine Handvoll kleiner *Pointus,* die für die Region typischen Holzboote, an einem eigenen kleinen Steg. Große Haufen grüner Fischernetze lagen hier und da, und es roch nach Fisch, Tang und verwesenden Algen. Duval versuchte das Tor zu öffnen, aber es war abgesperrt. Er sah niemanden, den er hätte fragen können. Er müsste ein anderes Mal kommen, frühmorgens vielleicht oder spätabends, so genau wusste er gar nicht, wann die Fischer rausfuhren, um ihre Netze auszulegen.

Jetzt auf jeden Fall war Mittagszeit. Der Kiosk nahe am Hafen fiel ihm ins Auge, und schon bei dem Gedanken an das *Pan Bagnat,* das er dort hin und wieder verspeiste, lief ihm das Wasser im Mund zusammen. Der quadratische Pavillon war weniger ansehnlich als all die neuen, in frischem Türkis-Weiß durchnummerierten Kioske, die sich an der Strandpromenade aufreihten, aber hier gab es zusätzlich auch üppige und frische Salate und hausgemachte Tartes. An die ruppige Freundlichkeit des Personals musste man sich gewöhnen, aber mit einem wohlbelegten *Pan Bagnat* im Mund war alles gut. *»Pan Bagnat«* bestellte er dann auch und blätterte, während er an der schattigen Seite am Tresen stehend ein Mineralwasser trank, durch die Zeitungsausschnitte in der Mappe. Schneller als erwartet stand das *Pan Bagnat* vor ihm, und gierig biss er hinein. Das runde olivenölgetränkte Brot, aus dem Salat, Ei, Thunfisch und Sardellen quollen, war köstlich, aber natürlich fiel ihm sogleich etwas davon auf die Mappe. Verärgert wischte er den Thunfisch von der Mappe, klappte sie zu und widmete sich ausschließlich dem Genuss des saftigen Brotes.

Schon von weitem öffnete er mit der Fernbedienung das Tor. Langsam schwang es auf, das Geräusch des Wagens auf dem knirschenden Kies gefiel ihm. Es klang nach *Château,* nach Versailles, nach Aristokratie. Auch das *klack,* mit dem die Autotür zufiel, klang edel und luxuriös. Nur sein schwerer Schritt hatte immer noch etwas Proletarisches. Langsam schwang das zweiflügelige Tor wieder zu. Aus dem noch hypothetischen Gedanken »Wir sollten ein Kind haben« war nun ein Imperativ geworden: »Wir werden ein Kind haben!« Es sah aus, als wollte Louis Cosenza sofort zur Tat schreiten. Im Haus aber war es still. »Nicki?«, rief er fragend und blickte zunächst in die verwaiste Küche. Auch im Salon war sie nicht. Die Terrassentür war geschlossen und die Rollos heruntergelassen. »Nicki?« Er spürte eine leise Nervosität aufsteigen.

»Nicki?«, rief er nun laut.

»*Oui?!*« Klagend und leise antwortete sie aus dem Schlafzimmer.

Er stieß die Tür auf. Auch hier waren die Rollos heruntergelassen, und im Halbdunkel sah er Nicki, die mit einem dünnen Hemdchen bekleidet und einer Augenmaske im zerwühlten Bett lag. Neben ihr eine Packung Kleenex und jede Menge zerknüllter Papiertücher.

»Was ist los? Geht's dir nicht gut?«

»Ich habe eine wahnsinnige Migräne«, jammerte sie mit piepsigem Stimmchen und zog die Maske von den Augen. Sie waren verquollen und rot verweint, und Cosenza begriff, dass sie vom Tode Raphaël Picots erfahren hatte. Wie zum Teufel ... »Schlechte Nachrichten?«, fragte er etwas ruppiger, als er wollte.

Sie setzte sich auf. »Wie? Wieso?«

Cosenza versuchte seiner Frage einen anderen Klang zu geben. »Ich dachte, vielleicht ist was mit deiner Familie.«

»Ach, meine Familie«, winkte sie ab. »Nein, ich habe eine Migräne, es ist schlimmer als sonst, das ist alles.«

»Du hast gestern vielleicht etwas zu viel getrunken.« Es sollte scherzhaft klingen, aber es misslang ihm.

»Möglich«, murmelte sie mit geschlossenen Augen.

»Brauchst du irgendwas? Soll ich einen Arzt rufen?«

Sie stöhnte gequält auf. »Einen Arzt! Immer bist du gleich so dramatisch! Lass mich ein bisschen in Ruhe im Dunkeln liegen. Das ist alles, was ich brauche. Du könntest die Maske wieder in den Kühlschrank legen und mir die andere geben, wenn du so lieb sein willst.« Sie reichte ihm die Gelmaske und lächelte gequält. »Im unteren Fach«, rief sie ihm hinterher.

Cosenza öffnete den Kühlschrank und blickte missmutig hinein. Die Maske fand er schnell, ansonsten gab es wenig, vor allem nichts, womit er seinen Hunger stillen konnte.

»Hier«, er reichte ihr die Maske. »Ist das nicht ein bisschen zu kalt?«, sorgte er sich.

»Ich lege ein Tuch dazwischen«, beruhigte sie ihn.

»Was ich fragen wollte – zu essen hast du nichts vorbereitet?«

Sie stöhnte auf.

»Schon gut, schon gut, ich finde was im Kühlschrank«, beschwichtigte er sie sofort. »Es ist nur, ich habe Hunger. Wenn ich es gewusst hätte, hätte ich in der Stadt gegessen oder etwas vom *Traiteur* mitgebracht.«

»Herrje. Es ist so heiß. Wie kannst du denn mittags immer so viel essen? Es gibt noch Brot von gestern, und Schinken und ein paar Tomaten sind noch da. Oder du schaust im Tiefkühlfach, es gibt noch ein paar Fertiggerichte, glaube ich.«

»Schon gut, ich finde was, mach dir keine Sorgen, entschuldige. Ruh dich aus, *Chérie.*«

»Danke. Entschuldige, es tut mir leid …«

»Es muss dir nicht leidtun, mir tut's leid, dass ich so wenig einfühlsam war.«

Er schnitt das leicht gummiartige Baguette vom Vortag auf und steckte es in den Toaster. Während er wartete, dass das Brot knusprig würde, blätterte er hastig durch die Zeitung. Sie berichtete weder von einem Mord noch von einem Selbstmord. Woher hatte sie es erfahren? Von einem Freund des jungen Mannes? Von der Polizei? Wie waren sie so schnell auf Nicki gekommen? Hatte Raphaël Picot vielleicht damit angegeben, die Frau eines einflussreichen Cannois zu vögeln? Hatte man sie zusammen gesehen? Das hatte er alles nicht bedacht. Er hatte versucht, einen perfekten Selbstmord zu inszenieren. Er wollte Nicki zurück und sonst nichts. Nicki wollte er raushalten, hatte auch gehofft, ihre Privatsphäre schützen zu können, aber wenn einer von den schmierigen Journalisten herumwühlte, dann ... dann würden ihre Eheprobleme demnächst im *Nice Matin* breitgetreten. Das wäre unangenehm, aber nun gut, er hatte schon schwierigere Situationen gemeistert. Er würde auch das hinkriegen, redete er sich zu. Das wichtigste war, dass der Selbstmord glaubwürdig war. Und das war wohl der Fall, sonst hätte die Polizei sicher schon bei ihnen angeklopft, um den gehörnten Ehemann zu vernehmen, der ja immer der erste Verdächtige ist.

Klack machte der Toaster und warf das Brot aus. Cosenza bereitete sich sein Sandwich zu und legte dick Butter auf das warme und stellenweise etwas verbrannte Brot. Aber selbst mit Butter und Schinken sah das Sandwich nicht wirklich ansehnlich aus. Er biss in das trockene, krachende Brot und kaute unzufrieden darauf herum. Auch das kühle Bier, das er sich eingegossen hatte, schmeckte ihm heute nicht richtig. Er trug beides in den Salon, stellte es auf den gläsernen Couchtisch und warf sich schwer in einen Sessel. Dann zündete er sich eine Zigarette an. Es war so ruhig in der Villa. Er lauschte Richtung Schlafzimmer. War Nicki eingeschlafen? Er machte Anstalten aufzustehen. Aber dann ließ er es sein. Fragen drängten sich in seinem Kopf. Fragen über Fragen. Um nicht nichts zu tun, griff er nach dem Telefon. Er nahm eine leichte Bewegung wahr und hob den Kopf. Nicki stand in der Tür, klein und blass trotz ihrer Bräune, das Hemdchen hing lose an ihr. Sie war so schmal, dachte er gerührt. So schmal und verletzlich.

»Geht's dir besser?«, fragte er.

»Bisschen«, sagte sie schwach. »Wen rufst du an? Nicht den Arzt, hoffe ich.«

»Nein. Giorgio. Ich wollte Giorgio anrufen. Dieser Kerl lässt sich überhaupt nicht mehr in der Werkstatt blicken, er war schon tagelang nicht mehr dort, sagt Michel, so geht's nicht mehr weiter. Dem werde ich was erzählen.«

»Vielleicht ist er krank?«

»Krank? Der?« An diese Möglichkeit hatte Cosenza nicht gedacht. »Nie im Leben, der treibt sich nachts sonst wo rum, denkt nur daran, Mädchen aufzugabeln ...«, er unterbrach sich. Das Thema wollte er vor Nicki nicht vertiefen. »Du solltest dich besser wieder hinlegen«, sagte er, »du bist immer noch ganz blass, *Chérie.*«

»Ach, ich werde mir etwas Wasser einlaufen lassen und ein Bad nehmen. Das tut mir immer gut.«

»Ist es nicht zu heiß?!« Es war nicht sicher, ob Cosenza von der Luft- oder von der Wassertemperatur sprach.

»Ich mach's nicht so heiß, aber ich mag das Gefühl, schwerelos im Wasser zu liegen.«

»Mach das, ich rufe derweil Giorgio an.«

Während entfernt das Wasser im Badezimmer plätscherte, wählte er die Nummer seines Sohnes.

»Hallo?«, fragte eine verschlafene Stimme.

»Hallo, Giorgio, bist du es?«

»Oh, Papa, was gibt's?« Giorgios Stimme klang belegt und rau.

»Na, das wollte ich dich fragen. Bist du krank?«

»Krank? Wieso?«

»Na du klingst, als seist du noch im Bett. Weißt du, wie spät es ist? Es ist Viertel nach eins, und du warst nicht in der Werkstatt.«

»Tschuldigung. Ich bin vermutlich wieder eingeschlafen.«

»Tschuldigung, Tschuldigung. Michel arbeitet die ganze Zeit allein dort, mitten in der Saison! Wir können die Kunden nicht warten lassen!«

Giorgio gähnte laut und gelangweilt.

»Ist das alles, was du dazu zu sagen hast?«

»Herrje, Papa, ich bin gestern spät ins Bett gekommen ...«

»Ist mir egal, wann du ins Bett gekommen bist, ich will, dass du *aus* dem Bett kommst, und zwar augenblicklich, und wenn du um zwei nicht in der Werkstatt bist, dann komme ich und ziehe dich eigenhändig raus aus dem Bett, das kannst du mir glauben.«

Giorgio antwortete nicht, und Cosenza vermutete ihn schuldbewusst auf der Bettkante.

»Allez«, lenkte er ein, »ich versteh dich ja, ich war auch mal jung und war nachts unterwegs, aber ich war am nächsten Morgen trotzdem fit und habe geschuftet, das kannst du mir glauben. Also, sei ein bisschen vernünftig, du bist doch kein Kind mehr.«

»Amen«, spottete Giorgio.

Cosenza schwoll der Kamm. »Wenn du dich nicht sofort aufmachst, dann …«

»Oh, Papa, hör auf, ich hab noch nicht mal gefrühstückt.«

»Kauf dir ein Sandwich und trink einen starken Kaffee, das wird ja wohl reichen.«

Giorgio grunzte unwillig.

»Ich ruf um zwei Uhr in der Werkstatt an, wenn du dann nicht da bist, dann komme ich und versohle dir den Hintern.«

Giorgio lachte auf. *»Oui, mon Colonel«,* sagte er dann betont verächtlich.

»Es reicht! Ich bin dein Vater! Du machst dich nicht über mich lustig, hörst du!«, brüllte Cosenza. Dann sah er sein Spiegelbild in der Scheibe, wie er sich aufregte und mit den Armen ruderte. Lächerlich machte er sich. Lächerlich. »Es ist gut«, sagte er dann ruhiger. »Gut, gut. Mach, was du willst.« Er unterbrach die Verbindung und warf das Telefon auf den Tisch. Dieser kleine Kotzbrocken war wirklich sein Sohn. Es war nicht zu fassen.

Wütend lief er durch die Wohnung und blieb schließlich an der Badezimmertür stehen. Nicki rekelte sich in orangerotem Wasser. Es roch fruchtig und süßlich nach Orangen und Rosen, sicherlich eine der Badesalz-Duftkompositionen, die ihr Michou aus den Thermen mitbrachte. Von irgendwo erklang leise meditative Musik.

»Besser?«, fragte er. Seine Stimme klang rau.

»Ja, ein Bad tut mir immer gut. Du hast dich mit Giorgio gestritten, ich habe es bis hierher gehört.«

»Ja, dieser Faulenzer glaubt, er müsse nichts tun im Leben. Von Beruf Sohn! Ich habe ihm den Marsch geblasen. Wenn er um zwei nicht in der Werkstatt ist, dann … ach übrigens, dein Auto ist erst morgen fertig. Michel muss eine neue Batterie bestellen, sie war schon etwas schwach. Also nur für den Fall, dass du ein Auto brauchst heute Nachmittag.«

»Ach nein. Ich bin viel zu erschöpft, um bei der Hitze draußen herumzufahren.« Sie ließ langsam und genüsslich einen Naturschwamm über ihren Körper gleiten, und Cosenza bekam eine Erektion, als er ihr dabei zusah. »Ich geh dann mal«, sagte er rau, setzte sich ins Wohnzimmer und schaltete den Fernseher an.

Etwas später ließ sie sich in einer Wolke aus Orangen- und Rosenduft neben ihm nieder. Sie war eingehüllt in einen Hauch von Morgenmantel, hatte die Haare lässig hochgesteckt und sich sogar geschminkt. Vermutlich wollte sie möglichst normal erscheinen.

Im Fernsehen sprachen sie von der größten Hitzewelle seit über hundert Jahren und zeigten dramatische Bilder von dürren Mais- und Weizenfeldern und von vorzeitig reifen und zu trockenen Trauben. *Alerte canicule!* Hitzealarm! Die betroffenen Départements waren auf der Karte der Wettervorhersage orange gekennzeichnet, und die Dame vom Wetterdienst machte ein besonders betroffenes Gesicht, als sie darauf deutete.

»Kein Wunder, dass es dir nicht gut geht«, setzte er an. »Ich habe mir überlegt, wie wär's, wenn du zu meiner Mutter nach St. Cézaire fahren würdest?! Dort ist es frischer, meine Mutter würde sich freuen, außerdem ist sie da oben nicht so alleine. Was meinst du?«

»Ach«, es klang nicht wirklich begeistert. Nicki mochte weder das Dorf im Hinterland noch das alte Haus, in dem Cosenzas Mutter die Sommermonate verbrachte. Viel zu primitiv, fand sie. Ihr Verhältnis zu Cosenzas Mutter war auch eher angespannt. »Es geht mir doch schon viel besser«, beteuerte sie.

»*Chérie,* ich sehe, dass es dir nicht gut geht. Du bist deprimiert«, stellte er fest, »du wirkst erschöpft«, er musterte sie, und sie sah verlegen unter sich. »Es ist auch kein Wunder bei der Hitze, ich bin das Klima hier gewohnt, aber du nicht, und du bist so empfindlich. Ich will nicht, dass du krank wirst, ein paar Tage in der Frische werden dir guttun. Am besten bleibst du, bis die Hitzewelle nachgelassen hat. Machst eine kleine Kur«, er sah sie aufmunternd an. »Dort oben ist es wunderbar ruhig und erholsam. Und meine Mutter ...«

»Freut sich, das hast du schon gesagt«, ergänzte sie wenig begeistert.

»Genau. Abgemacht?«, fragte er, aber für ihn war es keine Frage. Er hatte entschieden.

»Und du?«, wandte sie ein. »Was wirst du denn machen, so alleine? Was wirst du essen? Du hast nicht mal das Sandwich gegessen!«, sagte sie anklagend. Als hätte sie sich jemals wirklich darum bemüht, ihm Essen zuzubereiten. In der Regel kaufte sie etwas beim *Traiteur,* oder sie wärmte ein Tiefkühlgericht auf. Häufig gingen sie essen.

Er biss demonstrativ von dem Sandwich ab und kaute mühsam. »Mach dir um mich keine Sorgen«, nuschelte er. »Ich komm schon klar. Ich gehe essen, dann komme ich unter die Leute«, er zog eine kleine Grimasse. »Das Wichtigste ist, dass du wieder etwas stabiler wirst.« Keinesfalls wollte er sich von diesem Plan abbringen lassen, sie ins ländliche Hinterland zu schicken. Er hatte es scherzhaft ›Kur‹ genannt, und tatsächlich dachte er an eine gewisse Entziehungskur, um sie hier aus dem Verkehr zu ziehen, fort aus den Kreisen, in denen sie hinter seinem Rücken verkehrte, wer und wo immer das war. Tapetenwechsel. Luftveränderung. Durchaus auch eine Strafexpedition in gewisser Weise. Dort oben wäre sie unter der Aufsicht seiner Mutter, und es gäbe keinerlei Zerstreuung.

»Am besten fährst du gleich morgen früh, wenn dein Auto fertig ist, was meinst du?«

»Schon?« Sie war entsetzt.

»Natürlich, je eher, desto besser. Wenn du dich nicht gut genug fühlst, dann bringe ich dich hin.«

»Ah nein, nein«, wehrte sie ab. »Bis morgen bin ich bestimmt wieder so weit fit, dass ich fahren kann.«

Er unterdrückte ein Grinsen. Ohne Auto in diesem gottverlassenen Nest, das wäre für sie sicher nicht auszuhalten. Er wusste, dass sie St. Cézaire nicht mochte. Sie hatte ihn darüber nicht im Unklaren gelassen. Sie war Pariserin. Alles außerhalb von Paris war Provinz, und die Menschen jenseits der Metropole waren ungebildete Bauern. Im Prinzip war auch Cannes für sie südliche Provinz geblieben. Nur die Annehmlichkeiten des Klimas und des Mittelmeers machten es ihr überhaupt erträglich, hier zu leben. Aber diese primitiven Dörfer des Hinterlands ... sie verstand nicht, was er an diesem dörflichen Leben mochte. Er verstand hingegen nicht, dass sie sich ausgerechnet mit einem Fischer eingelassen hatte. Er war ein hübscher Junge, durchaus, aber ein Fischer! Warum ließ sie sich so bereitwillig darauf ein, nach St. Cézaire zu fahren? Es war erstaunlich einfach gewesen Als wollte sie selbst auch verschwinden.

»Aber deine Mutter erwartet mich gar nicht«, wandte sie dann doch ein. »Vielleicht hat sie andere Pläne.«

»Andere Pläne«, er lachte. »Ach was. Was soll sie denn für Pläne haben. Sie freut sich über jeden Besuch, und du weißt, dass bei meiner Mutter die Tür immer offen steht. Gastfreundschaft ist das oberste Prinzip in meiner Familie. Ich rufe sie gleich an und gebe ihr Bescheid. Vielleicht gibt sie dir eine Einkaufsliste, damit du ein paar Dinge mitbringst, die da oben fehlen.«

»Hm«, machte Nicki lustlos und horchte plötzlich auf. »Ich glaube, da kommt jemand«, sagte sie.

»Ich hör' nichts«, sagte er.

»Du hörst ja nie etwas«, gab sie spitz zurück. »Ein Auto hat vor dem Haus angehalten. Ich habe gehört, wie der Motor abgestellt wurde. Erwartest du jemanden?«

»Nein.« Er spähte durch das halb heruntergelassene Rollo. Ein Mann stand vor dem Tor und blickte in die Kamera. Es klingelte. Cosenza starrte auf den kleinen Bildschirm, der in die Sprechanlage integriert war.

»Wer ist das?«, zischte Nicki nervös.

»Was weiß ich«, gab er grob zurück, obwohl er dasselbe dachte.

»Mach einfach nicht auf.«

»Na also, das wäre ja noch schöner, warum denn nicht?!« Er gab sich souverän.

»Bitte«, sagte sie jammernd und zog den dünnen Morgenmantel über der Brust zusammen. »Ich bin nicht angezogen, und mir geht's nicht gut. Ich habe Migräne, ich *kann* jetzt niemanden sehen. Wir tun einfach so, als seien wir nicht da.«

»Nicki, wir sind doch nicht im Kindergarten.« Er spielte den Empörten, obwohl er genauso nervös war wie sie. Schon waren sie da. Wie schnell das gegangen war. Aber er gab sich souverän. »Geh ins Schlafzimmer. Mach die Tür zu. Rühr dich nicht. Wenn jemand nach dir fragt, werde ich sagen, dir geht's nicht gut.«

Duval klingelte erneut.

»Ja bitte?!«, krächzte es aus der Sprechanlage.

»Monsieur Cosenza?!«

»Ja? Wer will das wissen? Was wollen Sie?«

»Ich bin's, Monsieur Cosenza. Commissaire Duval. Erkennen Sie mich nicht?« Er schnitt eine Grimasse in die Sicherheitskamera und hielt vorsorglich seinen Dienstausweis hoch.

Die Tür neben dem großen Eingangstor öffnete sich mit einem leisen *klack*. Duval schritt über die gekieste Auffahrt, während sich die Eingangstür der Villa öffnete.

»Verzeihen Sie, dass ich Sie zur besten Mittagszeit störe, Monsieur Cosenza ...«

Cosenza machte keine Anstalten, ihn hineinzubitten.

»Ich habe nur ein, zwei Fragen, vielleicht erlauben Sie ...«

»Bitte«, sagte Cosenza und öffnete nun doch die Tür.

Duval trat in die mit Marmor geflieste Eingangshalle. Es war angenehm kühl. Eine Klimaanlage. Er würde sich eine Klimaanlage einbauen lassen.

Cosenza ging vor ihm her in den zwei Stufen tiefer liegenden Salon. »Um was geht es?«, fragte er, ohne dem Kommissar einen Platz anzubieten.

»Verzeihen Sie«, wiederholte Duval äußerst höflich, »ich war zunächst im Casino, da waren Sie nicht, also habe ich es auf gut Glück hier versucht und dachte, um diese Zeit treffe ich vielleicht jemanden an. Ich störe sicherlich beim Mittagessen.«

Cosenza zeigte auf sein Sandwich und das halb ausgetrunkene Bier. »Es wird nicht kalt.«

»Sind Sie alleine?«

»Meine Frau«, setzte Cosenza an, »meine Frau ist in St. Cézaire«, sagte er dann. »Sommerfrische. Sie war von der Hitze erschöpft, wissen Sie. Sie ist Pariserin, sie hat sich noch nicht an diese Hitze gewöhnt. Dort oben ist es kühler.«

»Sommerfrische«, wiederholte Duval das Wort, als könne es ihm Kühlung verschaffen. Demonstrativ zog er ein Taschentuch aus der Hosentasche und wischte sich über die Stirn. Sämtliche Küstenbewohner zogen sich in den Sommermonaten tage- oder wochenweise in die kühleren Berge zurück. Immer hatte irgendwer aus der Familie oder aus dem Freundeskreis dort ein Haus oder eine Wohnung und lud zur *Sommerfrische* ein. Und dieses Wort hatte da oben seine Berechtigung. »Und Sie verbringen den Sommer nicht in, wo sagten Sie?«

»St. Cézaire. St. Cézaire sur Siagne. Ich würde gerne, aber wissen Sie, die Geschäfte ... in der Sommersaison mit all den Touristen kann ich schlecht weg. Hin und wieder fahre ich für einen Tag hoch oder auch für zwei.«

»Verstehe. Monsieur Cosenza, ich will Ihre kostbare Zeit auch nicht zu lange in Anspruch nehmen, kommen wir direkt zur Sache. Kennen Sie einen Raphaël Picot?« Er sah Cosenza aufmerksam an.

Cosenza verzog keine Miene. »Raphaël Picaud? Wer soll das sein?«

»Picot. P I C O T«, buchstabierte Duval. »Kennen Sie nicht?«

»Picot ... Picot ...« Cosenza schien in seinem Gedächtnis zu suchen. »Nein. Der Name sagt mir nichts. Aber wissen Sie, ich habe mit so vielen Menschen zu tun ...«

Duval reichte ihm ein Foto, das er in Raphaëls Zimmer von der Wand genommen hatte. Cosenza besah es, ohne es zu berühren.

»Hübscher Junge, nicht wahr?«

Cosenza sah Duval spöttisch an. »Verzeihen Sie, aber ich stehe eher auf Frauen, Commissaire.«

»Raphaël Picot wurde tot aufgefunden. Er hat sich offenbar umgebracht«, erläuterte Duval, ohne auf Cosenza einzugehen,

»Ich verstehe nicht. Ein Selbstmord? Sie ermitteln bei einem Selbstmord?«, wunderte sich Cosenza

»Jeder gewaltsam verursachte Tod wird gerichtlich untersucht«, erklärte Duval. »Man muss zumindest die Hintergründe ermitteln.«

»Aha. Nun, das ist sicher alles sehr bedauerlich, Commissaire, aber inwiefern betrifft mich denn dieser Selbstmord dieses Raphaël Pi ... wie sagten Sie? Picaud?«

»Picot«, wiederholte Duval. »Wir suchen zunächst im Umfeld des jungen Mannes, wissen Sie«, begann Duval langsam.

Cosenza lachte auf. »Aber ich kenne ihn doch gar nicht.«

»Aber er Sie schon. Oder sagen wir, er schien sich sehr für Sie zu interessieren.«

»Ach was?!« Cosenza verschränkte die Arme. »Das müssen Sie mir erklären.«

»Nun, wir haben bei ihm jede Menge Zeitungsartikel über Sie gefunden.«

»Im Ernst?!« Cosenza war nun wirklich überrascht. Dann fasste er sich.

»Eine Aktenmappe voller Zeitungsausschnitte über Sie, über das Casino. Seit Jahren scheint er Ihnen in gewisser Weise zu folgen, Sie haben keine Erklärung dafür?«

»Absolut nicht.«

»Er hat sich nicht mit Ihnen in Verbindung gesetzt?«

»Nein.« Cosenza blieb einsilbig. Er schien zu überlegen.

»Vielleicht eine Art hartnäckiger Bewunderer? Ein Stalker. So etwas gibt es ja zuhauf«, schlug Duval vor.

»Das ist möglich. Die Leute sind manchmal verquer im Kopf«, stimmte Cosenza zu. Dann schüttelte er den Kopf.

»Erpressung vielleicht?«

»*Hn«,* lachte Cosenza auf.

»*Hn* ja oder *hn* nein«, hakte Duval nach.

»Hören Sie auf, Commissaire. Mich erpresst niemand.«

»Wenn Sie das sagen.«

Cosenza schüttelte den Kopf.

»Und Ihre Frau?«

»Was ist mit meiner Frau?« Cosenzas Ton wurde aggressiv.

»Könnte Ihre Frau ihn vielleicht kennen? Raphaël Picot«, wiederholte Duval den Namen und hielt Cosenza erneut das Foto entgegen.

»Das würde mich wundern«, wehrte Cosenza ab. Ein bisschen zu schnell vielleicht. »Meine Frau kommt aus Paris«, setzte er deshalb nach. »Sie tut sich etwas schwer mit den Menschen hier im Süden, wenn Sie verstehen«, erklärte er. Dann sah er Duval direkt an. »Sie kommen ursprünglich von hier, Commissaire, aber Sie waren lange in Paris, Sie verstehen sicher, was ich sagen will.«

Duval ging nicht darauf ein, aber er kannte das Dilemma zwischen den arroganten Parisern, die die Menschen im Midi für geschwätzige Faulenzer hielten. Er war manchmal selbst nicht frei von diesem Gedanken. Zu lange hatte er in Paris gelebt. Die Langsamkeit und das weitschweifige belanglose Plaudern der Menschen im Süden gingen ihm oft genug auf die Nerven. War er aber zurück in Paris, dann ertrug er die Wichtigtuer-Hektik dort nicht mehr und verteidigte vehement die offene und heitere Lebensart des Südens.

»Meine Frau hat hier sehr wenige Freunde. Im Prinzip verkehren wir in der Familie und in meinem Freundeskreis. Und *ich* kenne ihn nicht, diesen jungen Mann.«

»Ich würde Ihre Gattin trotzdem gern befragen«, sagte Duval charmant.

»Nun, ich bedaure, sie ist nicht da, das sagte ich Ihnen schon.«

»Richtig. Das sagten Sie schon. In St. Cézaire ist es jetzt bestimmt angenehmer«, seufzte er. »Ich hatte vor ein paar Monaten in einem kleinen Bergdorf zu tun, in Ste. Agathe, kennen Sie das?«

Cosenza schüttelte den Kopf.

»Liegt im weitesten Sinne im Hinterland von Nizza. Sehr einfach alles, aber sehr charmant und absolut erholsam.«

Cosenza sah Duval beinahe freundlich an. »St. Cézaire sur Siagne liegt in der anderen Richtung, im Hinterland von Grasse an der Grenze zum Département Var.«

»Wann kommt sie wieder?«

»Vermutlich am Ende dieser Hitzewelle, wann immer das in diesem Jahr sein wird.« Er hob symbolisch beide Hände Richtung Himmel. »Es ging ihr nicht sehr gut. Ich wollte, dass Sie sich ein bisschen erholt.«

»Verstehe. Nun, dann danke ich Ihnen einstweilen, Monsieur Cosenza.«

Cosenza begleitete ihn bis zur Haustür. »Der Türöffner für das Tor ist ein bisschen versteckt hinter dem Oleander.« Er zeigte in die Richtung.

»In Ordnung.« Duval reichte Louis Cosenza die Hand. »Falls Ihnen noch etwas einfällt ...«

Cosenza drückte sie kurz und fest. »Ich weiß, wo ich Sie finde, Commissaire, keine Sorge.«

»Dann ... *au revoir!*«

»*Au revoir*. Nicht allzu schnell, hoffe ich«, scherzte er.

Duval winkte ab und lief nun die langgezogenen Treppen

neben der Kiesauffahrt zum Tor, öffnete es, blickte kurz zurück. Cosenza hatte die Tür bereits geschlossen.

»Ich habe alles gehört«, Nicki war aufgeregt. »Ein Polizist!«

»Mmmh«, machte Cosenza kurz angebunden.

»Was wollte er denn?«

»Ich dachte, du hast alles gehört?«

»Na ja, nicht *alles.*«

»Ein Kerl hat sich umgebracht. Raphaël Picard oder so ähnlich. Ein hübscher Blondschopf, vermutlich ein Aufreißer ersten Grades. Das ist alles.«

Sie errötete und wandte den Kopf ab. »Was haben wir denn damit zu tun?«

»Das wüsste ich auch gern. Im Prinzip versucht dieser *flic* schon seit er hier in Cannes ist, mir etwas anzuhängen. Jetzt sucht er einen Zusammenhang mit einem Selbstmörder, nur weil der Zeitungsausschnitte über mich gesammelt hat.«

»Der Mann hat Zeitungsauschnitte über dich gesammelt?«

»Ja, manche Leute haben absurde Hobbys.« Er lachte rau.

»Ich verstehe das nicht?!«

»Ich auch nicht, Nicki, aber er wollte dich sprechen, der *flic,* ich habe ihm gesagt, du seist in St. Cézaire bei meiner Mutter. Ich denke, es ist angebracht, dass du so bald wie möglich dorthin fährst.«

»Er wollte mich sprechen?«

»Ja, ob du den Knaben kennst, wollte er wissen.«

Sie blickte nicht auf und ordnete sinnlos Zeitschriften,

die auf der Kommode lagen. »Woher sollte ich denn so jemanden kennen?«

»Eben, das habe ich dem *flic* auch gesagt. Du fährst gleich morgen früh. Ich rufe jetzt meine Mutter an.«

Im Kommissariat war buchstäblich die Hölle los. Gerade sprangen etwa zehn Kollegen in grimmiger Entschlossenheit die Treppen hinab und warfen sich in mehrere Polizeiwagen, die vor und hinter dem Kommissariat geparkt waren. Mit Martinshorn sausten sie davon. »Bewaffneter Raubüberfall bei einem Juwelier auf der Croisette«, erklärte ihm Marie Signol, die Dienst am Empfang hatte. Sie betätigte den Türöffner, noch bevor Duval den Code eingeben konnte. »*Merci.*« Er lächelte ihr aufmunternd zu. Hier war die Gegenwelt. Hier sah man nur die dunkle Seite des Sommers. Einbrüche, Diebstahl, Autounfälle, Trunkenheit am Steuer und noch viel häufiger Drogen am Steuer, Lärmbelästigung, Streit, verlorene oder gestohlene Smartphones. Es nahm einfach kein Ende. Gerade stand ein verschwitzter Tourist vor ihr und radebrechte in schlechtem Französisch, dass man ihm das Auto aufgebrochen und die Tasche mit den Badesachen, einschließlich der Brieftasche, entwendet hatte. Marie Signol zuckte die Achseln. »Sie sollten niemals Wertgegenstände unbewacht im Auto zurücklassen«, sagte sie vermutlich zum fünfzigsten Mal an diesem Tag und ließ sich seinen Namen buchstabieren. »Nur fünf Minuten«, rechtfertigte sich der Mann mit einem schwerfälligen Akzent. »Nicht mal. Drei Minuten vielleicht. Und das Auto stand auf einem richtigen Parkplatz!«, ereiferte er sich. »Meine kleine Tochter hatte ein Sandförmchen am Strand vergessen«, erklärte er, und man spürte, wie lächerlich er sich plötzlich fühlte, all das wegen eines Sandförmchens, aber was wussten die Polizisten hier von seiner kleinen Tochter, die an diesem Seestern-Förmchen aus pinkfarbenen Kunststoff hing und sich in dramatische Stimmung gebrüllt hatte. Das Förmchen hatten sie nun, aber der Rest der Badesachen einschließlich der Brieftasche war weg, und eine Autoscheibe war eingeschlagen. »Warten Sie bitte hier, Sie werden aufgerufen.« Marie Signol zeigte auf die harten Stühle in der Halle, wo bereits jede Menge andere Menschen warteten.

»Wird es lange dauern?«

»Ich kann es Ihnen nicht sagen.«

Ergeben ließ der schwitzende Mann sich zwischen einer jungen Frau und drei breitbeinig dasitzenden Männern nieder. Die junge Frau schaukelte einen kleinen leichten Kinderwagen vor und zurück und versuchte ihr brabbelndes Kleinkind zum Einschlafen zu bewegen, die drei Männer starrten grimmig auf ihre Smartphones.

Duval war in der Zwischenzeit die Stufen des abgenutzten Treppenhauses hinaufgestiegen. Er hob die Thermoskanne an und schüttelte sie leicht. Noch war etwas Kaffee darin. Er goss sich einen Kaffee ein und suchte Léa in ihrem Büro auf.

»Wie war's?«, fragte sie.

»Was?« Duval wusste kurz nicht, was sie meinte. Von seinem Besuch bei Cosenza konnte sie nichts wissen.

»Mit Aurélie.«

»Ah. Ganz o.k.«, sagte er. »Gute Frau«, fügte er noch hinzu, und er bemerkte, dass Léa erfreut lächelte, sogar leicht errötete. »Das habe ich dort gefunden.« Er warf ihr die Mappe auf den Tisch.

Kritisch besah sie die Fettflecken auf dem Karton, krauste

die Stirn und roch kurz daran. »Fisch«, sagte sie dann amüsiert, »irgendwie logisch.« Duval tat unbeteiligt. Sie öffnete die Mappe und stutzte genau wie er, als er sie zum ersten Mal geöffnet hatte. Schnell blätterte sie darin herum. »Das haben Sie bei der Mutter gefunden?« Sie reichte die Mappe an LeBlanc weiter.

»Im Zimmer des Jungen. Also ich meine, im Zimmer des jungen Mannes, er wohnte wohl noch zu Hause. Manchmal zumindest.«

»Was hat die Mutter gesagt?«

»Nicht viel. Sie hatte einen Schwächeanfall, ich habe von der Befragung abgesehen. Aber wir hätten sie wenigstens wegen des Mobiltelefons befragen sollen, das ärgert mich, dass ich das vergessen habe«, sagte Duval. »Ich werde morgen noch mal vorbeigehen, denke ich. Vielleicht kommen Sie mit?!«

»Klar«, stimmte Léa zu.

»Ich war damit bei Cosenza«, sagte Duval unvermittelt und zeigte auf die Mappe.

»Was?«, platzte Léa heraus, »nicht Ihr Ernst?!«

Duval verzog halb stolz, halb verlegen das Gesicht.

»Und?«

»Und, und ... keine Ahnung. Komische Situation alles in allem. Irgendwas stimmte nicht, da bin ich sicher.«

»Sie sind einfach so bei ihm reingeschneit? Bei ihm zu Hause? Und er hat Sie reingelassen?«

»Ja.«

»Schon das ist ein Zeichen dafür, dass etwas nicht stimmt«, stimmte Léa zu.

»Was haben Sie denn erfahren?«, wechselte Duval das Thema und sah Léa an, aber es war LeBlanc, der zuerst antwortete. »Ich habe sein Facebook-Konto gefunden!«

»Ach was?!«

»Ich habe einfach Raphaël und Cannes eingegeben, und da kamen fünf, der dritte nannte sich ›*Lou Pescadou*‹ und Bingo.«

»Respekt«, sagte Duval. »Und ergiebig?«

»Na ja, 74 Freunde, vor allem Taucher und Fischer, ein paar Mädchen. Ansonsten Fischfotos. Einmal ein kleiner Hai.« LeBlanc zuckte die Achseln.

»Er hat auch Videos mit Witzen veröffentlicht«, ergänzte Léa. »Warum haben die Belgier immer ein Glas mit Wasser und ein leeres Glas auf dem Nachttisch stehen?«, legte Léa sofort los.

Noch bevor Duval sie unterbrechen konnte, gab sie schon die Auflösung. »Manchmal haben sie nachts Durst und manchmal nicht!« Sie kicherte los. »Witzig, oder?«

LeBlanc grinste.

»O. k., Léa, muss nicht sein«, befand Duval.

»Wenn Sie wüssten! Ich habe noch den harmlosesten ausgewählt«, verteidigte sie sich. »Das zeigt doch nur, dass unser junger Mann kein Kind von Traurigkeit war, oder? Noah hätte sich schlappgelacht«, verteidigte sie sich.

»Waren Sie nicht gerade eben noch die Vertreterin der Depressions-Theorie?«, spottete Duval.

»Bipolar«, widersprach Léa. »Da geht es auf und ab.«

»Gibt's eigentlich Nachrichten von unserem Urlauber?«, erkundigte sich Duval.

»Noah meinen Sie?«

Duval nickte.

»Nach dem, was er auf Instagram postet, geht's ihm gut. Der stellt ständig Fotos von karibischem Meer und leeren Sandstränden und Wasserfällen und irgendwelchen tropischen Rum-Cocktails ins Netz.«

»Ist da jetzt nicht eigentlich Winter?«, fragte Duval.

»Karibischer Winter«, sagte Léa, »warm ist es wohl trotzdem.«

»Ich glaube, Villiers zeigt seiner kleinen Familie seine Heimatinsel und stellt sie gleichzeitig der Familie in La Réunion vor. Seine Eltern sind auch mitgeflogen. Die réunionesischen Groß- bzw. Urgroßeltern feiern einen runden Geburtstag oder Hochzeitstag. Das ist Familienurlaub vom Feinsten«, ließ sich Emilia hören.

»*Bonjour* Emilia«, lächelte Duval die Sekretärin an. »Sie sind ja gut informiert.«

»Ja«, sie lächelte. »Mir wird immer viel erzählt. Ich weiß auch, dass Madame Marnier in Ferien ist und dass Sie daher bitte gleich bei Richter Dussolier in Grasse vorbeischauen mögen, er hat vorhin angerufen.«

Duval nahm es mit einem Nicken zur Kenntnis. Er mochte den Richter Dussolier, hatte aber bislang nur einmal mit ihm zu tun gehabt. Der Richter hatte den Ruf eines humorlosen, aber auch tüchtigen und vor allem integren Mannes. Er stand kurz vor seiner Pensionierung, und Duval freute sich, dass er noch einmal mit ihm zusammenarbeiten würde.

»Ist nicht Madame Marnier auch auf La Réunion?«, fragte Léa.

»Sie meinen, Noah und Madame Marnier könnten sich auf eine Pina Colada treffen?«, lachte Duval. »Das würde vermutlich keinem der beiden gefallen.«

»Sie ist auf Martinique«, ließ sich LeBlanc vernehmen,

»O. k., das ist die andere Richtung. Woher wissen Sie das denn?«, erkundigte sich Duval.

LeBlanc zuckte mit den Schultern. »Mir wird auch viel erzählt«, sagte er trocken.

Léa lachte. »*Flic* bleibt *flic*. Immer aufmerksam.«

»Kommen wir zurück zum Thema«, bat Duval. »Was haben Sie rausgefunden, Léa?«

»Ich habe die Besitzer der Wohnung erreicht. Monsieur und Madame Lagrange. Aus Paris, klar. Sie waren sehr betroffen, sie mochten Raphaël Picot sehr. Sie sagten, er war so ein bisschen wie ein Sohn für sie. Sie hatten mit Raphaël Picot einen Deal und überließen ihm die Wohnung von Zeit zu Zeit quasi unentgeltlich, wenn sie nicht vermietet war und sie selbst auch nicht nach Cannes kamen. Dafür nahm er sie, wenn sie da waren, manchmal mit dem Boot raus, zum Angeln oder zum Delfine- und Waleschauen. Er besorgte ihnen auch Fisch und kochte für sie und ihre Freunde eine Bouillabaisse.«

»*Mmmh,* fein«, konnte Duval sich nicht verkneifen, »ein Fischer, der eine Bouillabaisse macht, das ist bestimmt köstlich.«

»Ja, sie war wohl legendär«, stimmte Léa zu. »Der Besitzer schwärmte in höchsten Tönen.«

»Weiß er was von einer Liebesgeschichte?«

»Er wusste nichts, sagte aber, er habe so etwas vermutet. Er glaubte, dass er eine Frau mit dieser Wohnung mit Meerblick beeindrucken wollte.«

»O. k.«

»Raphaël Picot war korrekt, sagt er, er habe die Wohnung immer sauber hinterlassen, keine Partys dort gefeiert. Insofern war es ihm egal, warum er die Wohnung hin und wieder erbat. Wenn es passte und sie nicht anderweitig vermietet war, war er einverstanden. Raphaël habe nichts erklärt, und er habe nichts gefragt.«

»Hielt er ihn für selbstmordgefährdet?«

»Er hat gezögert, als ich das fragte. Anscheinend hatte

unser Raphaël eine dunkle Seite. Irgendetwas, über das er nicht sprach, das ihn aber umtrieb. Monsieur Lagrange glaubte, es hinge mit der vermuteten Liebesgeschichte zusammen.«

»Hm. Und die Anwohner?«

»Haha, von wegen Anwohner«, Léas Ton wurde grimmig. »Im Suquet wohnt kaum noch jemand so richtig. Also zumindest auf der schicken Hafenseite. Fast alle Wohnungen gehören dort irgendwelchen Auswärtigen, und sie werden wochenweise über Agenturen an Kongressteilnehmer oder Touristen vermietet. Es ist so wie bei den Lagranges. Und dann gibt es noch die, die offiziell oder inoffiziell ihre Wohnungen über Airbnb untervermieten. Ich habe mit radebrechenden Russen, Engländern, Deutschen und Japanern zu tun gehabt und vor vielen verschlossenen Türen gestanden«, seufzte sie. »Das war nicht sehr ergiebig.«

»Nichts also.«

Léa zuckte mit den Schultern. »Noch nicht, sagen wir so.«

»Gut. LeBlanc, Sie schauen noch ein bisschen dieses Facebook-Konto durch. Klicken Sie mal alle Freunde an, vielleicht hat er ja auch noch ein anderes Konto. Instagram und was weiß ich. Und können Sie mal schauen, Leá, ob es Videoaufnahmen der Überwachungskameras im Suquet gibt?«

»Mache ich sofort.«

»Gut, und ich werde nach Grasse fahren.«

———

»Duval, da sind Sie ja, *bonjour*«, begrüßte ihn der Richter, zeigte auf einen der Stühle vor seinem mit Akten überladenen Schreibtisch und ließ das schmatzende Geräusch hören, das er produzierte, wenn er mit der Zunge an seiner lockeren Zahnprothese spielte. Duval verbat sich das Lächeln darüber. Der kleine ältere Herr mit der dunklen unmodischen Brille hatte einen hellwachen Geist, und der leicht debile Eindruck, den er mit seinem Zahnprothesen-Tick auf Unbekannte machte, täuschte. Selten hatte Duval mit einem intelligenteren Juristen zu tun gehabt. Müdigkeit, vor allem Amtsmüdigkeit, spürte man bei ihm jedoch auch. Der Richter hatte alles schon gesehen und gehört in seinem Berufsleben und glaubte an nichts mehr.

»Und handelt es sich um einen Selbstmord?«, fragte er direkt. »Ein schneller, einfacher Fall käme mir zwischendurch mal gelegen.«

»Nicht sicher«, antwortete Duval und gab wieder, was sie bislang erfahren hatten. »Und dann haben wir noch das hier gefunden«, sagte er abschließend und reichte dem Richter die Mappe mit den Zeitungsausschnitten.

Der Richter setzte seine Brille auf, stutzte kurz, als er die frischen Fettflecken sah, und warf Duval einen ironischen Blick zu. Duval regierte mit einer fast unmerklichen Geste mit den Händen: »Ich kanns nicht ändern«, schien er sagen zu wollen. Der Richter blätterte in der Mappe. Hier und da las er einen Artikel hinein. Schließlich nahm er die Brille ab und sah Duval an. »Und? Das ist Ihrer Ansicht nach das Anzeichen dafür, dass es sich nicht um einen Selbstmord handelt?«

»Finden Sie das nicht ungewöhnlich?«

»Dass ein Fischer sich für das Nachtleben von Cannes interessiert?«

»Na, nicht nur für das Nachtleben«, setzte Duval zur Erklärung an, aber der Richter unterbrach ihn. »Ich verstehe Sie schon, Duval, aber seien Sie vorsichtig mit dem

Herrn hier«, er tippte mit dem Finger auf eine Person, die auf einem Foto eines Zeitungsartikels abgebildet war. »Wir hatten ja schon mal das Vergnügen, erfolglos, wie Sie sich vielleicht erinnern. Selbst wenn es einen Zusammenhang gibt, er ist mir allen Wassern gewaschen, und er hat einflussreiche Freunde …«

»Ich dachte, ich gehe einfach mal bei ihm vorbei, was meinen Sie?!«, unterbrach Duval.

Der Richter lächelte Duval nachsichtig an. »Sie sind noch jung und hoffnungsvoll, was?! Schön zu sehen, dass es das noch gibt.« Er schmatzte mit der Zahnprothese. »Wissen Sie, ich glaubte auch mal an eine gerechte Justiz. Leider verliert sich das im Laufe der Jahre.« Er seufzte. Unbeweglich saß er in seinem Stuhl und überlegte lange. Dann schmatzte er abschließend mit der Zahnprothese.

»Meinetwegen«, stimmte er zu. »Aber nur ein kurzer Höflichkeitsbesuch, nur um mal die Temperatur zu nehmen.«

»Sehr gut«, unterbrach Duval, »ich war nämlich schon da.«

Der Richter sah Duval perplex und verärgert an. »Sonst geht es Ihnen gut?«, polterte er los. »Wir kommen in Teufels Küche, wenn Sie ohne richterliche Genehmigung agieren. Ausgerechnet mit Cosenza!«

Duval gab sich zerknirscht.

»Und? Was haben Sie also erreicht mit Ihrem selbstherrlichen Alleingang?«

»Er gab vor, den jungen Mann nicht zu kennen. Aber es war eine eigenartige Atmosphäre. Er war zu höflich, wenn Sie mich fragen. Ich glaube, er lügt«, schloss Duval.

»Ihr Gefühl trügt Sie bestimmt nicht«, entgegnete Richter Dussolier. »Das Problem ist, dass wir es mit einem professionellen Lügner zu tun haben, mit einem ausgebufften und skrupellosen Kerl. Was ist mit seiner Frau?«

»Ich habe sie nicht gesehen. Er gab an, seine Frau sei bei seiner Mutter in einem Dorf irgendwo Richtung Var, St. Cézaire. Aber ich bin sicher, sie war da. Es roch sehr blumig nach einem Parfüm.«

»Ein Parfüm. Na, es könnte auch ein Raumspray sein, da gibt es ja allerhand wohlriechende Varianten, meine Frau hat so etwas, was sie versprüht, bevor Besuch kommt«, überlegte Richter Dussolier laut.

»Ich schätze Cosenza nicht so ein, dass er ein Duftspray versprüht, nur damit ich nicht rieche, dass er geraucht hat.«

»Vielleicht war es auch wirklich nicht seine Frau, sondern eine Geliebte«, mutmaßte der Richter.

»Ha«, lachte Duval. »Sie meinen, er hat eine dreißig Jahre jüngere Frau *und* eine Geliebte?«

»Was weiß man schon. Junge Ehefrauen sind heute vielleicht auch nicht mehr zu allem bereit. Cosenza ist ein unverbesserlicher Schürzenjäger, ein zweiter Dominique Strauss-Kahn, was man so hört.«

»Man könnte natürlich einfach dort in St. Cézaire anrufen …«

»Jetzt reicht's aber, Duval. Immer mit der Ruhe. Wegen des Mobiltelefons von Picot, haben Sie da schon etwas?«

»Noch nicht. Seine Mutter war gestern nicht vernehmungsfähig, sie hatte einen Schwächeanfall«, bemühte sich Duval sein Versäumnis zu erklären.

»Dann sprechen Sie als Nächstes mit der Mutter. Versteifen wir uns erst mal nicht nur auf Cosenza. Die Sammlung von Zeitungsausschnitten beweist ja im Prinzip gar nichts.«

»Aber …«, begann Duval.

Richter Dussolier unterbrach ihn streng. »Hören Sie sich

zunächst in den Fischerkreisen um. Vielleicht gibt es auch etwas anderes. Und halten Sie mich auf dem Laufenden!«

»Selbstverständlich, *Monsieur le Juge.*«

»Ich meine das ernst.«

»*Oui,* Monsieur le Juge«, gab Duval zurück.

»Na dann …« Der Richter beugte sich vor und drückte Duval die Hand. »*Au revoir,* Commissaire!«

»*Au revoir,* Monsieur le Juge!«

3

»*Bonjour* Madame Picot. Verzeihen Sie, aber ich hatte Ihnen ja schon angekündigt, dass ich noch ein paar Fragen an Sie hätte. Meine Kollegin, Léa Leroc.«

Madame Picot nickte und öffnete die Tür weit. »Bitte!«, sie zeigte auffordernd auf die Stühle am Küchentisch.

»Möchten Sie vielleicht etwas trinken?«

»Danke«, wehrte Duval ab. Auch Léa schüttelte den Kopf.

Madame Picot setzte sich an das Kopfende des Tisches und sah die Polizisten mit einem ergebenen Ausdruck an.

»Madame Picot«, Duval legte die Mappe mit den Zeitungsausschnitten auf den Tisch. »Wissen Sie, was das ist?«

Sie sah überrascht auf und schüttelte den Kopf.

»Schauen Sie ruhig hinein.«

Sie öffnete angstvoll die Mappe und schien erleichtert, nur Zeitungsausschnitte vorzufinden. Sie blätterte vorsichtig darin herum. Fragend blickte sie den Kommissar an. »Und?«

»Ich habe das gestern im Zimmer Ihres Sohnes entdeckt. Sie wissen nichts davon?«

Langsam schüttelte sie den Kopf.

»Haben Sie eine Ahnung, warum Ihr Sohn das ausgeschnitten und aufgehoben hat?«

Wieder schüttelte sie nur den Kopf.

»Madame Picot, hatte Ihr Sohn eine Freundin? Er war nicht verheiratet, wenn ich recht informiert bin?«

»Nein, er war nicht verheiratet«, stimmte sie zu. »Mädchen«, sagte sie, »na da fragen Sie was. Das letzte Mal, dass Raffa mir ein Mädchen vorgestellt hat, ist etwa zehn Jahre her«, begann sie mit leiser Stimme. »Eine rothaarige Engländerin, Rosie, die er in einer Bar hat singen hören.« Sie verzog verächtlich das Gesicht und presste die Lippen aufeinander. »Ich war dagegen«, sagte sie dann, »eine Sängerin! Eine Engländerin! Ich bitte Sie!« Sie sah Léa und Duval an, als suche sie Zustimmung. »Ich war vielleicht etwas unfreundlich zu ihr. Und irgendwann kam sie nicht mehr. Ich vermute, sie ist zurück nach England gegangen. Er hat es mir nie erzählt. Ich war ehrlich gesagt erleichtert. Aber danach hat er mir nie wieder ein Mädchen vorgestellt.« Sie dachte nach. »Aber er hatte Freundinnen, das ist sicher. Manchmal hörte ich sie nachts. Ich wusste nicht, wie ich reagieren sollte. Ich mochte es nicht, morgens halbnackte Mädchen in der Küche vorzufinden, die an der Kaffeemaschine herumhantierten und auch noch rauchten. Ich habe ihm gesagt, dass das nicht geht. Dann ist er ausgezogen. Wohnte zur Untermiete bei Freunden, das sagte er zumindest. Ein paar Monate hier, ein paar Monate da. Eine Zeitlang lebte er auch auf einem Boot. Mehr weiß ich nicht.« Sie schwieg. »Vermutlich hat ihm ein Vater gefehlt.«

»Der Vater, was ist mit ihm?«

»Er ist auf See ums Leben gekommen. Auf offener See. Er war auch Fischer, wissen Sie.«

»Das tut mir leid, Madame Picot.«

»Ja«, seufzte sie, »was wollen Sie machen. Es ist schon so lange her. Raffa war zehn, als es passiert ist. Ich wollte nicht, dass er Fischer wird, ich hatte immer Angst, dass mir das Meer eines Tages auch Raffa nehmen könnte. Und jetzt ...«, sie schluchzte auf und suchte in ihrer Schürzentasche nach einem Papiertaschentuch. Sie schnäuzte sich.

»Madame Picot«, begann Duval nach einer Weile, »Ihr Sohn hatte doch bestimmt ein Telefon? Ein Mobiltelefon, oder?«

»Sicher.«

»Es wurde aber kein Telefon bei ihm gefunden. Könnten Sie uns seine Mobiltelefonnummer und den Anbieter nennen? Vielleicht kann man über die Nummern, die er angerufen hat, etwas Zusätzliches herausfinden. Wissen Sie, bei welchem Anbieter er war? Gibt es vielleicht Rechnungen?«

»Ach«, sie schüttelte den Kopf, »das weiß ich nicht. Also, ich bin immer noch bei der Télécom, Orange heißt das jetzt ja. Ich wollte das nie ändern, auch wenn alle immer sagen, es gäbe billigere Möglichkeiten. Ich mag diese Veränderungen nicht. Raffa hat alles mehrfach geändert. Immer war er dort, wo es gerade ein billiges Angebot gab. Und immer hatte er ein anderes Telefon und eine andere Nummer. Das hat mich so geärgert! Das kann sich doch kein Mensch merken.« Sie griff nach einem kleinen altmodischen aufklappbaren Mobiltelefon, das neben dem Festnetztelefon auf einer Kommode lag. Sie drückte energisch auf die Tasten, die dabei piepsten. »Hier«, sie schob das Telefon zu Duval, der die Nummer vom Display abschrieb.

»Gibt es dazu Rechnungen?«

»Da müssen Sie schon in seinen Computer schauen. Raffa hat alles immer nur noch übers Internet bekommen.«

»Madame Picot«, fragte Lea jetzt, »war Ihr Sohn vielleicht depressiv?«

»Depressiv?« Madame Picot sah sie empört an und knetete das Papiertaschentuch in den Händen. »Mein Sohn war doch nicht depressiv!«

»Na, ich meine, hatte er vielleicht traurige Phasen?«

»Nein!«, sagte sie entschieden und zog an den Rändern des zerknüllten Taschentuchs in ihrer Hand.

»Das würde erklären, warum er sich das Leben genommen hat«, setzte Léa noch einmal an.

Duval warf Léa einen Blick zu, und beide sahen Madame Picot zu, wie sie das Taschentuch konzentriert zusammenfaltete. »Ich weiß es nicht«, sagte sie dann leise. »Ich hätte vielleicht mit ihm sprechen sollen, nach dem Tod seines Vaters, aber ich konnte es nicht.«

»Sie haben damals nicht mit ihm über den Tod Ihres Mannes gesprochen?«, fragte Léa ungläubig und vorwurfsvoll. Duval sah sie streng an.

»Ich konnte es nicht«, verteidigte sich Madame Picot mit weinerlicher Stimme. »Ich sagte ihm, sein Vater ist im Meer verunglückt. Es war ein Unfall. Ich *konnte* es nicht«, wiederholte sie eindringlich. »Wir haben zusammen seine Asche im Meer verstreut. René, der Mann der Nachbarin, hat uns damals rausgefahren. Der ist jetzt auch schon tot«, sagte sie leise.

»Hat Raphaël Ihnen denn keine Fragen gestellt?«

»Nein. Ich glaube, er hat gespürt, dass ich nicht darüber sprechen konnte. Ich musste weiterleben, mit ihm, über die Runden kommen, Geld verdienen. Ich wäre zusammengebrochen, wenn ich darüber hätte sprechen sollen. Ich brauchte meine ganze Kraft, um weiterzumachen.«

»Sie hätten aber doch«, setzte Léa an, aber Duval unterbrach sie. »Nun«, sagte er freundlich, »das ist ja alles schon ein paar Jahre her. Gab es vielleicht Anzeichen für eine aktuellere Krise? Der Besitzer des Apartments, in dem Ihr Sohn gefunden wurde, sagte, dass er möglicherweise eine tragische Liebesaffäre gehabt hatte. Das würde auch den Abschiedsbrief erklären. Wissen Sie etwas davon?«

Madame Picot presste die Lippen zusammen und zupfte wieder an ihrem Taschentuch. »Wissen Sie, es kränkt mich«, sagte sie endlich, »dass irgendwelche Leute, die ich nicht mal kenne, glauben, sie wüssten mehr über meinen Sohn als ich. Ich bin doch seine Mutter, ich kenne ihn doch am besten. Es ist doch mein Sohn, mein Kind. Wir haben uns fast jeden Tag gesehen. Wir haben zusammengearbeitet. Eine Liebesaffäre, noch dazu eine tragische«, sie sah Duval leicht empört an, »das hätte ich doch gespürt!«

»Sicher«, stimmte Duval zu.

»Gibt es sonst irgendetwas, was Ihnen an Ihrem Sohn aufgefallen ist in letzter Zeit? Nervosität? Neue Freunde? Irgendetwas?«

Sie schüttelte den Kopf und knäulte das Taschentuch zusammen.

»Gut, Madame Picot, dann danken wir Ihnen erst einmal. Wenn Ihnen noch etwas einfällt, dann melden Sie sich, ja?«

Sie nickte stumm.

»Wirklich viel weiß sie ja nicht über ihren Sohn«, meinte Léa unzufrieden, als sie wieder am Hafen standen.

»Weiß Ihre Mutter denn viel über Sie?«, gab Duval zurück.

Léa errötete. »Worauf spielen Sie an?«, fragte sie ruppig.

»Auf gar nichts, Léa. Ich wollte es nur relativieren.«

Léa überlegte. »Stimmt schon«, gab sie dann zu. »Meine Eltern haben sicherlich auch ein anderes Bild von mir als Sie oder die Kollegen«, meinte sie dann. »Aber es lag an ihnen. Sie wollten es nicht hören, oder sie wollten es nicht verstehen. Ich habe mir den Mund fusselig geredet, um es zu erklären, aber sie waren stur. Irgendwann habe ich aufgehört, mit ihnen zu kommunizieren.«

»Wissen Sie«, erzählte Duval, »mein Vater hat meine Entscheidung, zur Polizei zu gehen, auch nie gutgeheißen.«

»Na ja«, gab Léa zurück. »Wenn es nur das wäre. Meine Eltern wollen meine sexuelle Orientierung nicht wahrhaben, verstehen Sie?! ›Sie hat noch nicht den Richtigen gefunden‹, erzählt meine Mutter den Nachbarn, wenn die fragen ›Und? Die Léa? Noch nicht verheiratet?‹.« Sie äffte eine Nachbarin nach. »Sie weiß, dass ich lesbisch bin, aber sie will es nicht wahrhaben. Und sie schämt sich für mich. Immer muss ich mir anhören, dass ich doch da mal einen so netten Freund hatte. Das war mit sechzehn! Da dachte ich auch noch, ich müsse so sein wie die anderen.«

Lea war vor Aufregung rot geworden. Sie sah Duval direkt in die Augen. Wie würde er reagieren?

»Die Psychologin, oder?«, fragte Duval.

»Sie wussten es schon?!«

Duval lächelte ganz leicht. »Man ist ja nicht umsonst Polizist.«

»Ja, Aurélie, die Psychologin«, sagte sie. »Meinen Sie, die anderen wissen es auch?«

Duval zuckte die Schultern. »Es geht mich nichts an, Léa. Es ist Ihr Privatleben. Und es ändert nichts an unserer Zusammenarbeit und an meiner Wertschätzung für Sie. Im Übrigen bin ich diskret. Ich tratsche das nicht herum, und ich werde Ihnen auch keine Lesbenwitze erzählen oder anzügliche Bemerkungen machen.«

»Ich weiß«, sagte Léa. »Danke.«

»Nichts zu danken.« Duval sah auf die Uhr. »Was machen wir? Kaufen wir zwei Sandwiches und essen im Büro? Vielleicht kriegen wir schon etwas über die Telefonverbindungen raus?!«

»Ich soll LeBlanc ein Schinken-Käsesandwich mitbringen.«

»Gut, drei Sandwiches also.«

Duval saß in seinem klimatisierten Auto und blickte auf die Bucht von Cannes, die im Abendlicht unter ihm lag. Schon deswegen hatte sich der Weg hierher gelohnt. Hätte er sich sonst die Zeit genommen, den Sonnenuntergang zu beobachten? Der Himmel hatte sich über mehrere Varianten von Orange bis zum Rötlich-Blau verfärbt und wurde langsam dunkel. Die Straßenbeleuchtung flammte auf. Duval sah auf die Uhr und schaltete TSF Jazz ein. *Dance me to the end of love,* sang Leonard Cohen warm und schmelzend, und Duval dachte sehnsüchtig an Annie. Wie absurd war das, dass er solch einen wundervollen Sommerabend vor dem Haus eines zwielichtigen Geschäftsmannes verbrachte, anstatt mit Annie. Annie. Er seufzte. Sie saß jetzt in den Bergen und hatte es sicherlich weniger heiß. Er war kürzlich übers Wochenende dort oben gewesen und hatte die kühle Nachtluft sehr genossen. Danach aber fand er das Klima an der Küste noch unerträglicher. Er blickte auf sein Smartphone. Drei neue Mails waren eingegangen. Er klickte die erste an und las die kurze Botschaft seiner Kinder und betrachtete die Fotos. Lilly und Matteo winzig klein vor den skurrilen Felsen der klassischen Wildwest-Kulisse im Monument Valley und groß und strahlend vor einem Luxuscasino in Las Vegas. Beide zeigten mit aufgerissenen Augen auf ein Straßenschild: Las Vegas Boulevard. Matteo war so gewachsen, es war unglaublich. Er überragte Lilly fast um zwei Köpfe. Seine Kinder waren mit Hélène und Ben in die USA geflogen und machten eine Rundreise durch den Westen. Ein Besuch bei Bens Familie irgendwo in Utah war auch vorgesehen. Es gab noch weitere Fotos. Die Kinder in einem gigantischen Supermarkt staunend vor dem riesigen Angebot an Chips. Das nächste zeigte alle vier beim Picknick, sie sahen aus wie eine glückliche Familie im Urlaub. Er sah es ungern. Ein Wagen näherte sich. Duval klickte das Foto weg und steckte das Mobiltelefon wieder ein. Es war das erwartete Bentley-Cabrio, gleichzeitig jubelte sich Céline Dion laut durch die Nacht. *Je te jetterai des sorts, pour que tu m'aimes encore, pour que tu m'aimes encore.* Eine dieser Liebesschnulzen. Einen solch romantischen Geschmack hätte er dem harten und skrupellosen Mann nicht zugetraut. Das Tor öffnete sich wie von Zauberhand. Duval stieg aus, und die Hitze, die er im klimatisierten Auto vergessen hatte, fiel schwer über ihn her. Er ächzte leise. Noch immer ratschten die Zikaden ihr monotones Sommerkonzert.

Cosenza drehte Céline Dion brüsk den Ton ab. »Commissaire«, knurrte er.

»*Bonsoir,* Monsieur Cosenza.«

»Warten Sie schon lange?«

»Nicht der Rede wert. Wunderschöne Nacht heute. Ich habe die Aussicht genossen.«

»Man kann's schlechter treffen«, gab Cosenza zu. »Was wollen Sie? Immer noch der Selbstmord? Ich kenne den Kerl nicht und habe Ihnen alles gesagt.«

»Lassen Sie uns einen Moment hineingehen, wenn es Sie nicht stört. Es spricht sich angenehmer. Es sei denn, Sie möchten mich lieber aufs Kommissariat begleiten?!«

»Kommen Sie rein.« Cosenza fuhr den Wagen in die Auffahrt und schloss mit der Fernbedienung das Tor. Ein Klick auf die Funkfernbedienung und auch der Bentley war verschlossen. Die Scheinwerfer blinkten wie zum Gruß kurz auf.

Cosenza öffnete die Haustür und bat den Commissaire mit einer Geste hinein. Wieder war es angenehm kühl. Cosenza schaltete das Licht an und ließ die elektrischen Rollos hochfahren.

»Nun schießen Sie schon los. Was wollen Sie?«

»Ihre Frau ist noch immer in ihrer Sommerfrische?«

»Richtig. Sind Sie wegen ihr gekommen?«

»Nicht nur. Monsieur Cosenza, aber reden wir nicht lange drum herum. Warum sagten Sie mir neulich, dass Sie Raphaël Picot nicht kennen?!«

»Warum ich sagte, ich würde Raphaël Picot nicht kennen?«, wiederholte Cosenza die Frage, wie um Zeit zu gewinnen. »Na, weil es die Wahrheit ist. Ich kenne den Knaben nicht.«

»Kennen Sie nicht.«

»Nein.«

»Nie mit ihm zu tun gehabt?«

»Nein. Niemals. Was soll das, Commissaire?« Cosenza gab sich verärgert. »Ich wusste nicht mal, dass er existiert, bevor Sie mir von ihm erzählt haben.«

»Wie kommt es dann, dass Sie ihn angerufen haben?«

»Was?!« Cosenza verschluckte sich fast an dem Whisky, den er sich eingeschenkt hatte. »Na, nun ist es aber gut. Ich habe diesen Kerl nicht angerufen. Ich kenne ihn nicht!«

»Sie haben ihn sogar mehrfach angerufen, und er hat Sie auch mehrfach angerufen. Beispielsweise am letzten Sonntag. Hier.« Duval legte Cosenza die Auflistung der Telefonverbindungen auf den Tisch.

Cosenza war jetzt ganz offensichtlich nervös. Er schwitzte und überblickte schnell die Nummern auf den Ausdrucken.

»Ich habe es Ihnen markiert«, sagte Duval. »Das ist doch Ihr Telefon? Ich gebe zu, wir haben versucht, Sie unter dieser Nummer zu erreichen, sind aber immer nur auf einen Anrufbeantworter gestoßen. Haben Sie Ihr Mobiltelefon stets ausgeschaltet?«

»Ich besitze mehrere Telefone«, sagte Cosenza und suchte in seinem Smartphone unter seinen Kontakten. »Nicht zu fassen!« Er schlug wütend mit der Hand auf die Lehne des Sessels. »Mein Sohn«, erklärte er. »Es ist das Telefon meines Sohnes. Es läuft auf meinen Namen. Wie überhaupt alles auf mich läuft.« Er sprang auf und riss die Terrassentür auf. Ein Nachtfalter segelte hinein und torkelte wie betrunken um das Licht des kristallenen Kronleuchters. Cosenza zog ein Zigarettenetui aus seiner Hosentasche und zündete sich eine Zigarette an. Er inhalierte tief. »Rauchen Sie?«, fragte er zu Duval gewandt und streckte ihm das Etui entgegen.

Der verneinte mit einer Kopfbewegung. »Ihr Sohn.«

»Ja, Giorgio Cosenza. Mein Sohn.«

»Na, das ist ja eine Überraschung.«

»Allerdings.«

»Wo können wir Ihren Sohn denn jetzt erreichen, Monsieur Cosenza?«

Cosenza sah auf die Uhr. »Um diese Uhrzeit? Unterwegs vermutlich. Keine Ahnung. Er ist ja erwachsen.« Es klang bitter.

»Wo wohnt Ihr Sohn, Monsieur Cosenza?«

»Derzeit gefällt es ihm im Haus meiner Eltern. Im Suquet.«

»Würde es Ihnen etwas ausmachen, mich zu Ihrem Sohn zu begleiten, Monsieur Cosenza?«

»Jetzt?«

»Ja jetzt. Ich weiß, es ist spät, aber …« Duval führte den Satz nicht zu Ende.

»Er ist vermutlich nicht mal zu Hause. Wenn Sie wüssten …« Jetzt sprach Cosenza nicht zu Ende.

»Wenn ich was wüsste?«

»Ach nichts, Kinder.« Er winkte ab. »Sie haben ja auch Kinder, Commissaire, wenn ich mich nicht irre?! Ich sag's Ihnen, das Sprichwort ›kleine Kinder kleine Sorgen, große Kinder große Sorgen‹ hat durchaus seine Richtigkeit.«

Sie durchquerten das abendliche Cannes zügig. Die Stadt vibrierte im Sommermodus. Vom Strand hämmerten Bässe rhythmisch durch die warme Luft. Die Konzerte am Strand, *l'éléctroplage,* waren unüberhörbar. Menschen in Ausgehlaune liefen an der Ampel des Pont Carnot in Scharen Richtung Innenstadt. In kleinen Gruppen stöckelten Mädchen hochhackig und in zu kurzen engen Kleidchen zu dritt und zu viert über den Zebrastreifen. Mehrere Autofahrer hupten kurz. Ein paar Jungens, die zum Rhythmus der laut aufgedrehten Rap-Musik im offenen Auto schaukelten, johlten und pfiffen den Mädchen hinterher. Cosenza sah den Mädchen ebenso genüsslich hinterher und schnalzte mit der Zunge. Duval verzog keine Miene.

In der Rue Hibert hielten sie vor einem alten mehrstöckigen Haus. Im Erdgeschoss sowie in zwei weiteren Stockwerken brannte Licht. Cosenza war aufgebracht. »Was ist denn da los?«

»Sieht so aus, als sei Ihr Sohn zu Hause.«

»Im Erdgeschoss wohnt meine Mutter. Sie verbringt die Sommermonate in St. Cézaire. Ich verstehe das nicht, es sei denn …« Cosenza blieb unschlüssig vor der Tür stehen.

»Sie haben keinen Schlüssel?«, fragte Duval.

»*Bah,* ich habe ihn nicht bei mir«, gab Cosenza vor. »Ich habe ja nicht gedacht, dass ich etwas in der Wohnung meiner Mutter zu tun haben könnte.«

Duval klingelte.

Jemand steckte seinen Kopf aus dem Fenster im ersten Stock: »Was gibt's?«

»Ihr Sohn?«, fragte Duval.

Cosenza schüttelt den Kopf. »Ist Giorgio da?«, rief er nach oben.

»Wer will das wissen?«

»Ich bin sein Vater.«

»Oh, Verzeihung Monsieur Cosenza, ich habe Sie nicht erkannt.«

Der Mann verschwand vom Fenster, und kurz darauf summte der Türöffner.

In der Wohnung im ersten Stock saßen etwa ein Dutzend Männer um einen Tisch und spielten Karten. Karten und Scheine lagen auf dem Tisch. Es wurde geraucht. Die Luft war verbraucht. Es roch nach Rauch, Schweiß und Alkohol, obwohl ein Standventilator sein Bestes tat, um die stickige Luft zu durchdringen. Nicht alle Männer spielten, aber alle waren angespannt und konzentriert. Niemand nahm Notiz von Cosenza und Duval, als sie eintraten.

»Ihr Sohn kommt ganz nach Ihnen«, sagte Duval ironisch.

»Aber Giorgio ist nicht unter den Spielern«, wandte Cosenza ein. »Er hat die Wohnung sicher an Freunde«, er zögerte kurz, »sicher Freunden geliehen.«

»›Geliehen‹«, wiederholte Duval spöttisch, »natürlich, so wird es sein. Er vermietet die Wohnung und streicht seinen Anteil ein. So macht man es doch, nicht wahr, Monsieur Cosenza?«

»Papperlapapp«, Cosenza winkte ab. »Hören Sie, vielleicht ist es eine Geburtstagsfeier unter Jungs, und Giorgio …«

»Dass ich nicht lache, Monsieur Cosenza«, unterbrach Duval, »dass ich nicht lache.«

»Giorgio ist oben«, erklärte der junge Mann, der ihnen die Tür geöffnet hatte, und zeigte mit der Hand Richtung Treppenhaus.

»Sehen Sie!« Duval warf Cosenza einen spöttischen Blick zu. »Dann wollen wir mal.«

Die Wohnungstür im zweiten Stock stand ebenfalls weit offen, und ein schwacher warmer Lufthauch wehte durch das geöffnete Flurfenster. In weißen Hemden, die Ärmel hochgekrempelt, saßen vier Männer um einen Tisch und spielten ebenfalls Karten. Mehrere Bündel Geldscheine lagen auf dem Tisch. Duval erkannte Giorgio, der aussah wie eine jüngere Version seines Vaters. Angespannt drückte er die Karten gegen seine Brust. Die drei anderen schienen etwas gelassener in ihrem Spiel zu sein. Ein kleiner Schwarzhaariger, trotz des Abends mit Sonnenbrille im gegelten Haar, legte gerade einen 500-Euro-Schein auf den Tisch. »Und noch mal 500«, sagte er genüsslich.

Duval machte eine Bewegung, Cosenza aber hielt Duval am Arm zurück. »Warten Sie, bis das Spiel zu Ende ist«, bat er leise. »Den Schwarzhaarigen kenne ich, das ist ein übler Kerl.«

»Zeigen«, sagte Giorgio und kapitulierte sogleich vor vier Damen, die der Schwarzhaarige auf den Tisch legte. Die beiden anderen Spieler kapitulierten ebenfalls. Giorgio ließ seine Karten auf den Tisch fallen, zündete sich mit zitternden Händen eine Zigarette an, während der Schwarzhaarige das Geld auf dem Tisch einstrich.

»*Bonsoir,* die Herren«, grüßte Duval nun.

Erst jetzt schienen die Männer sie wahrzunehmen.

»Papa?!« Giorgio blickte geniert und verärgert von seinem Vater zu Duval,

»Giorgio! Was bedeutet das hier?«, rief Cosenza.

»Oh! Geht dich das was an?«, blaffte Giorgio wütend. »Ich bin erwachsen, hör auf, dich in mein Leben einzumischen!«

Duval zeigte seinen Dienstausweis.

Giorgio stieß einen wütenden Schrei aus und sprang auf. »Das ist ja das Letzte! Hetzt du mir jetzt die *flics* auf den Hals?!«, brüllte er.

»Immer mit der Ruhe«, sagte Duval. »Was machen Sie hier?«

»Was ich hier mache?! Ich mache, was ich will, das sind Freunde von mir und ich bin bei mir zu Hause«, empörte sich Giorgio. »Das ist eine private Veranstaltung hier!«

»Und unten?«, fragte Duval.

»Unten«, Giorgio zuckte mit den Achseln, »alles Anfänger. Damit habe ich nichts zu tun.« Er näherte sich seinem Vater und sagte voll Verachtung: »Ist das deine Art, mich ›zur Vernunft zu bringen‹?!« Er spuckte die Worte aus. »Machst du jetzt gemeinsame Sache mit denen?« Er zeigte auf Duval und sah von einem zum anderen. »Was ist bloß los mit dir, Alter? Du vertrottelst immer mehr. Seit du mit dieser Nutte zusammen bist, kannst du nicht mehr klar denken, du Penner!«

Ohne Vorwarnung schlug Cosenza seinem Sohn zweimal hart ins Gesicht. Kurz sah es so aus, als würde Giorgio sich auf ihn stürzen. Die anderen Kartenspieler waren aufgesprungen und hielten ihn zurück. »Giorgio! Giorgio! *Non!* Hör auf!«

»*On se calme!* Ganz ruhig.« Duval stellte sich zwischen Cosenza und seinen Sohn. »Monsieur Giorgio Cosenza«, wandte er sich an Giorgio, »Sie kommen mit mir, wir werden uns einen Moment auf dem Kommissariat unterhalten.«

»Du Schwein!«, zischte Giorgio und spuckte vor seinen Vater auf den Boden.

»Stopp, stopp!« Duval drehte dem aufgeregten Mann den Arm um und zog ihn von seinem Vater weg. »Sie beruhigen sich augenblicklich«, herrschte er ihn an, »sonst lasse ich Verstärkung holen, und Ihr illegaler Glücksspielkreis hier fliegt auf. Ist das klar?«

»Lass dich nicht einschüchtern, Giorgio«, rief der Schwarzhaarige dazwischen, »du bist bei dir zu Hause. Der kann dir nix, der *flic!*«

»Zu Ihnen kommen wir gleich«, schnauzte Duval ihn an und begann zu schwitzen. Dass es hier nicht aus dem Ruder lief, verdankte er vor allem der Autorität von Louis Cosenza. Aber er wollte hier so schnell wie möglich verschwinden, ohne dass auch noch die Männer aus der ersten Etage dazukamen. »Lassen Sie das!« Er versuchte einen der Kartenspieler daran zu hindern, auf seinem Smartphone zu tippen. Zu spät. Schon hörte er von unten aufgeregte Stimmen, laute und hektische Geräusche, ein Stuhl fiel um, Getrampel im Treppenhaus, die Tür knallte mehrfach. Duval ließ Giorgio los, eilte zum Fenster und sah gerade noch ein paar dunkle Silhouetten, die schnellen Schrittes die Straße hinabliefen. Er schnaufte. »Ihre Personalien«, wandte er sich streng an die drei Kartenspieler und ließ unter seiner leichten Sommerweste wie unabsichtlich sehen, dass er eine Waffe trug.

Er besah den Führerschein des Schwarzhaarigen, Fréderic Latour. Bei Duval klingelte es. Freddie Latour. Natürlich. Eine bekannte Figur im Nachtleben von Cannes. Er hatte ihn noch nie persönlich getroffen. »Monsieur Latour«, sagte Duval und gab den Führerschein zurück. Fréderic Latour sah ihn blasiert an. Er wusste, dass Poker in privaten Kreisen kein Delikt war. Vincent Barelli war der Name des dritten Mannes, der mit unbewegter Miene seinen Personalausweis vorzeigte. Der vierte im Bunde war Belgier und hatte einen russisch klingenden Namen: Alexandre Basilewsky.

»Sie sind einverstanden, mich zu begleiten, Monsieur Cosenza?!«, wandte er sich Giorgio zu.

Der verzog nur das Gesicht.

»Ich nehme das als Zustimmung«, entschied Duval. »Tut mir leid für Sie«, wandte er sich an Louis Cosenza, »ich kann Sie nun nicht mehr nach Hause bringen, aber vielleicht ist einer der Herren hier«, er sah die Kartenspieler an, »so freundlich und kann das übernehmen?!«

Louis Cosenza winkte ab.

»Du Schwein«, wandte sich Giorgio erneut an seinen Vater und schüttelte fassungslos den Kopf. »Verpfeifst deinen Sohn an die *flics*.«

»Ich habe dich nicht verpfiffen, ich wusste nicht mal, was du hier treibst, mein Sohn! Na nun, erklären Sie ihm doch, um was es geht«, forderte Cosenza Duval auf.

Duval reagierte nicht.

»Spar dir dein Gewäsch. Ich glaube dir sowieso kein Wort«, giftete Giorgio.

»Wir gehen jetzt. *Bonsoir, Messieurs.*« Duval schob Giorgio vor sich her.

Das Vernehmungszimmer war karg möbliert. Ein Tisch, zwei Stühle, ein kleines Aufnahmegerät. Duval war zutiefst erleichtert, dass Giorgio, kaum hatten sie das Haus verlassen, in dem er vor seinen Kumpels den starken Mann markieren musste, sich ohne Probleme bis zum Kommissariat fahren ließ.

Im Kommissariat aber hatte Duval eindeutig die Hausmacht, und Giorgio Cosenza war nun beinahe kleinlaut.

»Wir waren anfangs nur ein paar Kumpels, wir haben unter uns gespielt. Es war immer gute Stimmung. Das hat sich rumgesprochen, es kamen immer neue Leute dazu. Was sollte ich machen? Ich konnte sie doch nicht abweisen. Ich hatte ausreichend Platz. Und ich kann bei mir private Partys geben, haben sie mir gesagt.«

»Wer ist ›sie‹?«

»Freddie und Vincent.«

»Hm«, machte Duval. »Wer ist dieser Basilewsky?«

»Nie vorher gesehen. Ein Tourist. Wie gesagt, es hat sich rumgesprochen. Ich fand's gut, wenn neue Leute kamen, so bleibt es spannend.«

»Und wie viel haben Sie jedes Mal kassiert?«

»Wie kassiert? Ich? Gar nichts!«, beteuerte Giorgio. »Ich habe sogar den Whisky gestellt und das Bier. Echt, ich schwöre, das war wirklich Party jedes Mal. Wir amüsieren uns.«

»Und mit welchem Geld spielen Sie?«

»Mit meinem Geld! Hallo! Ich schufte in der Werkstatt, was glauben Sie denn? Da darf ich mir ja wohl ein Gehalt zahlen!«

»Wie viel?«

»Was wie viel?«

»Wie viel zahlen Sie sich?«

Jetzt zögerte Giorgio. »Kommt drauf an.«

Duval lachte kurz auf.

»Was gibt's denn da zu lachen?«, ereiferte sich Giorgio Cosenza. »Wenn ich mehr Geld brauche, nehme ich eben mehr. Ich zahle es dann irgendwann wieder zurück.«

»Sicher. Ich verstehe. Weiß Ihr Vater das?«

»Der hat Sie auf mich angesetzt, der Alte, was? So ein armer Wicht. Es ist mir scheißegal, ob er das weiß oder nicht. Der erstickt im Geld und wirft es nur für seine kleine Nutte raus, ich bin sein Sohn immerhin!«

Da wären wir beim Thema, dachte Duval. Laut sagte er: »Sie sind nicht verheiratet?«

»Nein.«

»Sind Sie eifersüchtig auf Ihren Vater, ist es das? Darauf, dass er so eine junge Frau hat?«

»Eifersüchtig, so ein Quatsch.«

»Warum haben Sie sie schon zweimal ›Nutte‹ genannt?«

Giorgio zuckte mit den Schultern.

»Nicht etwa, weil Sie etwas wissen?«

»Wie? Wissen? Was soll ich denn wissen?«

Duval holte nun das Foto von Raphaël Picot heraus und legte es vor Giorgio auf den Tisch. Er beobachtete Giorgio, während er fragte »Kennen Sie den Mann?«.

»Nein«, behauptete Giorgio.

»Wie kommt es dann, dass Sie ihn angerufen haben?«

»Wie? Ich? Angerufen?« Giorgio gab sich empört.

»Hören Sie, Monsieur Cosenza, es ist heute so einfach mit den Mobiltelefonen, wir können sehen, wen Sie anrufen, und wir können sogar sehen, in welchem Sektor Sie gerade unterwegs sind, wenn Sie telefonieren. Es hat gar keinen Zweck, dass Sie versuchen, zu verheimlichen, dass Sie Raphaël Picot kennen.« Duval blickte auf die Auflistung der Anrufverbindungen. »Hier«, er legte ihm die Ausdrucke vor, auf dem die Anrufe mit Picot unterstrichen waren, »sehen Sie?!«

»Na gut, ich kenne ihn. Ja, ich habe ihn angerufen. Na und? Das ist ja kein Verbrechen.«

»Warum wollten Sie es dann nicht zugeben?«

»Was weiß ich, was Sie mir unterjubeln wollen.«

»Hier will Ihnen niemand etwas unterjubeln«, sagte Duval streng und schwieg dann.

»Was?«, fragte Giorgio nach einer Weile aggressiv. »Was ist los?«

»Sie wissen aber schon, dass Raphaël Picot tot ist?«

»Was?« Diese Überraschung war nicht gespielt. Giorgio war kurz irritiert. Man sah, dass er versuchte zu verstehen.

»Möglicherweise ein Selbstmord.«

»Ein Selbstmord?!« Jetzt erschrak Giorgio sichtbar. »Aber deswegen bringt man sich doch nicht ...« Er stockte.

»Ja?«, fragte Duval. »Deswegen bringt man sich nicht um, wollen Sie sagen? Weswegen hätte er sich denn umbringen wollen?«

Giorgio versuchte zu überlegen, aber Duval schoss seine Fragen ab.

»Wie war Ihr Verhältnis zu Picot? Wann haben Sie ihn das letzte Mal gesehen? Warum haben Sie ihn angerufen? Los, reden Sie schon!«

»Ja, ich kenne ihn«, sagte Giorgio dann nervös. »Ich kannte ihn, meine ich. Raphaël ist ein, na ja, wir kannten uns«, stotterte er. »Kann ich vielleicht eine rauchen?!« Er tastete suchend seine Hosentaschen ab. »*Merde*«, zischte er und sah Duval bittend an. »Haben Sie ...?!«

»Ich bin Nichtraucher«, zuckte Duval mit den Schultern.

»Ach, *Fuck!*«

»Aber wenn wir hier fertig sind, besorge ich Ihnen eine Zigarette«, meinte Duval.

»Sie besorgen mir eine Zigarette? Sie meinen, ich muss

hierbleiben?!« Giorgio Cosenza erschrak. »Ich bin gar nicht hier wegen den Spielabenden, sondern wegen Picot? Aber wenn er sich umgebracht hat, was habe ich damit zu tun?«

»Antworten Sie auf meine Fragen, Monsieur Cosenza, je schneller, desto einfacher für uns alle. Wann haben Sie Picot das letzte Mal gesehen?«

»Das letzte Mal, das war Freitagnacht. Wir haben zusammen Poker gespielt. Mit Vincent und Freddie. Die haben ihn abgezogen. Er hat 'nen Haufen Geld verloren. Ich habe ihm sogar 2000 geliehen.«

»2000 Euro? Hat er sie zurückgezahlt?«

»Bah, nein! Er hatte mir versprochen, es mir samstags sofort zurückzuzahlen. Er wollte außerdem abends zum Spielen kommen, ist aber nicht aufgetaucht.«

»Und deshalb haben Sie sonntags miteinander telefoniert?!«

»Ja. Ich wollte hören, was los ist. Ob er das Geld hatte. Wir wollten zusammen essen, und er wollte mir das Geld geben. Er ist aber nicht gekommen.«

»Er konnte nicht, weil er schon tot war.«

»Ja, deswegen bin ich so erschrocken, ich dachte, wegen 2000 Zacken bringt man sich doch nicht um. Ich bin doch kein Halsabschneider.«

Duval lächelte amüsiert. Giorgio schien sich seiner Wortwahl nicht bewusst zu sein. »Sie haben ihm nicht ein bisschen gedroht?«

Giorgio sah Duval eigenartig an. »Wollen Sie mir jetzt den Selbstmord als Mord unterschieben?«

»Sie haben telefoniert. Erinnern Sie sich noch, was er gesagt hat?«

»Ich kann mir doch nicht jedes Wort bei jedem Telefonat merken.«

»Versuchen Sie sich zu erinnern. Er schuldete Ihnen Geld, Sie wollten zusammen abends essen gehen …«

»Ja, wir wollten uns in der *Bar des Marins* treffen, er sagte, er müsse erst noch das Geld besorgen, und dann sagte er, ›es klingelt an der Tür, ich ruf dich gleich wieder an‹.«

»Das hat er gesagt? Es klingelt an der Tür.«

»Ja, also, ich glaube, dass er das gesagt hat.«

»Klang er beunruhigt?«

»Beunruhigt, nö. Aber er hat nicht mehr zurückgerufen. Ich hab's noch zweimal probiert, aber er hat nicht mehr geantwortet.«

»Wie gesagt, er konnte nicht, weil er da schon tot war«, wiederholte Duval trocken.

Giorgio schnaufte tief. »Kann ich nicht doch eine Zigarette?«

Duval reagierte nicht darauf. »Wenn Sie wüssten, an wen sich der Abschiedsbrief richtete, dann würden Sie es mir sagen, nicht wahr?!«

»Abschiedsbrief? Er hat sich wirklich umgebracht?«

Duval schwieg.

»Woher soll ich das wissen? Wir kannten uns vom Sehen und trafen uns manchmal zum Kartenspielen. Viel mehr weiß ich nicht.«

»Erzählen Sie mir doch keine Märchen. Sie hatten sich in der *Bar des Marins* verabredet. Das ist eine Hafenkneipe, dort verkehren alle, die Matrosen von den Yachten und die Fischer. Der Suquet ist ein Dorf, Monsieur Cosenza.«

»Ja, o.k., ich wusste, dass er Fischer ist«, gab Cosenza zu. »Er hatte seine komischen Arbeitszeiten, deswegen habe ich mir auch erst mal keine Gedanken gemacht. Er war ein bisschen, na ja, häufig musste er spätabends Netze auslegen, weil er Fisch gerochen hatte, oder er wollte frühmorgens einem Thunfischschwarm hinterherfahren, er hatte den Fisch im Blut, wenn man das so sagen kann …«, er verzog grinsend das Gesicht.

»Kannte Ihr Vater Raphaël Picot?«

Giorgio lachte auf. »Der? Woher denn? Glaub' ich nicht.«

»Und Ihre«, Duval überlegte kurz, »Stiefmutter«, sagte er dann. »Kannte Madame Cosenza Raphaël Picot?«

»Nicki?«

»Nicki meinetwegen, wenn das der Vorname ist. Also?«

Er druckste einen Moment herum. »Möglich, ja, ich glaube, sie hat ihn mal getroffen.«

Na endlich, dachte Duval, aber schnell fragte er: »Wo? Wann war das? Haben Sie sie miteinander bekannt gemacht?«

»Schon 'ne Weile her. Ende Mai glaube ich. Im *Café Azur*. Nicki, ich meine, die Frau meines Vaters, hängt immer mit einer ihrer Freundinnen im *Café Azur* ab. Ich esse dort häufig zu Mittag, oder manchmal trinke ich einen Kaffee. Eines Tages kam Raphaël vorbei. Er sah mich und hat sich zu mir gesetzt, und ich habe sie miteinander bekannt gemacht.«

»Und dann?«

»Und dann. Und dann. Was weiß denn ich? Ich habe sie miteinander bekannt gemacht, und das war's.«

»Sie haben Ihre Stiefmutter vorhin mehrfach Nutte genannt.«

»Das habe ich so dahingesagt. Herrje, ich war wütend, da sagt man so allerhand. Wir haben was zusammen getrunken. Vielleicht haben sie ein bisschen geflirtet, sie gefielen sich, das sah man, aber ich bin dann gegangen. Ich hab einen Job, wissen Sie, ich kann tagsüber nicht ewig in irgendwelchen Strandbars abhängen.«

»Ich komme gleich wieder«, unterbrach Duval und verließ kurz das Vernehmungszimmer. Bei einem benachbarten Büro klopfte er an die Tür. »Jacques«, bat er, »gibst du mir eine Zigarette?«

»Was ist denn mit dir los?« Jacques Delmasso sah ihn überrascht an.

»Für einen *Kunden*«, erklärte Duval.

»Ah, dann leihe ich dir das Feuerzeug auch«, grinste er.

»Danke. Kriegst du gleich wieder.«

»Das will ich hoffen.«

»Hier, nehmen Sie«, Duval reichte Giorgio die Zigarette und das Feuerzeug.

»Danke«, Giorgio schnippte sofort mit dem Feuerzeug und zündete die Zigarette an. »Aah«, machte er und inhalierte tief.

»Gut, Sie kommen morgen im Laufe des Tages vorbei, um Ihre Aussage zu unterzeichnen. Jetzt können Sie gehen. Ihre privaten Spielabende sind beendet, das versteht sich von selbst.«

»Das ist alles?!«

»Im Moment ist das alles.«

»Sie wollen mir wegen den Pokerabenden gar nichts anhängen?! Es ging nur um Picot?«

»Wenn Sie noch lange insistieren, kann ich es mir auch anders überlegen.«

»Ich meine nur, mein Vater hat mich nicht an euch *flics* verpfiffen, wegen der Spielabende?«

»Nein. Ich glaube, Ihr Vater ahnt gar nicht, wie ähnlich Sie sich sind«, gab Duval ironisch zurück.

»Und ich hab ihn beleidigt. Ich hab ihn Schwein genannt.«

Duval hob die Hände. »Entschuldigen Sie sich.«

»Verstehen Sie das überhaupt? Ich habe meinen Vater beschimpft, beleidigt! Und es ist Ihre Schuld!« Giorgio Cosenza begann sich zu empören.

»Jetzt reicht's.« Duval stand auf. »Raus, verschwinden Sie. Und halten Sie den Ball flach. Sonst lass ich Ihren kleinen Kreis auffliegen, und dann hänge ich Ihnen was an, und nicht zu knapp.«

Giorgio setzte noch einmal zu einer Antwort an, besann sich, zischte stattdessen ein leises *»Fuck«* und stapfte aus der Tür.

Duval sah müde auf die Uhr. Halb vier Uhr morgens. Er warf das Aufnahmegerät auf den Schreibtisch von Emilia. »1 x an Dussolier«, kritzelte er auf ein Post-it-Etikett. Zu mehr war er nicht mehr in der Lage, und Emilia wüsste auch so, dass sie die Befragung abtippen und zusätzlich an den Richter senden sollte. Er lief durch die schwüle Sommernacht nach Hause. Hier und da stand eine nach lauwarmem Abfall riechende Mülltonne auf dem Gehweg, herausgestellt, für die Müllabfuhr am frühen Morgen. Manchmal musste er einem Hundehaufen ausweichen, und in den dunklen Ecken roch es nach Urin. Er verzog angeekelt das Gesicht und versuchte nur vorsichtig zu atmen. Offene Wagen mit fidelen jungen Menschen sausten an ihm vorbei. Sie brüllten miteinander, um die wummernde Musik des Autoradios zu übertönen. Nur Fetzen der zugerufenen Worte blieben in der Luft hängen, genau wie das *Bumbum* der Musik, als sich das Auto entfernte. Auf einer mit Lampengirlanden geschmückten Terrasse hörte man das Geraune und Gelächter einer Party. Plötzlich drehte jemand die Musik laut. Latinorhythmen erklangen. *»Hola!«*, rief jemand begeistert, das Geraune wurde lauter. »He!«, schrie eine Frauenstimme. »Macht gefälligst die Musik wieder leiser, die Nachbarn haben sich vorhin schon beschwert, ich will nicht die *flics* hier haben.« Da niemand reagierte, brüllte sie nun »IHR SOLLT DIE MUSIK LEISER STELLEN!«. Duval überquerte die Straße und wich zwei laut knatternden Motorrollern aus, die sich ein Wettrennen lieferten. In der Kurve gaben sie erneut Gas, und die Fahrer überschrien das näselnde Knattern, um sich anzufeuern.

Müde öffnete er das quietschende Gartentor und erwartete, dass der Kater wie immer elegant von der Mülltonne springen würde, um sich maunzend an seinen Beinen zu reiben und ihn nicht mehr zu verlassen, bis er Futter in sein Schälchen geschüttet habe. Aber nein, der Kater war nicht da. Vielleicht war er auch unterwegs in dieser Sommernacht und amüsierte sich mit Katzendamen. Wer wollte es ihm verdenken. Als er die Tür öffnete, wusste er augenblicklich, dass jemand in seiner Wohnung war. Da war ein fremder Geruch. Gewürzig. Angespannt lauschte er. Vorsichtig, ohne Licht zu machen, bewegte er sich voran. Noch bevor er es spürte, zischte und kreischte es, Duval zuckte zusammen, und der Kater stob davon. Er schaltete das Licht an. Er war auf den Kater getreten, der ihn nun beleidigt von ferne betrachtete. »Du hast mich vielleicht erschreckt. Warum trittst du den Kater?«, fragte eine Stimme. Erneut zuckte er zusammen und drehte sich um.

»Was machst du denn hier?«, fragte Duval.

»Überraschung«, gähnte Annie. »Ich dachte allerdings nicht, dass du so spät kämst. Wo warst du so lange?«

Er winkte müde ab. »Was riecht hier so fremd?«

»Ich hatte Essen vom Libanesen mitgebracht und aufgewärmt. Möchtest du noch was?«

»Ich will nur schlafen«, sagte Duval und zog Annie ins Schlafzimmer.

Im Bett schmiegte sie sich trotz der Wärme an ihn, und er legte zusätzlich den Arm um sie und zog sie noch näher an sich. »Ist es nicht zu warm so?«, flüsterte sie. »Schlaf jetzt«, murmelte Duval in ihr Ohr. Eine Sekunde später atmete er schon tief und gleichmäßig.

Sie tranken ihren Kaffee im Schatten des Sonnensegels im kleinen Innenhof. Duval sah auf die Uhr. »Ich sollte los«, seufzte er. »Ich muss mich mal bei den Fischern umhören. Willst du vielleicht mitkommen?«

»Ganz ehrlich, nein«, Annie schüttelte ihre blonden Locken und steckte sie gleich darauf mit einer geübten Handbewegung zu einem lockeren Knoten fest. »Ich habe gleich einen Arzttermin, und falls es nicht zu lange dauert, wollte ich anschließend ein bisschen shoppen, vielleicht finde ich ein letztes Schnäppchen im Ausverkauf. Kauf doch einen Fisch«, schlug sie vor, »das ist doch ein guter Einstieg ins Gespräch.«

»Essen wir nachher zusammen?«, fragte Duval.

»Ruf mich später an«, sagte Annie, »dann sehen wir weiter.«

Duval ging selten zum lokalen Fischmarkt, der sich in einer Ecke des Marché Forville befand. Manchmal kam er zum Schauen. Er aß gern frischen Fisch, aber zubereiten konnte er ihn nicht. Nicht alle der fest gemauerten und türkisblau gekachelten Stände waren besetzt, aber das Angebot war reichhaltig. Er sah jede Menge silbrig glänzende Doraden.

Drei Frauen und zwei Männer standen am unteren Ende des Marktes in einer Gruppe zusammen und diskutierten. »Glaubst du das? Ich glaube das nicht!«, sagte einer der Männer gerade und hielt den anderen die aufgeschlagene Zeitung hin. Duval bedauerte, die Tageszeitung noch nicht angesehen zu haben. Vermutlich stand etwas über den Toten darin. Er ging langsam an den Ständen vorbei. Auf grob zerkleinertem Eis lagen die Doraden, bei einem der Fischer lag noch eine bunte Mischung kleiner Fische und Krustentiere, die sich für eine *Soupe aux Poisson* eigneten, wie angeschrieben stand. Eine Muräne lag verschlungen daneben und hatte einen grimmigen Blick. Am letzten Stand bot ein Fischer zusätzlich einen armlangen silbrig glänzenden großäugigen Fisch mit spitzem Kopf und beeindruckenden Zähnen an. Barracuda stand auf dem weißen Schildchen, das danebensteckte.

»Wow!«, entfuhr es Duval.

Der muskulöse junge Mann hinter dem Stand sah überrascht von seinem Smartphone auf. »*Eh oui,* ein prachtvolles Tier«, stimmte er zu und musterte Duval. Sah er aus wie ein potenzieller Käufer? Er war skeptisch. Dennoch war der Typ stehengeblieben und betrachtete neugierig den Fisch. »Sind Sie interessiert? Ich mache Ihnen einen Preis«, schlug er vor.

Duval zögerte. »Ich weiß ehrlich gesagt nicht, was ich damit machen soll«, gab er zu.

Der Fischer lachte. »Essen, würde ich vorschlagen. Ich bereite ihn für Sie vor, wenn Sie wollen, entschuppe ihn und nehme ihn aus, offiziell darf ich das nicht mehr, aber ich mach's für Sie. Und dann können Sie ihn grillen, wenn Sie ein paar Freunde einladen, wär' das was?«

Freunde, dachte Duval. Er hatte keine wirklichen Freunde in Cannes. Was würde Annie von einem Barracuda halten?

Der Fischer spürte Duvals Zögern. »Ich kann ihn auch in mehrere Steaks schneiden«, schlug er vor, »dann haben Sie ein paar Portionen. Sie können ihn problemlos einfrieren und bei Bedarf auftauen. Barracuda ist ein fantastischer Speisefisch, er hat wunderbar festes Fleisch, selbst dann noch, wenn er eingefroren war. Ein Genuss, glauben Sie mir.«

»Das glaube ich Ihnen. Wie bereite ich die Steaks zu?«

»Wie jedes Steak«, antwortete der Fischer und legte den Fisch auf die Waage. »Das wären knapp drei Kilo, für 45 Euro gebe ich ihn her.«

»45 Euro?« Duval war kurz schockiert.

»Wissen Sie, was Sie dafür im Restaurant hinblättern müssen? Und dann haben Sie nur ein Filet oder ein Steak.«

Er wusste nicht warum, aber er nickte. »In Ordnung.«

»Sie nehmen ihn?« Der Fischer schien sein Glück nicht zu fassen.

»Ja«, sagte Duval. »Ich nehme ihn.«

»Sie werden es nicht bereuen, ich bereite ihn vor«, sagte er und begann schon den Fisch hinter dem Stand über einem Eimer zu schuppen. »Wollen Sie den Kopf auch?«

»Ja«, Duval nickte, »für die Katze.«

»Na, die wird ihren Spaß haben«, meinte der Fischer.

Er nahm den Fisch aus und zerteilte ihn dann mit einem riesigen Messer. »Sie haben zehn ordentliche Steaks, und wenn Sie jedes Mal zwei verdrücken, reicht es immer noch für fünf Mahlzeiten. Das IST ein Schnäppchen, bei diesem Fisch, sage ich Ihnen. Sie werden es nicht bereuen!«

Duval suchte einen Schein in seinem Portemonnaie. »Und ich soll ihn in der Pfanne machen, haben Sie gesagt?«

»Genau, in einer beschichteten Pfanne, wenn Sie eine haben, vorheizen, etwas Öl und dann von beiden Seiten etwa drei Minuten anbraten. Fertig. Etwas Zitronensaft drüber, ein Genuss! Kommen Sie wieder und erzählen Sie mir, wie er Ihnen geschmeckt hat«, schlug er noch vor.

»Sie sind jeden Tag da?«

»In der Regel schon. Aber ich habe nicht jeden Tag einen Barracuda«, grinste er.

»Was haben Sie sonst?«

»Das kommt drauf an. Was immer sich in meinem Netz verfangen will. Gerade gibt's Doraden, sehen Sie ja. Das ist der Fisch, der hier am besten geht. Den kennen die Leute, den gibt's im Restaurant, da kann man nichts falsch machen.« Er grinste. »Oft habe ich kleine Bonitos, manchmal Rotbarben, Wolfsbarsch oder einen Drachenkopf, hin und wieder auch einen St. Pierre oder einen Schwertfisch. Tintenfisch habe ich ab und zu auch. Alles, was sich so im Mittelmeer tummelt. Ich gebe Ihnen meine Karte, wenn Sie wollen. Wenn Sie mal ein Fest haben und 'nen schönen großen Fisch wollen, oder wenn Sie mal für Freunde eine Bouillabaisse machen wollen. Ich besorge Ihnen fast alles und superfrisch!« Er holte eine Karte aus seiner Brieftasche und hielt sie Duval hin.

Duval nahm sie entgegen. Hugo Morel, las er. »Bouillabaisse«, wiederholte er. »Ich habe von einem Fischer gehört, der das auch macht, Raphaël Picot. Kennen Sie ihn?«

Der Blick des Fischers wurde ernst. »Raphaël, klar kenne ich den, aber den finden Sie nicht mehr hier. Eh, Sébastien«, rief Hugo Morel einem der Männer zu, »bring mal die Zeitung!«

Der angerufene junge Mann kam und streckte ihm die Zeitung entgegen. »Der Mann hier sucht Raphaël, zeig mal den Artikel«, erklärte er.

»Sie suchen Raphaël?«

»Na ja, suchen ist zu viel gesagt. Mir hat ein Bekannter von seiner Bouillabaisse vorgeschwärmt.«

»Ach so. Na, Bouillabaisse machen wir alle«, grinste er. »Raphaël allerdings wird Ihnen keine mehr zubereiten können.«

»Warum nicht?«

»Der ist tot. Umgebracht soll er sich haben. Wer's glaubt.«

»Sie glauben es nicht?«

Beide Fischer schüttelten den Kopf.

»Aha«, machte Duval und las den knappen Artikel im *Nice Matin,* der in dürren Worten von einem hiesigen Fischer Raphaël P. berichtete, der aus bislang ungeklärter Ursache in einem Ferienapartment tot aufgefunden worden war. Die Spur des Selbstmords wurde, wie aus Polizeikreisen zu hören war, favorisiert. Wer war da wohl zu hören gewesen, fragte sich Duval. »Sie glauben, jemand hat ihn getötet?«, fragte er nach einem Moment der Stille.

Beide Fischer zuckten zeitgleich mit den Schultern. »Ich glaube nicht, dass er einen Grund gehabt hat, sich umzubringen.«

»Was machte er denn in einem Ferienapartment, wenn er ein hiesiger Fischer ist?«, fragte Duval weiter.

»Tja, das können wir Ihnen auch nicht sagen.« Hugo Morel sah ihn misstrauisch an. »Wieso wollen Sie das wissen?«

»Hören Sie«, sagte Duval einer Eingebung folgend, »ich bin Polizist.« Er zeigte seinen Dienstausweis. »Ich ermittle in dem Fall, und ich glaube auch nicht an den Selbstmord. Können Sie mir etwas über Raphaël erzählen? Hatte er Konflikte mit jemandem?«

»Sie haben meinen Fisch nur gekauft, damit sie mich ausfragen können?«, empörte sich der Fischer.

»Nein.« Duval schüttelte den Kopf. »Ich wollte einen Fisch kaufen, und ich habe versucht, zwei Fliegen mit einer Klappe zu schlagen, wenn Sie verstehen. Aber ich will Sie eben nicht so aushorchen.«

»Raphaël war in Ordnung«, sagte der Fischer mit dem Namen Sébastien.

»Hatte er Probleme? Konflikte? Irgendwelche Feinde?«

»Probleme haben wir alle«, sagte Hugo Morel lakonisch. »Geldprobleme. Existenzprobleme. Beziehungsprobleme.«

»Geldprobleme?«

»Na, wir haben hier alle einen zweiten Job, nur als Fischer können Sie heute nicht mehr existieren. Trotz der Subventionen. Wenn Sie Familie haben, muss die Frau mitarbeiten, sonst kommen Sie nicht über die Runden. Dann kommt sofort das nächste Problem, die Arbeitszeiten, die nicht zusammenpassen. Das führt dazu, dass man sich kaum sieht. Als Fischer geht Ihr soziales Leben gegen null. Sie sind immer draußen, wenn was los ist. Die meisten Frauen heute halten das nicht lange aus.« Er seufzte. »Ich weiß, wovon ich rede, meine Frau und ich, wir haben uns gerade getrennt. In der Generation meiner Eltern war das noch anders. Mein Vater, der holte noch ordentlich Fisch aus dem Meer, und meine Mutter hat ihn verkauft. Mal hatten wir viel Geld, mal wenig, aber wir lebten vom Fischfang. Geht heute nicht mehr.« Er schüttelte den Kopf. »Mein Vater hat nachmittags gemütlich Boule gespielt mit den anderen Fischern, in den Allées de la Liberté. Ich fahre nachmittags Pakete aus.«

»Wie sah das bei Raphaël Picot aus? Hatte er Geldprobleme, wissen Sie da was?«

»Nicht mehr als jeder andere, würde ich sagen.«

»Was hat er gemacht als Zweitjob?«

»Gelegenheitsjobs, alles, was anfiel. Eine Zeitlang hat er sogar bei Cabesto gejobbt.«

»Cabesto? Der Laden für Schiffszubehör?«, fragte Duval.

»Ja, und die Konkurrenz, was den Fisch angeht, aber was wollen Sie machen.«

»Inwiefern Konkurrenz?«

»Na, die verkaufen Tiefkühlfisch!«

»Was bequatscht ihr hier?« Die anderen Fischer und Fischverkäuferinnen umringten nun neugierig Duval und den Fischer.

»Es geht um Raphaël. Der Mann hier ist *fli* … ist Polizist«, erklärte Hugo Morel den anderen. »Er fragt nach Raphaël.«

»Oh!« Ein Geraune war zu hören. »*Pah,* ich sag' nichts. Sie fragen uns aus, und am Ende kommt doch nichts dabei raus«, schimpfte einer der älteren Männer und lief wieder zu seinem Stand. »Richtig!«, rief eine der älteren Fischverkäuferinnen, die eine Unzahl von Tätowierungen auf den schlaffen Armen hatte. »Am Ende sind wir immer die Verarschten!«

»Was meinen Sie?«, fragte Duval. »Wieso sind Sie die Verarschten?«

»Oh, lasst mir meine Ruhe. Immer. Wir sind immer die Verarschten«, wiederholte sie wütend und lief davon.

Duval lief ihr nach. »Ich verstehe nicht ganz, wovon Sie sprechen?!«

»Wir sind immer die Deppen«, ereiferte sie sich weiter. »Das war schon vor dreißig Jahren so, und es ist heute auch nicht anders! Die arme Lydie! Das Einzige, worauf sie zählen kann, ist unsere Solidarität! Ist es nicht so?«, rief sie dem älteren Fischer zu. Der winkte ab und drehte ihnen den Rücken zu. »Alles nur leeres Gerede. Wozu?«, schimpfte sie vor sich hin. »Solidarität brauchen wir! Solidarität!«

»Solidarität«, wiederholte Duval. »Gibt's die nicht unter den Fischern?«

»Früher, ja, früher gab's die. Heute kümmert sich jeder nur noch um sich. Ist es nicht so?«, rief sie dem älteren Mann zu.

Der aber schwieg und sah mürrisch vor sich hin.

»Gibt's keine Solidarität unter den Fischern?«, befragte Duval nun wieder den Barracudaverkäufer.

»Na ja«, sagte er und machte ein abschätziges Gesicht. »Nach außen schon. Wir *müssen* ja solidarisch sein, wir sind nur noch so wenige. Es ist nicht leicht als Fischer heutzutage«, erklärte er. »Verstehen Sie, wir sind nur noch dreißig Fischer entlang der Küste. Dreißig! Von Monaco bis Théoule. Das müssen Sie sich mal vorstellen! Wenn wir nicht zusammenhalten, geht gleich gar nichts mehr. Aber es gibt schon eine Kluft zwischen den Alten«, er zeigte in Richtung des Mannes, der sich schimpfend abgewandt hatte, »und den Jungen wie uns. Fischer ist ein Job für Eigenbrötler. Jeder von uns ist ein Original. Schwierig, die unter einen Hut zu kriegen. Wir haben nicht mal eine Lobby. Absolut keinen Einfluss. Wenn uns die Stadt morgen nicht mehr hier im Hafen will, dann verschwinden wir in irgendeiner Ecke.«

»Aber warum sollte die Stadt das denn wollen?«, fragte Duval. »Fischer gehören doch zu einer Stadt am Mittelmeer, oder? Und das hat doch sehr viel Charme, ihre kleinen Boote neben den großen Yachten hier im Hafen.«

»Ja, Charme, genau«, der Fischer lachte spöttisch. »Für die Folklore sind wir gerade noch gut. Ansonsten findet man uns zu schmuddelig. Manch einer würde in Zukunft lieber eine schicke Yacht vor seinem Fenster sehen als unsere Boote und die nach Fisch stinkenden Netze.«

»Ist das so?«, tat Duval ungläubig. »Ich dachte, man sei

hier stolz auf die Fischer«, sagte er. »Der Bürgermeister ist doch ein echter Cannois.« Es verging nicht eine Veranstaltung in der Stadt, ohne dass der neue, junge Bürgermeister verlauten ließ, dass seine Familie seit dem 15. Jahrhundert in Cannes ansässig war. »Dessen Vorfahren waren doch bestimmt auch Fischer. Es gab doch gar nichts anderes hier, bevor Lord Brougham sich hier niedergelassen hat.« ›Brugham‹ sprach er den Namen des britischen »Entdeckers« von Cannes aus.

»Ja, deswegen unterstützt er uns auch noch. Aber nicht alle im Stadtrat sehen das so, und wer weiß, eines Tages schlägt die Stimmung um, und dann ... ohne die *Prud'homie* wären wir schon total aufgeschmissen, und selbst mit ...«

»Wie funktioniert das mit der *Prud'homie?*«, fragte Duval.

»Das möchte ich auch gern wissen«, spottete der Fischer. »Im Prinzip sollen sie unsere Belange verteidigen, aber der jetzige Präsident verteidigt vor allem seine eigenen Belange, scheint mir. Überall die gleiche Verwaltungsscheiße eben.« Er verdrehte die Augen. »Verwaltungsscheiße. Muss ich Ihnen mehr sagen?«

»Versteh schon. Kommen wir noch mal zu Raphaël. Fällt Ihnen irgendwer ein, der ihm was Böses wollte?«

Hugo Morel zuckte mit den Schultern. »Nee, echt nicht. Wir sind alle ein bisschen speziell, wissen Sie. Einsamer Job in gewisser Weise. Einsames Leben. Manche werden komisch mit der Zeit. Dreißig kauzige Einzelgänger. Aber Raphaël war im Prinzip ein netter Kerl. Der machte den Job, weil ihn schon sein Vater gemacht hat. Genau wie ich. Wir haben das im Blut. Zwischenzeitlich versucht man es mal mit einem normalen Job, in der Hoffnung, dass es dann in der Beziehung besser läuft, aber dann kommt man wieder zurück. Ich zum Beispiel vertrage keinen Chef, der mir von oben herab Anweisungen gibt. Deswegen habe ich den Job, den ich hatte, geschmissen. Acht Jahre habe ich es ausgehalten, dann hab ich ihm eins in die Fresse gegeben und bin gegangen. Als Fischer ist man frei und sein eigener Chef. Was Besseres gibt's nicht.«

»Wie war das mit Raphaëls Beziehung? Hatte er eine Frau? Eine feste Freundin?«

Der Fischer wand sich etwas. »Nichts Festes derzeit. Glaube ich«, setzte er nach.

»Eine verheiratete Frau vielleicht?«

Dem Fischer war es sichtlich unangenehm. »Hören Sie, ich will keine Gerüchte in die Welt setzen. Ich weiß nix. Kann sein. Kann nicht sein. Raphaël war diskret.« Dann schien er zu verstehen. »Sie meinen, der Ehemann hat ...?!«

»Ich meine gar nichts. Es gab also eine verheiratete Frau?«

Der Fischer druckste herum. »Gerüchte, alles nur Gerüchte«, sagte er dann.

»Ich danke Ihnen, vielleicht komme ich noch mal wieder. Dann erzähle ich Ihnen auch, wie der Fisch geworden ist«, beendete Duval das Gespräch.

»Da können Sie wirklich nichts falsch machen.« Der Fischer war sichtlich froh über den Themenwechsel. »Sie werden sehen. Ein Genuss!«

»Annie!«, rief Duval in sein Telefon. »Ich habe Barracuda gekauft. Was soll ich noch einkaufen, wenn ich schon mal auf dem Markt bin?«

»Du hast Barracuda gekauft, na das ist ja toll. Ich weiß nicht mal, wie der aussieht, wenn ich ehrlich sein soll.«

»Sehr gefährlich, aber er ist schon tot und außerdem in Scheiben geschnitten.«

»Das erleichtert mich. Tja, was könnte man dazu machen? Reis. Hast du Reis da?«

»Kochbeutelreis habe ich, das weiß ich.«

»Kochbeutelreis«, seufzte sie. »Dabei gibt es so leckeren Reis in der Camargue! Wir sollten echt unsere regionalen Produkte verwenden, Léon.«

»Ich lasse dich das machen, Annie. Kauf regionalen handgerollten Reis, so viel du willst, ich denke nicht an so etwas beim Einkaufen, dafür koche ich zu selten. Sag mir jetzt lieber, was soll ich vom Markt mitbringen?«

»Zitrone, auf jeden Fall. Lass mich überlegen ... hast du Lust auf Ratatouille?«

»Sehr gut. Was braucht man dafür? Auberginen, Paprika, Zucchini?«

»Und Tomaten. Jetzt gibt's endlich richtig gute Tomaten, nimm die *Cœur de Bœuf* vielleicht, oder irgendeine andere Sorte Fleischtomaten, die dir gefällt, und nimm unbedingt die *Courgettes Niçoises*, das sind die regionalen Zucchini. Auf jeden Fall gehst du zu einem der Bauern im Innern des Marktes, hörst du! Die Händler außen verkaufen nur das Obst und Gemüse vom Großmarkt.«

»Noch was?«

»Eine Melone zum Entrée vielleicht. Und wenn dich was inspiriert, dann nimm es mit. Als Nachtisch gibt's *Clafoutis*. Ich habe ihn gestern mit den Kirschen aus den Bergen gemacht. Hier unten gibt's ja schon keine mehr.«

»Prima. Kauf ich alles ein. Ich geh danach noch mal kurz ins Büro.«

»Léon!« Annie schrie fast durchs Telefon.

»Ja?«

»Du willst den Fisch und das Gemüse nicht noch stundenlang ungekühlt spazieren tragen, oder?«

»Ich geh nur kurz ins Büro und komme dann gleich.«

»Ich kenne das, Léon. Bitte bring erst das Gemüse und den Fisch nach Hause, die Zubereitung der Ratatouille braucht sowieso eine gewisse Zeit, und dein toter Barracuda will es gern kühl haben.«

Duval stöhnte. »Hin und her und das bei der Hitze!«

»Eben, bei dieser Hitze und mit dem Fisch ...«

»Gut«, sagte Duval ergeben. »Dann komme ich direkt nach Hause und muss dann aber nach dem Essen noch mal ins Büro.«

»Bestens«, stimmte Annie zu. »Ich komme auch gleich, ich stehe hier noch und versuche mich zu entscheiden, ob ich ein blaues oder eher ein pinkfarbenes Kleid kaufen soll.«

»Blau«, schlug Duval vor.

»Mal sehen«, sagte Annie.

Duval lief unschlüssig durch die Markthalle und blieb vor einem kleineren Stand im inneren Bereich stehen. Das angebotene Gemüse sah frisch aus, und weder Zucchini noch Tomaten hatten genormte Formen. Auf handgeschriebenen Kartons stand »eigene Ernte« und die Adresse des Anbauers: Vallauris. Eindeutig ein regionaler Anbieter.

»*Bonjour, Monsieur.* Hier bitte, bedienen Sie sich.« Die kleine flinke Frau hinter dem Gemüsestand drückte Duval eine leicht eingedellte Blechschüssel in die Hand und kassierte gleichzeitig eine Dame ab. Duval hielt die Schüssel wie einen Fremdkörper in der Hand. Dann legte er wahllos zwei Auberginen und zwei grüne Paprika hinein. Und eine unterarmgroße Zucchini. Er sah unschlüssig auf die Vielfalt roter und beinahe schwarzer Tomaten in allen Größen und Formen.

»Kann ich helfen?«, wandte sich die Dame an ihn.

»Das wäre schön«, erleichtert sah er sie an.

»Was wollen Sie machen? Einen Tian? Eine Ratatouille?«

»Ratatouille. Ich weiß nur nicht mehr genau ...«

»Was Ihre Frau Ihnen gesagt hat«, ergänzte sie lachend. »Kommen Sie, ich helfe Ihnen. Für wie viele Personen ist es?«

»Für zwei«, sagte Duval.

Sie lachte. »Das ist ja gar nichts. Man macht immer etwas mehr. Ratatouille isst man am nächsten Tag noch mal. Aufgewärmt ist sie sogar noch besser.«

Duval nickte. Diese Weisheit kannte er auch. »Geben Sie her«, energisch nahm sie ihm die Schüssel aus der Hand und entfernte die große grüne Zucchini wieder aus der Schüssel. »Nehmen Sie diese hier.« Sie hielt ihm eine kleine hellgrün gestreifte Zucchini entgegen. »Das sind die *courgettes niçoises,* sie haben ein anderes Fleisch, und sie wurden heute früh geerntet. Und nehmen Sie nur eine Aubergine. Und lieber eine gelbe und eine rote Paprika, dann wird es bunter. Und vielleicht diese Tomaten hier. Das ist eine alte italienische Sorte.« Sie gab zwei große Tomaten in die Schüssel.

»Und was ist mit dieser hier?« Duval zeigte auf eine handgroße, eher spitz zulaufende Tomate.

»*Cœur de Bœuf*. Auch sehr gut. Nehmen Sie beide Sorten. Haben Sie Zwiebeln und Knoblauch?«

»Ich glaube nicht.«

»Dann nehmen Sie noch diese Gemüsezwiebel und hier«, sie hielt eine Knolle Knoblauch hoch und roch daran, »diesen violetten Knoblauch, den können Sie lagern, und er bleibt aromatisch! Und Basilikum? Haben Sie Basilikum? Auf dem Balkon vielleicht?«

Duval dachte an das etwas verkümmerte Pflänzchen in

seinem Innenhof und machte ein zweifelndes Gesicht. »Braucht man wirklich Basilikum?«, fragte er.

Sie lachte. »Das kommt darauf an. Nehmen Sie welches mit, für alle Fälle. Ich gebe es Ihnen so dazu, hier«, sie legte ihm ein Sträußchen mit großen Basilikumblättern dazu. Es roch sehr aromatisch, als sie es berührte. »Darf es sonst noch etwas sein? Tagesfrische Eier? Einen Kopfsalat? Einer kostet einen Euro zwanzig, zwei gibt's für zwei Euro.«

Duval schüttelte den Kopf. »Zitrone für den Fisch«, fiel ihm ein. »Haben Sie Zitronen?«

»Aber sicher, noch vom eigenen Baum, ohne Pestizide!«

»Ich glaube, dann habe ich alles. Oh, und eine Melone!«, fiel ihm ein.

»Für wann wollen Sie sie?«

»Für heute.«

Sie nahm zwei, drei Melonen zur Hand, wog sie jeweils in der Hand, drehte sie und roch daran. Dann gab sie ihm eine davon. »Für heute, haben Sie gesagt?«

»Ja, und das war's dann, danke.«

»Haben Sie eine Tasche?«

Duval schüttelte den Kopf.

Die Dame wog alles ab und verteilte sämtliches Obst und Gemüse rasch in verschiedenen Papier- und Plastiktüten, die sie ihm anreichte. »Fünfzehn Euro zehn. Fünfzehn Euro für Sie«, sagte sie dann.

»Danke.« Duval reichte ihr zwei Scheine.

»Ich danke *Ihnen*. Gutes Gelingen für die Ratatouille und *Au revoir!*« Sie schenkte ihm noch ein schnelles Lächeln und hatte sich bereits dem nächsten Kunden zugewandt. »Nun zu uns«, sagte sie, »was darf es sein?«

»Ausgezeichnet!« Duval lehnte sich satt und träge im Stuhl zurück. Selbst im Schatten des Innenhofes, wo sie gegessen hatten, war es heiß. Die Zikaden im angrenzenden Park zirpten um die Wette. Hin und wieder bewegte ein warmer Lufthauch leicht das Sonnensegel. »Ganz ausgezeichnet«, wiederholte er. »Der Barracuda und deine Ratatouille.« Er nahm noch einmal eine Gabel lauwarme Ratatouille aus dem gusseisernen Topf.

»Ich fand's auch gut«, Annie lächelte zufrieden. »Und selbst die Katze hast du glücklich gemacht mit diesem Fisch.« Sie blickten auf den Kater, der satt gefressen in der vermutlich kühlsten Ecke des Innenhofs lag und sich nicht mehr rührte. Eine Eidechse huschte über die Mauer, aber der Kater nahm es nur aus halb geschlossenen Augen und mit einem kurzen Zucken des Schwanzes zur Kenntnis, dann döste er weiter.

»Das war kein Kunststück«, meinte Duval, »deine Ratatouille hingegen«, er steckte erneut die Gabel in den Topf.

»Sie gelingt nicht immer so gut. Es hängt wirklich mit der Qualität des Gemüses zusammen. Ist ja eigentlich logisch. Wenn du im Winter die wässrigen Tomaten im Supermarkt nimmst und die neutralen schwammigen Zucchini, dann bekommt auch die Ratatouille keinen Geschmack. Aber du hast wirklich perfekte Zutaten eingekauft.«

Duval ließ sich das Kompliment gefallen. »Und du musst dafür wirklich alles einzeln kochen?«

»Na ja, müssen muss ich gar nichts. Jede Familie hat ihr eigenes Rezept. Ich habe mir meines selbst erarbeitet, wenn du so willst. Früher habe ich auch alles zusammengekocht, manche machen das. Es geht schneller. Ich finde aber, wenn man die Gemüsesorten einzeln kurz anbrät, behalten sie alle ihren Eigengeschmack und außerdem ihre Farbe. Und sie haben eine unterschiedlich lange Garzeit, also man fängt am besten mit den Paprika an und hört mit den Tomaten auf. Ich stelle den Topf zum Garen dann auch in den Ofen, aber das macht wirklich jeder anders. Genau wie das Basilikum, das man am Ende klein geschnitten dazugeben kann. Ich finde, das gibt dem Ganzen noch ein besonderes Aroma. Manche geben stattdessen einen Schuss Balsamico-Essig dazu. Jeder, wie es ihm beliebt.«

»Ich finde es so perfekt«, sagte Duval und nahm erneut eine Gabel Ratatouille aus dem Topf.

»Lass dir noch was übrig für morgen«, bat sie ihn. »Ratatouille ist am nächsten Tag …«

»Noch schmackhafter, ich weiß, das sagen sie alle.« Duval legte die Gabel aus der Hand. »Musst du wirklich morgen schon wieder hoch?!«

Sie nickte ernst. »Du hast ja auch deinen Fall Léon. Eigentlich hast du gar keine Zeit. Willst du mir nicht davon erzählen?«

»*Pssscht*«, machte er und legte den Finger auf den Mund. »Der Fall ist gerade tabu. Ich bin mit dir hier und basta. Außerdem ist es viel zu heiß für solche Gespräche. Ich könnte schon wieder duschen, alles klebt«, seufzte er. »Gut, dann jetzt Kaffee und *sieste*«, schlug er vor. »Und nur kurz die *sieste!*«, fügte er streng hinzu. »Ich muss danach wirklich noch mal los.«

»Wenn du es sagst«, grinste Annie. »Und du willst nicht mal den Clafoutis probieren? Ich habe ihn gestern mit den letzten Kirschen aus den Bergen gemacht.«

»Gut, ein kleines Stück Clafoutis, aber nur weil ich den schon so lange nicht mehr gegessen habe«, stimmte Duval zu.

Annie stellte eine Auflaufform auf den Tisch und schnitt

für jeden ein Stück heraus. »Clafoutis macht auch jeder, wie er will«, erklärte sie und schob ihm den Dessertteller zu. »Ich habe jahrelang alle möglichen Sternekoch-Varianten ausprobiert, um dann doch wieder bei dem einfachsten Rezept zu landen.«

Duval kaute und hatte schon zwei Kirschkerne auf den Tellerrand bugsiert. »Schmeckt wie früher«, befand er. »Wie Kindheit im Sommer.«

»Eben«, stimmte Annie zu. »Genau das finde ich auch.«

Duval lief ins Kommissariat. Kaffee, *sieste* und Dusche hatten ihn kurzzeitig erfrischt. Es war kurz vor 16 Uhr. Seit er in Cannes lebte und jedes Jahr drei Monate Sommerhitze ertrug, verstand er, warum den Menschen im Süden die lange Mittagspause einschließlich *sieste* heilig war. Danach war man gestärkt für die zweite, sich oft bis spät in den Abend ziehende Tageshälfte. Im Polizeidienst war das natürlich nicht üblich. Duval überlegte gerade noch, wie es wäre, wenn man am Kommissariat einen Zettel anbrächte, »Im Sommer zwischen 12 und 16 Uhr geschlossen«, als er die Tür aufstieß und schon in ein Handgemenge geriet. Zwei stark alkoholisierte Männer brüllten und randalierten und wurden nur mit Mühe von je zwei Beamten festgehalten. »Ich mach dich fertig, du Hurensohn!«, brüllte der eine und riss eine Faust nach oben. Der andere versuchte sich aus der Umklammerung der Polizisten zu lösen und brüllte ihm höhnisch nicht weniger vulgäre Schimpfwörter entgegen. »Es reicht!«, schrie autoritär einer der Beamten dazwischen. »Ihr kommt beide in die Ausnüchterungszelle, bis ihr euch beruhigt habt!« Die Polizisten bugsierten die alkoholisierten Männer Richtung Aufzug, vorbei an den stumm und erschrocken, aber dennoch neugierig schauenden Menschen im Wartebereich. Ruckartig wandte einer der Männer den Kopf zu einer jungen Frau. »Buh!«, machte er. Erschrocken schrie sie auf. »Was glotzt du auch so blöd!«, fuhr der Mann sie an. »Ich hab doch gar nicht …«, stotterte sie angstvoll. »Es reicht!« Die Beamten schubsten die beiden Männer unsanft in den Aufzug und fuhren sie nach unten in den Zellentrakt.

»Uff, hier ist ja was los«, wandte sich Duval an die Kollegen, die hinter dem Empfang Dienst taten, als er den Türcode eingab. »Die haben den Hinweis, dass man viel trinken soll, allzu wörtlich genommen.«

In den Zeiten der *canicule,* der großen Hitzewelle während des Sommers, wurde man viertelstündlich im Radio, im Fernsehen und sogar auf den elektronischen Anzeigetafeln in der Stadt darauf hingewiesen, dass man trinken solle, selbst wenn man keinen Durst verspüre, und insbesondere Kinder und ältere Menschen solle man regelmäßig zum Trinken animieren.

»Ja, sie sagen einfach nicht deutlich genug, dass man Wasser trinken soll und nicht Bier.« Olivier Brun verdrehte die Augen. »Schon gesehen?« Er hielt Duval eine interne Mitteilung entgegen. In Nizza hatte die Gendarmerie in einer HLM-Siedlung im Norden der Stadt den Falschgeldring gesprengt, der seit Wochen die Region mit falschen Scheinen überschwemmte. 22 Personen befanden sich in Polizeigewahrsam, und knapp hunderttausend Euro in falschen 50-Euro-Scheinen in unterschiedlicher Qualität hatte man beschlagnahmt.

»Bravo«, sagte Duval und gab die Meldung zurück.

»Aber doch nicht in der vierten Etage!«, empörte sich eine

Frau mit einem ausländischen Akzent am Empfang. »Im Erdgeschoss verstehe ich das, aber in der vierten Etage muss man doch nachts die Fenster auflassen können. Man bekommt ja keine Luft mehr bei dieser Hitze!«

»Sie sehen ja, dass Sie auch in der vierten Etage nicht absolut sicher sind«, die junge Polizistin zuckte mit den Achseln. »Haben Sie die 17 angerufen? Ich habe hier niemanden, den ich Ihnen schicken kann. Wenn Sie die 17 anrufen, werden Sie mit dem Polizeinotruf verbunden, die schicken Ihnen jemanden, um den Schaden aufzunehmen, nehmen Fingerabdrücke, wenn vorhanden, und so weiter.«

»Diese Nummern kenne ich nicht. Ich bin Russin, verstehen Sie? Ich komme zu Ihnen aufs Polizeirevier und sage Ihnen, was passiert ist. So mache ich das!«

»Ja Madame, hier in Frankreich aber ruft man in einem Notfall die 17 an. Ich kann Ihnen nicht helfen.«

»Es ist ja kein Notfall, er hat nichts gestohlen, der Einbrecher, weil ich wach war, ich konnte nicht schlafen bei dieser Hitze, deswegen habe ich bemerkt, wie sich die Schlafzimmertür von alleine schließt. Schwarze Füße habe ich gesehen. Und die Tür ging zu. Und dann habe ich geschrien! Das will ich Ihnen sagen! Er war schwarz! Schwarz wie die Nacht, und er ist über die Balkons wieder hinuntergeklettert. So geschickt wie ein ... Ich sage es nicht. Man darf ja nichts mehr sagen heute, aber ... der Schwarze, der neulich ein Baby gerettet hat, der konnte auch klettern. Mir gibt das zu denken! Man ist also nicht mehr sicher, auch nicht im vierten Stock ...« Klagend und etwas schrill redete sie weiter.

Duval und Olivier Brun wechselten einen müden Blick. »Wie ging es eigentlich mit dem bewaffneten Raub auf den Juwelier aus? Warst du da nicht dabei?«, fragte Duval halblaut.

»Hm«, brummte Olivier und machte ein paar Schritte zur Seite, bevor er leise antwortete. »Der Hammer, echt. Der Kerl war diskret wie sonst was. Kam zu Fuß, verschwand zu Fuß. Elegant gekleidet, Sonnenbrille. Kein Mensch hat was gemerkt. Aber Diamanten im Wert von 15 Millionen hat er vorher noch eingesackt. Wir kamen natürlich zu spät. Wie fast immer. Die BRB, die *Brigade des Répression du Banditisme,* ist jetzt an dem Fall dran.«

»Haben die keine Security bei den Juwelieren?«

»Doch sicher, zwei sogar, einer von ihnen hat uns auch alarmiert. Aber zu spät natürlich. Die haben keine Waffe, die Jungs. Und der Kerl hatte wohl eine. Vielleicht keine echte, aber es wollte wohl keiner sein Leben riskieren für ein paar Brillies.«

»Verständlich«, sagte Duval. »Na dann *bon courage!*«, wünschte er mit Blick auf die Schlange, die sich bereits wieder vor der Theke am Empfang gebildet hatte. »Und Sie wollen nichts tun? Nach allem, was ich Ihnen erzählt habe?!«, empörte sich die Russin noch immer bei der jungen Polizistin.

»Der Nächste«, rief Olivier laut.

Léa saß auf dem Tisch im Büro von LeBlanc und ließ die Beine baumeln.

»Schön, dass es Ihnen so gut geht, Léa«, sagte Duval etwas anzüglich.

Sie hüpfte vom Tisch. »Wir haben gerade den Bericht von Ihrem gestrigen Abend gelesen«, sagte sie. »Respekt. Nur, es hätte auch anders ausgehen können. Warum haben Sie mich nicht mitgenommen?«

Duval zuckte mit den Schultern. »Gibt's sonst was Neues?«, fragte er.

»Die PTS kümmert sich gerade um das Boot. Verdächtige Flecken wurden da gefunden, heißt es.«

»O. k.«

»Und ich habe eine Zeugin!«

»Zeugin wofür?«, fragte Duval.

»Eine Zeugin, die eine Frau in das Haus unseres Fischers hat gehen sehen und auch wieder hinaus«, lächelte Léa.

»Das ist alles?«

»Na also«, setzte Léa empört an. »Das ist doch schon was! Es gibt nämlich keine Videoaufnahmen, das habe ich auch alles schon überprüft! Jetzt haben wir 500 Überwachungskameras in der Stadt, und diese Ecke im Suquet hat keine abbekommen, das muss man sich mal vorstellen, bei all den Touristen, die da jeden Tag durchlaufen. Insofern bin ich sehr zufrieden, eine alte, etwas neugierige Dame gefunden zu haben, die außerdem über ein ausgezeichnetes Gedächtnis verfügt. Zwischen all den Ferienapartments in den modernisierten Häusern wohnt nämlich noch eine alte Dame in einer original muffig-dunklen Wohnung, mit einem kläffendem Hund und mehreren Piepmätzen.«

»Sehr schönes Szenario«, sagte Duval. »Und der Hund hat gebellt, als der Schuss fiel? Oder ist einer der Piepmätze verstummt?«

»Fast. Lassen Sie sich überraschen!« Léa grinste. »Nun, die Dame wohnt im Haus schräg gegenüber, und sie verbringt viel Zeit am Fenster, um zu sehen, was so passiert in ihrem Gässchen. Sie hat mir lang und breit erzählt, wie ungewöhnlich sie es findet, dass die Touristen ihre Wäsche vor den Fenstern fotografieren. Seitdem hängt sie keine Unterwäsche mehr auf, nur noch die Küchenhandtücher«, sie lachte. »Scherz beiseite, sie kannte Raphaël. Es habe sie gewundert, dass er plötzlich hier ein und aus ging. Als ich ihr ein Foto zeigte, sagte sie, ›jaja, das ist er. Der Sohn von Lydie‹. Die paar Cannoiser Bewohner des Suquet, die kennen sich alle, sagt sie. Das ist immer noch wie ein Dorf. Und sie habe immer mal wieder eine junge Frau in das Haus gehen sehen. Auch am Mittwoch. Sie sei kurz vor Mittag gekommen, das weiß sie, weil sie kurz vor dem Mittagessen Wäsche vor dem Fenster aufgehängt hat, und«, Léa lächelte amüsiert, »sie isst immer um zwölf! Und sie habe die junge Frau am Abend wieder gehen sehen. Das war kurz vor ihrer Lieblingssendung, *Plus belle la vie,* diese tägliche Seifenoper aus Marseille, die fängt um Viertel vor acht an.«

»Könnte das nicht auch eine der Touristinnen aus den anderen Wohnungen sein?«

»Nein, das habe ich überprüft. Sie hat die Frau als ›jung und schmal‹ bezeichnet, ›eine typische Pariserin‹, hat sie gemeint. In den anderen Wohnungen sind derzeit aber ein japanisches und ein älteres deutsches Paar. Die deutsche Urlauberin ist außerdem etwas rundlich.«

»Na wunderbar«, sagte Duval. »Solche Zeugen lobe ich mir.«

»Nicht wahr«, Léa grinste. »Es war sehr amüsant bei ihr. Man macht eine Zeitreise in ihrer Wohnung. Schade, dass das alles verschwinden wird, wenn sie irgendwann stirbt. Der Besitzer scharrt anscheinend schon mit den Füßen, um die Wohnung zu modernisieren. Man sollte das erhalten und ein Museum daraus machen, anstatt noch eine moderne Ferienwohnung zu bauen. Die Wohnung ist echt unglaublich. Sie hat zwei Vogelkäfige in den Fenstern hängen und außerdem die üppigsten Blumenkästen, die ich je gesehen habe. ›Ich habe die meistfotografierten Fenster in Cannes‹, sagte sie stolz.«

»Das können Sie dem Hausbesitzer ja vorschlagen, der wird bestimmt begeistert sein. Ein Heimatmuseum bringt ihm keinen Pfennig ein.«

»Warum denn nicht? Ich war mal in Ajaccio, dort ist das Geburtshaus von Napoléon zu besichtigen. Da stehen die Menschen Schlange, um sich das anzusehen, und jeder kauft irgendeinen Napoleonteller oder Bleistift oder was weiß ich.«

»Ja, Napoléon auf Korsika ist aber auch etwas anderes als die alte Madame *Sowieso* im Suquet von Cannes. Das interessiert doch keinen.«

»Aber das wäre doch gerade toll. Wie wohnten die Leute früher im Suquet? Kleine Stadtführung mit Besichtigung einer typischen Wohnung. Vielleicht noch ein Raum mit den Fotos, die das Leben von früher im Suquet zeigen. Bei all den Touris, die durch die Stadt traben!«, Léa war von ihrer eigenen Idee begeistert.

»Es gibt aber doch schon das ehemalige Wohnhaus von Victor Tuby zu besichtigen«, ließ sich Emilia hören.

»Ach so? Das kenne ich gar nicht. Wer ist denn Victor Tuby?«, fragte Léa.

»Ein Bildhauer und Begründer der *Academie Provençale*, ein Heimatverein«, erklärte Emilia. »Victor Tuby hat die ehemalige Mühle, die Moulin Forville, im 19. Jahrhundert gekauft und in ein Wohnhaus umgebaut. Das kann man heute hin und wieder besichtigen. Sie veranstalten auch immer mal Jazzkonzerte im Gärtchen dahinter, um Geld einzunehmen. Reich ist der Verein nämlich nicht geworden mit diesem Museum. Meine Nachbarin will mich immer dafür begeistern. Sie gehört dem Verein an und näht dort traditionelle provenzalische Kostüme. Zu den Konzerten gehe ich manchmal, das ist sehr nett, aber sonst ist es nicht meine Welt. Ich bin eben ein italienisches Immigrantenkind, ich habe keine provenzalischen Wurzeln.«

»Ach, ich bin von hier, und meine Welt sind die provenzalischen Veranstaltungen auch nicht«, meinte Léa. »Alles Folkore. Und dieses Gehopse der Mädchen in zehn Schichten Kleidung und das bei der Hitze«, sie verdrehte die Augen.

»Ach«, meinte Duval, »verstehe ich gar nicht, müsste Ihnen doch sympathisch sein, Gerenne mit zu viel Klamotten, das erinnert doch sehr an einen Polizeieinsatz.«

Léa und Emilia grinsten.

»Ich mag das«, ließ sich LeBlanc leise vernehmen. »Ich war mal auf der Ile St. Honorat, und zufällig fand an diesem Tag dort die alljährliche Erneuerung des Treueids der Cannois zu den Mönchen statt. Das war sehr berührend. Die meinen das durchaus ernst mit ihrem Schwur und den Gesängen. Danach haben die Mönche ihren Wein im Klostergarten ausgeschenkt, das war auch nett.«

»Ich vergesse immer, dass du so romantisch bist, Michel«, Léa tätschelte ihm die Schulter.

Duval lachte. »Glaube ich, dass das nett ist, wenn die Mönche ihren sündhaft teuren Wein ausgeschenkt haben. Können wir mal zurückkommen zu Ihrer Witwe, Léa? Hat sie einen Schuss gehört?«

»Wieso sagen Sie Witwe?! Das habe ich gar nicht gesagt.«

»Ist sie keine Witwe?«

»Keine Ahnung, ehrlich gesagt.«

»Egal, hat die Dame den Schuss gehört?«

»Na ja«, machte Léa. »Kann sie nicht mit Bestimmtheit sagen. Ich glaube, sie war so stolz, dass sie sich an die Zeiten erinnern konnte, als sie die junge Frau gesehen hat, dass sie aus lauter Eifer gerne auch eine Zeitangabe für den Schuss geliefert hätte. Sie behauptet, ihn gehört zu haben, aber sie weiß nicht wann. Meines Erachtens hat sie ihn nicht gehört.«

»Ich war noch auf dem Fischmarkt heute früh«, begann Duval. »Die anderen Fischer glauben nicht an einen Selbstmord. Es geht das Gerücht, dass Raphaël Picot eine Affäre mit einer verheirateten Frau hatte.«

»Die Frau von Cosenza«, sagte Léa.

»Nicht auszuschließen.«

»Dann hat Cosenza den Fischer ...?!« Léa ließ den Satz in der Luft hängen.

»Auch das ist nicht auszuschließen«, wiederholte Duval. »Aber vielleicht nicht er selbst.«

»Was machen wir also?«

»Erst mal gar nichts, denke ich. Vorsichtig sein. Ich war ja nun schon zweimal da und habe Cosenza angepiekst. Jetzt lassen wir ihn sich wieder beruhigen. Ich werde das weitere Vorgehen mit Richter Dussolier besprechen.« Das hätte er vielleicht vorher schon tun sollen, dachte Duval mit einer leicht unguten Vorahnung, denn er war durchaus nicht sicher, ob Richter Dussolier seine gestrige Initiative gutheißen würde. »Wir müssen uns eine Strategie zurechtlegen, sonst kriegen wir den Fisch nie an die Angel«, fügte er noch hinzu.

»Ich habe das noch«, ließ sich LeBlanc vernehmen und streckte Duval ein Papier entgegen, »kam von der PTS. Die Beretta ist schon durch viele Hände gegangen. Es ist vorher schon eine Weile nicht mehr damit geschossen worden. Der letzte Besitzer war ein gewisser Domenico Carboni aus Imperia, der aber nicht auffindbar ist.«

In Duvals Büro klingelte das Telefon. »Ich gehe dran«, rief Emilia und gleich darauf »es ist Richter Dussolier, Commissaire.«

»Das passt ja. Ich komme, danke«, nickte er ihr im Vorübergehen zu.

»*Bonjour* Monsieur le Juge«, meldete er sich, und das war für einen Moment das Letzte, was er sagte. »Ich war unterwegs und finde Ihren Bericht eben erst«, rief der Richter aufgebracht durch das Telefon. »Was fällt Ihnen eigentlich ein?! Sind Sie komplett wahnsinnig?! Nennen Sie das mich auf dem Laufenden halten?« Richter Dussolier faltete ihn nach Strich und Faden für seine leichtsinnige und übereilte Aktion zusammen.

»Können wir nicht noch ein bisschen rausgehen?«, schlug Annie abends vor.

Duval, der sich gerade erschöpft auf das Sofa hatte fallen lassen, sah sie gequält an. »Ich bin kaputt, Annie, von diesem Tag und von dieser Hitze. Wo willst du denn hingehen? Warst du nicht schon genug unterwegs? Zwischen all den Touristen herumzulaufen und in übervollen Bars herumzusitzen, macht dir das wirklich Spaß?«

»Och«, machte sie mit einem Schmollmündchen, »*du* hast das natürlich ständig, Léon, aber ich, ich fahre morgen schon wieder hoch, und du weißt doch, wie es bei mir da oben ist«, erklärte sie. »Ein bisschen Rummel und Stadtleben hin und wieder brauche ich schon. Ich bin ja noch nicht im Rentenalter.«

»Gut.« Duval raffte sich auf. »Wo willst du hingehen? Bijou Plage?«

»Das wäre auch eine Idee. Hast du eigentlich mitgekriegt, dass das Bijou Plage einen neuen Pächter bekommen hat?«

»Jetzt wo du es sagst, erinnere ich mich. Es stimmt, es war schon ein bisschen in die Jahre gekommen, aber es hatte einen gewissen Charme mit den Fotos der Stars und den Erinnerungen der alten Dame.«

»Ja«, seufzte Annie, »die Familie hatte das Bijou Plage dreißig Jahre lang gepachtet, da wird es so etwas wie Familienbesitz, denkt man, aber die Stadt wollte wohl frischen Wind hineinbringen, was willst du machen. Die Enkelin hat noch einmal alles versucht, sogar gegen die Stadt geklagt, aber vergeblich. Keine Ahnung, wie es jetzt ist, muss man vielleicht mal testen irgendwann. Aber nein, ich dachte an den Suquet. Dort soll es ein neues kleines Restaurant geben, das machen ein paar junge Cannois. Es ist noch ein Geheimtipp«, lächelte sie, »und man kann nett draußen sitzen.«

»Im Suquet, sagst du?«

»Ja.«

»Ausgezeichnet, Annie!«

Hand in Hand schlenderten sie die Escaliers Continental hinab und liefen an der Mauer des Lycée Stanislas entlang. Von hier sah man bereits auf die Altstadthäuser, die sich auf der anderen Seite der Schnellstraße eng um den Kirchturm und die ehemalige Festung schmiegten. Auf den Dächern staken hier und da noch alte Fernsehantennen. Der Kirchturm war bereits angestrahlt, und vom Turm der Festung hing schlaff die Trikolore. Kein Lüftchen wehte, dennoch segelten mehrere Möwen mit ihrem durchdringenden Kreischen durch den Abendhimmel. Manche fensterlose Hauswand der Altstadt war mit großen *trompe l'œil*-Fresken bemalt, und unvermittelt glaubte man sich in einer Filmszene oder vor einem romantischen Restaurant, doch alles war nur Fassade. Nicht, dass es in der Altstadt nicht auch unzählige echte Restaurants gäbe. Auf dem kleinen Place du Suquet war es belebt. Menschengruppen standen und diskutierten, in welche der kleinen verwinkelten Gassen sie zuerst gehen wollten. Hinauf zur Festung, um den abendlichen Blick über die erleuchtete Stadt zu genießen? Hier auf dem Platz in einer der kleinen Bars etwas trinken? Oder doch etwas essen in einem der Restaurants, die sich die enge Rue du Suquet entlangschlängelten und auf deren niedlichen übereinandergestapelten Restaurantterrassen, die nur Platz für zwei, manchmal vier Personen boten, man so romantisch sitzen konnte? Und welches Restaurant sollte man wählen? Annie aber zog Duval weiter und führte ihn in eine unbelebte Straße.

»Und hier ist ein Restaurant?«, fragte Duval.

»Hier sind sogar zwei Restaurants, aber eines davon ist neu.«

Und dann sahen sie es schon. Es sah äußerst charmant aus, beinahe wie auf einem Gemälde von van Gogh. Gutgelaunte Menschen saßen im gelben Licht vor den mit Girlanden geschmückten benachbarten Restaurants und aßen, tranken, lachten und genossen den warmen Sommerabend.

»Haben Sie reserviert?«, fragte der junge Kellner und ließ den Blick über die besetzten Tische schweifen.

»Nein«, sagte Annie mit bedauerndem Gesicht, »ich dachte nicht, dass das schon nötig wäre.«

»Das hat sich in dieser Saison schlagartig geändert«, meinte der Kellner. »In einer halben Stunde ist vielleicht draußen was frei. Oder Sie trinken drin etwas, und wenn sich draußen ein Tisch leert, wechseln Sie dahin?«, schlug er vor.

»Wir können noch einen Moment spazieren gehen«, entschied Duval, »was meinst du, Annie? Und wir kommen in einer halben Stunde noch einmal?!«

»Ich reserviere Ihnen einen Tisch, sobald etwas frei wird«, versprach der junge Mann.

»Sieht nett aus, aber so ein richtiger Geheimtipp ist es nicht mehr, oder?«

»Ich finde es toll für die jungen Leute, dass es schon so gut läuft«, sagte Annie, »es liegt so abseits, dass man es schon kennen muss. Die Touristen kommen kaum bis hierher. Die denken, die Altstadt ist da vorne«, sie zeigte zum Anfang der Straße, »zu Ende.«

»In gewisser Weise ist es ja auch so.«

Sie waren das menschenleere Sträßchen weitergelaufen und umrundeten den Altstadthügel gegen den Uhrzeigersinn. Nach ein paar Minuten kamen sie, sozusagen durch die Hintertür, unterhalb der Aussichtsterrasse an. Hier wuselte es wieder von Menschen. Touristen, Familien mit Kindern, Liebespaare und Jugendliche drängten sich durch das Tor im Uhrturm, um auf dem Place de la Castre den Blick über die beleuchtete Bucht zu genießen. Annie schmiegte sich an Duval. »Es ist ein toller Blick«, sagte sie. »Wenn ich von den Bergen runterkomme, sehe ich das alles immer wieder wie mit neuen Augen. Dann ist es wie Urlaub. Schau mal«, sie zeigte auf die Dachterrassen der unterhalb liegenden Häuser. »Wenn man da wohnen würde und diese schnuckelige Terrasse hätte ...«

»Ich glaube, in genau einem dieser Häuser habe ich kürzlich einen Toten aufgelesen«, sagte Duval trocken. »Nicht auf der Terrasse allerdings, aber in einem netten Apartment mit Meerblick.«

»Du bist schrecklich«, seufzte Annie. »Hast du nicht vorhin noch gesagt, der Job sei tabu? Komm, lass uns weitergehen.« Sie schlenderten ziellos durch die Gässchen, in denen sich schmale pastellfarbene Puppenstubenhäuser mit niedlichen Balkons aneinanderreihten. Sie stiegen Treppchen hinab und wieder hinauf, und hin und wieder erhaschte man einen Blick auf die unter ihnen liegende Stadt und das Meer.

An der Abzweigung zum Restaurant zog Duval Annie in eine andere Richtung.

»Zum Restaurant geht's nach links«, sagte sie und blieb stehen.

»Ich will hier grad mal was überprüfen, kommst du kurz mit?«

»Ich dachte, der Job sei tabu heute Abend.«

»*Allez*«, sagte er und zog sie in die unscheinbare Straße. Die Häuser hier waren grau und in die Jahre gekommen. Autos parkten dicht an dicht. Hinter einem verrosteten Garagentor befand sich, dem verblassten Plastikschild nach, eine Autowerkstatt. Und gleich daneben eine zweite.

»Wusstest du, dass es noch öffentliche Duschen in Cannes gibt?«, fragte Annie und zeigte auf das flache, schmucklose Gebäude mit einem Art-déco-Eingang gegenüber. Sie überquerte die Straße und las den Aushang in einem Bekanntmachungskasten. »Fünfzig Cents kostet eine Dusche. Ist aber nur vormittags geöffnet«, rief sie Duval zu. Der war unterdessen vor einem Boxclub stehengeblieben und spähte durch die Scheiben. Das vierstöckige Haus daneben lag im Dunkeln. Duval blickte die vor nicht allzu langer Zeit verputzte Fassade hinauf. Nirgendwo sah er Licht. Giorgio Cosenza schien seine nächtlichen Aktivitäten eingestellt zu haben. Vielleicht hatte er auch nur einen anderen Ort gefunden. Was er nicht wusste, war, dass er

Louis Cosenza nur um eine Viertelstunde verpasst hatte, der auf der Suche nach seinem spurlos verschwundenen Sohn war. »Alles o. k.«, rief Duval Annie zu, die die Straße weiter hinabgelaufen war. »Lass uns essen gehen.«

Der junge Kellner winkte ihnen schon von weitem und wies auf einen kleinen Tisch. »Gut, dass Sie kommen, ich hatte Mühe, ihn frei zu halten«, sagte er. Er reichte ihnen die Karte.

»Ist es nicht total süß hier?« Annie war entzückt über die bunt zusammengewürfelten Tische und Stühle. »Also, ich meine, ich weiß, dass es jetzt *in* ist, Restaurants so einzurichten, aber hier wirkt es authentisch, als sei man bei Freunden, die für ein Fest alle Stühle zusammengesucht haben, die das Haus so hergibt.«

»So soll es sein«, sagte der junge Kellner, der ihre Worte gehört hatte. »Und so hat es angefangen. Wir haben oft mit meiner Freundin für Freunde gekocht und uns gesagt, es fehlt ein Restaurant, das uns gefällt. Wir wollten etwas machen, wo junge Leute wie wir hingehen können, ohne diese Touristenatmosphäre. Dann haben uns meine Eltern den kleinen Laden zur Verfügung gestellt, und anfangs hatten wir nur drei Tische und haben jeden Abend unsere Freunde gebeten zu kommen, damit es nicht so leer ist. Das war letzten Sommer. Und trotzdem haben wir das Lokal nebenan dazugenommen, als es uns im Winter angeboten wurde. Meine Eltern sagten, ihr seid wahnsinnig, all die Kosten. Aber wir haben alles selbst gemacht, und die Möbel und die Deko sind wirklich vom Sperrmüll, vom Flohmarkt, aus dem Keller meiner Großeltern. Und jetzt ist es jeden Abend voll. Es ist erst unsere zweite Saison, unglaublich, oder? Und es kommt sogar älteres Publikum«, er machte ein diskretes Zeichen zu einem Tisch, an dem zwei ältere Paare saßen.

»Wissen Sie schon, was Sie essen wollen? Wir haben *petit farcis* als Entrée. Wir machen alles selbst, und die *petits farcis* sind nach einem alten Familienrezept hergestellt.«

»Na«, sagte Duval, »da kann ich nicht nein sagen. Ich suche ja immer nach den *petit farcis,* wie meine Großmutter sie gemacht hat.«

»Unsere Großmutter ist Italienerin«, sagte der junge Mann halb stolz, halb verlegen.

»Umso besser«, sagte Duval. »Meine Urgroßmutter war auch Italienerin.«

»Ich nehme kein Entrée«, entschied Annie. »Das wird mir zu viel. Wir haben heute Mittag schon so geschlemmt. Ich nehme etwas von diesen *tartines,* belegte Brote, das finde ich witzig.«

»Die sind köstlich, es sind zwei ordentliche Scheiben gutes Bauernbrot, und sie sind üppig belegt.«

Annie überlegte kurz. »Ich nehme die mit Artischockencreme.«

»Gute Wahl«, nickte der Kellner. »Was möchten Sie danach?«, wandte er sich an Duval.

»Die Spaghetti mit Fleischbällchen.«

»Und zu trinken?«

»Ein Glas Rosé für mich, und für dich, Annie?«

Sie blickte auf die Karte. »Ein Mineralwasser«, entschied sie. »Ich finde es wundervoll hier«, seufzte Annie. »Kommen Sie mit den Anwohnern klar?«, fragte sie den Kellner, als er die *petit farcis* vor Duval stellte.

Der Kellner lachte kurz auf. »Ich bin in einer Nachbarstraße aufgewachsen, da war schon immer Remmidemmi, da hat keiner gefragt, ob es die Anwohner stört. Aber hier«, er zeigte auf die Häuser rechts und links des Restaurants, »hier wohnt sowieso keiner mehr ganzjährig. Alles saisonal. Aber selbst wenn, wir machen keine laute Musik, gegen ein Uhr klappen wir die Tische ein. Das passt hier schon.«

»Können wir zahlen?«, rief es vom Nebentisch.

»Sicher«, der junge Mann drehte sich um seine Achse und wandte sich den anderen Gästen zu.

»Es ist wirklich sehr nett hier«, bestätigte Annie.

»Das sieht auch nett aus«, befand Duval und zeigte auf die mit einer Hackfleischmasse gefüllten kleinen Zucchini, Auberginen und Champignons, zerschnitt einen gefüllten Champignon und steckte sich eine Hälfte in den Mund.

»Und?«, fragte Annie gespannt.

»Nicht wie bei *meiner* Großmutter, aber fein.« Er kaute, schluckte und erzählte dann: »Meine Großmutter mischte immer Reis und das Innere der ausgehöhlten Zucchini in die Hackfleischmasse, weißt du?!«

»Ich weiß«, sagte Annie, »du erzählst es jedes Mal, wenn es irgendwo *petit farcis* gibt.«

»Kann sein.« Duval zuckte mit den Schultern. »Auf jeden Fall macht das heute keiner mehr, was ich sehr bedaure. Du auch nicht«, fügte er hinzu.

»Stimmt«, sagte Annie. »Aber ich kann es mal ausprobieren.«

»Mir ist so, als hätte ich das auch schon öfter gehört«, grinste Duval und schnitt nun eine gefüllte Aubergine an und kostete sie. »Es ist nicht diese verfeinerte Küche, die man überall bekommt, es ist irgendwie handfest. So, als würde man wirklich bei seiner Großmutter essen. Sehr angenehm finde ich das. Hier, koste mal«, er streckte ihr ein Stück der gefüllten Aubergine entgegen.

»Gut«, stimmte sie zu, nachdem sie probiert hatte.

Die mit Artischockencreme und eingelegten Artischocken, Rucola und Parmesanstückchen belegten Brote waren hübsch anzusehen und ebenfalls lecker. »So originell«, sagte Annie. »Ich habe so etwas in Cannes noch nirgends gegessen. Und das Geschirr ist genauso zusammengewürfelt wie die Einrichtung. Das hier«, sie tippte mit der Gabel auf den Teller, »ist exakt das Geschirr, das meine Eltern für sonntags hatten und das ich um Himmels willen nie erben wollte. Aber hier finde ich es witzig. Die jungen Leute finden es wahrscheinlich sogar wieder cool.« Die jungen Leute, wie Annie sie nannte, die hinter der Theke Getränke ausschenkten und servierten, arbeiteten schnell und freundlich, und noch wirkten sie nicht routiniert und eingefahren. Trotz einer gewissen Erschöpfung strahlten sie über ihren Erfolg. Annie schnitt ihre Brote, Duval rollte seine Spaghetti auf, und beide aßen einen Moment schweigend. Um sie herum war es heiter, die Menschen sprachen angenehm leise, so, als respektierten sie den ungewöhnlichen Ort, eine Art offenen *Jardin Secret,* den man nicht durch zu lautes Gelächter verraten wollte.

»Teilen wir uns ein Tiramisu?«, bat Annie. »Wenn es auch italienisch ist, dann will ich es gern probieren.« Duval nickte zustimmend. »Möchtest du auch einen Kaffee?« Sie schüttelte den Kopf.

»Ein Tiramisu mit zwei Löffeln und einen Kaffee bitte«, bestellte er bei dem vorbeieilenden jungen Mann, und schon als er aus der Küche zurückkam, stellte er ihnen das Glas mit Tiramisu auf den Tisch.

Beide stießen gleichzeitig die Löffel hinein und kamen sich damit ins Gehege. »Fang du an«, Duval zog den Löffel wieder zurück.

»Mhmm«, machte sie genießerisch, »es ist mit Amaretti

gemacht, weißt du, mit diesen Mandelkeksen, das ist anders, aber gut. Warte!« Sie schubste Duvals Löffel erneut zur Seite und probierte ein zweites Mal. »Ich würde sagen, es ist das beste Tiramisu, das ich je in Cannes gegessen habe«, entschied sie dann.

Duval durfte nun auch seinen Löffel hineinsenken und probierte seinerseits.

»Und«, fragte Annie, »was sagst du?«

»Weiß nicht«, sagte er mit kritischem Gesicht.

»Magst du es nicht?«

»Muss noch mal probieren«, entschied er und tauchte den Löffel erneut tief in die cremig-knusprigen Schichten. »Nicht schlecht«, meinte er dann. »Gar nicht schlecht.«

»He! Lass mir was übrig!« Annie fuchtelte mit ihrem Löffel herum. Er schob ihr das Glas zu. »Für dich!«

»Hat es Ihnen geschmeckt?«

»Ausgezeichnet«, sagten Annie und Duval gleichzeitig.

»Prima«, der Kellner strahlte. »Dann sehen wir Sie vielleicht wieder?«

»Gewiss«, beteuerte Annie.

4

Annie war früh losgefahren, um auf der Strecke in die Berge die größte Hitze zu vermeiden, und Duval war danach noch einmal kurz eingenickt. Auf seine Morgenrunde im Meer wollte er dennoch nicht verzichten, auch wenn es später als sonst war. Er kraulte durch das lauwarme Wasser bis zur 300-Meter-Boje, die den geschützten Badebereich begrenzte. Direkt dahinter preschte ein Motorboot vorbei und zog im Zickzack einen Wasserskifahrer durch das Meer. Die schäumenden Wellen, die sie dabei produzierten, schwappten langsam bis ans Ufer. Einen Moment legte Duval sich auf den Rücken und ließ sich von ihnen schaukeln. Er blinzelte in die Sonne, die bereits kraftvoll schien, auch wenn sie noch flach am Himmel stand. Langsam schwamm er zurück. Am Strand standen heute schon wie bunte Pilze die ersten Sonnenschirme. Während der Sommersaison versuchte er noch früher am Strand zu sein als üblich. Häufig fand er sich so gleichzeitig mit den großen BeachTech-Fahrzeugen ein; diese ausgeklügelten Fahrzeuge reinigten, siebten und walzten in einem Arbeitsgang den Strand und verteilten mit ihren Baggerschaufeln den verfügbaren Sand ausgleichend mal hier, mal da. Den Sand, den man in jedem Frühjahr erneut aus den Tiefen des Meeres gebaggert und in Röhren ans Ufer gepumpt hatte, um einen breiten sommerlichen Strand zu schaffen, einen Strand, wie man ihn sich für eine Stadt am Mittelmeer vorstellte, den die gefräßigen Wellen dennoch im Laufe des Jahres wieder an sich rissen. Gleichzeitig begannen auch *les plagistes,* die Strandjungs, ihr Tagwerk. Bei Reggae- oder Elektropopklängen stählten sie ihren freien und wohlgebräunten Oberkörper, indem sie den von den Baggern so angeschütteten Sand von Hand schaufelweise verteilten und jeden Morgen mit kleinen Handwalzen ebenso siebten und plätteten, um dann im Akkord die ersten Liegestühle und Sonnenschirme aufzustellen. Die städtische Strandreinigung kam ebenfalls früh und kümmerte sich um den Müll, den die Bagger nicht erwischt hatten. In kleinen Gruppen liefen die signalfarbig angezogenen Männer und Frauen über den Strand und pickten den Abfall der abendlichen Picknicks und der nächtlichen Strandpartys mit Zangen auf und versenkten sie in den Müllsäcken, die sie hinter sich herzogen. Trotzdem fand man im Sommer täglich Bierdosen und Weinflaschen, Becher und leere Chipstüten, unzählige Zigarettenkippen und immer auch verlorengegangene Kettchen oder Münzen, die wiederum hoffnungsvoll von Männern mit Metalldetektoren aufgespürt wurden, die den Strand geradezu meditativ abliefen, den Metalldetektor wie eine Wünschelrute vor sich hertragend. Dann kamen die ersten Schwimmer. Einheimische Rentner, Männer wie Frauen, mehr Frauen, das musste man zugeben, die ihre allmorgendliche Strecke bis zu einer bestimmten Boje oder, je nach persönlicher Kondition, auch parallel zur Küste von Boje zu Boje schwammen und sich danach, in geselliger Runde zusammenstehend, über die Wasserqualität ebenso wie über die letzten Neuigkeiten austauschten.

Während Duval duschte und sich abtrocknete, beobachtete er das bereits rege Strandleben. Es hatten sich schon die ersten Familien eingefunden. In der Regel machten die Großeltern mit den ungeduldigen und unaufhörlich plappernden Enkeln (»Spielen wir Fußball, Opa? Opi, spielst du mit mir Fußball?«) schon früh am Morgen den Anfang und breiteten so nah wie möglich am Wasser großflächig Badehandtücher aus, gruben den Sonnenschirm tief in den Sand und stellten zwei Klappstühle in dessen Schatten, während die Kinder, kaum am Strand angekommen, schon kreischend mit einem riesigen aufgeblasenen Plastikhaifisch ins Wasser rannten, und die Fußballfrage, die nicht wirklich zufriedenstellend beantwortet worden war, wurde vorübergehend ausgesetzt. Streng rief man sie zurück, und energische Großmutterhände rieben eine dicke Schicht Sonnencreme auf die zarte, bereits goldbraune Kinderhaut und schoben und zerrten Schwimmflügel über schmale Ärmchen. Etwas später kamen die Eltern. Häufig schweigsam. Er mit Zeitungen und einem Smartphone bewaffnet, sie mit einem Kreuzworträtselheft und in einem neuen Strandkleid, das sie am Vortag in einer Mischung aus Mitleid mit den an Waren schwer bepackt herumlaufenden afrikanischen Verkäufern und persönlicher Frustration erworben hatte. Immerhin hatte der junge Afrikaner, der mit strahlendem Gesicht vor ihr in die Knie gegangen war, um seine Ware auszubreiten, ihr bestätigt, dass sie ebenso hinreißend in dem weißen wie in dem pfirsichfarbenen Sommerkleid aussähe, während ihr Mann bei der Auswahl keine Hilfe war und nur einen flüchtigen Blick auf sie, einen umso kritischeren auf den Afrikaner warf, letzten Endes aber seufzend einen Schein aus der Brieftasche zog. »Wenn es dir Freude macht, *Chérie,* dann nimm beide.« Es war nicht gerade die Reaktion, die sie sich erhofft hatte. Wirklich angesehen hatte er sie schon lange nicht mehr, und das, obwohl sie sich extra einen neuen Bikini gekauft und die letzten Monate kaum noch etwas gegessen hatte, um am Strand darin eine gute Figur zu machen. Sie bestand noch auf einem Sonnenhut für ihn und lächelte dem jungen Afrikaner zum Abschied dankbar und liebreizend zu.

Duval ahnte die Geschichten all der Paare und Familien, die die Stadt und die Strände rund um Cannes im Sommer bevölkerten. Die afrikanischen fliegenden Händler hatten inzwischen Strandverbot, ebenso wie die kleinen Chinesinnen, die Massagen anboten. Eine ganze Brigade an Zusatzkräften, die überwachen sollten, dass das Strandleben zivilisiert und sicher ablief, war für die Sommermonate angeheuert worden. Dennoch fanden all die Ärmsten der Armen immer Möglichkeiten, um ihre Waren und Dienstleistungen an den Mann oder vor allem an die Frau zu bringen.

Gerade sperrten zwei junge Frauen ein Stück Strand und ebenso ein Stück des flachen Meerzugangs ab, warfen Plastikspielzeug und Bälle aus einer riesigen Kiste, die neben der Dusche stand, und forderten die Familien, die sich bereits am Strand niedergelassen hatten auf, sich außerhalb der Spielzone zu begeben. »Wir sind vom *Centré aéré*«, erklärten sie und verwiesen auf einen Aushang an der Treppe, der auf die städtische Kinderbetreuung hinwies. Murrend klappten die Familien ihre Stühle zusammen und zogen ein paar Meter weiter.

Duval grüßte das Grüppchen rüstiger Rentner von weitem mit der Hand. Man grüßte ihn zurück. Weiter draußen sah er ein rotweißes Fischerboot, ein *Pointu,* und einen Fischer, der seine Netze einholte. Er kniff die Augen zusammen, um genauer zu sehen. Es schien ihm, als seien die Netze ziemlich leer. *»Aux armes citoyens!«*, erklang es von irgendwo. Ein kleiner Junge, der im flachen Wasser planschte, sang inbrünstig die Marseillaise.

Duval stockte im Schritt. Noch war der Boden feucht. Er versuchte auf Zehenspitzen weiterzugehen. Es misslang ihm, und er blieb stehen.

»Gehen Sie nur, Commissaire, gehen Sie, keine Sorge«, die Putzfrau lächelte ihn groß an. »*Bonjour,* Fatima, entschuldigen Sie.«

»Entschuldigen Sie sich nicht, Commissaire, alles gut.« Sie wrang den Wischmopp aus. »Gehen Sie, gehen Sie«, forderte sie ihn noch mal auf, und Duval ging die letzten Meter bis zu seinem Büro in normalem Schritt.

Kaum angekommen, klopfte Emilia an seine Tür. »Commissaire, ich habe Marie Signol am Telefon, sie hat eine ältere Dame, die mit einem Fischer aneinandergeraten ist und Anzeige erstatten will. Sie fragt, ob Sie sich darum kümmern wollen.«

»Wo ist sie?«

»Marie ist am Empfang, und die Dame wartet in der Halle, bis jemand frei ist.«

»Sagen Sie Marie, sie soll sie hochschicken.«

»Aber Sie kenne ich doch!«, rief die kleine grauhaarige Dame erstaunt, als Duval sie am Aufzug abholte. »Sie sind doch morgens immer am Strand! Und Sie sind Polizist?«

»*Oui, Madame.* Gut beobachtet, aber am Strand bin ich auch mal Privatperson.«

»Aber dann hätte ich Ihnen ja auch alles am Strand erzählen können!«, ließ sie sich nicht beirren. »Haben Sie das denn nicht mitbekommen heute früh?!«

»Wovon reden wir, Madame? Kommen Sie, setzen Sie sich«, er wies auf einen der beiden Stühle vor seinem Schreibtisch, »und erzählen Sie mir, was passiert ist. Zunächst nehmen wir Ihre Personalien auf.«

»Germaine Pellerin, geboren am 14. März 1947 in der Haute Marne, St. Dizier«, ratterte die Dame ihre Angaben herunter. »Heute Morgen am Strand war das!«, blubberte sie dann übergangslos weiter. »An *unserem* Strand, da wo Sie auch immer sind! Ich wäre fast ertrunken!«, empörte sich die Dame. »Ich war so erschrocken, meine Füße haben sich in dem Netz verfangen, und dann zog der Kerl daran, ich kam ins Trudeln und mit dem Kopf unter Wasser und ... er hat es *absichtlich* gemacht!«, endete sie mit vor Aufregung schriller Stimme.

»*Uiuiui*«, versuchte Duval die Dame zu beschwichtigen, »ganz ruhig, Madame, ganz ruhig. Wie konnte das denn geschehen?«, wunderte er sich. »Sind Sie so weit rausgeschwommen?«

»Aber nein! Ich schwamm ganz normal in einer der Buchten am Midi Plage. Um halb acht komme ich, wie jeden Morgen. Sie sind doch auch schon da um diese Uhrzeit!« Sie sah Duval empört an. »Sie sehen ihn doch auch, den Fischer, der dort immer wieder auftaucht, oder? Heute hat er seine Netze erst kurz vor neun eingeholt! Das ist eine Unverschämtheit, sein Dieselmotor verpestet die Luft, man kann kaum atmen, und die Luftverschmutzung ist sowieso schon hoch in den letzten Tagen. Es war nicht gekennzeichnet, dass dort Netze lagen. Er macht es nur, um uns zu ärgern, ich bin sicher!« Germaine

Pellerin sprach schnell und ohne Luft zu holen. »Und dann …«

»Genau«, unterbrach Duval, allein, um ihren Redefluss zu unterbrechen. »Was ist dann passiert?«

»Meine Füße haben sich beim Schwimmen in seinem Netz verfangen, und er zog daran, und ich kam ins Trudeln, und plötzlich war ich mit dem Kopf unter Wasser …« Sie war immer noch aufgeregt, und ihr Kopf war hochrot, als sie erzählte.

Duval erhob sich und ließ etwas kühles Wasser aus dem Wasserspender in einen Plastikbecher laufen und reichte ihn der Dame. »Trinken Sie etwas, Madame, das wird Ihnen guttun.«

Germaine Pellerin nickte dankbar und trank. »Sie haben recht. Viel trinken muss man bei der Hitze, viel trinken!«

»Richtig. Nehmen Sie ruhig noch einen Schluck.«

»Ich konnte mich nur retten, weil mir zwei Freundinnen halfen, mich zu befreien«, erzählte Madame Pellerin weiter. »Der Fischer tat erst so, als habe er es nicht bemerkt, und hat mich noch beschimpft, als hätte ich sein Netz zerstören wollen!«

»Vielleicht hat er Sie wirklich nicht bemerkt?« Duval versuchte sich an die Szene zu erinnern, wie er den Fischer heute Morgen beim Netzeeinholen beobachtet hatte.

»Natürlich hat er es bemerkt! Meine beiden Freundinnen haben so geschrien und mit den Armen gewunken, und auch die Leute am Strand haben gerufen. Ich hatte solche Angst, ich dachte wirklich, ich müsse ertrinken! Ich habe Wasser geschluckt, und vor Schreck bekam ich keine Luft mehr. Absichtlich hat er das gemacht! Fast jeden Tag ist er da. Das darf er doch gar nicht, das ist doch eine Badebucht! Ich hätte sterben können! Und dann er hat mich noch beschimpft!«

»Beschimpft hat er Sie auch noch! Was hat er gesagt?«

»Ich möchte das nicht wiederholen.«

»Madame, wenn Sie Anzeige wegen Körperverletzung und Beleidigung erstatten wollen, dann müssen wir alles zu Protokoll nehmen, auch die Beleidigungen.«

Sie schwieg mit hochrotem Kopf.

»Hat er *Salope* gesagt?«, probierte Duval. »*Putain* vielleicht?«

Sie nickte. »Beides! Und ›alte fette Kuh‹. Alt bin ich vielleicht, aber ich bin nun wirklich nicht fett!«, empörte sie sich.

»Nein, das kann man nicht sagen«, bestätigte Duval sachlich.

»Hier schauen Sie meine Beine an!« Madame Pellerin zeigte ihre Unterschenkel, auf denen man rote Striemen sah. »Das war dieses verdammte Netz von diesem Drecksfischer!«

»Haben Sie den Fischer etwa auch beleidigt, Madame?!«

Sie wurde flammend rot. »Aber nein! Ich habe nur gesagt, dass er sein Netz nicht in der Bucht auslegen darf und dass er gefälligst verschwinden soll, es ist eine Badebucht! Da hat er an dem Netz gezogen, extra hat er es gemacht, und ... ich hätte ertrinken können!«

»Sie waren wütend?«

»*Natürlich* war ich wütend! Er DARF doch da gar nicht sein! Meine Freundin hat einen Stein genommen und auf ihn geworfen.«

»Oha«, machte Duval. »Würden Sie den Fischer denn wiedererkennen?«

»Aber sicher!«

»Können Sie ihn beschreiben?«

»Eine Freundin am Strand hat alles mit meinem Handy

fotografiert! Ich habe Beweise!«, sagte sie mit Genugtuung. Sie suchte auf dem Telefon Fotos und hielt sie Duval hin. »Hier«, erklärte sie triumphierend. »Ein Araber natürlich«, schob sie voller Empörung nach. »So weit sind wir schon. Der ist bestimmt illegal, deswegen treibt er sich in den Badebuchten herum! Und das Boot ist rot und weiß.«

»Gut, darf ich mir die Fotos nehmen?!«

»Sicher«, sagte Germaine Pellerin zufrieden.

»Léa«, rief Duval.

»Ja?« Sie steckte den Kopf zur Tür herein. »Könnten Sie diese Fotos hier mal auf einen Rechner ziehen und auch gleich ausdrucken?!«

»Wird gemacht.«

»Was passiert denn jetzt?«, fragte Madame Pellerin, immer noch hochrot im Gesicht.

»Wir werden den Herrn mal vorladen und uns seine Version anhören.«

»Oh, der lügt doch sicher! Ich kenne diese Sorte ...«

»Madame«, unterbrach Duval streng, und sie klappte betroffen den Mund zu. »Wir hören uns seine Version an. Und wenn Sie Anzeige gegen ihn erstatten, dann kommt die Sache vor Gericht, und ein Richter wird darüber entscheiden. Sie wollen doch immer noch Anzeige gegen ihn erstatten?«

»Aber ja! Allein schon deswegen!« Sie zeigte erneut ihre Beine.

»Sie sollten zum Arzt gehen, damit er Ihnen Ihre Verletzungen attestiert. Sie waren noch nicht beim Arzt?«, fragte er nach.

»Nein.«

»Dann machen Sie das noch und liefern Sie uns das Attest nach. Ich schreibe jetzt den Bericht, und wenn Sie ihn gelesen haben und einverstanden sind, unterzeichnen Sie ihn.«

Léa kam mit dem Telefon und den Ausdrucken wieder. »Bitte sehr.« Sie reichte das Telefon an die Dame und legte die Ausdrucke auf Duvals Schreibtisch.

»Nehmen Sie das an sich, Léa, kriegen Sie den Namen des Fischers raus, die Registriernummer des Bootes ist ja gut zu sehen, und laden Sie mir den gleich mal vor.«

Sie nickte und verschwand.

Duval tippte schweigend einen kurzen sachlichen Bericht, druckte ihn aus und gab ihn der Dame zum Lesen.

»Einverstanden?«

Sie nickte.

»Dann unterzeichnen Sie bitte hier.« Er zeigte auf eine Stelle des Formulars.

Sie schrieb ihren Namen und endete mit einem langen Schnörkel.

»Dann«, sagte Duval und erhob sich. *»Au revoir!«*

»Das ist alles? Was passiert denn jetzt?!«

»Wie ich Ihnen schon sagte, wir werden den Fischer so bald wie möglich vorladen, wir hören ihn und seine Version zu diesem Vorgang an, dann geben wir alles weiter an das Landgericht in Grasse. Von dort bekommen Sie dann irgendwann Post. Aber das kann dauern. Oft kommen die Nachrichten vom Gericht erst, wenn Sie schon gar nicht mehr daran denken.«

»Ha! Ich werde jeden Morgen daran denken, ich sehe ihn ja fast jeden Morgen!«

»Na dann. *Au revoir* Madame!«

»*Au revoir.* Bis morgen vielleicht?«

»Möglich«, lächelte Duval.

»Ich geh was essen, Emilia«, informierte er die Sekretärin. Er beeilte sich, um in dem kleinen Restaurant *La Meissounière* noch einen Platz zu bekommen. Endlich hatte er ein nettes Restaurant entdeckt, das in unmittelbarer Nähe des Kommissariats lag und weder zu schlicht noch zu prätentiös war, um dort beinahe täglich zu essen. Claire, die Besitzerin und Köchin, stammte aus einer alten Cannoiser Familie, und so fanden sich in ihrem Restaurant neben den unvermeidlichen Kongressteilnehmern, die erstaunlicherweise immer sofort wussten, wo man hinzugehen hatte, stets viele Cannois zum Essen. Hin und wieder sah man hier auch den Bürgermeister mit seinen engsten Mitarbeitern an einem der großen runden Tische, aber immer aß hier der Großvater Claires an seinem Stammplatz ganz hinten links. Die Karte war klein, neben ein paar Bistro-Klassikern, die sie neu interpretiert hatte, fand man asiatisch angehauchte Woks und Salate, und zusätzlich gab es täglich je ein Fleisch- und ein Fischgericht, die jeweils frisch und mit regionalen Produkten der Saison zubereitet wurden. Duval mochte das persönliche Ambiente mit den Familienfotos an den Wänden und dem angenehmen Service. Die Kellner kannten ihn und fanden immer einen Platz für ihn. So auch heute. Er entschied sich dieses Mal gegen das Fleischgericht und wählte das Filet einer Lachsforelle und dazu ein Glas Weißwein. Der Kellner servierte ihm als *amuse-gueule* hausgemachte grüne *tapenade,* die Duval auf kleine, knusprig geröstete Weißbrotscheibchen strich. Er steckte sich das erste Scheibchen in den Mund und kaute es krachend. Dann öffnete er die Tageszeitung, die jemand auf einem Stuhl vergessen hatte. *Nice Matin* pfiff aus dem letzten Loch. Sie hatten vor ein paar Monaten drei Ausgaben zusammengelegt, um Kosten zu sparen und um überhaupt noch so etwas wie eine Zeitung zustande zu bringen. Seitdem gab es mehr Artikel über Antibes und über Grasse als über Cannes. Duval blätterte die Seiten um und las hier und da in einen Artikel hinein. *»Pardon«,* unterbrach ihn der Kellner alsbald. Duval sah auf und faltete die Zeitung zusammen. Die Forelle forderte seine Aufmerksamkeit.

Das zartrosa Fleisch der Forelle war fein und mild. Er aß schnell und verschmähte weder den Salat noch den Reis und auch nicht das cremige Süßkartoffelpüree. Er wischte den Teller mit etwas Brot sauber und steckte es sich in den Mund. Einzig ein dekoratives hellblaues Blümchen ließ er übrig.

»Die ist auch essbar«, grinste der Kellner und zeigte darauf, »das ist eine Borretschblüte.«

Aber Duval verzog skeptisch das Gesicht. »Lieber einen Kaffee«, bestellte er.

»Kommt sofort.«

Trotz des eigentlich leichten Essens überfiel ihn eine bleierne Müdigkeit, die er auch mit einem weiteren Kaffee nicht überwand. Er schleppte sich nach Hause und gönnte sich dort, vom Ventilator mit Wind bewirbelt, eine *sieste*. Immerhin verurteilte einen im Süden niemand dafür, dachte er noch, dann war er schon eingenickt. Erst gegen 16 Uhr kam er wieder zu sich, und es kostete ihn Kraft, sich zu erheben. Erst die Dusche brachte seine Lebensgeister wieder in Bewegung. Den nächsten Kaffee würde er in der *Bar des Marins* nehmen, entschied er und machte sich auf zum Hafen.

Auf der Terrasse des Bistrots saßen an zwei Tischen ein paar Männer zusammen und diskutierten. Schiffspersonal, mutmaßte Duval. Zwei Männer in verschmutzter Arbeitskluft wurden mit großem Hallo begrüßt und setzten sich dazu, offenbar Mechaniker, denn ein Ersatzteil wechselte den Besitzer. »Versuch's mal damit«, meinte einer der Männer, und die Gespräche kreisten sofort um lang erwartete Ersatzteile und selbstgebastelte Lösungen. Duval begriff, dass die beiden Männer von der kleinen Werft am unteren Ende des Quai St. Pierre kamen, wo sie gerade eine Yacht generalüberholten. Duval setzte sich an einen Tisch im Innern der Bar, aber viel kühler als draußen war es nicht in dem altmodischen und dunklen Etablissement, in dem nur ein großer Deckenventilator die warme Luft umrührte. Er bestellte einen Kaffee und griff erneut nach der Zeitung, die auf einem anderen Tisch lag, und setzte die am Mittag unterbrochene Lektüre fort. Gleich zwei Ertrunkene waren vermeldet. In Antibes war eine alte Dame leblos in ihrem Pool aufgefunden worden, und in Golfe Juan hatte ein eigentlich sportlicher Schwimmer im Meer eine Herzattacke erlitten und war trotz der Herzmassage des Bademeisters nicht mehr zu sich gekommen. Ein Motorboot hatte in Mandelieu nachts auf einem Wellenbrecher aufgesetzt und war von seiner Besatzung verlassen worden. Duval betrachtete das Foto des beschädigten Bootes auf den Steinen. Wie musste der übers Meer gebrettert sein, um so zu landen, fragte sich Duval. Und vermutlich auch mit zu viel Alkohol im Blut.

Er nickte dankend, als der Wirt ihm seinen Kaffee brachte. Mit einem Ohr lauschte er den Gesprächen in der Bar. Ein offensichtlich angetrunkener Mann stand schwankend am Tresen und drehte sich eine Zigarette. »Zum Rauchen gehst du raus!«, sagte der Wirt gerade. »Gib mir noch ein Bier«, nuschelte der Mann. »Patrick, du hast den Pegel schon voll, geh nach Hause.«

»Gib mir ein Bier, sage ich«, der Mann nestelte einen Schein auf seiner Brieftasche und warf ihn auf den Tresen. »Ich zahle! Dann kann ich wohl noch ein Bier bekommen.«

Der Wirt zapfte wortlos ein Bier und schob es ihm zu. Er nahm den Schein und legte das Wechselgeld dazu. »Zum Rauchen gehst du trotzdem raus«, wiederholte er. Der angetrunkene Mann nahm das Glas und schwankte nach draußen.

»Ach was, *Maman*«, ereiferte sich eine rauchige Stimme, »hör doch auf, du bist noch nicht alt.«

Duval wandte den Kopf.

Als Erstes fiel ihm das goldfarbene Glitzershirt auf, das die nicht mehr ganz junge Frau trug. Dann die dunklen langen Haare mit den rausgewachsenen hellblonden Strähnen, die ihrer Erscheinung etwas Ungepflegtes gaben. Sie saß neben einer herausgeputzten alten Dame ganz in Rot. Roter langer Rock, rote Bluse, rote Schuhe, eine billig aussehende rote Handtasche stand auf dem Tisch. Sie war stark geschminkt und trug, im Gegensatz zu der zweifarbigen Mähne der jungen Frau, einen offenbar frisch frisierten und schwarz gefärbten Pagenkopf. Vielleicht war es auch eine Perücke, überlegte Duval, die Haarpracht war zu üppig und geradezu perfekt. Sie trug große Ringe an den mageren Händen und um den Hals ein Amulett. An ihrem Tisch lehnte ein Gehstock. Die Dame hatte eine *Menthe à l'eau* vor sich stehen, die so grün war wie ihre Kleidung rot.

»Ich werde dir einen Baum kaufen, *Maman,* zum Geburtstag! Wir müssen was für den Planeten tun!«

»Einen Baum? Für meinen Geburtstag?«

»Ja!«

»Ich möchte gerne eine Wallfahrt machen, bevor ich sterbe.«

»Das brauchst du nicht, *Maman,* du hast viel gute Energie in dir. Du bist stark, *Maman!*«

»Ich fühle mich aber schwach heute.«

»Sei positiv, *Maman,* denk an die Energie des Universums, hörst du?«

»Ich bin alt.«

»Ach was. Du kannst alles tun mit positiver Energie, *Maman,* sei positiv! Sag es, Maman!«

»*Merci mon Jésu!*«, säuselte die Dame in Rot.

»*Jésu,* meinetwegen *Jésu.* Hauptsache positive Energie.«

Duval legte die Zeitung zurück auf den Tresen. Der Wirt griff danach und blätterte die letzten Seiten auf. »Es wird regnen!«, sagte er laut. »Wird auch Zeit!«

»Was?«, fragte die alte Dame.

»Regen, *Maman.* Maurice sagt, es gibt Regen.«

»Es regnet?«

»Nein, sie haben Regen angekündigt.«

»Es regnet?«, fragte sie noch einmal nach.

»Nein, *Maman,* MORGEN, MORGEN soll es regnen! Das sagen sie zumindest.« Sie sprach mit lauter Stimme.

»Ach man soll nicht alles glauben, was sie sagen«, entschied die alte Dame und nippte wieder an ihrer *Menthe à l'eau.* Die goldglitzernde Tochter trank einen Schluck Rosé.

»Ich hätte lieber einen Hund«, sagte die alte Dame jetzt, »einen kleinen Hund, der ist niedlich, so ein kleiner Hund, und ich wäre nicht so allein.«

»Niemals!«, widersprach die Tochter entschieden. »All die Haare, die so ein Hund verliert! Und er macht überall Pipi, auf deinen Teppichboden! Außerdem bist du nicht allein. Ich bin doch da!«

»Die Nachbarin hat einen Hund, und der ist sauber. Der schläft sogar im Bett.«

»Nein, *Maman,* das ist ekelhaft!«

Die alte Dame nahm noch ein Schlückchen von ihrer *Menthe à l'eau.*

»Ich geh mal Pipi machen, *Maman.*«

»Was?«

»Pipi! Ich geh PIPI machen!«

»Ja.«

Duval trank seinen Kaffee aus, erhob sich und stellte sich an den Tresen.

»Zahlen?«, fragte der Wirt.

Duval nickte. In dem Moment kam der schweigsame ältere Fischer, den Duval auf dem Fischmarkt gesehen hatte, in die Bar und stellte sich ebenfalls an den Tresen.

»Wie immer?«, fragte der Wirt und bediente die Kaffeemaschine schon, noch bevor der Mann genickt hatte.

»Ich nehme auch noch einen«, entschied Duval, »und ein Glas Wasser bitte.«

»He!«, rief die Frau aus den Tiefen des Flurs. »He! Hier ist kein Licht!«

Der Wirt reagierte nicht. Kurz darauf kam die Frau im goldenen Glitzershirt zurück. »Du hast kein Licht im Klo!«, warf sie dem Wirt vor. »Ich musste im Dunkeln Pipi machen!«

»Ich schau nachher mal«, gab der Wirt zurück und schob jedem der Männer einen Kaffee und Duval zusätzlich ein Glas Wasser zu.

»Geben Sie mir einen aus?«, fragte die Glitzershirtfrau, lehnte sich neben Duval an den Tresen und lächelte ihn mit grauen Zähnen an.

Der schweigsame Fischer verschluckte sich an seinem Kaffee. »Das ist kein Kunde für dich, Magali!«, raunzte er ihr zu, noch bevor Duval reagieren konnte.

»Ach so?«, die goldglitzernde Magali sah Duval vertrauensvoll an. »Mögen Sie keine Frauen?«

»Zisch ab, Magali«, mischte sich nun auch der Wirt ein. Hüftschwenkend und aufreizend langsam ging sie zu ihrem Tisch zurück und setzte sich wieder neben ihre Mutter. Von dort warf sie Duval lange Blicke zu.

»Es ist nicht, was Sie denken«, rechtfertigte sich der Wirt vor Duval.

»Ich denke gar nichts«, gab Duval zurück. »Wir haben uns kürzlich schon auf dem Fischmarkt gesehen, nicht wahr?«, wandte er sich an den Fischer.

»Versuchen Sie's gar nicht, ich rede nicht mit *flics*.«

»Oh, Gilles«, wies der Wirt ihn zurecht.

»Na dann nicht«, gab Duval zurück und trank ungerührt seinen Kaffee.

»Reiß dich zusammen, Gilles«, forderte der Wirt ihn auf.

»Was denn?«, knurrte der Fischer. »Er hat doch schon mit dem kleinen Arschloch geredet, er weiß doch schon alles«, schimpfte er dann in Richtung Duval.

»Na dann erzählen Sie mir doch Ihre Version, wenn Sie dem jungen Kollegen nicht trauen«, gab Duval zurück. »Ich versuche einen Fall aufzuklären. Wenn mir die Leute, die etwas wissen, nichts erzählen wollen, dann dauert es umso länger.«

»Es kommt sowieso nichts dabei raus.«

»Weshalb glauben Sie das?«

»Erfahrung.«

»Was haben Sie dem jungen Kollegen denn vorzuwerfen?«, fragte Duval.

»Ach«, der Fischer machte eine wegwerfende Handbewegung.

»Hugo?«, mischte sich der Wirt ein.

Der Fischer nickte düster.

»Mangelnde Solidarität«, antwortete an seiner Stelle der Wirt.

»Solidarität, der weiß nicht mal, wie man das schreibt!«, regte sich der Fischer sofort auf. »Der hat gewartet, bis sein Vater verreckt ist, bevor er sich dazu durchringen konnte, Fischer zu werden. Sein Vater hätte ein bisschen Hilfe gut gebrauchen können, aber nein, da hat er den Meckes gemacht in Paris. Jetzt tut er so, als sei er der ganz große Fischer, hat es im Blut, die Leidenschaft von seinem Vater geerbt. So ein Spinner!«

»Haben Sie Kinder?«, fragte Duval.

»Drei Söhne.«

»Arbeitet einer mit Ihnen?«

Der Fischer schüttelte den Kopf. »Hab ich ihnen verboten. Der Job hat keine Zukunft. Die sollen was Richtiges lernen. Alles besser als Fischer.«

»Keine Zukunft?«

»Nein, wir kleinen Fischer, wir sind eine aussterbende Rasse. Und statt dass wir zusammenhalten, macht jeder nur noch seins.« Er seufzte. »Lohnt sich nicht mehr, die Fischerei. Wir sind zu reglementiert von der EU. Stellen Sie sich vor, die subventionieren die Elektrofischerei, das ist eine totale Sauerei, aber der handwerkliche Fischfang, wir kleine Küstenfischer, wir gucken in die Röhre! Schlimmer noch, jeden Tag finden sie eine neue Schikane, wie wir den Fisch fangen und wie wir ihn verkaufen sollen, gerade haben sie entschieden, dass wir zusätzlich die lateinische Bezeichnung der Fische angeben müssen, als interessiere das jemanden, was für ein Schwachsinn! Wir müssen neue Netze kaufen, und ein Jahr später sind genau die Netze schon wieder verboten, und wenn man uns damit erwischt, kriegen wir einen Prozess an den Hals, als würden wir illegal fischen. Und die Kosten für den Diesel gehen durch die Decke …«, er winkte ab. »Von was sollen wir leben? Mit uns geht's zu Ende.«

»Hatte Raphaël Picot Ärger mit einem anderen Fischer?«, fragte Duval unvermittelt dazwischen.

Der Fischer lachte auf. »Sie glauben, jetzt haben Sie mich, was? Ich rede nicht mit *flics,* hab ich gesagt.«

»In Ordnung. Falls Sie es sich anders überlegen, dann …« Duval schob seine Visitenkarte über den Tresen.

Der Fischer schob sie zurück. »Könnense behalten.«

Duval seufzte unhörbar, zahlte seine beiden Kaffees. »Meine Herren«, sagte er und hob zum Abschied die Hand. Aus den Augenwinkeln sah er, wie die Goldglitzernde ihm zuwinkte. Er hob die Hand auch in ihre Richtung und ging.

»Eh!«, rief jemand, als Duval die Bar verließ.

Duval drehte sich um. Es war der bereits angetrunkene Mann, der an einem Tisch vor der Bar saß. Er machte ihm ein Zeichen. »Komm ma'«, rief er, als Duval nicht reagierte.

»Sie meinen mich?«

»Ja, komm ma' her!«

Duval näherte sich. »Ja?«

»Zahl mir ein Bier, und ich erzähl dir was«, schlug der Mann vor. Er war unrasiert, und seine Augen waren rot unterlaufen.

»Ich wollte gerade gehen«, wich Duval aus. »Um was geht's denn?«

»Hol ma' ein Bier«, wiederholte der Mann vertraulich.

Duval hob das Bierglas und machte dem Wirt im Innern ein Zeichen. Der Wirt rollte mit den Augen und gestikulierte. »Ich geh mal das Bier holen«, sagte Duval zu dem Mann und ging wieder in die Bar.

»Hören Sie nicht auf den«, sagte der Wirt. »Er erzählt Ihnen das Blaue vom Himmel für ein Bier. Ich verdiene mein Geld mit dem Alkohol, aber ich will nicht daran schuld sein, wenn der eines Tages daran zugrunde geht. Es gibt immer einen Moment, wo ich ihn nicht mehr bediene, dann sucht er sich jemanden, der ihm einen ausgibt.«

»Verstehe«, sagte Duval. »Aber jetzt hab ich es schon versprochen.«

Der Wirt verzog das Gesicht und zapfte ein Bier. »Wollen Sie auch eins?«

»*Allez*«, willigte Duval ein. Er zahlte, trug die beiden Gläser nach draußen und setzte sich an den Tisch des unrasierten Mannes.

»Das is nett, das is echt nett, ich bin Patrick«, der Mann klopfte ihm auf die Schulter.

»Léon«, stellte sich Duval seinerseits vor. »Was wollten Sie mir erzählen?«

»Zuerst stoßen wir mal an! *Santé,* Léon! Auf die Freundschaft!«

»*Santé*«, sagte Duval weniger enthusiastisch. Er trank einen Schluck. Der Mann hatte bereits die Hälfte des Bieres ausgetrunken.

»Willsu wissen, warum ich so bin? Willsu wissen, warum ich mir hier den Kopf zudröhne? Jeden Tag? Weil ich es nicht mehr ertrage, in den Spiegel zu schauen, deshalb«, nuschelte Patrick.

»Aha«, machte Duval. »Haben Sie sich denn etwas vorzuwerfen?«

»Ich kann meine Fresse nicht mehr sehen, verstehssu?«

»Hm«, machte Duval. »Und warum nicht?«

»Warum was?«

»Warum können Sie Ihre Fresse nicht mehr sehen?« Er

bezweifelte den Sinn des Gesprächs. Da gab es die, die aus Prinzip nicht mit *flics* reden wollten, obwohl sie vermutlich etwas zu sagen hätten, und solche, die einem die Ohren volllaberten, ohne dass es Sinn machte. Nun gut, für die Dauer eines Bieres würde er es ertragen.

Jetzt begann der Mann zu weinen. »Weil ich ihn auf dem Gewissen habe, deshalb. Ist alles meine Schuld.«

Duval straffte sich. »Wen haben Sie auf dem Gewissen, Patrick?«

»Pierre. Alles meine Schuld.«

»Ah«, Duval entspannte sich. Kein Zusammenhang mit Raphaël zumindest. »Wer ist Pierre, Patrick?«

»Tot ist er. Tot.« Patrick schniefte in sein Bierglas.

»Erzählen Sie mir, was passiert ist, Patrick«, forderte Duval ihn freundlich auf.

»Ich soll meine Klappe halten, hamse mir gesagt. Wir kümmern uns, hamse gesagt. Halt du deine Klappe! Aber jetzt kann ich nicht mehr. Hat mein ganzes Leben versaut, diese Geschichte. Sollnse mich halt abknalln, mir doch egal, so ist es auch kein Leben.«

»Wer hat das gesagt? Wer soll Sie abknallen?«

»Ich hab mir einen blasen lassen, hab auf Autopilot gestellt. Und dann hat's gerumst.«

»Aha«, sagte Duval verständnislos.

»Die Brasilianerin, sie war so ein geiles Stück, ich hab sofort gesehen, dass sie mehr Lust auf mich hatte, als auf die fetten Säcke. Aber natürlich muss sie die bedienen, die zahlen, so isses ja immer. Aber dann, gegen Morgen, kam sie zu mir, und ich war so scharf, Mann, ich hab auf Autopilot gestellt und hab mir einen blasen lassen.«

»Und dann hat's gerumst, das sagten Sie schon. Ich versteh's noch nicht ganz. Wann war das, Patrick?«

»Lange her, im Sommer war das, aber ich krieg's nicht aus dem Kopf. Ich erleb's jeden Tag wieder.«

»Auf einem Boot war das?«

»Boot?« Patrick lachte. »Die *Omega* war die geilste Yacht damals. Schnellste Yacht im Mittelmeer. Heute hat jeder Zweite so eine Yacht, damals gab's so ein Geschoss nur einmal. Liegt jetzt irgendwo am anderen Ende der Welt.«

»O. k., auf einer schnellen Yacht war das. Eine Party mit Mädchen, ja?«

»Party?« Er lachte rau. »Oh ja, eine *Party fine,* eine *Partouze* war das. Alle vögelten mit allen. Fünf Mädchen waren da. Weiß ich alles noch wie gestern. Scheiß Musik, aber geile Mädchen. Professionell, das sah man. Die wussten, was sie zu tun hatten, und sie machten ihren Job gut. Fünf Mädchen für drei Kerle. Is' immer besser mit professionellen Mädchen.« Er trank einen Schluck und beugte sich dann vertraulich zu Duval. Halblaut sagte er: »Hin und wieder hatten wir andere junge Dinger an Bord. Frischfleisch.« Er seufzte und trank noch einen Schluck. »Nich' schön.« Er schüttelte den Kopf, als er sich erinnerte. »Diese Mädchen sind so naiv, die können sich nicht vorstellen, was man von ihnen erwartet. Dass man überhaupt etwas von ihnen erwartet, außer jung und schön zu sein und sich oben ohne in der Sonne zu rekeln. Champagner à gogo. Aber nein, das reicht nich'«, Patrick seufzte wieder. »Irgendwann is' jede dran. Wenn sie Glück hat, hat sie nur einen auf einmal.« Patrick trank noch einen Schluck. »Nich' schön. Die jungen Dinger schreien tatsächlich manchmal um Hilfe.« Er raufte sich die Haare. »Danach sehen sie verheult aus, kippen Champagner und werfen Pillen ein, oder sie sniffen spätestens jetzt eine Linie Koks, das hilft, es durchzustehen, bis die Yacht wieder im Hafen anlegt. Und dann schwanken sie blass von Bord mit ihren großen Sonnenbrillen, damit man nich' sieht, wie verheult sie aussehen. Ich hab Sachen erlebt«, sagte Patrick, »ich kann dir Geschichten erzählen.«

»Ja, das merke ich«, sagte Duval und schnaufte, was wurde das für eine Geschichte?! Dann trank er einen Schluck Bier.

»Ich nehm noch eins«, entschied Patrick und machte dem Wirt ein Zeichen.

Der Wirt kam und räumte die leeren Gläser ab. »Und Sie auch noch ein Bier?«

»Ja, und eine Karaffe Wasser bitte. Wie wär's mit einer Cola?«, schlug Duval Patrick vor, »oder mit einem alkoholfreien Bier?«

»Morgen«, wehrte Patrick ab. »Morgen fange ich damit an. Heute noch nicht.« Er drehte sich eine weitere Zigarette. »Ich hab Sachen gesehen ...«

»Für wen haben Sie gearbeitet?«

Patrick winkte ab. »Hier und da. Ist überall das Gleiche. Und selbständig is' auch nich' besser. Als ich noch selbständig war und Touren angeboten habe mit meinem eigenen Boot, hat mich einmal ein Russe angeheuert. Er hat gesagt, fahr mich raus, ich geb dir 500 für eine Stunde. 500 für eine Stunde! An einem eher schwachen Samstag. Ich hab den Schein genommen und hab ihn mit seiner Tussi rausgefahren. Und dann hab ich zugesehen, wie er sie gevögelt hat, von vorne und von hinten, auf meinem Boot. Und ich kann nichts sagen, denn ich hab 500 Zacken dafür eingesackt. Ekelhaft.« Er inhalierte tief. »Auf den Yachten ist es mal so, mal so. Die Besitzer sind immer super anspruchsvoll, aber manchmal sind sie auch noch richtige Arschlöcher.« Er schüttelte den Kopf. »Is' gut bezahlt, insofern macht man das 'ne Weile, aber na ja, Geld ist nicht alles. Man muss wissen, was man will.«

»Jetzt wollen Sie das nicht mehr?«

»Schon lange nich mehr.«

»Aber gut geht's Ihnen trotzdem nicht.« Es war eher eine Feststellung als eine Frage.

Patrick seufzte tief und zog an seiner Zigarette. Der Wirt stellte zwei weitere Bier auf den Tisch und eine Karaffe Wasser mit zwei Gläsern dazu.

Gierig setzte Patrick das Bier an. *»Eh oui«*, nuschelte er dann, »da machste was mit.«

»Was ist denn in dem Sommer passiert, was Sie so aus der Bahn geworfen hat?«

»Ah das!« Patrick bekam wieder Tränen in die Augen. »Scheiße, sag ich dir, so 'ne Scheiße«, er zog die Nase hoch, und Duval erstarrte. Er suchte in seinen Hosentaschen ein Papiertaschentuch, das er ihm reichen könnte. Er fand keines. Herrje, wenn ihn etwas ekelte, dann das Geräusch von hochgezogenem Rotz. Er versuchte sich auf etwas anderes zu konzentrieren, lehnte sich nach hinten, blickte auf die alten Segelschiffe am Kai und sah den Menschen zu, die in sommerlicher Stimmung an den Schiffen flanierten und sich hin und wieder davor ablichteten. Brachte das überhaupt etwas, dass er diesem versoffenen Typen zuhörte?

»Ich muss dann auch weiter«, sagte er und suchte sein Portemonnaie.

»Nee, warte, ich hab dir noch gar nich' erzählt, was passiert is«, Patrick legte Duval vertrauensvoll die Hand auf den Arm.

»Was ist also passiert?«, fragte Duval und lehnte sich im Stuhl wieder nach hinten.

»Na ich hab die *Omega* auf Autopilot gestellt, und dann

hat mir die Brasilianerin einen geblasen, und als sie so richtig in Fahrt kommt und ich schon kurz vorm Abheben bin, da rumst es. Also, gar nicht so doll, die anderen haben überhaupt nichts gemerkt mit ihren vollgedröhnten Köppen, aber ich, ich hab es gemerkt, weil die Brasilianerin, na ja«, er grinste, »du weißt schon.« Er blickte Duval vielsagend an.

»Ich kann's mir denken.«

»Ja, sie ...«

»Sie kam aus dem Rhythmus, ich muss es nicht so genau wissen, Patrick«, unterbrach Duval schnell. »Was war also passiert?«, fragte er eindringlich.

»Wir ham ein Boot übern Haufen gefahren«, Patrick begann sofort wieder zu flennen.

»Ach du Scheiße.« Duval sah die Szene nun vor sich.

»Und dann?«

»Ich hab sofort gestoppt, aber die *Omega* rauschte noch bestimmt fünfzig Meter durch das Wasser, bis sie schaukelnd stehenblieb. Die Suffköppe im Salon haben gebrüllt, weil ihnen die Gläser und die Champagnerflaschen um die Ohren geflogen sind. Ich hab das Schiff gedreht und mit dem Scheinwerfer gesucht. Es war völlig überirdisch, die *Omega* hell erleuchtet, und die beschissene Musik wummerte, und die Kerle unten mit den Mädchen, die Brasilianerin stand nackt herum, und ich dachte, Scheiße, ich hab ein Boot gerammt! Ich wollte, dass mir einer von den Kerlen hilft, vielleicht konnte man noch jemanden retten, aber die waren so vollgedröhnt, diese verfickten Suffköppe. Der Alkohol, das Koks und die Mädchen, die waren fertig. ›Sieh zu, wie du klarkommst‹, hat mir der Chef gesagt, ›is dein Problem‹, hat er mir gesagt. Ich hab alles versucht, echt, die Brasilianerin, die lief nackt draußen rum und war genauso aufgeregt wie ich, echt ein gutes Mädchen, aber da war niemand im Wasser, nur Teile von dem Boot schwammen da rum.« Er schluchzte auf und zog wieder die Nase hoch.

Duval atmete tief.

»Lass jetzt gut sein, Patrick.« Der Wirt stand plötzlich hinter ihnen. »Du redest zu viel, und du trinkst zu viel.«

»Kann ich noch'n Bier?!« Patrick sah bittend Duval an.

»Wie wär's mit 'nem alkoholfreien Bier?«, schlug Duval vor.

»Ich hab dir 'ne schöne Geschichte erzählt, und du wills mir nichma 'n richtiges Bier zahlen«, nuschelte Patrick unzufrieden.

»Patrick, du hast genug für heute«, sagte der Wirt streng. »Und du hast dem Mann genug die Ohren zugesabbelt. Geh nach Hause!«

»Ich hol Ihnen ein Bier«, entschied Duval, erhob sich und bestellte am Tresen ein alkoholfreies Bier, das er in ein Glas goss, wie ein gezapftes Bier. Der Wirt sah ihn kritisch an. »Wird nicht klappen«, meinte er.

Duval zuckte mit den Schultern.

»Hier«, sagte er zu Patrick und stellte das Glas vor ihn hin.

»Du bist in Ordnung!« Er trank einen Schluck und wischte sich den Mund mit dem Handrücken ab.

»Was haben Sie gemacht? Die Polizei gerufen?«

»Nachts haben wir gar nix gemacht. Wir sind zum Hafen zurück. Am nächsten Tag hab ich gesagt, ich geh zur Polizei, hab ich gesagt, aber der Boss hat gesagt, ich soll meine Klappe halten, hat er mir gesagt. Er regelt alles. Ich kümmer mich, hat er gesagt. Halt du deine Klappe!«

»Wer hat das gesagt?«

»Na der Boss hat das gesagt.«

»Und wer ist das, der Boss?«

»Das möchtste gern wissen, was? Aber ich sag nix.« Patrick trank einen großen Schluck Bier.

»Gut, und was war passiert? Gab es Tote?«

»Sie ham ihn nie gefunden, nur Fetzen. Der ist in den Schiffsschrauben geschreddert worden.«

»Oh *Merde!*«, entfuhr es Duval. »Und das war Pierre?«

»Mhm.«

»Pierre wie weiter?«

»Pierre.«

»Patrick, wenn Sie wirklich Ihr Gewissen erleichtern wollen, dann müssen Sie alles sagen. Verstehen Sie das?«

»Hab ich schon«, nuschelte Patrick.

»Wie haben Sie schon? Mir haben Sie nicht alles gesagt.«

»Is' meine Geschichte. Ich erzähl sie, wann ich will und wem ich will.«

»Schon klar, aber Sie sollten sie einmal richtig erzählen, Patrick«, insistierte Duval. »Verstehen Sie das? Sonst werden sie diese Gespenster nie los.«

»Gespenster, da sagste was.«

»Ja, Gespenster. Patrick, Sie wollen das doch nicht Ihr Leben lang mit sich herumtragen?!«

»Ich halt meine Klappe. Das hab ich gelernt. Klappe halten.«

Duval versuchte noch einen Moment, Patrick einen Namen zu entlocken, aber der machte ein geheimnisvolles Gesicht, legte wie ein Kind den Finger auf den Mund und machte »Pssssscht!«.

»Gehen Sie nach Hause«, beschloss Duval das Gespräch. »Schlafen Sie sich aus. Und morgen kommen Sie aufs Kommissariat, ja? Nüchtern. Ich gebe Ihnen meine Karte.« Er zog eine Visitenkarte aus der Brieftasche. »Hier. Und dann reden wir noch mal darüber, ja? Wo wohnen Sie? Brauchen Sie ein Taxi? Soll ich Ihnen ein Taxi rufen?«

»Nö, nö«, nuschelte Patrick und drehte sich ungeschickt eine weitere Zigarette. »Ich bleib noch 'n Moment. Ssuhause wartet keiner.«

Duval zahlte die Getränke. »Wo wohnt er? Braucht er ein Taxi?«, fragte er den Wirt.

»Ich seh ihn jeden Abend so, bis zur Rue Hibert, das schafft er«, sagte der Wirt trocken.

»Kennen Sie diese Geschichte? Ist da was dran?«

»Keine Ahnung, ich hab die Bar erst 2010 übernommen. Er erzählt immer irgendwelche Geschichten von früher. Immer geht's um geile Frauen und große Schiffe. Aber ich kenne ihn nur so, in diesem Zustand, meine ich. Ich würd's nicht überbewerten.«

»*Au revoir* Patrick«, verabschiedete sich Duval. »Bis morgen!«

Patrick hob wortlos die Hand.

5

»Karim Boualem«, gab der junge Fischer mit dem Pferdeschwanz Auskunft und legte seinen Personalausweis vor. »Ich bin Franzose. Ich bin hier geboren.«

Duval tippte seine Angaben in den Rechner. »Sie wissen, weshalb Sie hier sind?«, fragte er.

»Hab nicht den blassesten Schimmer.«

»Es liegt eine Anzeige gegen Sie vor wegen Körperverletzung und Beleidigung.«

»Was?«

»Madame Germaine Pellerin …«

»Was? Wer soll das denn sein?«, unterbrach Karim Boualem sofort.

»Lassen Sie mich ausreden«, sagte Duval streng. »Madame Germaine Pellerin bezichtigt Sie, sie absichtlich in einem Ihrer Netze, in das sie sich beim Schwimmen verfangen hatte, zu Fall gebracht zu haben. Sie hat Verletzungen am Bein und wäre dabei beinahe ertrunken. Außerdem haben Sie sie beschimpft.«

»Was? Die Alte vom Strand? Da hört doch wohl alles auf!«

»Sie wissen also, wovon ich spreche?«

»Die haben mit Steinen nach mir geworfen, die alten Schachteln! Hallo, ich arbeite da. Ich bin Fischer. Können diese Rentner nicht mal einen Moment nachdenken, bevor sie ins Wasser gehen?«

»Sie fischen in einer Badebucht? Ist es nicht so, dass in den Sommermonaten die mit Bojen abgesperrte Badezone für Fischer verboten ist?!«

»Badebucht. Nun mal halblang. Das ist das Meer. Ich bin Fischer, und ich darf im Meer fischen. Und ich darf innerhalb der mit Bojen gekennzeichneten Bereichs zwischen sieben Uhr abends und neun Uhr morgens tätig sein. In der Regel lege ich spätabends die Netze aus, und morgens hole ich sie wieder ein. Das ist geltendes Recht, das können Sie überprüfen!«

»Das werden wir tun, Monsieur Boualem. Die Dame sagt, dass Sie fast jeden Tag dort seien und dass sie sich belästigt fühlen durch Ihre Anwesenheit.«

»Ja, genau. So sieht's aus. Ich belästige die alten Schachteln beim Baden. Dass ich nicht lache. DIE belästigen mich beim Arbeiten! Und dann werfen sie Steine nach mir! Hat sie das erzählt?«

»Ihre Netze seien nicht mit einer Boje gekennzeichnet gewesen.«

»Schwachsinn. Natürlich sind die gekennzeichnet. Es gibt immer eine Boje, die anzeigt, dass da ein Netz liegt. Aber natürlich gibt es nicht zehn Bojen rund um den Bereich. Ich zeichne Ihnen das mal auf.« Er blickte suchend auf dem Schreibtisch herum. »Haben Sie was zu schreiben?«

Duval schob ihm einen Zettel und einen Stift zu.

Der Fischer malte eine serpentinenförmige Linie auf. »So in etwa sieht das aus, wenn ich das Netz auslege. Und hier oder hier«, er tippte auf die Zeichnung, »ist die Boje.«

»Warum fischen Sie ausgerechnet da?«

Er lachte. »Weil da Fische sind. Ich bin Fischer, verstehen Sie? Ich bin da, wo Fische sind. Dort sind welche. Das ist alles. Ich habe ein kleines *Pointu,* ich fische in der Reede. Andere, mit größeren Schiffen, die fahren raus, aber ich fische in der Reede.«

Es stimmt, dachte Duval. Er hatte sich oft gewundert, wie nah die Fische an den Strand kamen. Wenn das Wasser klar war, sah man sie. Er fand es immer amüsant, wenn sie seine Füße umschwammen.

»Sie machen das nicht, um die Touristen zu ärgern?«

»Ho! Sonst noch was?«

»Mäßigen Sie Ihren Ton, Monsieur Boualem.«

»Mann!«, ereiferte sich der Fischer dennoch. »Ich habe nur ein kleines *Pointu.* Ich fische da, weil da Fische sind und weil es weiter draußen im Sommer fast unmöglich ist, mit einem kleinen Boot zu fischen. Wissen Sie, wie es ist, heutzutage Fischer zu sein? Mit all den Kerlen, die zickzack Wasserski fahren, ganz egal, ob Sie Ihr Netz mit einer Boje gekennzeichnet haben oder nicht? Mit all den Yachten, die auf Ihren Netzen ankern? Neulich musste ich einem braun gebrannten Millionär drohen, dass ich sein edles Segelschiff verkratze, wenn er es nicht von meinem Netz bewegt. Der ankerte über meinen Netzen! Ich meine, das ist signalisiert mit der Boje! Ist ihm egal. Der hat nur gelacht, der Sack. Uns nimmt keiner ernst, in unseren Bötchen. Ich solle mein Netz einfach drunter rausziehen, hat er gemeint und gegrinst. Glücklicherweise haben mich zwei Kollegen gesehen und kamen mir zu Hilfe. Zu dritt haben wir ihn so weit gekriegt, dass er das Schiff bewegte, der Blödmann. Muss man immer erst drohen? Die machen hier alle nur Urlaub. Wir arbeiten, verdammt noch mal!«

»Haben Sie öfter Ärger mit Yachten?«

»Immer wieder. Im Sommer ist es ganz schlimm. Zwischen Antibes bis St. Tropez ist es im Sommer die Hölle.

Die sind total rücksichtslos. Das Meer gehört nur ihnen, denken sie. Aber dann schmeißen sie alles ins Meer! Was wir da schon rausgeholt haben, Sie würden sich wundern!«

»Sind Sie schon einmal mit einer Yacht kollidiert?«

»Ich nicht, nee, aber so was kommt immer wieder vor.«

»Ach ja?«

»Ja, letztes Jahr hat eine Riesenyacht einen Fischer über den Haufen gefahren, bei Cagnes sur Mer war das. Das Boot ist hin. Es war ein altes Boot, sein ganzer Stolz. Der Blödmann auf der Yacht hat es nicht mal gemerkt.«

»Und der Fischer?«

»Am Arsch.«

»Tot meinen Sie?«

»Nee, seelisch am Arsch meine ich. Er hat überlebt, aber der ist ein Wrack. Depressiv. Und von der Versicherung natürlich keinen Pfennig bekommen, weil er irgendeine Rate nicht bezahlt hat, oder was weiß ich. Letzten Endes haben alle Fischer zusammengelegt, und selbst die Einwohner von Cagnes haben gesammelt, aber auch wenn er sich damit vielleicht ein neues Boot kaufen kann, es wird nicht mehr dasselbe sein. Außerdem hat er jetzt Angst draußen. Da kann ihm keiner helfen.«

»Der Yachtbesitzer hat ihn nicht entschädigt?«

»Glauben Sie an den Weihnachtsmann?« Karim Boualem zuckte mit den Schultern. »Die kommen doch immer gut weg.«

»Kommen wir noch mal zurück zu gestern. Ist es nicht so, dass in den Sommermonaten diese abgesperrte Badezone komplett verboten ist?!«

»Das sagte ich doch schon, zwischen sieben Uhr abends und neun Uhr morgens dürfen wir da fischen.«

»Gut, gesetzt den Fall, dass es so ist, warum kommen Sie

nicht früher? Ab spätestens acht werden Sie immer mit Badenden in Konflikt geraten.«

»Ich komme sowieso immer mit Leuten in Konflikt! Ganz egal, wann ich da bin, es passt denen nie! Selbst um zwei Uhr morgens sind noch Leute im Wasser und am Strand und fühlen sich gestört. Die besoffenen Typen nachts, die gehen so weit, dass sie mir die Netze zerstören. Genau wie die Angler. Die werfen auch Steine nach uns.«

»Die Angler?«

»*Bah, oui*. Das ist eine echte Konkurrenz für uns geworden. Das sind nicht mehr drei pensionierte Opas, die den Fisch fürs Mittagessen reinholen. Das sind echte Kleinunternehmer, die angeln professionell und verkaufen den Fisch an die Restaurants und sind natürlich billiger, weil sie keine Abgaben zahlen. Schauen Sie mal abends und morgens, wie viele Angler auf den Wellenbrechern sitzen. Und die sind richtig gewalttätig, die werfen Steine, da könnte *ich* Anzeige erstatten! Die alten Schachteln am Strand gestern haben auch Steine geworfen. Das erzählt niemand. Es ist nicht leicht, Fischer zu sein in einer Touristenstadt. Alles wird für die Touristen gemacht, die werden umsorgt, Sicherheit für die Touristen geht vor. Manche von uns arbeiten jetzt schon lieber als Wassertaxi, um die Touris von den Kreuzfahrtschiffen zu holen, das ist rentabler. Oder sie ziehen im Sommer ein paar Deppen auf Wasserski hinter sich her. Dafür bin ich doch nicht Fischer geworden! Aber wie sollen wir arbeiten? Von was leben? Unsere Boote wollen sie knipsen, sehr romantisch, aber als Fischer arbeiten sollen wir nicht. Ich verstehe nicht, warum die Stadt nicht mal ein Schild aufstellen kann, das erklärt, dass wir rechtmäßig dort sind und arbeiten.«

»Gut. Monsieur Boualem, Sie wissen, Madame Pellerin

hat Anzeige wegen Körperverletzung und Beleidigung erstattet. Kommen wir mal zu den Beleidigungen ...«

Duval hörte den Fischer noch fast eine Stunde lang an. Er gab zu, Flüche und Verwünschungen ausgestoßen zu haben, aber erst nachdem die Badenden ihn angeschrien und mit Steinen attackiert hätten. Dass sich Madame Pellerin in seinen Netzen verfangen hatte, wollte er hingegen wirklich nicht bemerkt haben, und absichtlich habe er sie nicht zu Fall gebracht. »Ich bin doch kein Schwein«, sagte er. »Ich habe selbst eine Großmutter und will, dass man sie respektiert!«

Duval trank einen Kaffee und suchte die Kollegen auf.

»Sagen Sie, ein gewisser Patrick hat sich noch nicht gemeldet heute, oder?«

»Patrick wie?«, fragte LeBlanc.

»Keine Ahnung.«

»Also bei mir hat sich niemand gemeldet«, gab LeBlanc zurück.

»Bei mir auch nicht«, ließ sich Léa vernehmen.

»Emilia«, rief Duval, »hat bei Ihnen ein gewisser Patrick angerufen?«

»Ein gewisser Patrick? Wer soll das sein?«

»Jemand, mit dem ich gestern gesprochen habe. Vielleicht meldet er sich auch mit seinem Familiennamen, wenn er nicht betrunken ist, meine ich.«

»Also ich habe jede Menge Anrufe bekommen, aber niemand, der explizit Sie sprechen wollte«, gab Emilia zurück.

Duval rief am Empfang an und erwischte Marie Signol. »Marie, hast du heute einen etwas verlebten Typen gehabt, sichtbar Alkoholiker, Patrick mit Vornamen, der mich sprechen wollte?«

»Na, wenn er dich hätte sprechen wollen, dann hätte ich ihn dir geschickt, das ist doch wohl klar.«

»Ja, vielleicht erinnerte er sich nicht an meinen Namen. Er war schon ziemlich angetrunken gestern, als wir uns getrennt haben.«

»Wenn du willst, kannst du ja runterkommen und das Meldebuch durchschauen, vielleicht findest du, was du suchst. Ich kann hier noch mal rumfragen, ich bin ja nicht die ganze Zeit hier«, schlug sie vor.

»Danke, ich komme gleich.«

»Ich gehe einen Happen essen und schaue später noch mal bei der *Bar des Marins* vorbei«, gab Duval den Kollegen bekannt. »Vielleicht ist der Mann, den ich suche, um die Uhrzeit noch nicht ganz so alkoholisiert und will mir heute mehr sagen.«

»Hat das alles mit unserem Fall zu tun?«, wunderte sich LeBlanc.

»Ach, ich weiß nicht. Vermutlich nichts, aber es beschäftigt mich, was er erzählt hat, und im Moment interessiert mich alles, was mit den Fischern zu tun hat.«

Duval aß erneut im Restaurant *La Meissouniere,* schlenderte danach die Allées de la Liberté entlang und sah einen Moment den Boulespielern zu.

Um diese Uhrzeit waren noch nicht alle Felder belegt. Die Kugeln klackten metallisch aneinander. Duval betrachtete drei ältere Männer, die ihre Kugeln auf eigentümliche Art hinter ihrem Rücken hielten und ungeduldig darauf warteten, dass sie an der Reihe waren. Überwiegend Männer standen in kleinen Grüppchen zusammen und sahen der Partie zu.

Der Spieler warf seine Kugel, sie rollte den letzten Meter und blieb kurz vor dem *cochonet,* dem Schweinchen, liegen. In der gegnerischen Mannschaft spielte eine Frau. Sie trat in den Kreis, holte aus, schoss auf die Kugel. Es knallte, und ihre Kugel lag jetzt genau an derselben Stelle. »Bravo Caro! *T'as fait carreau!*« Jetzt hatte sie den Punkt. Beifälliges Gemurmel von den Zuschauern. »*Pas mal pour une femme.*« Nicht schlecht für eine Frau. Die blonde Frau lächelte stolz, gab sich bescheiden, und jetzt war der Gegner wieder dran.

Duval setzte seinen Weg zum Hafen fort. »Kommen Sie zu dem traditionellen Wettkampf der *Joutes Provençales*«, schallte es schon von weitem aus den Lautsprechern. Die *Joutes* waren ein Wasser-Wettkampf, bei dem sich die Gegner mit Lanzen gegenseitig von ihren Booten stoßen mussten. Die Wettkämpfe fanden jedes Jahr im Sommer in verschiedenen Städten entlang des Mittelmeers statt. Heute Abend traten die Mannschaften von St. Raphaël, Toulon und Cannes im Hafenbecken von Cannes gegeneinander an. Der Sprecher erläuterte die Geschichte der *Joutes,* die es schon im alten Ägypten gegeben habe, und nein, erzählte er gerade stolz, nein, die mittelalterlichen Reiterkämpfe der Ritter, die man viel besser kenne, hätten nicht die Kämpfer der *Joutes* inspiriert, sondern das Gegenteil sei der Fall. Heute sähe man die Jugendmannschaften, darunter seien neuerdings auch Mädchen, und der Sprecher forderte vor allem die anwesenden Mädchen unter den Zuschauern auf, sich für einen kostenlosen Versuch zu bewerben. Die Stimme des Sprechers überschlug sich dann beinahe vor Begeisterung, als er die ersten Teilnehmer vorstellte, die man jetzt bei der nachmittäglichen Trainingseinheit sehen könne. »Kommen Sie näher«, rief er, »Sie sehen jetzt Antoine, unseren jüngsten Wettkämpfer der diesjährigen *Joutes* aus Toulon«, man hörte Beifall und Gejohle, »der gegen Enzo«, noch mehr Beifall, Gejohle und Pfiffe, »ebenfalls aus Toulon antritt.« Duval ging etwas schneller, um die beiden Jungs zu sehen. Zwei stämmige Kerlchen, die barfuß und breitbeinig auf der erhöhten Plattform ihrer Boote standen und zunächst aneinander vorbeigefahren wurden, um sich höflich, aber mit einstudiert grimmigem Blick zu begrüßen, ganz wie mittelalterliche Ritter. Sie waren jeweils mit einem groben Schild geschützt, den man um ihre rundlichen Körper gebunden hatte, und sie trugen die Lanze in der Hand. Zum zweiten Mal fuhren die Boote aneinander vorbei, und beide Jungs beugten sich mit konzentriertem Gesicht und der langen Lanze zum Angriff nach vorne. Einen Moment war es still im Hafen. Beide stießen zu, es krachte hölzern, es war Enzo, der mit seinem Stoß und deutlich mehr Kraft und Erfahrung Antoine aus dem Gleichgewicht brachte, sodass dieser rücklings ins Hafenbecken plumpste. »Bravo Enzo!«, jubelte der Sprecher voller Enthusiasmus, als handele es sich um seinen eigenen Sohn, bemühte sich aber sofort um freundliche Worte für Antoine, der schon eine sehr gute Technik erkennen lasse. Die Menschen rundum applaudierten freundlich. Der gellende Schrei aus dem Hafenbecken übertönte sogar den Sprecher am Mikro. Ein Schrei so schrill und durchdringend, dass sich Duval die Haare an den verschwitzten Unterarmen aufstellten. Der kleine Antoine im Hafenbecken schrie und schlug um sich. Er strampelte, würgte, spuckte Wasser, und er schrie und schrie ... Duval drängte sich durch die Menschen, die aufgeregt und beinahe synchron ihre Smartphones hochhielten und wild klickten oder filmten, in der Hoffnung, etwas Sensationelles aufzunehmen. Selbst aus der Pizzeria an der Ecke liefen Schaulustige herbei. Die Beamten der Police Municipale, die an der Ecke des Quai de St. Pierre eine Dienststelle hatten, rannten über die Straße und schubsten die aufgeregten Menschen am Hafen sowie die Neuankömmlinge unsanft zurück. »Zurück, zurück, gehen Sie weiter, es gibt nichts zu sehen«, raunzten die Beamten die Menschen an. »Weitergehen, Sie behindern die Arbeit der Polizei!« Aber die Menschen blieben nur ein paar Meter weiter stehen, manche kletterten auf die kleine Betonmauer und selbst auf eine Mülltonne, nur um zuzusehen. Die Männer, die die Wettkampfboote steuerten, hatten den klatschnassen schreienden und zitternden Jungen wieder an Bord gehievt und zeigten den Polizisten die Stelle, wo der Kleine unter Wasser etwas Grausiges gesehen oder besser gespürt hatte: Da trieb wohl ein Körper im Wasser! Der Sprecher, der die Wasserwettkämpfe kommentierte, fühlte sich berufen, die Neugierigen zu informieren: »Etwas Grausiges ist wohl passiert«, sagte er mit tragischer Stimme, »anscheinend ist unser tapferer Antoine im Wasser mit einem leblosen Körper kollidiert. Was für ein Schreck für Antoine! Was für ein Unglück!«, rief er. »Was ist nur passiert? So etwas gab es noch nie! Ausgerechnet heute, am Tag der Wettkämpfe, müssen wir so etwas erleben ...« Im Mikro krachte es, einer der Polizisten entwand es dem Kommentator mitten im Satz. »Bitte gehen Sie weiter«, hallte es nun über den Hafen. »Behindern Sie nicht die Arbeit der Polizei und des Notarztes, meine Damen und Herren, bitte gehen Sie weiter und lassen Sie die Helfer durch.« Die Polizisten bellten Befehle in ihre Walkie-Talkies. Notarzt und Feuerwehr wurden verständigt. Auf den benachbarten Yachten drängelten sich nun ebenfalls Menschen an Deck und auf den hinteren Relings wie bei einem Schauspiel. Die Balkons der umliegenden Häuser füllten sich mit Neugierigen. Ein mit vier Mann besetztes Schlauchboot der Wasserschutzpolizei, die wegen der *Joutes Provençales* bereits im Einsatz war, näherte sich rasch und drehte auf der Höhe der beiden Wettkampfboote bei. Zwei Männer zogen bereits eine Taucherausrüstung an. Ein Beamter der Police Municipale sperrte nun mit einem Band die Stelle am oberen Hafenbecken großzügig ab. Duval zeigte seinen Dienstausweis und beugte sich unter der Absperrung durch und beobachtete die Szene. Es schien Stunden zu dauern, bis die beiden Taucher ins Wasser glitten, aber letztlich handelte es sich nur um Minuten. Schon rauschten laut tönend Feuerwehr und Notarztwagen heran und blieben mit angeschaltetem Blaulicht nah am Hafenbecken stehen. Die Männer sprangen aus den Wagen, öffneten die Autotüren und fuhren eine Bahre heraus. Die beiden Taucher hatten in der Zwischenzeit die leblose Person, denn darum handelte es sich tatsächlich, geborgen und hievten sie mit ihren im Boot verbliebenen Kollegen mühsam ins Boot. Kurz darauf legten sie an der Kaimauer an, direkt neben der Treppe und dem Steg, die man anlässlich der Wasser-Wettkämpfe dort installiert hatte. Wie einen Sack trug man dort den Körper hinauf, er wurde von den Feuerwehrleuten entgegengenommen und schließlich unsanft auf eine Bahre gelegt. Er war tot, dieser Mensch, man wusste es. Ein Raunen ging durch die Menschenmenge, und wieder klickten die Smartphones.

Ein Feuerwehrmann suchte in seinen Taschen nach Papieren. Duval näherte sich, um einen Blick auf die Person zu werfen. »Patrick Desforges«, las der Beamte halblaut den

Namen auf dem Personalausweis vor. Patrick. Duval hatte es gewusst. Jetzt hatte er auch einen Nachnamen. Duval fühlte sich elend. Warum hatte er nicht darauf bestanden, ihm ein Taxi zu bestellen? Er verließ den abgesperrten Bereich und stieß direkt auf Commissaire Robert Galliano, einen Kollegen der Police Nationale, der ihn nur mit einem missgelaunten Kopfnicken begrüßte. Duval suchte die *Bar des Marins* auf. Sie war so gut wie leer, hinten in der Küche sah man die indonesische Köchin hantieren, der Wirt lehnte mitten im Raum am Tisch, unter dem großen Deckenventilator, der die lauwarme Luft umrührte, und sah ihm mit nur schlecht verhohlener Neugier entgegen. »Was ist passiert? Warum hat das Kind so geschrien?«

»Einer der Wettkämpfer ist ins Wasser gefallen und vermutlich mit einem menschlichen Körper in Kontakt gekommen, der dort trieb. Das hat ihn etwas erschreckt.«

»Oh Merde«, entfuhr es dem Wirt. »Verständlich. Der arme Kerl. Und jetzt?«

»Sie haben den Mann gerade aus dem Wasser gefischt«, sagte Duval.

»Tot, vermute ich.«

»Ja.«

»Merde«, wiederholte er. »Wollen Sie was trinken?«

»Irgendeinen stärkeren Alkohol, was haben Sie?«

»Whisky? Grappa?«

»Allez, einen Grappa«, entschied sich Duval und trank das Glas, das der Wirt ihm hinstellte, in zwei Zügen aus. »Patrick Desforges«, sagte er dann.

»Nein!« Der Wirt sah ihn erschrocken an. »Patrick?«

»Genau. Der mir gestern noch eine abenteuerliche Geschichte erzählt hat.«

»Ach, diese Geschichten«, winkte der Wirt ab.

»Warum haben Sie gesagt, er rede zu viel?«

»Habe ich das gesagt?«

»Ja.«

»Ich erinnere mich nicht. Ich wollte, dass er aufhört, Sie mit seinen Geschichten zu belästigen, das ist alles.«

»Haben Sie ihn weggehen sehen?«

»Nein. Er saß noch eine Weile draußen herum. Hoffte vielleicht noch auf einen, der ihm ein letztes Bier bezahlt. Ich habe nicht darauf geachtet. Irgendwann war er weg.«

»Er war sehr betrunken.«

»Wollen Sie sagen, es ist meine Schuld?«, polterte der Wirt los. »Ja, es stimmt, er war sehr betrunken, aber er ist jeden Abend sehr betrunken. Hören Sie, ich bin kein Sozialarbeiter, ich bin Wirt. Ich habe eine Lizenz zum Alkoholausschank, und das mache ich. Wenn manche ein Problem mit dem Alkohol haben, dafür kann ich nichts. Jeder macht mit seinem Leben, was er will. Ich habe es oft genug versucht, ihm nichts mehr zu geben, aber er findet immer jemanden. Gestern hat er Sie bequatscht, ihm noch ein Bier auszugeben.«

»Und nicht nur eins.« Duval fühlte sich schlecht. »Ich hätte ihm ein Taxi rufen sollen«, sagte er.

»Ach was«, der Wirt verzog abschätzig das Gesicht. »Er hätte es abgelehnt. Er wohnt nicht weit. In der Rue Hibert. Es war sein täglicher Gang.«

»Was schulde ich Ihnen?«, fragte Duval und zückte seine Brieftasche.

»Geht aufs Haus«, sagte der Wirt.

»In Ordnung, danke!« Duval hob die Hand zum Abschied. Dann lief er langsam den Boulevard Georges Clemenceau hinauf Richtung Rue Hibert. Er hatte die schattige Seite gewählt, dennoch lief ihm der Schweiß am Körper hinab.

Den Block mit Sozialwohnungen erkannte man sofort. Mehrere Reihen kleiner, gleichförmiger Balkons, die als Erweiterung des Wohnraums mit Wäscheständern und allerhand Kleinmöbeln vollgestellt waren. Hin und wieder saß jemand auf dem Balkon und rauchte. Blumenkästen suchte man vergebens. Was für eine trostlose Wohnanlage, und das nur fünf Gehminuten vom schmucken Hafen entfernt. Duval lief das ärmlich-graue Sträßchen hinauf und betrachtete erneut das verlassen wirkende Elternhaus von Louis Cosenza. Dieses Mal war Leben im Boxclub, aber Duval interessierte es nicht. Er zog sein Telefon heraus und rief Annie an.

»*Ça va* Annie? Ich hoffe, ich störe dich nicht allzu sehr?!«

»Nein gar nicht, Léon, alles in Ordnung? Deine Stimme klingt so komisch.«

»Annie, kannst du mir mal etwas recherchieren?«

»Sicher. Jetzt gleich?«

»Sobald es geht.«

»Schieß los.«

»Hör zu, mir hat gestern Abend ein sehr betrunkener Ex-Skipper eine Geschichte erzählt, und eben haben sie ihn leblos aus dem Hafenbecken gefischt.«

»Oh. Ich verstehe, warum du so bedrückt klingst. Was ist das für eine Geschichte?«

»Es geht um eine Yacht mit dem Namen *Omega*. Der Skipper sagte, dass er damit einen Fischer über den Haufen gefahren hat. Das Ganze liegt vermutlich schon eine Weile zurück. Ich weiß aber nicht, wann. Die Sache wurde vermutlich vertuscht, und der Skipper hat seither sein schlechtes Gewissen allabendlich in Bier ertränkt. Ich will wissen, wem diese Yacht damals gehörte oder vielleicht auch immer noch gehört.«

Annie lachte auf. »Wenn's weiter nichts ist.«

»Wieso lachst du?«

»Na, all die wundervollen Yachten gehören ja gerne mal anonymen Off-Shore-Gesellschaften auf den Cayman-Inseln oder in anderen Steueroasen, das wird nicht so einfach sein, das rauszukriegen.«

»Deswegen rufe ich ja auch dich an, Annie.«

Sie lachte erneut. »Wie heißt die Yacht, sagst du?«

»*Omega*.«

»Hast du schon in der Hafenmeisterei gefragt?«

»Ich habe noch gar nichts dergleichen gemacht. Ich werde auch bei uns im Archiv suchen lassen, aber ich dachte als Erstes an dich.«

»Zu viel der Ehre. Ist das der Fall, an dem du dran bist?«

»Nein. Ich ermittle im Fall des toten Fischers, weiß nicht, ob du da oben davon gehört hast.«

»Der Selbstmord?«

»Ja.«

»Es war kein Selbstmord?«

»Wer weiß.«

»Verstehe. Gut, Léon, ich kümmere ich mich darum. Ich melde mich, sobald ich etwas weiß, o. k.?!«

»Du bist ein Schatz!«

»Ich weiß.«

»Noch jemand da?!«, rief Duval über den Flur im dritten Stock des Kommissariats.

»Hier!«, rief es aus einem der hinteren Büros.

»Michel, Sie sind noch da, wunderbar!«

»Na ja«, seufzte LeBlanc, »es ist nur so, zu Hause fällt mir die Decke auf den Kopf. Meine Frau ist bei ihrer Mutter«, erklärte er. »Da bin ich lieber hier. Außerdem ist es hier klimatisiert.«

»Ha«, lachte Duval, »das ist ein Argument. Gut.«

»Léa ist schon weg?«

LeBlanc zuckte mit den Achseln.

»Können Sie mir noch etwas im Archiv suchen?«, bat Duval.

»Sicher. Um was geht's?«

»Wissen Sie, diesen Patrick, auf den ich heute gewartet habe, den haben sie gerade tot aus dem Hafenbecken gefischt.«

»Oh«, machte LeBlanc. »Meinen Sie, es gibt eine Akte über ihn?«

»Nein, oder vielleicht auch das, aber vor allem will ich etwas über die Geschichte, die er mir gestern erzählt hat, wissen. Dass er nämlich mit einer Yacht einen Fischer über den Haufen gefahren und mit der Schiffsschraube geschreddert hat.«

LeBlanc verzog angewidert das Gesicht. »Wann war das?«

»Das Ganze liegt wohl schon eine Weile zurück. Vor 2010. Patrick Desforges heißt der jetzt tote Ex-Skipper, und *Omega* soll die Yacht geheißen haben. Also wenn es stimmt, was er erzählt hat.«

»Und das war hier in Cannes?«

Duval stutzte. »Gute Frage, kann ich nicht mal mit Bestimmtheit sagen. Ich bin davon ausgegangen. Wenn Sie hier nichts finden, weiten Sie den Radius aus bis Menton und … na ja, bleiben Sie mal erst in unserem Département.«

»Ermitteln wir jetzt auch in diesem Fall?«

»Nein, Michel«, seufzte Duval. »Eben nicht. Roger Galliano kümmert sich darum, ich bin ihm am Hafen begegnet.« Galliano war seit dem ersten Tag Duvals Intimfeind bei der Police National in Cannes. Er war smart, karrierebewusst und hatte den gleichen Dienstgrad wie Duval und stand, aus Gründen, die nur er kannte, unter besonderem Schutz des Polizeidirektors. Duval wünschte sich, dass der eine oder der andere oder auch beide in absehbarer Zeit befördert und versetzt würden. Aber wer wusste schon, was danach kommen würde. »Vielleicht können Sie diskret sein bei Ihrer Suche?«, bat er.

»Sicher.« Michel LeBlanc nickte.

Duval notierte sich, was ihm vom gestrigen Abend noch im Gedächtnis geblieben war, und grübelte vor sich hin.

»Commissaire«, Le Blanc lehnte sich an den Türrahmen und wedelte aufgeregt mit mehreren Blättern Papier. »Ich glaub, ich hab's gefunden.«

»Schon? Bravo! Schießen Sie los.«

»Also zunächst kommt das öfter vor, als man so denkt«, begann er. »Letztes Jahr hat in Cagnes eine Yacht in einem Affenzahn ein Fischerboot überrannt. Der Kapitän der Yacht hat es nicht mal gemerkt, er hat das Boot nicht gesehen, sagt er, weil er im Sitzen navigiert hätte.«

»Im Sitzen, soso.« Duval sah sofort Patrick vor sich, der sich von einer rassigen Brasilianerin verwöhnen ließ.

»Das Boot war hin, der Fischer ist in letzter Sekunde ins Wasser gesprungen.«

»Richtig«, unterbrach Duval, »das hat der Fischer heute Morgen auch schon erzählt.«

»Einmal wurde ein Kajakfahrer von einem Kreuzfahrtschiff zermalmt. Und erinnern Sie sich an den Fall Muhlberger?«

»Vage«, sagte Duval. »War das nicht ein großes Tier in Monaco?«

»Genau, Chef des Sicherheitsdienstes in Monaco, jemand, der den Russen sehr nahestand, heißt es. Zu nah vielleicht. Das hat nicht allen gefallen. Der wurde auch von einer Schiffsschraube zerfetzt. Das habe ich aber tatsächlich aus der Regenbogenpresse. Hier«, er hielt ihm den Ausdruck eine Seite aus einer *People*-Gazette entgegen, die den gut aussehenden Polizeichef mit einer langhaarigen jungen Dame zeigte, deren Gesicht hinter einer großen Sonnenbrille verdeckt wurde. »Glauben Sie bloß nicht, dass wir dazu was in unserem Archiv hätten.«

»Ich habe mich schon gewundert.« ›Der Polizeichef André Muhlberger und Tatjana H., am Strand von Cap d'Ail‹, las Duval die Bildunterschrift und überflog den Artikel, der die Verflechtungen des Polizeichefs mit der russischen Mafia streifte. Der luxuriöse Lebensstil, der ihm so ermöglicht wurde, hatte es ihm wohl angetan, noch mehr aber besagte Tatjana H., Ehefrau eines russischen Milliardärs, die zwischen Miami, Monaco und Minsk hin- und herreiste. Duval schnaufte.

»Der Fall, von dem Sie sprachen, den hab ich erst nicht gefunden«, sprach LeBlanc schon weiter, »weil ich den Namen der Yacht mit in die Suchfunktion eingegeben habe. Da kam rein gar nichts. Aber dann habe ich anders gesucht, nämlich Ertrunkene oder Verunglückte im Meer. Da gibt es Geschichten ...« Er verdrehte die Augen. »Ein junges Mädchen sprang kürzlich hysterisch von einem Kreuzfahrtschiff, weil ihr Handy ins Wasser gefallen war, können Sie sich das vorstellen? Hat sie nicht überlebt«, fügte er lapidar hinzu. »Letztes Jahr ist eine sechzigjährige Frau bei einem Wendemanöver vom Segelboot gefallen, ohne dass ihr Mann es bemerkt hat. Sie trieb den restlichen Tag und die ganze Nacht im Meer, bis sie gefunden wurde.«

»Sie wurde nicht vom Hai gefressen?«

LeBlanc schüttelte den Kopf. »Happy End. Das Ehepaar hat allerdings beschlossen, mit dem Segeln aufzuhören. Sie seien zu alt, hätten nicht mehr ausreichend Reflexe, meinten sie.«

»Sehr vernünftig. Und die Geschichte, die ich suche?«

»1996 wurde ein Fischer mit seinem Boot als vermisst gemeldet. Vom Boot hat man dann Einzelteile gefunden. Vom Fischer auch, wenn ich das mal so sagen darf.«

»Kontakt mit der Schiffsschraube«, sagte Duval trocken.

LeBlanc zuckte mit den Schultern. »Sehr mysteriös, der Fall, und ich finde die Akte ziemlich dünn, gemessen an den anderen, die ich mir angesehen habe. Aber wissen Sie, wer der Fischer war?«

»Na, nun sagen Sie schon, Michel!«

»Pierre Picot. Ich habe das überprüft, er war der Vater von Raphaël Picot.«

Duval sah LeBlanc überrascht an. »Ach nee. Und die Yacht?«

»Das Besondere ist, dass man nie rausgefunden hat, was da genau passiert war. Es gibt keine Erklärung. Der Fall wurde ohne Ergebnis zu den Akten gelegt. Kein Zusammenhang mit der besagten Yacht. Kein Zusammenhang mit gar keiner Yacht.«

»O. k.«, sagte Duval gedehnt. »Keine Yacht. Da werde ich noch mal bei Madame Picot vorbeischauen müssen. Danke Michel, gute Arbeit! Jetzt gehen Sie aber trotzdem nach Hause. Gutes Wochenende, oder haben Sie Bereitschaft?«

»Nein, nein, ich habe frei«, seufzte LeBlanc. Es klang nicht sehr glücklich.

»Sie? So spät noch?!«, Madame Picot hatte rot geweinte Augen.

»Es tut mir leid, Madame Picot, aber ich muss Ihnen noch ein paar Fragen stellen.«

»Jetzt?«

Duval bejahte stumm.

»Na dann ...«

»Setzen Sie sich.« Sie zeigte auf einen Stuhl am Küchentisch. Auf dem Küchenbuffet brummte ein altmodischer Ventilator und blies etwas kühle Luft in den schummrigen schwülwarmen Raum. »Kann ich Ihnen etwas anbieten?«

»Ein Glas frisches Wasser nehme ich gerne. Bei der Hitze.«

Sie nahm eine Karaffe Wasser aus dem Kühlschrank und goss ihm ein Glas ein und setzte sich ebenfalls an den Tisch.

»Danke.« Duval trank einen Schluck. »Wie geht es Ihnen?«

»Wie soll's mir schon gehen«, sagte sie. »Leer fühle ich mich. Leer und müde.«

»Haben Sie jemanden, ich meine ...« Duval stockte.

Sie winkte ab. »Die Nachbarn, die Fischer, alle kommen vorbei. Es ist mir eigentlich alles zu viel, aber sie meinen es gut. Ich bin nicht alleine, aber ich bin ...«, sie suchte ein Wort. »Verlassen fühle ich mich. Verlassen und leer und müde.«

»Madame Picot, ich weiß, dass es für Sie schwer zu ertragen ist«, begann er.

»Ist schon gut.«

Er blickte auf das Küchenbuffet hinter ihr und entdeckte eine vergilbte Fotografie eines jungen Mannes mit lockigen Haaren. Er erinnerte sich nicht, sie das letzte Mal gesehen zu haben. »Ist das Ihr Mann?«, fragte er und deutete auf die Fotografie. Sie drehte leicht den Kopf, um zu sehen, wohin er zeigte, dann nickte sie.

»Ja, das war er«, sie stockte, und ihr kamen die Tränen. Sie suchte eine Packung Papiertaschentücher in ihrer Schürzentasche, faltete ein Taschentuch mühsam auseinander und wischte sich über die Augen.

»Ich habe gerade erfahren, auf welch tragische Art und Weise Sie Ihren Mann verloren haben«, setzte Duval an.

Sie nickte stumm. »Erst Pierre und jetzt Raffa. Warum? Warum muss ich das alles erleben? Was soll ich denn jetzt noch hier, so alleine?«

»Wie ist das damals passiert, Madame Picot, können Sie mir das erzählen?«

»Damals? Sie meinen mit Pierre? Sie kommen gar nicht wegen Raphaël?«

»Doch, ich komme auch wegen Raphaël, aber ich möchte gerne verstehen, was damals passiert ist. Was hat man rausgefunden? Was hat man Ihnen gesagt?«

»Pah«, machte sie, »rausgefunden, rausgefunden. Gar nichts haben sie rausgefunden.« Sie schwieg und zupfte an dem Papiertaschentuch in ihrer Hand. »Das ist schon so lange her«, seufzte sie. »Ein Unfall, haben sie gesagt. Ein tragischer Unfall und dass Pierre zu weit draußen gefischt habe. Sie haben es nicht so gesagt, aber gemeint haben sie es, dass es seine eigene Schuld war.«

»Und was glauben Sie, Madame Picot? Was ist wirklich passiert Ihrer Meinung nach?«

»Ich habe es nicht verstanden, ich meine, er ist doch sicher nicht einfach so gekentert, es war ja eine ruhige Nacht damals, selbst wenn er weit draußen war. Kein Gewitter. Vielleicht hatte er ein Problem mit dem Motor, es war ein altes Boot, wissen Sie, wir hatten nicht viel Geld damals. Also vielleicht war er in Schwierigkeiten, aber dann hätte er auch einen Notruf absetzen können.« Sie knetete jetzt das Taschentuch in ihrer Hand. »Und dann das, was von ihm noch übrig war. Das hat mir auch niemand erklärt. Vielleicht ist er ins Wasser gefallen, das kommt immer wieder vor, wenn man sich mit den Netzen oder den Seilen verheddert. Oder es war vielleicht eine Hai-Attacke, habe ich gedacht. Es gibt ja immer mal wieder einen Hai vor der Küste, das stimmt schon. Aber warum war das Boot so kaputt? Dann habe ich das Gerücht gehört, dass da nachts eine Yacht unterwegs gewesen ist. Das ist ja nicht ungewöhnlich. Hier kreuzen ja schon immer viele Yachten, das ist kein Vergnügen für die Fischer da draußen, das kann ich Ihnen sagen. Ich bin zur *Prud'homie* damit gegangen, ich habe dem Präsidenten der *Prud'homie* gesagt, was erzählt wird, und er hat gesagt, er wird sich darum kümmern.«

»Dem Präsidenten der *Prud'homie* haben Sie vertraut?«

»Ja, Marc Giraud war ein guter Mann, heute hat man das Gefühl, der Präsident kümmert sich vor allem um seine eigenen Belange, aber Marc, Marc hatte noch eine andere Art. Und Marc sagte mir nach ein paar Wochen, dass die Polizei die Ermittlung eingestellt habe. Ohne weiteres Ergebnis. Er hat mir einen Umschlag mit Geld in die Hand gedrückt. Er hatte für mich, für uns, gesammelt. Es war nicht wenig. Die Fischer haben alle was gegeben, und sogar von der Mairie habe ich was bekommen. Und viele Cannois, die ich nicht mal kannte, haben uns unterstützt. ›Mehr kann ich nicht für euch tun‹, hat er gesagt.«

»Wusste Ihr Sohn davon? Also wusste Ihr Sohn von diesem Gerücht mit der Yacht?«

»Nein, woher denn? Er war noch ein Kind damals. Sein Vater ist auf See verunglückt. Das war alles, was er wusste. Ich habe dann nicht mehr darüber gesprochen. Ich *konnte* es nicht.«

»Ja, das sagten Sie schon beim letzten Mal«, bestätigte Duval. »Es war sicher unerträglich.«

»Ja, das war es.«

»Madame Picot, kennen Sie einen Patrick Desforges?«

»Patrick? Der Saufkopf, der ins Hafenbecken gefallen ist?«

»Das wissen Sie schon?«

Sie lächelte leicht. »So was spricht sich schnell rum bei uns. Natürlich kenne ich den. Jeder hier kennt ihn. Armer Kerl.«

»Kennen Sie seine Geschichten, die er erzählt hat?«

Sie winkte ab. »Hören Sie, ich verkehre nicht in diesen Kneipen. Und Zeit, um solch besoffenen Typen zuzuhören, habe ich wirklich nicht. Ich mag das auch nicht. Ich verstehe nicht, wie die Kneipenwirte das aushalten. Jeden Tag die gleichen Gesichter und jeden Tag die gleichen Geschichten. Da wird man doch verrückt.«

»Ja, das muss man schon mögen«, stimmte Duval zu. »Verkehrte Raphaël in der *Bar des Marins*?«

»Raphaël?«

Duval sah, wie es in ihr kämpfte. Gerne hätte sie wohl aus ihrem Sohn einen Heiligen gemacht. Ohne Frauen, ohne Alkohol. Ein braver Fischer.

»Na ja, hin und wieder vielleicht«, sagte sie dann. »Zum

Frühstück«, fügte sie dann schnell hinzu. »Die Fischer trinken morgens dort ihren Kaffee, wenn sie reinkommen, und sie frühstücken dort. Raphaël natürlich auch.« Sie schien erleichtert, dass ihr das noch eingefallen war.

Duval verkniff sich die letzte Frage, ob Raphaël in Spielerkreisen verkehrt habe. Seine Mutter hätte es auf jeden Fall verneint. Aber möglicherweise wusste sie es nicht. Musste sie es wissen? Er entschied sich dagegen und verabschiedete sich.

6

Louis Cosenza fuhr langsam durch das langgestreckte kleine Dorf, blickte nach rechts und links, hob hier grüßend die Hand und rief dort ein »*Salut*«. Es war das Wochenende des allsommerlichen Dorffests. Cosenza hatte nicht daran gedacht. Der Rhythmus des Dorflebens entfiel ihm jedes Mal, kaum dass er ihm den Rücken kehrte. Das würde er aber nie öffentlich zugeben. Die Vorbereitungen für den Samstagabendball waren zumindest noch in vollem Gang. Zwei junge Männer in schwarzen T-Shirts mit weißem »Staff«-Aufdruck hängten gerade eine Fähnchengirlande in den blau-weiß-roten Nationalfarben quer über die Straße.

»Loulou!«, rief ihn jemand mit seinem Spitznamen. Cosenza hielt an. »Claude! Wie geht's dir?«

»Ich bin zufrieden. Wie geht's dir? Du siehst gut aus!«

»Du auch, altes Haus, lange her, dass wir uns gesehen haben!«

»Zu lange. Du kommst zu selten hierher, Loulou. Schönes Wägelchen haste.« Claude tätschelte leicht die Kühlerhaube des Porsche Cayenne. Cosenza nickte stolz. Er liebte es, für jede Gelegenheit das passende Auto zu fahren. »*Allez*, hast du einen Moment? Dann lass uns was trinken ...«

Louis Cosenza ließ seinen Freund einsteigen. Ein paar Meter weiter stellte er den Geländewagen in zweiter Reihe vor der *Bar de la Fontaine* ab, und sie ließen sich an einem kleinen Tisch im Schatten der großen Platane nieder. Der runde Brunnen auf dem Platz war mit Girlanden und großen blau-weiß-roten Krepppapierblumen geschmückt. Auf einer kleinen Bühne neben der Bar bauten Musiker ihre Anlage auf, und ein Saxophonspieler blies Tonleitern rauf und runter.

Cosenza lehnte sich auf dem Stuhl zurück und ließ den Blick über den Platz schweifen. Hier ging es ruhig und gemächlich zu, auch wenn die zahlreichen jungen Männer in den »Staff«-T-Shirts eifrig Tische und Bänke aufklappten und unter ein offenes weißes Zelt schleppten. Auch hier war es heiß, aber deutlich weniger schwül als unten am Meer. »Jedes Mal, wenn ich hier bin, denke ich, ich hätte schon viel früher kommen sollen«, erklärte er, »und wenn ich dann wieder unten bin, dann holen mich die Geschäfte ein. Hier hat sich nichts verändert«, stellte er fest.

»Das scheint nur so. Hier passiert allerhand, aber es ist natürlich nichts Weltbewegendes.« Bei Pastis und Oliven berichtete Claude die Neuigkeiten aus dem Dorf. Die neue Grundschullehrerin war ein heißes Geschoss. Eine Rothaarige. Man sagte, sie habe was mit dem Apotheker. Claude zwinkerte vielsagend und berichtete noch allerhand Dorftratsch. Louis Cosenza begann sich zu entspannen.

»Du kommst zum Fest?«

»Sicher«, log Cosenza.

»Seid ihr schon fürs Essen angemeldet? Du kommst doch mit deiner Mutter und deiner Frau, oder?«

»Klar, wir kommen alle drei«, beteuerte er, war sich aber alles andere als sicher, dass Nicki Lust auf einen Dorfball haben würde. »Aber wir sind noch nicht angemeldet«, gab er zu bedenken. »Vielleicht gibt es gar keine Plätze mehr?!«

»Loulou, für dich und deine Frau finden wir immer einen

Platz, was glaubst du denn! Ich kümmere mich persönlich darum!«

»Und meine Mutter.«

»Für deine Mutter selbstverständlich auch.«

»Sie ist niedlich, deine Kleine! Du hast ein Glück mit den Frauen, mein Alter.«

»Hast du sie gesehen?«

»Nur kurz. Sie hat im Dorf ein paar Sachen eingekauft. Sie spricht nicht mit jedem«, musste er dann doch loswerden.

»Sie ist ein bisschen empfindlich in letzter Zeit, die Hitze unten hat ihr nicht gutgetan. Und hier oben kennt sie noch niemanden«, entschuldigte sich Louis Cosenza für seine Frau. »Und na ja, sie ist eben Pariserin«, er machte eine Grimasse, »aber das gibt sich noch«, tat er überzeugt. »Jedenfalls hat sie Klasse.«

»Unbedingt!«

So gestärkt, fuhr Cosenza die letzten Meter bis zu seinem Anwesen, eine alte Ölmühle mit einem großen Wohnhaus, das etwas außerhalb des Dorfes lag. In einer Straßenkurve lag die Einfahrt, gesäumt mit zwei großen Zypressen. Das Tor stand offen. Er stellte den Wagen neben den von Nicki, in den Schatten der alten Schirmpinie.

»Maman«, rief er laut und öffnete die große Holztür. Es roch bereits nach Essen.

»Luigi, mein Sohn!« Mit ausgebreiteten Armen lief seine Mutter aus der Küche auf ihn zu. Sie strahlte über das ganze Gesicht. Sie trug Schwarz unter der Küchenschürze, und die langen grau-schwarzen Haare hatte sie noch immer zu einem altmodischen Knoten am Hinterkopf aufgesteckt. Sie wischte sich die Hände an der ausgebleichten Schürze ab, drückte ihn an sich und zog ihn zu sich herab. Vier knallende Küsse musste er über sich ergehen lassen. »Mein Sohn, wie gut, dass du da bist! Wie geht es dir? Wie geht es den Kindern? Wie geht es Giorgio?« Sie hatte noch immer ihren italienischen Akzent mit dem rollenden R. »Warum seid ihr nicht zusammen gekommen? Ich wünsche mir so, dass wir mal wieder alle zusammen hier essen, wie früher!«

Wie früher. Es gab Cosenza einen Stich. »Gut, alles gut, *Maman*. Wo ist Nicki? Wie geht es ihr?«, fragte er.

»Sie ist oben.« Das Gesicht seiner Mutter verfinsterte sich.

»Geht's ihr nicht gut?«

»Natürlich geht's ihr gut«, antwortete seine Mutter in verärgertem Ton, »was denkst du denn! Sie macht überhaupt nichts. Sie schläft, sie steht spät auf, frühstückt um zehn und verbringt dann Stunden im Bad. Sie hilft mir kein bisschen. Nachmittags legt sie sich in den Liegestuhl und blättert seelenruhig in Zeitschriften. Als gäbe es hier nichts zu tun. Hast du den Garten gesehen? Alles ist reif! Das ganze Gemüse! Glaubst du, es würde ihr einfallen, mal ein bisschen dort zu helfen? Die Bohnen! Die Zucchini! Ich muss das alles verarbeiten. Elisabetta hätte das sofort gemacht!«

»*Maman*, bitte, lass Elisabetta ruhen, sie ist schon lange tot. Und Nicki ging es nicht gut. Sie ist hier, um sich zu erholen. Das habe ich dir gesagt. Lass ihr ein paar Tage Zeit.«

»Ein paar Tage! Die Tomaten sind reif! Morgen mache ich Tomatensoße. Ich hoffe, sie ist dann ausgeruht genug. Ich kann das nicht mehr alles alleine machen, Luigi, hörst du!«

»*Oui, Maman*. Sie wird dir sicher helfen«, beteuerte er, auch wenn er sich nicht wirklich vorstellen konnte, dass Nicki in einer altmodisch-geblümten Küchenschürze kiloweise Tomaten durch ein Sieb drückte, um die typisch italienische Tomatensoße zu kochen, die seine Mutter jedes Jahr nach einem Familienrezept herstellte. Die Küche sah danach immer aus wie nach einem Massaker. Ein Tomatenmassaker. Es blitzte in seinem Kopf. Er sah wieder das Blut auf dem Schreibtisch, der Kopf des jungen Fischers, warum assoziierte er noch einen Eimer mit zappelnden Fischen? Er versuchte die Bilder zu verscheuchen und wischte mit der Hand über seine Augen.

»Geht es dir nicht gut, mein Sohn?«

»Doch, doch, alles in Ordnung, *Maman.*«

»Nicole!«, rief Madame Cosenza dann laut nach oben.

»Oui?«, hörte er Nicki von ferne rufen.

»Louis ist da!«

»Ich komme gleich.«

»Lass«, sagte er zu seiner Mutter. »Ich komme!«, schrie er nach oben und nahm zwei Stufen auf einmal. Sein Herz schlug wild, er verstand nicht, weshalb er so aufgewühlt war.

Nicki war noch im Nachthemd, und Louis bekam augenblicklich eine Erektion, als er ihre kleinen festen Brustwarzen durch den weißen Stoff hervorstechen sah. Er presste sie an sich und drückte ihr einen Kuss auf.

»Oh, là, là«, Nicki lachte. »Hab ich dir etwa gefehlt?«

»Allerdings«, raunte er in ihr Ohr und schob sie zum Bett.

»Louis!«, raunte sie. »Deine Mutter!«

Als habe sie es gehört, rief Madame Cosenza streng nach oben: »Ihr kommt aber zum Essen!«

»Oui, Maman, wir kommen«, rief Cosenza und löste sich seufzend von seiner jungen Frau. »Ich geh schon mal runter, sonst kann ich für nichts garantieren.« Begehrlich sah er ihr zu, wie sie sich mit langsamen Bewegungen anzog. Nein, sie war sicher nicht die Frau, die Bohnen ernten oder Obst einkochen wollte. Wie hatte sie sich nur mit einem

Fischer einlassen können? Er schob den Gedanken beiseite und lief die Treppe hinab in den Salon. Seine Mutter hatte den Tisch schon gedeckt und rückte gerade einen Blumenstrauß aus Gladiolen auf der alten Kommode zurecht. »Kommt sie?«, fragte sie streng.

»*Oui, Maman*. Es riecht köstlich, was hast du uns gezaubert?«, lenkte Louis Cosenza ab.

»*Caniglio*. Kaninchen. Von Jean-Marc, weißt du?«

Cosenza nickte. Jean-Marc hatte einen kleinen Hof und hielt Enten, Hühner und Kaninchen. Er war bekannt für die ausgezeichnete Qualität seines Geflügels und der Kaninchen.

»Was kann ich dir zum Apéro servieren, mein Sohn? Einen Pastis?«

»Ich hatte schon einen vorhin mit Claude«, wehrte er ab. »Einen *Vin de noix* vielleicht, gibt es noch von dem Nusswein?«

»Sicher!« Sie bückte sich ächzend und holte aus den Tiefen des wuchtigen provenzalischen Schranks eine Flasche heraus und schenkte ihm ein Glas mit der dunklen Flüssigkeit ein. »Er ist noch von deinem Vater«, sagte sie stolz und reichte ihm vorsichtig das Glas. »Es ist die letzte Flasche. Ach, ich werde auch ein Gläschen nehmen, zur Feier des Tages«, entschied sie und goss sich ein niedriges Weinglas halbvoll. »*Tchin*«, prostete sie ihrem Sohn zu.

»*Santé, Maman!*« Cosenza blickte auf die Wände. Seit seine Mutter die Sommermonate hier oben verbrachte, hatte sie die Einrichtung und den Stil des Hauses verändert. Gemälde von Blumensträußen und Landschaften hingen nun dort, wo er seinerzeit moderne Kunst aufgehängt hatte. Eigentlich hatte er die surrealistischen Gemälde nur als Geldanlage bei einer Aktion ersteigert, es traf ihn dann aber doch, dass sie die Gemälde gegen banale Landschaften einer tapfer malenden Nachbarin ausgetauscht hatte. »Ich kann das nicht ansehen, Luigi«, hatte sie sich beschwert, »was soll das sein? Es sieht aus wie ein Albtraum. Ich will so etwas hier nicht haben!« Als Cosenza ein Bild, das ihm besonders am Herzen lag, wieder aufhängen wollte, hatte sie nur verärgert die Lippen aufeinandergepresst. »Nach meinem Tod kannst du aufhängen, was du willst, aber solange ich hier oben bin, will ich so etwas nicht sehen!«, hatte sie sich ereifert. An einer Wand hingen nun Familienfotos. Vergilbte Erinnerungen an Italien. Cosenza kannte nicht einmal alle Familienmitglieder, die dort zu sehen waren. Unter ihnen auch ein Priester, der ernst einen Weihrauchkessel schwenkte. Daneben das Hochzeitsfoto der Eltern. Steif und ernst sahen sie aus. Fotos von ihm und seiner Schwester zur heiligen Kommunion. Die Enkelkinder, Giorgio in einem roten Plastikauto, und das Foto, das seine Eltern an ihrem 50. Hochzeitstag zeigte. Und ein spätes Foto seines Vaters. Der Gedanke an seinen Vater, der Geschmack des Nussweins und die altmodische Familienatmosphäre führten dazu, dass er sich in eine andere Zeit versetzt fühlte. Er nippte an dem likörartigen Wein, der aus unreifen Walnüssen mit Rotwein angesetzt wurde.

»Hast du keinen neuen Wein angesetzt?«, fragte er.

»Nicht dieses Jahr«, sagte sie. »Es war schon so früh so heiß und trocken. Als ich im Juni kam, waren die Nüsse schon zu reif, ich habe den Moment verpasst.«

Er nickte. Er kannte die Gepflogenheiten. Die unreifen Walnüsse mussten am Johannistag vom Baum geschlagen werden.

»An St. Jean muss man sie vom Baum schlagen«, sagte wie erwartet seine Mutter. »Aber sie müssen noch grün sein! Letztes Jahr habe ich fünf Liter angesetzt, aber der Wein ist noch zu jung.«

Nicki wehte herein in einem kurzen cremefarbenen Leinenkleid, das sie vermutlich für sehr rustikal hielt, setzte sich auf die Lehne seines Sessels, schlug die schlanken, gebräunten Beine übereinander und kraulte ihm zärtlich das Haar. »Was trinkt ihr?«

»Hausgemachter Apéro, möchtest du probieren?«

Sie nippte, verzog das Gesicht und gab ihm das Glas zurück. »Was ist *das* denn?«

»Das ist *Vin de noix,* eine Spezialität der Gegend. Dieser hier ist noch von meinem Vater. Er ist ausgezeichnet.«

»Aha«, machte sie ohne große Begeisterung.

Madame Cosenza sah es missbilligend. »Gut«, sagte sie, »dann können wir ja jetzt essen. Holst du vielleicht einen Wein aus dem Keller, Luigi?«

Cosenza erhob sich und kam wenig später mit einer leicht angestaubten Flasche *Barbera d'Alba* wieder. »Ich hoffe, die ist noch gut«, murmelte er, als er sie entkorkte, und goss sich einen Probeschluck ein. *»Oh, là, là«,* rief er aus, nachdem er ihn gekostet hatte. »*Das* ist ein Wein, den *müssen* wir trinken!«

Madame Cosenza tischte zunächst marinierte Zucchini, Paprika und Auberginen auf. Das Gemüse stammte sämtlich aus dem Garten, wie sie stolz betonte. Zum Kaninchenragout in Tomatensoße reichte sie Polenta.

Die Konversation während des Essens war etwas schleppend. Cosenza bemühte sich redlich, das Essen zu loben, nicht nur um seiner Mutter zu gefallen, denn es war wirklich köstlich.

»Dann greif nur zu, mein Junge«, sagte seine Mutter zufrieden.

»Ein kleines Stück noch«, sagte er und ignorierte Nickis strengen Blick, mit dem sie ihn davon abhalten wollte, ein zweites Mal nachzufassen. Er angelte in dem großen gusseisernen Topf nach einem Stück vom Rücken. »Ich habe uns übrigens für das Dorffest angemeldet, alle drei«, sagte er noch mit vollem Mund.

Nicki riss die Augen auf. »Muss das sein?«, fragte sie leise.

»Das ist gut«, antwortete seine Mutter zufrieden. »Du musst dich mal ein bisschen sehen lassen. Man hat mich schon gefragt, ob du das Haus verkaufen willst, weil du gar nicht mehr hier bist.« Während Cosenza noch genüsslich die Knochen abnagte, trug sie bereits eine Schüssel mit Salat herein.

»Gartenfrisch!« Stolz platzierte sie die Schüssel in der Mitte des Tisches und nahm ein altes Holzbrett mit einem runden Laib Schafskäse von der Anrichte, um es ebenfalls auf den Tisch zu stellen. »Und den Käse machen sie hier fast so wie bei uns«, lächelte seine Mutter.

»*Maman,* du lebst seit fast 60 Jahren in Frankreich, weißt du überhaupt noch, wie sie es ›bei uns‹ machen?«, fragte Cosenza.

»Aber natürlich! So etwas vergisst man doch nicht!«, empörte sich seine Mutter.

Nicki, die von allem nur Häppchen gegessen hatte, tupfte sich die Lippen vorsichtig ab und legte das Besteck zusammen. »Es war sehr fein«, sagte sie höflich.

»Sie haben ja gar nichts gegessen«, sagte Madame Cosenza missmutig.

»Aber doch«, empörte sich Nicki. »Nur, ich kann nicht so viel essen, wirklich, und bei dieser Hitze! Und wenn wir heute Abend noch einmal essen gehen …«

»Ach was«, winkte Madame Cosenza ab. »Es gibt nur wieder so eine pappige Paella, die sie in einer riesigen Pfanne kochen. Das ist ja kein wirkliches Essen.« Sie setzte klappernd die Teller aufeinander und trug sie in die Küche und kam mit einer großen Platte voller großer schwarzer und kleiner grüner Feigen wieder. »Ein paar Feigen nehmen Sie aber noch«, erklärte sie mit Bestimmtheit und schob die Platte zu Nicki, die sich seufzend je eine Feige auswählte.

»Oh!«, sagte sie überrascht, als sie die kleine grüne Feige gekostet hatte.

»Das sind die *trompe cassaire*«, sagte Madame Cosenza mit rollendem R. »Das ist provenzalisch für *trompe chasseur,* sie täuschen die Jäger. Sie sehen unscheinbar aus, man sieht sie gar nicht in den grünen Blättern, aber sie sind *delicioso!*«

»Caffè?«, bot sie dann an.

»Nicht für mich«, lehnte Nicki erschöpft ab, aber Cosenza nickte. Seine Mutter hatte ihren Espressokaffee von einem italienischen Händler und kochte ihn wie früher in einer kleinen Schraubkaffeekanne auf dem Gasherd.

»Möchten Sie vielleicht lieber einen Limoncello?« Madame Cosenza stellte eine beinahe gefrorene Flasche mit gelblicher Flüssigkeit auf den Tisch und holte drei kleine Gläschen aus dem Schrank.

»*Allez* Nicki, einen Limoncello nimmst du«, Cosenza goss energisch jedem ein Schlückchen von dem Zitronenlikör ein. Sie stießen an und tranken.

»Oh!«, Nicki hustete. »Der ist stark!«

»Allerdings«, sagte Madame Cosenza stolz.

»Was war das fein!« Cosenza lehnte sich im Stuhl zurück und unterdrückte ein Rülpsen. »Jetzt eine *sieste.* Was meinst du, Nicki.« Er tätschelte ihre Hand.

»Vielleicht sollte ich erst deiner Mutter etwas in der Küche helfen«, schlug sie halbherzig vor.

»Ach was«, wehrte Madame Cosenza ab. »Ruht euch nur aus, ich werde hier im Sessel ein bisschen die Augen zumachen, und das Geschirr spülen wir später.«

Nicki lag bereits vollkommen nackt auf dem Bett. Das alte Bettgestell knarzte, als er sich neben sie legte. Beide schwiegen. Es war still im Haus. Auch aus dem Dorf drang nicht das geringste Geräusch bis hierher. Nur die Zikaden zirpten unablässig in der Schirmpinie, und das Wasser plätscherte in das Becken des kleinen Brunnens hinter dem Haus.

Er küsste sie in die Halsbeuge und leckte kurz an ihren Brüsten, doch dann schob er sich direkt auf sie. »Deine Mutter könnte uns hören«, wehrte Nicki noch ab. »Und wenn schon«, knurrte er und drang in sie ein. Erschrocken keuchte sie auf über die Härte und Aggressivität, mit der er sich in ihr bewegte. Er atmete schwer und biss die Zähne zusammen, damit er sie nicht beschimpfte. *Salope,* dachte er bei jedem Stoß, kleines Drecksstück, ich werd's dir geben. Bei jedem Stoß schrie sie kurz auf, was ihn noch mehr erregte. »Ich mach dir ein Kind«, keuchte er endlich und ergoss sich in ihr. Louis Cosenza rollte sich zufrieden auf den Rücken. Er atmete schwer. Dann begann er zu schnarchen.

»Ja«, meldete sich Duval schroff am Telefon.

»Léon, ich bin's, *ça va?*«

»Annie«, er atmete aus, und seine Stimme wurde weicher. »*Ça va.* Hast du etwas herausgefunden?«

»Ja, hast du einen Moment?«

»Leg los.«

»Gut, also, Yachten sind ein teures Spielzeug, da sind wir uns einig, oder?«

»Mhm«, brummte Duval zustimmend.

»Teures Spielzeug von Reichen und Superreichen.«

»Mhm«, machte Duval erneut.

»Wofür sind Reiche und Superreiche bekannt?«

»Annie, was machst du denn da für ein Frage-und-Antwort-Spielchen mit mir. Was weiß ich, schwarze Konten im Ausland?«

»Genau. Konten in Steuerparadiesen wie Monaco, Liechtenstein oder in der Schweiz, was ich aber hören wollte, war ›Off-Shore-Gesellschaften‹. Du weißt, wie die funktionieren?«

»Das ist ein ausgeklügeltes Geldverschiebegeschäft mit Briefkastenfirmen oder?«

»Genau, es geht um Steuervermeidung oder darum, Gewinne in steuerneutrale Staaten abzuführen, aber alles ganz legal, im Rahmen der Legalität des jeweiligen Staates, wo sich diese Briefkastenfirmen befinden. So etwas lohnt sich natürlich nicht für 100 000 Euro, aber sagen wir, für 20 Millionen würde es sich lohnen, sich mit deinem Bankberater darüber auszutauschen. Es wird vor allem dann interessant, wenn man eine teure Immobilie kaufen will oder eine Yacht, um zu unserem Thema zu kommen. Arme kleine Leute wie du und ich, Léon, wir haben keine Wahl, wir kaufen das Haus oder das Boot direkt und zahlen brav die Mehrwertsteuer, weshalb wir auch nur ein kleines Haus oder ein kleines Boot kaufen, wenn überhaupt. Ein Reicher lässt das Boot von der, sagen wir Sunshine AG, seiner Briefkastenfirma auf den Cayman Islands, kaufen, und dort fällt, oh Wunder, keine Mehrwertsteuer an. Bei einem Bötchen, das fünf Millionen kostet, spart man bei derzeit zwanzig Prozent Mehrwertsteuer locker ein Milliönchen ein. Selbst wenn man der Bank für die Erstellung diverser Firmen vielleicht 100 000 Euro, nennen wir es Bearbeitungsgebühren, zahlt, so bleiben immer noch 900 000 Euro übrig, die wir so gespart haben. Schick, was?«, fragte sie, sprach aber direkt weiter. »Damit es nun nicht zu direkt wird, wird das hübsche Boot, das wir gerade von der Sunshine AG haben kaufen lassen, von der, nennen wir sie Freizeit-Kapitän-Leasing AG geleast, und diese Leasingfirma stellt das Boot Herrn X oder Frau Y zur Verfügung. Im Prinzip ist das alles so schön verschachtelt, dass du denen niemals auf die Schliche kommst. Aber das erklärt, warum alle Yachten, die in Cannes oder in Antibes oder in St. Tropez im Hafen liegen, in Südafrika beheimatet sind oder auf Malta oder Jersey. Ich fand das schon immer komisch, jetzt verstehe ich es!«

»Danke, Annie, für diesen kleinen Exkurs, so vage wusste ich das auch schon immer, aber was ich jetzt nur wissen will, ist, wem gehört oder gehörte die Yacht *Omega*? Konntest du das nun rauskriegen oder nicht?«

»Du bist immer so direkt, Léon«, seufzte Annie, »aber siehst du, du wusstest das so vage und ich auch. Und auch diese Yacht *Omega* gehörte nicht Herrn Cosenza in Cannes oder Herrn Sowieso in Antibes, sondern eben einer Off-Shore-Gesellschaft irgendwo in der weiten Welt.«

»Verstehe.«

»Siehst du. Erstaunlicherweise verstehen es die Jungs in der derzeitigen Regierung nicht, sie haben nämlich eine Luxussteuer für Yachten erlassen, weil man ihnen vorgeworfen hat, sie seien zu freundlich zu den Reichen. Jetzt werden also alle französischen Besitzer von Luxusyachten besteuert. Weißt du, wie viele es sind?«

»Du bist heute ein wandelndes Rätsel, Annie, nun sag schon.«

»Einer«, prustete sie, »stell dir das vor! Der einzige arme Kerl, der sein Boot nicht über irgendwelche Off-Shore-Firmen geleast hat, den haben sie drangekriegt. Ganze 8500 Euro hat es in die leeren Kassen der Regierung gespült. Erhofft hatten sie sich Millionen. Unglaublich, oder?«

»Reichlich naiv, das finde ich auch. Kriege ich jetzt meine Information oder nicht?«

»Nein«, sagte Annie, »tut mir leid, ich konnte es nicht rauskriegen. Deswegen habe ich dir das mit diesen Briefkastenfirmen so detailliert erklärt. Dieses ausgeklügelte Geldverschleierungssystem auf hohem Geheimhaltungsniveau, da kommt eine kleine Wald-, Feld- und Wiesenjournalistin mit Sitz in einem popeligen Zweihundert-Seelen-Bergdorf nicht dahinter.«

»Ach«, Duval schnaufte enttäuscht. »Na gut, danke dir trotzdem.«

»Aber«, setzte Annie an, »*ich* habe immerhin rausgefunden, dass die LuxusYacht *Omega* von der italienischen Werft Ferretti gebaut wurde, und sie heißt auch nicht schnöde *Omega,* sondern *Ô-Mega* mit großem O und Accent Circonflexe. Ich weiß allerdings nicht, was diese Schreibweise bedeuten soll, abgesehen von etwas Exzentrik.«

»Oh, Annie, das ist doch schon *ô-mega,* was du da rausgefunden hast!«

»Nicht wahr.«

»Danke dir ...«

»Und«, unterbrach sie ihn, »die kleine Wald-, Feld- und Wiesenjournalistin aus dem Zweihundert-Seelen-Bergdorf kennt ja in der großen weiten Welt doch den einen oder anderen investigativen Kollegen.«

Duval stöhnte auf. »Annie!«

Sie kicherte leise. »Die *Panama Papers,* sagt dir das was?«

»Ein riesiges Datenloch, das einen Haufen Informationen sogenannter Briefkastenfirmen und ihrer Kunden preisgab, so was in der Art?«

»Genau. Mossack Fonseca heißt der Off-Shore-Dienstleister mit Sitz in Panama. Ein sogenannter Whistleblower hat das Datenloch entdeckt und zunächst an einen deutschen Journalisten einer deutschen Zeitung geschickt. Später hat ein internationales Konsortium von über 300 Journalisten all die Daten und Dokumente ausgewertet. Die haben mindestens genauso geheim gearbeitet wie das System selbst. Bei den Dokumenten handelt es sich um Millionen von E-Mails, Briefen, Faxnachrichten, Gründungsurkunden, Kreditverträgen, Rechnungen und Bankauszügen aus über vierzig Jahren. Es ging da um Strategien der Steuervermeidung, um Geldwäsche und um andere Delikte, legal natürlich, dank dieser Briefkastenfirmen in Steueroasen. Seitdem das veröffentlicht wurde, gibt es in zahlreichen Ländern Ermittlungen gegen Politiker und Prominente. U-und«, sagte sie langgezogen, »stell dir vor, ich kenne einen von den über 300 investigativen Journalisten, der bei der Datensichtung beteiligt war, ein Kollege von *Le Monde*.«

»Oh, wie schön ist Panama«, sagte Duval.

»Was?«

»Das ist ein Kinderbuch, das Lilly eine Zeitlang sehr liebte. Ein Bär und ein Tiger, die sich aufmachen, um nach Panama zu reisen, das Land ihrer Träume, wo alles schöner und besser sein sollte.«

»Und, ist es?«

»Sie kommen nicht so richtig weit, verlaufen sich und kommen irgendwann an einen Ort, der ihnen paradiesisch vorkommt, sie glauben es ist Panama, und dort bleiben sie, es ist aber ihr altes Zuhause. Merken sie aber nicht. Dort sind sie dann glücklich.«

»Wie nett.«

»Ja, sehr. War ein Zufallstreffer, erst mochte Lilly die gekritzelten Zeichnungen nicht so, aber die Geschichte hat ihr gefallen. Und jetzt also spuckst du es aus, Annie?! Hat dein Kollege Cosenza darin gefunden?«

»O.k., Léon, wenn du so fragst, dann muss ich dir sagen nein. Nein, der Name von Louis Cosenza taucht in den *Panama Papers* nicht auf.«

»Ich hoffe, es gibt noch ein Aber ...«

»Gibt es. Es gibt einen frühen Mail-Schriftverkehr der HSBC in Monaco mit Mossack Fonseca, in dem der Name einer Cannoiser Gesellschaft, SA Riviera, auftaucht. Die Luxusyacht *Ô-Mega,* die eine panamaische Fantasiefirma erworben hat und die von einer maltesischen Boot-Charter-Firma in Malta angemeldet wurde, wurde von der SA Riviera genutzt, und zwar von Mai 1995 bis September 1996. Und weißt du, wer hinter der SA Riviera steckt?«

»Cosenza«, stöhnte Duval

»Na ja, nicht so direkt. Das Palm Beach Casino.«

»Also doch Cosenza«, sagte Duval. »Endlich.«

»Ich wäre vorsichtig. Cosenza kann das wieder seinem toten Schwager in die Schuhe schieben, wie er das schon mal gemacht hat, du erinnerst dich?!«

Natürlich erinnerte sich Duval. Sie hatten Cosenza damals verdächtigt, der Drahtzieher eines Immobiliendeals zu sein, der die Erbin eines Hotels zunächst manipuliert und sie in der Folge hatte verschwinden lassen. Man hatte die junge Frau damals tot im Lac de St. Cassien entdeckt. Jemand hatte sie mit Draht an einen Stein angebunden. Der restliche Draht einschließlich des passenden Werkzeugs wurde im Auto von Cosenzas Schwager gefunden, der letztlich bei einer Verfolgungsjagd auf der Autobahn ums Leben gekommen war. Die Waffen und Drogen, die man bei einer Hausdurchsuchung im Palm Beach Casino und im Privathaus von Louis Cosenza gefunden hatte, hatte Cosenza kurzerhand ebenso dem Schwager untergeschoben.

»Der, der vermutlich hätte bezeugen könne, dass es Cosenza war, den habt ihr tot aus dem Hafenbecken gefischt. Was ist eigentlich dabei rausgekommen?«

»Ich weiß nicht«, seufzte Duval. »Ich befürchte, nicht viel. Ich höre mich mal um.«

Cosenza erwachte und tastete nach Nicki. Aber das Bett war leer. Mühsam öffnete er die Augen und suchte seine Armbanduhr: zehn vor fünf. Er hatte geschlafen wie ein Stein. Gähnend fuhr er sich durch die Haare und stutzte. Von unten hörte er Stimmen. Eine Männerstimme. Giorgio? Nein, es war nicht Giorgio. Mit wem sprach Nicki? Eine Welle von Eifersucht durchfuhr ihn. Er fuhr in seine Hose und warf sich sein Hemd über, das er zuknöpfte, während er die Treppe hinablief.

»Und dann habe ich meine Freundin Michelle am nächsten Morgen angerufen und gebeten nachzusehen ...«, hörte er Nicki sagen. Brüsk öffnete er die Tür und starrte ungläubig auf den Mann, der mit Nicki im Gespräch war.

»*Bonsoir,* Monsieur Cosenza«, begrüßte ihn Duval, »kommen Sie ruhig dazu, ich unterhalte mich gerade mit Ihrer reizenden, jungen Frau.«

»Das sehe ich«, knurrte Cosenza. »Herrgott, lassen Sie einen nie in Ruhe? Es ist Wochenende immerhin. Und Sie haben uns mitten in der *sieste* erwischt«, sagte er vorwurfsvoll.

»Ja«, seufzte Duval, »es ist Wochenende, ich wäre auch lieber woanders, aber ich habe einen Fall zu lösen, verstehen Sie? Es tut mir leid, wenn ich Sie in Ihrem Mittagsschlaf gestört habe, aber ich wollte sowieso zunächst mit Ihrer Frau sprechen. Und sie war bereits hier, als ich kam«, gab Duval zurück.

Cosenza sah von Duval zu Nicki. Sie wirkte ernst, aber auch nervös und mied seinen Blick.

»Aber wenn Sie schon da sind, Monsieur Cosenza, dann können Sie mir auch erklären, warum Sie mich neulich angelogen haben?« Duval machte keine langen Umschweife.

»Wie?«, fragte Cosenza ruppig. »Ich habe Sie nicht angelogen. Ich war mehr als kooperativ, ich habe Sie zu meinem Sohn begleitet. Aber ich bitte Sie, davon weiß hier noch niemand etwas, es ist auch nicht nötig ...« Er blickte sich nach seiner Mutter um. Sie war nicht zu sehen.

»Es geht nicht um Ihren Sohn, Monsieur Cosenza, und das wissen Sie auch«, unterbrach Duval. »Als ich kürzlich bei Ihnen war, haben Sie mir erzählt, Ihre Frau sei hier oben. Sie taten das, um zu verhindern, dass ich mit ihr spreche, nicht wahr?!«

»Nein!«, rief Nicki laut dazwischen. »Nein, bitte!«

»Weil«, setzte Duval ungerührt fort, »weil Sie ganz genau wussten ...«

»Ich bitte Sie«, flehte Nicki.

»Dass Ihre Frau eine Affäre mit Raphaël Picot hatte.« Duval war unerbittlich.

Nicki stieß einen Schrei aus und schlug sich die Hände vors Gesicht.

»Sie wussten es!«, wiederholte Duval zu Cosenza gewandt.

»Nicki!«, rief Cosenza aufgebracht. »Nicki, sag, dass das nicht wahr ist! Nicki!«

Nicki wimmerte hinter ihren Händen wie ein kleines Mädchen.

»Nicki!« Cosenza näherte sich ihr und fasste sie an den Ellbogen. »Nicki! Sag doch was! Sag, dass das nicht wahr ist, mein Herz!«

Sie schluchzte auf. »Verzeih mir Louis, verzeih mir.«

»Es ist also wahr?«

Sie nickte leicht mit dem Kopf.

Er ließ sie abrupt los. »Geh nach oben«, sagte er kalt und autoritär und stieß sie Richtung Tür. »Geh nach oben, wir reden später darüber.«

Sie stolperte schluchzend die Treppe hinauf, und er schloss hart die Tür hinter ihr. »Bravo!«, wandte er sich zornig an Duval. »Saubere Arbeit!«

»Machen Sie die Tür wieder auf.« Duvals Ton war so entschieden, dass Cosenza ohne Widerrede gehorchte.

»Sie wussten es wirklich nicht?« Duval sah Cosenza prüfend an.

»Ich habe es gerade erfahren. Durch Sie. Herzlichen Dank.«

»Das tut mir leid«, sagte Duval ohne große Gefühlsregung, »aber wenn Sie mich neulich nicht angelogen hätten ...«

»Es ging ihr nicht gut neulich. Sie sah elend aus und hatte Migräne. Jetzt weiß ich auch warum«, sagte Cosenza aggressiv. »Als sie mir sagte, sie könne niemanden sehen, habe ich versucht, das zu arrangieren, aber wir waren uns ohnehin bereits einig, dass sie nach St. Cézaire fahren würde, insofern habe ich ihre Abfahrt nur etwas vorverlegt. Hat Ihnen Giorgio das alles erzählt?«

»In gewisser Weise.«

»Sie haben ihn dazu gebracht. Ihr *flics,* ihr habt aus meinem Sohn einen Denunzianten gemacht.«

»Werden Sie nicht pathetisch, Monsieur Cosenza, das steht Ihnen nicht. Gar nichts haben wir mit Ihrem Sohn gemacht. Ich habe ihn ein bisschen befragt, das ist alles. Ich habe ihm nicht mal was angehängt wegen seines, sagen wir, nächtlichen Nebenjobs. Und er ist als freier Mann gegangen.«

»Seitdem ist er verschwunden! Was haben Sie als Gegenleistung bekommen? Bei Ihnen ist doch nichts umsonst!«

»Hören Sie auf, Monsieur Cosenza. Ich habe Sie mit einer unangenehmen Wahrheit konfrontiert, das tut mir leid. Früher oder später hätten Sie es so oder so erfahren, davon bin ich überzeugt. Ich habe eine Ermittlung zu führen. Ein Mann ist tot. Verstehen Sie?«

»Ja, aber er hat sich doch umgebracht. Das haben Sie mir doch selbst erzählt, oder irre ich mich? Sie meinen, er hat sich wegen meiner Frau umgebracht?«

»*Das* genau würde ich gerne noch mit Ihrer Frau besprechen, Monsieur Cosenza.«

»Na, aber ich habe schon auch ein Recht, informiert zu werden, oder?«, rief er theatralisch. »Mich betrifft es ja auch. Vielleicht wollte sie sich von ihm trennen? Sie wollte ihn vielleicht nicht mehr sehen?« Seine Stimme zitterte dramatisch.

»Möglich«, stimmte Duval zu. »Oder er wollte sie nicht

mehr sehen. Es gibt einen Abschiedsbrief«, sagte er langsam.

»Na sehen Sie!«

Duval zuckte nur mit den Schultern.

»Kann ich ihn sehen?«

»Wozu?«, fragte Duval.

»Einfach so. Vielleicht hilft es mir, die Situation zu verstehen.«

Langsam entfaltete Duval einen Zettel und reicht ihn Cosenza. »Es ist eine Fotokopie.«

»Natürlich«, sagte Cosenza und griff danach. Seine Hände zitterten, als er den ihm nur zu bekannten Text las. »Das ist Blut?«, fragte er und zeigte auf die dunklen Flecken auf dem Papier.

»Das ist eine Fotokopie«, wiederholte Duval und ließ Cosenza nicht aus den Augen, »aber die dunklen Flecken auf dem Original stammen tatsächlich vom Blut des Toten.«

»Aha«, sagte Cosenza und las langsam den Brief und sah erneut die Szene mit Raphaël Picot vor sich. Er hörte das Telefon zweimal klingeln, sah die schreckgeweiteten Augen des jungen Mannes, als er ihm die Pistole auf die Brust drückte, er erinnerte sich sogar an das ekelhaft gegelte Haar des Mannes und schüttelte sich kurz. Dann sah er auf und direkt in Duvals Augen. Für einen Moment glaubte er, dass der Commissaire in seinen Gedanken las. Er reichte ihm den Brief zurück. »Es berührt mich mehr, als ich dachte«, bemühte er sich den schockierten gehörnten Ehemann zu spielen.

»Ich sehe das«, sagte Duval. »Wo waren Sie eigentlich an diesem Nachmittag?«

»Zu Hause. Ich habe auf Nicki gewartet, die ihren Ring suchte ... bei ihrer Freundin. Das glaubte ich damals zumindest.«

»Der dann aber doch ganz überraschend bei Ihnen zu Hause war«, unterbrach Duval. »Eigenartig, nicht?«

»Ich weiß nicht, was daran eigenartig ist. Nicki ist ein wenig nachlässig mit manchen Dingen. Sie verlegt Sachen. Schlüssel suchen wir regelmäßig. Und Sonnenbrillen.« Er verzog amüsiert-spöttisch das Gesicht. »Und ihren Schmuck. Hin und wieder.«

»Wie war das also mit dem Ring?«

»Was meinen Sie?«

»Wie hat sich das abgespielt an diesem Nachmittag?«

»Meine Frau glaubte, den Ring bei ...«, er stockte, »bei ›ihrer Freundin‹«, er betonte die Worte ironisch, »vergessen zu haben, und fuhr noch einmal los, um ihn zu holen.«

»Und?«

»Ich habe ihn dann zufällig gefunden. Unter dem Sofa. Ich vermute, er ist dort hingerollt, als sie ihre Tasche ausgeleert hat, um ihn zu suchen.«

»Sie konnte ihn dort versteckt haben.«

»Wozu?«, fragte Cosenza verblüfft.

»Um einen Grund zu haben, noch einmal wegzufahren.«

»Ach so?«

»Was haben Sie in der Zeit gemacht, Monsieur Cosenza?«

»Ich?«

»Ja Sie.«

»Lassen Sie mich überlegen«, sagte er und überlegte fieberhaft. »Nichts Besonderes«, antwortete er dann. »Ich war zu Hause.«

»Kann das jemand bezeugen?«

»Na, also das ...« Cosenza zuckte mit den Schultern.

»Warum haben Sie Ihre Frau nicht angerufen, um ihr zu sagen, dass Sie den Ring gefunden haben?«

»Wissen Sie, Commissaire«, gab sich Cosenza jetzt vertraulich, »ganz ehrlich, ich habe mich geärgert, dass sie den Ring verlegt hatte. Es war mein Geschenk zum dritten Hochzeitstag. Ich dachte, das tut ihr gut, ihn ein bisschen zu suchen.«

»Verstehe«, sagte Duval. »Er war sicher teuer?«

»Allerdings!«

»Ist Ihnen denn etwas Besonderes aufgefallen, als sie wieder zurückkam?«

Cosenza schnaufte. »Nein, abgesehen davon, dass sie ziemlich aufgelöst war, weil sie eine Autopanne gehabt hatte. Ach, jetzt fällt es mir auch wieder ein!« Cosenza schlug sich mit der Hand an die Stirn. »Ich habe telefoniert. Nicki konnte mich nicht erreichen. Ich habe mich mit einem Freund am Telefon festgequatscht. Alain Moreau. Das können Sie überprüfen.«

»Das werden wir«, sagte Duval. »Erzählen Sie mir von der Autopanne. Was war da passiert?«

»Ein Problem mit dem Benzinschlauch, das sagte mir zumindest der Mechaniker in der Werkstatt.«

»Ah, mit dem Benzinschlauch«, wiederholte Duval.

»Jetzt ist es aber gut, Commissaire«, ereiferte sich Cosenza.

»Wann es gut ist, das entscheide schon ich, Monsieur Cosenza«, gab Duval zurück. »Aber tatsächlich würde ich jetzt gerne Ihre Frau sprechen.«

»Meine Frau hat doch von Seiten der Justiz nichts zu befürchten, selbst wenn sie der Anlass für diesen tragischen Selbstmord war, nicht wahr?«

»Ich möchte zunächst nur ihre Zeugenaussage, das ist alles.«

»Gut. Dann hole ich Ihnen Nicki.« Cosenza näherte sich

der Tür. Er wandte sich noch einmal um: »Meine Mutter müssen Sie darüber nicht informieren, bitte!«

Als habe Madame Cosenza auf das Stichwort gewartet, kam sie von draußen herein. *»Bonjour Monsieur«,* begrüßte sie Duval und wandte sich an ihren Sohn. »Bleibt dein Gast über Nacht, Luigi? Soll ich ein Bett in einem der Zimmer beziehen?«

»Nein, *Maman,* keinesfalls. Der Herr ist kein Gast, und er wird bald wieder gehen!«

»Wenn du ihm trotzdem etwas anbieten möchtest ...«

»Herrgott, *Maman,* nein!« Cosenza reagierte heftiger, als er wollte. »Entschuldige, *Maman*«, sagte er ruhiger. »Ist Nicki noch oben?«

»Nicole?«, fragte sie verwundert. »Aber die ist gerade weggefahren.«

»Sie ist WAS?« Cosenza erschrak und rannte nach draußen.

Auch Duval war wütend. »Wie zum Teufel ...?« Er verstand es nicht, die Tür zum Flur stand doch offen, er hätte sie sehen müssen. »Ist sie aus dem Fenster geklettert?«

»Sie ist über die Hintertreppe gegangen«, erklärte Madame Cosenza. »Ich fand es auch befremdlich, aber was geht es mich an, nicht wahr?«

»Eine Hintertreppe!« Duval stöhnte auf. »Haben Sie hier eine Hintertreppe!?«

»Sie führt in den Garten. Früher war dort die Toilette, verstehen Sie?«

»Ja, nein, herrje.« Beinahe hätte er mit dem Fuß aufgestampft.

»Sie ist weg!« Cosenza wirkte aufgelöst, als er wieder in den Raum trat. »Ich werde ihr hinterherfahren!«, entschied er und griff nach dem Autoschlüssel, der auf der Kommode lag. »Sie haben ja wohl nichts dagegen?!«

Duval winkte ab. »Ist gut, ich werde auch gehen. *Au revoir* Madame, verzeihen Sie die Störung!«, wandte er sich an Madame Cosenza, die die Hände zum Himmel hob. »Was ist denn nur los?«, rief sie. »Dieses Kommen und Gehen. Ich verstehe gar nichts mehr!« Dann fiel ihr etwas ein: »Und das Fest! Luigi! Was ist mit dem Fest?!« Sie lief ihrem Sohn hinterher. Aber Cosenza hatte schon den Wagen gestartet und hörte sie nicht mehr.

»Ich weiß nicht, was ich mit Ihnen machen soll, Duval. Ich dachte, ich hätte Ihnen schon deutlich gemacht, dass ich Ihre Alleingänge nicht schätze. Was haben Sie sich denn dabei gedacht?«, fragte Richter Dussolier grimmig. »Sie stolpern mal eben bei Cosenza rein? Preschen alleine vor, wie ein Cowboy, und schießen wild in alle Richtungen? Das ist schon das dritte Mal, Duval, sind Sie eigentlich von allen guten Geistern verlassen? Unterschätzen Sie Cosenza nicht, wie oft soll ich Ihnen das noch sagen? Der wird sich wehren, wenn Sie ihm zu nahe kommen! Sie sind doch *flic,* Duval. Sie wissen doch, zu was er fähig ist. Hat Cosenza Ihnen den Unfall seiner Frau noch nicht angelastet?«

Duval ließ die Standpauke schweigend über sich ergehen.

»Und hören Sie schon auf, sich zu entschuldigen«, sagte der Richter schließlich in sarkastischem Ton, als Duval immer noch nichts sagte. »Nun«, begann der Richter, »was machen wir denn jetzt mit dieser Situation? Lassen Sie uns mal überlegen.« Er schwieg lange, und schmatzte nur mehrfach mit seiner Zahnprothese, während er nachdachte. »Wie geht es der jungen Frau Cosenza denn jetzt?«, fragte er endlich. »Ist sie noch im Krankenhaus?«

Duval nickte.

»Ist sie vernehmungsfähig?«

»Im Moment nicht. Sie ist noch immer bewusstlos.«

»Und wo ist Cosenza jetzt?«

»Ebenso im Krankenhaus. Er ist ihr wohl nicht von der Seite gewichen.«

»Soso«, machte der Richter, »er hängt wirklich an ihr.«

Duval nickte zustimmend, und der Richter verfiel erneut in schweigsames Nachdenken, nur unterbrochen von einem gelegentlichen Schmatzen, wenn er mit der Zunge die Zahnprothese bewegte. »Gut«, sagte er dann abschließend, »dann versuchen wir es gleich morgen Vormittag. Ich habe da eine Idee, Duval ...«

Das nüchtern eingerichtete Zimmer war in einem blassen Orange gehalten. Vor dem Fenster im dritten Stock sah man in grüne Baumwipfel. In einem weißen Bett lag Nicki und schlief. Eine unförmige weiße Halskrause ließ sie trotz der Bräune blass aussehen. Ihr Gesicht war verschrammt, auf ihrer Stirn hielten kleine Pflasterstreifen einen Schnitt zusammen. An der Wand hing ein großer Flachbildschirm, auf dem eine Dokumentation über die Lavendelernte tonlos ablief. Cosenza starrte darauf, seine Augen aber schlossen sich von alleine, und sein Kopf sackte auf die Brust. Erschrocken fuhr er wieder hoch. Er wollte nicht schlafen. Den Moment, wenn Nicki erwachte, wollte er nicht verpassen, aber nach einer schlaflosen Nacht übermannte ihn die

Müdigkeit. Was für ein Albtraum. Ab dem Moment, wo er den Notarzt verständigt hatte, hatte er sie nicht mehr verlassen, im Notarztwagen hatte er ihre Hand gehalten, hatte sie es gespürt? Sie war ohne Bewusstsein. Nicki. Seine Nicki. War das die Strafe? Madonna, hatte er gebetet, bitte lass sie mir! Das Krankenhaus war überfüllt. Zu viele Motorrad- und Autounfälle gab es im Sommer. Vielleicht war die neue Geschwindigkeitsbegrenzung auf Landstraßen statistisch ein Erfolg, hier im Krankenhaus spürte man momentan nichts von einem Rückgang der Unfälle. Stundenlang hatte man sie im Flur der Intensivstation flach auf einer Bahre liegen lassen, ihr Leben war nicht in Gefahr gewesen, aber es war unklar, ob die Wirbelsäule verletzt war. Nun lag sie hier in diesem Zimmer, und außer ein paar Schrammen schien sie wundersamerweise nicht weiter verletzt zu sein. Keine Brüche, keine Komplikationen. Im Stillen dankte er der Madonna und versprach ihr, etwas Gutes zu tun. Einen Scheck für die Église Notre Dame d'Ésperance vielleicht. Oder gar eine Votivtafel? Er hatte eine Schwäche für diese Dinge und liebte die den Seefahrern gewidmete Kirche im Suquet für die silbernen Herzen und marmornen Tafeln mit den Dankesinschriften, die von unbekannten Schicksalen zeugten: »Maria hat geholfen!« Als Kind träumte er sich während der Messe in abenteuerliche Schiffsunglücke und hob den Kopf, um die von der Decke hängenden Schiffe zu betrachten. So lange, bis seine Mutter ihm einen Klaps auf den Kopf gab. »Sei demütig«, zischte sie ihm zu, »senke den Kopf und bete!«

Nicki seufzte leise, und Consenza erwachte aus seinem dämmrigen Zustand.

»*Chérie,* wie geht es dir?« Er erhob sich aus seinem Sessel.

»Du bist da, Louis?«, fragte sie mit leisem Stimmchen.

»*Oui, ma Chérie,* ich bin da. Ich war die ganze Nacht da.« Er trat an ihr Bett.

Sie tastete nach seiner Hand, und als er sie drückte, schluchzte sie auf. Dicke Tränen liefen ihr über die Wangen. »Ich schäme mich so, Louis, verzeih mir!«

»Alles wird gut, mein Herz, alles wird gut!«, Cosenza drückte ihr einen sanften Kuss auf die Stirn.

»Oh Entschuldigung!« Die Krankenschwester kam mit forschem Schritt herein, legte ein Plastikschächtelchen mit zwei Tabletten auf den Nachttisch und wechselte den Infusionsbeutel. »Die junge Frau ist aufgewacht. Wunderbar. Da freut sich aber jemand«, scherzte sie Richtung Cosenza und plauderte munter weiter. »Wie geht es Ihnen? Schmerzen? Die Tabletten nehmen Sie, wenn die Schmerzen zu stark werden!«

»Wann kann ich meine Frau wieder nach Hause holen?«, fragte Cosenza.

»Also das kann ich Ihnen nicht sagen, da müssen Sie den Arzt fragen. Es sind übrigens noch andere Besucher draußen, ich habe ihnen gesagt, dass sie warten sollen. Einer nach dem anderen, nicht alle auf einmal, nicht wahr, wir sollten Ihre Frau nicht zu sehr anstrengen. Fünf Minuten gebe ich Ihnen noch.«

»Andere Besucher?«, fragte Nicki überrascht.

Cosenza zuckte die Schultern. »Ich weiß, dass der Commissaire dich sprechen will, aber er wird dich nicht zu lang quälen, dafür sorge ich schon.«

»Muss das sein?«

»Nickilein, das hast du dir ein bisschen selbst zuzuschreiben, wenn du gestern nicht davongerast wärst wie eine Verrückte ...«

»Oh, sprich nicht mehr davon, Louis, mir ist das alles so unangenehm. Wirklich, ich schäme mich so für alles.«

»Nicki, hör mir zu, du erzählst dem *flic* alles genauso wie es war ...«

»Aber sicher«, unterbrach sie ihn.

»Gut, gut, dann wird alles gut. Ich fahre jetzt nach Hause, werde unterwegs einen Happen essen, duschen, vielleicht schlafe ich einen Moment, und ich komme später am Nachmittag wieder. Wenn irgendwas ist, rufst du mich an, ja?«

Sie nickte.

»Und wenn du hier rauskommst und wenn das alles zu Ende ist, dann fahren wir zusammen irgendwohin, wohin du willst und nur du und ich, ja?«

»Du bist so gut, Louis«, seufzte sie voller Dankbarkeit, »wie kann ich ...«

»*Psst!*«, machte er. »Lass uns nicht mehr davon sprechen. Nie mehr. Das ist vorbei.«

Sie drückte seine Hand, und er beugte sich über sie, um sie erneut auf die Stirn zu küssen, und stieß mit seinem massigen Körper an das Bett. »Autsch«, machte sie.

»Verzeih, *Chérie!*«

»Schon gut, Louis, danke Louis, danke!«

Er verließ Nicki noch vor Ablauf der fünf Minuten, die ihm die Krankenschwester zugestanden hatte. Im Flur stieß er auf Duval und Giorgio, der betreten vor sich hin starrte.

»Giorgio! Wo kommst du denn her? Ich habe dich gesucht, weißt du das?«

»Ich bin vorhin quasi über Ihren Sohn gestolpert«, erklärte Duval. »Er suchte Sie, also habe ich ihn mitgenommen ...«

»Du weißt, was passiert ist?«, wandte Cosenza sich forsch an seinen Sohn.

»Ja, Nicki hatte einen Unfall, hat der *fli* … hat der Commissaire mir gesagt.«

»Ja, es ist meine Schuld, ich hätte …«, begann Cosenza.

»Es ist vor allem ihre eigene Schuld«, unterbrach Duval.

»Na ja«, Cosenza machte eine zerknirschte Miene, »es ist vielleicht auch ein bisschen meine Schuld, sie fürchtete meine Reaktion …«

»Wie geht es ihr? Werdet ihr euch scheiden lassen?«, unterbrach Giorgio hastig.

»Nein«, sagte Cosenza überrascht, denn diese Idee war ihm tatsächlich nie gekommen. »Es geht ihr den Umständen entsprechend, und nein«, bekräftigte er, »nein, nein, wir haben uns ausgesprochen. Wir werden zusammenbleiben.«

Giorgio schnaufte.

»Ich habe Sie meiner Frau angekündigt«, wandte Cosenza sich an Duval.

»Na, wenn das so ist, dann will ich mal …« Duval erhob sich und ließ Vater und Sohn allein.

»Wegen der Spielabende«, begann Giorgio sofort, »und wegen dem, was ich neulich gesagt habe, es tut mir leid, Papa! Ich dachte wirklich, du …«

»Ich weiß, mein Sohn, schon gut. Aber wo hast du die ganze Zeit gesteckt?«

»Ich bin erst so rumgefahren, einfach so. Ich musste weg, und plötzlich war ich in Italien auf der Straße nach Cuneo. Dort habe ich dann in einem Agriturismo am Arsch der Welt übernachtet. Da gab's nicht mal Internet. Aber die waren cool da oben, und so bin ich dort geblieben. Ich wollte nachdenken. Ich dachte, ich kann dir nicht mehr in die Augen sehen, nach allem, was passiert ist.«

Cosenza wollte ihn unterbrechen, aber Giorgio ließ ihn nicht zu Wort kommen. »Ich schäme mich so, Papa!«

Was war nur los? Nicki schämte sich, Giorgio schämte sich. Welches Schicksal verwandelte ihn gerade in eine Art Heiligen, der anderen gnädig vergeben durfte?! Er räusperte sich und gab sich einen Ruck, um sich in dieser gönnerhaften Rolle nicht allzu wohl zu fühlen.

»Schon gut, Giorgio«, brummte er.

»Und das mit den Spielabenden, das ist vorbei, versprochen! Ich werde ab sofort in der Werkstatt arbeiten, ich meine, so richtig, ich denke, wir sollten ein bisschen umstrukturieren, ich habe in Italien mit den Leuten vom Agriturismo gesprochen, coole junge Leute, aber total organisiert, dabei sind mir Ideen gekommen, wie wir neue Kunden bekommen könnten ...«

»Bravo«, Cosenza schlug seinem Sohn hart auf die Schulter, um ihn nicht abzuküssen und um ihm nicht die Tränen in seinen Augen zu zeigen. Am nächsten Sonntag würde er in die Messe gehen. Maria hat geholfen! *Grazie Madonna!*

Nicki sah den Kommissar mit einem kleinen schiefen Lächeln an.

»Da sind Sie ja noch einmal glücklich davongekommen. Was war denn plötzlich los? Wollten Sie sich umbringen?«

»Was?« Sie riss die Augen auf. »Aber nein. Ich weiß nicht, wie es passiert ist.«

»Sie sind auf dieser engen kurvigen Straße viel zu schnell gefahren, und Sie waren nicht angeschnallt. Allem Anschein nach haben Sie die Kontrolle über das Auto verloren. Es ist mit voller Wucht an die Begrenzungsmauer geknallt, und Ihr Wagen hat sich um 180 Grad auf dem engen Sträßchen gedreht. Sie hatten Glück, die Begrenzungsmauer hat das Schlimmste verhindert, denn sonst wären Sie in die Schlucht gerutscht ... ich weiß nicht, ob Sie das überlebt hätten.«

»Mhm«, murmelte sie. »Mir tut trotzdem alles weh.«

»Der Aufprall. Glücklicherweise hat sich der Airbag geöffnet. Ihr Mann ist Ihnen hinterhergefahren und hat sie deshalb sofort gefunden und die Feuerwehr und den Notarzt verständigt, insofern ging alles rasch. Und wie ich erfahren habe, war Ihr Leben nicht in Gefahr, und die Bedenken wegen Ihrer Wirbelsäule haben sich auch zerstreut. Die Kratzer werden auch bald verschwinden.«

Sie griff mit der Hand nach der Halskrause und tastete nach ihrer Stirn. »Ich werde eine Narbe haben. Mitten im Gesicht«, jammerte sie.

»Da kann man doch heute viel machen«, beruhigte sie Duval. »Madame Cosenza«, kam er dann zum Grund seines Besuches, »es tut mir leid, aber ich komme zu meiner Befragung zurück, gestern wurden wir ja unterbrochen, nicht wahr. Zunächst wüsste ich gern, warum Sie über die Hintertreppe heimlich verschwunden sind.«

»Ich habe mich so geschämt«, sagte sie leise. »Ich dachte, ich meine, ich wusste nicht, wie ich Louis jemals wieder in die Augen sehen kann.«

»Hören Sie, Madame Cosenza, ich urteile nicht, das ist eine Sache zwischen Ihnen und Ihrem Mann, und wenn ich es richtig einschätze, dann ist Ihr Mann in erster Linie besorgt um Sie und weniger nachtragend, als Sie vielleicht fürchten. Sie wollten also Ihrem Mann ausweichen und nicht der Befragung?«

»Der Befragung? Nein, es war wegen Louis. Ich hatte Angst.«

»Angst?«

»Ja, Angst vor seiner Reaktion. Louis kann sehr unangenehm werden, wenn er wütend ist.«

»Schlägt er Sie?«

Sie atmete kurz durch. »Nein«, sagte sie dann. »Das nicht. Eben war er auch ganz lieb, aber er hat so eine Art manchmal ...« Sie sprach nicht weiter. »Und na ja, ich wollte vor allem keine Szene vor seiner Mutter. Sie kann mich sowieso nicht leiden, und wenn sie erfahren hätte ...« Sie sprach nicht zu Ende.

»Madame Cosenza, erzählen Sie mir bitte noch einmal, was passiert ist, an dem Tag, an dem Sie Raphaël Picot das letzte Mal gesehen haben.«

»Muss das sein? Wie oft wollen Sie das denn noch hören?«, stöhnte sie auf. »Ich habe Ihnen das doch alles schon erzählt.«

»Erzählen Sie es mir noch mal. Haben Sie sich gestritten? Wollte er sich von Ihnen trennen?«

»Nein! Nein, absolut nicht. Wir haben uns ganz normal verabschiedet.«

»Und kaum sind Sie weg, schreibt er Ihnen diesen Abschiedsbrief. Warum hat er es Ihnen nicht direkt sagen können?«

»Was weiß ich. Es gab keinen Grund, diesen Brief zu schreiben. Wir haben uns normal verabschiedet und nur gesagt, wir lassen ein paar Tage ins Land gehen, bevor wir wieder Kontakt aufnehmen, aus Vorsicht ...«

»Wegen Ihres Mannes.«

Sie nickte.

»Und danach bringt er sich um.«

»Ich verstehe das auch nicht.«

»Wann war das, Madame Cosenza? Um wie viel Uhr haben Sie ihn verlassen?«

»Wirklich, ich weiß es nicht. Gegen sieben vielleicht? Oder halb sieben? Vielleicht auch früher. Ich habe keine Ahnung. Ich weiß nicht mal, wann ich von zu Hause weggefahren bin. Aber ich hatte dann diese Autopanne!«

»Haben Sie eine Idee, wann das war?«

»Nein, wirklich nicht, ich war so aufgeregt, ich stand mitten auf der Schnellstraße. Da waren doch jede Menge Leute, das muss doch jemand wissen.«

»Wir haben leider keinen Zeugen dafür gefunden, Madame Cosenza.«

»Was? Das kann doch nicht wahr sein. All die Leute, die gegafft haben. Und die Männer, die mir geholfen haben, den Wagen von der Kreuzung zu schieben? Oder dieser Tourist?«

»Die haben sich bislang nicht gemeldet.«

Nicki stöhnte auf. »Das Mobiltelefon!«, sagte sie dann, erleichtert, dass ihr das eingefallen war. »Ich habe x-mal versucht, Louis anzurufen.« Sie nahm das Mobiltelefon vom Nachttisch und suchte darin. »Hier!« Sie hielt dem Kommissar das Telefon hin.

Elf Anrufe waren am vergangenen Sonntag zwischen 18.45 Uhr und 19.15 Uhr rausgegangen. Drei Mal an eine Festnetznummer, acht Mal an ein Mobiltelefon. »Das besagt gar nichts, Madame Cosenza.« Duval gab ihr das Telefon zurück. »Das zeigt zwar, dass Sie Ihren Mann angerufen haben, aber Sie könnten es auch inszeniert haben.«

»Aber dann hätte ich doch nicht am nächsten Tag Michelle angerufen, um zu hören, warum Raphaël sich nicht meldet.

Sie ist zu seiner Wohnung gegangen, und sie hat die Polizei dort gesehen und hat mich dann informiert.«

»Ja, das ist alles schön in Szene gesetzt, Madame Cosenza. Ein bisschen zu schön, für meinen Geschmack.«

»Aber so war es!«, sagte sie eindringlich.

»Wissen Sie, die einzige Zeugin, die wir gefunden haben, ist eine Nachbarin, sie hat ausgesagt, dass Sie das Haus im Suquet um Viertel vor acht verlassen haben. Um Viertel vor acht!«

»Um Viertel vor acht?« Nicki Cosenza war irritiert. »Das glaube ich nun doch nicht.« Sie blickte erneut auf ihr Mobiltelefon. »Ich denke, ich bin um halb sieben gegangen«, sagte sie, »danach hatte ich die Autopanne und habe x-mal versucht, Louis anzurufen. Hier! Sehen Sie doch!« Sie hielt ihm erneut das Mobiltelefon hin.

Duval winkte ab. »Die Zeugin ist sehr präzise, wissen Sie. Sie hat Sie wiedererkannt, sagte, dass sie Sie bereits mehrfach gesehen habe.«

»Das verstehe ich nicht. Wer soll das denn sein? Ich habe niemals jemanden dort gesehen! Geschweige denn mit irgendjemandem gesprochen!«

»Das ist die Sorte Nachbarin, die hinter dem geschlossenen Fensterladen sitzt und die Straße beobachtet, weil sie sonst nichts zu tun hat.«

»Und so jemandem glauben Sie?«

»Genau diese Sorte Zeugen ist wichtig. Die wissen alles, was in ihrer Straße passiert, und die sehen alles.«

»Aha.«

»Hören Sie Madame Cosenza, das klingt alles ein bisschen konstruiert, verstehen Sie? Diese Geschichte mit dem verlorenen Ring, der dann doch gar nicht verloren war, und es war plötzlich so dringend, dass Sie noch einmal zu

Raphaël fahren mussten. Irgendetwas Besonderes muss da vorgefallen sein. Was war los? Haben Sie sich gestritten? Wollte er sich von Ihnen trennen? Es lag ein Prospekt der *Corsica Ferries* auf dem Tisch. Gibt es da irgendeinen Zusammenhang?«

»*Corsica Ferries*? Was sollte Raphaël denn in Korsika?«

»Ich dachte, das könnten Sie mir erklären, Madame Cosenza.«

7

»Sind Sie vollkommen verrückt geworden?«, brüllte Louis Cosenza durchs Telefon.

»Beruhigen Sie sich, Monsieur Cosenza«, sagte Duval schon zum dritten Mal.

»Ich beruhige mich, wenn ich meine Frau sehen kann! Wie kommen Sie dazu, sie in dieses Krankenzimmer einzusperren und sie zu isolieren? Sind Sie von allen guten Geistern verlassen?«

»Es ist eine Anordnung des Richters Dussolier. Ihre Frau ist dringend tatverdächtig, Monsieur Cosenza.«

»Was für ein hirnverbrannter Mist! Meine Frau und tatverdächtig! Sie sind doch ... also ...«, Cosenza versagte kurz die Stimme. Nur um mit neuer Kraft anzusetzen: »Ich werde ... Sie werden schon sehen ...«, brüllte er drohend.

»Monsieur Cosenza, lassen Sie uns in aller Ruhe reden«, bat Duval. »Ihrer Frau wird Totschlag im Affekt zur Last gelegt. Sehr wahrscheinlich wollte sich der junge Mann von ihr trennen und schrieb diesen Abschiedsbrief, der ja auch anders gelesen werden kann – ein simpler Trennungsbrief, nicht wahr. Ihre Frau und Raphaël Picot haben sich vermutlich im Streit getrennt. Als sie, unter dem Vorwand, ihren Ring bei ihm vergessen zu haben, noch einmal zurückfuhr, um sich mit ihm auszusprechen, kam sie dazu, als er diesen Brief schrieb, der noch nicht einmal unterschrieben war, ein Wort gab das andere, und sie erschoss ihn mit seiner eigenen Waffe.«

Louis Cosenza konnte nicht glauben, was er da hörte. »Commissaire«, sagte er, um Fassung bemüht, »meine Frau wäre nicht fähig zu so einer Tat, glauben Sie mir das!«

»Monsieur Cosenza, täuschen Sie sich nicht vielleicht etwas in Ihrer Frau? Sie haben auch nicht geglaubt, dass sie Sie betrügen könnte, wenn ich mich nicht irre.«

»Ja aber ...«

»Monsieur Cosenza, ich habe schon so viel gesehen, und Unglaubliches erlebt. Man weiß nie, wozu die Menschen in der Lage sind, bevor es geschieht. Im Guten wie im Bösen, aber jeder zweite Mord geschieht aus Leidenschaft und Eifersucht.«

»Sie kennen meine Frau nicht, Commissaire«, setzte Cosenza an. »Die Autopanne!«, fiel ihm dann ein. »Sie hatte doch diese Autopanne!«

»Angeblich hatte sie eine Autopanne ...«

»Aber es gibt doch Zeugen ... der Mann, der ihr geholfen hatte ...«

»Ist nirgends zu finden, Monsieur Cosenza ... ein schlecht angezogener Tourist, na klar«, seufzte Duval, »die Stadt ist voll davon.«

»Sie haben keinerlei Beweise, dass sie die Tat begangen hat!«

»Alles spricht dafür, dass es so war, Monsieur Cosenza. Das Verhalten Ihrer Frau ist verdächtig. Und es gibt eine Zeugin, die ihre Frau zwanzig vor acht aus dem Haus von Raphaël Picot hat kommen sehen.«

»Wie bitte? Um zwanzig vor acht?« Louis Cosenza überlegte angestrengt. »Was ist das für eine Zeugin?«, fragte er dann aggressiv. »Es war ein Selbstmord, Commissaire! Das haben Sie doch selbst gesagt!«

»Wissen Sie«, sagte Duval, »es geht mich nichts mehr an, der Fall ist jetzt in den Händen des Ermittlungsrichters. Aber was ganz anderes, weil wir gerade so schön am Telefon plaudern«, begann er dann, gegen alle Anweisungen des Richters, »die Yacht *Ô-Mega*, erinnern Sie sich an die?«

Cosenza war ehrlich überrascht. »Die *Ô-Mega?* Worauf wollen Sie hinaus? Die *Ô-Mega* habe ich schon fast vergessen, so lange habe ich sie nicht mehr genutzt. Was hat denn diese Yacht damit zu tun?«

»Ja, sehen Sie«, sagte Duval. »Das ist wirklich eine interessante Frage. Wissen Sie, was ich erstaunlich finde, ist, dass der Vater des jungen Mannes, der vermutlich durch die Hand Ihrer Frau ums Leben gekommen ist ...«

»Hören Sie doch auf! Hören Sie auf, solche Lügen zu verbreiten!«, rief Cosenza wütend dazwischen.

»Lassen Sie mich ausreden, Monsieur Cosenza, ich wollte sagen, dass der Vater ebenso tragisch ums Leben gekommen ist.« Duval machte eine kleine Pause. »Pierre Picot, erinnern Sie sich?«

»Pierre Picot, Pierre Picot«, raunzte Cosenza, »nie gehört.«

»Erstaunlich, Sie kommen doch ursprünglich aus dem Suquet. Da kennt man sich doch. Aber vielleicht sind Sie auch schon zu lange weg aus den engen Gassen der Altstadt. Pierre Picot ist, war vielmehr, der Vater von Raphaël Picot. Wollen Sie nicht wissen, wie er ums Leben gekommen ist?«

»Nein, das will ich tatsächlich nicht wissen, Commissaire«, knurrte Cosenza, »aber so wie ich Sie kenne, werden Sie es mir nicht ersparen.«

»Mich immerhin schätzen Sie richtig ein, Monsieur

Cosenza. Pierre Picot war Fischer, und er wurde eines Nachts von einer Yacht buchstäblich über den Haufen gefahren. Sein Boot wurde mittendurch geschnitten und sank in Sekundenschnelle. Pierre Picot geriet in den Sog der Schiffsschrauben und wurde, sagen wir, geschreddert.«

»Oh«, machte Cosenza ohne echte Gefühlsregung. »Bedauerlich.«

»Allerdings.«

»Aber ich wüsste nicht, was ich damit zu tun hätte.«

»Was so unglaublich ist an dieser Geschichte, ist, dass die Yacht nie gefunden wurde, die den armen Pierre umgebracht hat.«

»Ja, nun?!«, machte Cosenza.

»Ich weiß nicht, warum ich so sicher bin, Monsieur Cosenza, dass Sie in dieser Nacht mit der Yacht *Ô-Mega* unterwegs waren und dass es Ihr Skipper Patrick Desforges war, der mit diesem schnellen Boot den Fischer über den Haufen gefahren hat. Patrick Desforges, der mir diese Geschichte kürzlich noch erzählt hat und der gerade im Hafenbecken des Vieux Port tot aufgefunden wurde.«

»Sind meine Frau und ich jetzt die zuständigen Verdächtigen für alle Männer, die tot in und um den alten Hafen gefunden werden? Die Yacht, die ich derzeit nutze, liegt im Port Canto, ich habe am alten Hafen nichts zu tun.«

»Patrick Desforges kannten Sie aber?«

»Patrick«, sagte Cosenza verächtlich, »ja, den kannte ich. Ein Großmaul und ein Säufer. Das war er schon immer, deswegen habe ich mich von ihm getrennt. Ein Skipper, der trinkt, ist nicht tragbar. Wenn er anschließend schmutzige Geschichten erzählt hat, um sich an mir zu rächen, was wollen Sie machen?!«

»Ihn zum Schweigen bringen, vielleicht? War ja leicht,

besoffen wie er jeden Abend war, ein kleiner Schubs ins Wasser und dann dafür sorgen, dass er drinbleibt?!«

»Wissen Sie was, Commissaire, langsam bekomme ich wirklich schlechte Laune. Ich habe diesen versoffenen Typen schon jahrelang nicht mehr gesehen. Ich weiß nicht, was er gemacht hat, seitdem sich unsere Wege getrennt haben. Falls er am Ende seines jämmerlichen Lebens in das Hafenbecken gefallen ist, Pech gehabt. Vielleicht ist er beim Pissen hineingefallen. Säuferschicksal.«

»Und die Yacht *Ô-Mega?*« Unbewusst spürte Duval, dass er aufhören sollte, aber er war wie im Rausch. »Sehr schnelles Geschoss, gebaut von der Ferretti-Werft in Italien, eine Yacht mit einer Doppelhelix und sportlichem Oberflächenantrieb. Damals zumindest war sie, in ihrer Klasse der 19-Meter-Boote, einzigartig im Mittelmeer.«

»Hören Sie Duval, ich mag Sie ja irgendwie«, unterbrach Cosenza plötzlich in gefährlich freundlichem Ton, »vermutlich weil Sie mich gerade so an Ihren Vater erinnern. Wir kannten uns gut, Ihr Vater und ich, wissen Sie?! Eine Zeitlang hatten wir uns aus den Augen verloren, aber alte Freundschaft rostet nicht, oder wie heißt noch dieses Sprichwort?! Ihr Vater war manchmal auch so verbissen. Ich erinnere mich an eine Geschichte, da konnte er auch nicht loslassen. ›Jean, habe ich ihm gesagt, du verrennst dich da in etwas‹, aber er wollte nicht hören. Keine schöne Geschichte übrigens, ziemlich hässlich sogar.« Cosenzas Ton hatte einen gespielt sorgenvollen Ton angenommen. »Besser man lässt so alte Geschichten ruhen, das bringt nur Ärger. Wenn er mich damals nicht gehabt hätte, Ihr Vater, dann wäre es nicht so glimpflich für ihn gelaufen. Immer besser, wenn man gute Freunde hat, nicht wahr Commissaire? Ich hoffe, Sie haben auch gute Freunde?!«

Duval war es heiß geworden. »Lassen Sie doch meinen Vater aus dem Spiel«, sagte er scharf. »Er ist tot und das schon eine Weile.«

»Sehen Sie, Duval, genau das will ich damit sagen. Lassen wir die Toten ruhen. Das ist besser so für alle, glauben Sie mir.«

Drohte ihm dieser Kerl gerade? Duval bemühte sich, seine Erregung zu verbergen. Was war das nur für eine Geschichte mit seinem Vater? Diese Anspielungen hatte Cosenza schon häufiger gemacht.

»*Au revoir* Monsieur Cosenza«, verabschiedete er sich kurz.

»Sicher doch, Commissaire, *au revoir*«, sagte Cosenza.

Unruhig lief Duval in seinem Büro hin und her. Was in drei Teufels Namen hatte sein Vater mit Cosenza zu tun gehabt?! Erneut suchte er den Namen seines Vaters im Polizeisystem und fand, wie schon früher, nichts. Auf gut Glück gab er den Namen seines Vaters bei Google ein, und *Bingo,* mehrere Ergebnisse tauchten auf. Aufgeregt klickte er sich durch die ersten Dokumente und tauchte ein in einen Prozess um das Erbe von Jean Duval, den eine gewisse Marie Bourgeois vor dem Zivilgericht in Paris angestrebt hatte. Ihre Tochter Aimée sei die rechtmäßige Tochter des Jean Duval, gab sie an, auch wenn dies nicht auf der Geburtsurkunde ausgewiesen sei. Duval überflog die Zeilen des altertümlichen Textes. Die Klage von Marie Bourgeois wurde abgewiesen wegen Mangels an Beweisen, dass es sich bei Aimée wirklich um die Tochter von Jean Duval handelte. Es gab keinerlei schriftliche Zeugnisse, dass Jean Duval Aimée als seine Tochter deklariert hatte. Und einen DNA-Test gab es 1775 noch nicht. Denn so alt war die Rechtsprechung, über die er gestolpert war. Ob dieser alte Jean Duval ein Ahne war? Bislang hatte ihn die Genealogie nicht weiter interessiert, also nicht weiter als bis zu den eigenen Urgroßeltern zumindest.

Noch zwei Mal tauchte ein Jean Duval in Gerichtsurteilen auf, beide Stellen stammten aus der »Sammlung zur neuen Rechtsprechung von 1803«.

Der nächste Klick aber zeigte ihm eine Auflistung der Teilnehmer einer Europa-Autorallye. Jean Duval war mit seinem Partner Franck Levèbre in einem BMW 700 gestartet. Die Rallyes. Er hatte schon so lange nicht mehr daran gedacht. Wie oft waren seine Eltern wochenlang unterwegs gewesen und hatten Postkarten nach Hause geschickt von Alpengipfeln oder Hauptstädten. Er hatte diese Zeit bei den Großeltern verbracht, und der Großvater hatte ihn zum Angeln mitgenommen.

»*Maman?*«

»Léon! Wie schön, dass du mal anrufst!«

»*Maman,* ich dachte, ich komme dich mal besuchen, bist du zu Hause heute?«

»Heute? Ist etwas passiert?«

»Nein. Ich möchte dich etwas zu Vater fragen ...«

»Ach so?! Und das kannst du nicht am Telefon fragen?«

»Freust du dich nicht, wenn ich komme?«

»Doch, na sicher. Aber zum Essen kommst du nicht?!«

»Das schaffe ich zeitlich nicht.«

»Du kannst hier übernachten, das weißt du, oder? Dann

könnten wir abends zusammen essen, und ich lade noch ein paar Freunde ein ...«

»Oh *Maman,* bitte, mach keine Umstände. Ich weiß noch nicht, ob ich übernachte.«

»Na gut, dann komm erst mal her. Wann wirst du da sein?«

»Ich fahre jetzt los, in drei Stunden etwa, wenn ich gut durchkomme.«

»Aber wo wirst du denn essen? Unterwegs?«

»Ja, vielleicht esse ich unterwegs eine Kleinigkeit, mach dir keine Sorgen!«

Exakt drei Stunden später verließ er die A7 und nahm die Abzweigung nach Villeneuve-les-Avignon auf der anderen Rhône-Seite. Obgleich im Gard gelegen, galt Villeneuve-les-Avignon als beliebter Vorort von Avignon. Seine Mutter wohnte in einer kleinen Villa im bürgerlichen Viertel Candeau.

»Léon! Wie schön, dass du da bist!« Seine Mutter hielt ihm ihre Wange entgegen. Er konnte sich nicht erinnern, dass seine Mutter ihn jemals umarmt hatte. Sie war trotz der Hitze angezogen wie für einen offiziellen Empfang und trug sogar ihren Schmuck. Im Wohnzimmer war der Tisch für den Tee gedeckt.

»Ich dachte, wir nehmen den Tee drinnen, es ist angenehmer in den klimatisierten Räumen, findest du nicht?«, sagte sie und schenkte ihm, noch bevor er zugestimmt hatte, eine Tasse Tee ein. »Ich habe zwar schon früh die Markise rausgefahren, aber es ist einfach zu heiß. Es ist schon unglaublich, da lebt man im Süden und kann im Sommer nicht draußen sitzen, weil es zu heiß ist, im Winter ist es zu kalt, und dazwischen bläst einem der Mistral den Kopf weg.« Auf einer Etagere stapelten sich winzige Obsttörtchen vom besten Patissier der Stadt und Macarons in allerhand Pastelltönen. Sie schob ihm ungefragt ein Himbeertörtchen auf den Teller. »Himbeeren magst du doch, oder? Wo hast du gegessen?«

»Unterwegs, in einer Raststätte.«

Sie verzog das Gesicht.

»Es war nicht so schlecht. Sie sind besser geworden, die Raststätten, manche zumindest.«

Sie tauschten noch ein paar Neuigkeiten aus und sprachen lange über die Kinder. Duval zeigte Fotos, wie Lilly und Mattéo durch rötliche Felsen kraxelten. Das Foto, auf dem alle vier zu sehen waren, klickte er weg.

»Ich hätte sie ja gerne für eine Woche oder zwei genommen, aber es hat dieses Jahr von der Planung nicht gepasst. Das muss Hélène doch wissen. Im Juli, während des Theaterfestivals, kommen immer schon Freunde aus Paris, da habe ich das Gästezimmer nicht zur Verfügung«, entschuldigte sich seine Mutter. »Jetzt hätte ich Platz, aber jetzt sind sie in den USA.«

»Ich hatte sie auch nur eine Woche, *Maman*. Hélène hat beide zu ihren Eltern in die Normandie geschickt. Da geht es ihnen prima. Großer Garten, nah am Meer. Und die Cousins und Cousinen sind auch da. Das passt schon.« Er sagte nicht, dass die Kinder sowieso lieber zu Hélènes Eltern fuhren, da ihnen die steife Atmosphäre in dem Haus seiner Mutter, in dem man so gut wie nichts anrühren durfte, wenig behagte. Außerdem war sie streng, seine Mutter. Sie legte Wert auf gute Umgangsformen, und sie bestand darauf, dass die Kinder morgens zwei Stunden in ihren *Cahier de vacances* den Schulstoff wiederholten.

Dann gab sich seine Mutter einen Ruck. »Du wolltest über deinen Vater sprechen?!«

»Ja, *Maman*«, fing Duval an, »weißt du, mir hat in Cannes jemand Andeutungen gemacht, als ob Vater in irgendeine unschöne Geschichte verwickelt gewesen sei. Ich habe die Archive durchgesucht, das kannst du mir glauben, aber ich habe nichts gefunden. Mich beunruhigt das mehr, als mir lieb ist. Gibt es etwas, irgendetwas, wovon du weißt und was du mir erzählen kannst?«

Duvals Mutter bekam einen harten und leicht verächtlichen Gesichtsausdruck. »Dein Vater war immer angezogen von der Halbwelt, León. Er hat Geschäfte gemacht, von denen er mir nichts erzählt hat, aber wir haben immer wieder mal große Summen verloren, das ist mir nicht entgangen.«

»Hat er gespielt?«

»Nein, eher spekuliert. Windige Geschäfte, aber so genau weiß ich das nicht, ich wollte es auch nicht wissen.« Sie presste ihre Lippen zu einem dünnen Strich zusammen. »Ich verstand nicht, dass er so leichtfertig mit dem Geld umging, denn ansonsten war er schrecklich geizig. Geizig und eifersüchtig. Furchtbar war das. Also nicht in Gesellschaft, da musste er sich ja immer besonders hervortun. Aber zu Hause, mit mir. Ich musste auf Heller und Pfennig nachweisen, was ich mit dem Geld gemacht habe, und ich konnte nichts alleine unternehmen. Nichts. Er musste alles überprüfen und kontrollieren. Und Geschenke bekam ich auch nicht.« Sie sah immer noch verärgert aus, als sie sich daran erinnerte. »Ich hatte mir so sehr einen Pelzmantel gewünscht, aber ich bekam ihn nicht. Ich bekam erst dann einen Pelzmantel, als es darum ging, die anderen zu übertreffen. Plötzlich hatte ich einen schöneren Pelzmantel als Elisabetta Cosenza, kannst du dir das vorstellen?« Sie lachte bitter auf.

Duval sah seine Mutter schockiert an. »Elisabetta Cosenza, sagst du? Ihr habt mit den Cosenzas verkehrt?«

»Ja, zu einer gewissen Zeit. Aber das ist schon lange her.«

»Hier«, sagte Duval, »schau mal, was ich im Internet über Vater gefunden habe.« Er zeigte ihr den Ausdruck der Platzierung bei der Europa-Rallye.

»Ja, ja«, sagte sie, »ich erinnere mich noch. An Franck und an den BMW. Er war metallicbraun lackiert.«

»Hast du denn noch Fotos davon?«, fragte er.

»Sicher habe ich Fotos! Zwar sind die meisten der Fotoalben, die dein Vater damals gemacht hat, bei ihm geblieben, aber das eine oder andere Album durfte ich mitnehmen. Die Fotos meiner Familie interessierten ihn weniger.«

Duval seufzte. Die Fotoalben seines Vaters hatte sein Halbbruder Frédéric geerbt, und der hatte sie in einer Nacht-und-Nebel-Aktion verbrannt, nur um sie ihm nicht zu überlassen, als er vor ein paar Jahren danach gefragt hatte. Was für ein Elend.

»Das ist auch so ziemlich das Einzige, was ich mitgenommen habe, nach der Scheidung.« Sie öffnete einen Vitrinenschrank und nahm einen Stapel schwerer Alben heraus. »Abgesehen von meinen privaten Sachen. Den Pelzmantel habe ich ihm dagelassen«, sagte sie hoheitsvoll. »Hier, das ist ein Album von 1977, da waren wir ... ach, schau, das war in Italien. Hier siehst du, das ist Pisa! Wir haben auch eines dieser albernen Fotos gemacht«, kommentierte sie etwas spöttisch, als sie ein Foto von sich entdeckte, wie sie vermeintlich den Turm von Pisa stützte. Sie sah fröhlich aus auf dem Foto. Und so jung. Sie blätterte die Seiten um, das Pergamentpapier knisterte leicht. »Schau, hier, da ist er, der BMW 700, und das war sein Partner, Franck hieß er. Franck Levèbre.« Duval sah zwei lachende junge Männer. Sein

Vater trug ein körperbetontes rotes Hemd und hatte lange Koteletten.

»Ich kann mich nicht erinnern, Papa jemals so gesehen zu haben«, sagte Duval, »so ausgelassen.«

»Tja«, machte seine Mutter und blätterte weiter die Seiten des Albums um. Duval sah Fotos von gesellschaftlichen Anlässen, Autorallyes, Preisübergaben. Die Pokale hatten zu Hause überall herumgestanden. Daran erinnerte er sich. »Halt«, sagte er. Er hatte seine Mutter entdeckt, die ebenfalls einen Pokal in der Hand hatte und in die Kamera strahlte. »Warum hast du eigentlich aufgehört mit den Rallyes?«, fragte er. »Wollte Vater das nicht?«

»Ach«, setzte sie an. »Es war schon ziemlich schwierig. Wenn ich gewann, war er stolz, aber irgendwie auch eifersüchtig auf meinen Erfolg, wenn ich aber nicht gewann, hat er mich runtergeputzt. Aber ich hatte mich bald mit Gisèle, meiner Rallye-Partnerin, zerstritten, das war der Hauptgrund, und ich fand keine wirklich gute Partnerin mehr«, erklärte sie. »Sieh mal«, unterbrach sie sich, »hier haben wir den ersten Preis gewonnen!« Sie lächelte noch immer stolz, als sie ihm das Foto zeigte. Eine braun gebrannte junge Frau mit einer kompliziert aussehenden Hochsteckfrisur in einem eleganten schwarzen Etuikleid hob stolz einen Pokal in die Höhe. »Ich habe damals auch noch eine Münze gewonnen«, erinnerte sie sich, »aber ich musste beides an deinen Vater abgeben. Er fand, da er das Auto gewartet hatte, schuldete ich ihm etwas.« Sie klang bitter. »Er war so eifersüchtig. Auf alles, selbst auf meinen kleinen Erfolg hier. Zu Hause war er unerträglich«, fügte sie hinzu. »Nur wenn wir unterwegs waren, dann war er charmant und spielte den großzügigen Lebemann. Deswegen habe ich immer dafür gesorgt, dass wir Gäste hatten oder ausgegangen sind.«

Auf den Fotos sah Duval seine Eltern inmitten vieler Menschen, bei Konzerten, im Theater, auf einer Yacht, bei Gartenfesten, und seine Mutter lieferte die Erläuterungen. »Das war bei Fabres, die hatten eine traumhafte Villa mit Pool, wir waren oft bei ihnen. Ich habe sie aus den Augen verloren nach der Scheidung«, sie seufzte. »Niemand hatte verstanden, dass ich mich von deinem Vater trennen wollte. Er war doch so charmant. Und so eine gute Partie. Da ist es, hier!« Aufgeregt zeigte sie auf das Foto, das seine Mutter und zwei andere Damen in schweren Pelzmänteln zeigte. »Das ist Elisabetta Cosenza, siehst du. Und das sind wir alle. Ich glaube, es war an Silvester im Palm Beach Casino.« Sie nahm das Bild aus dem Album und drehte es um. »Genau. Galadinner Silvester 1977/78 im Palm Beach Casino. Da war immer großes Spektakel.«

Duval betrachtete das Foto mit den festlich gekleideten Menschen vor dem Palm Beach Casino. Er erkannte seine Eltern. In der Mitte stand Louis Cosenza. Er und seine Frau sahen unfassbar jung aus. Wie alt war der Kerl eigentlich? Cosenza erinnerte ihn an den jungen Marlon Brando in *Endstation Sehnsucht*. Mit seinem Grinsen, der Zigarre zwischen den Zähnen und seinem Arm auf den Schultern seiner Frau Elisabetta sah er aber eher aus wie eine junge Version von Brando in *Der Pate*. »Gehörte ihm das Palm Beach Casino da schon?«, fragte er seine Mutter.

»Nein, aber er war ein sehr ambitionierter junger Mann, beeindruckend, wirklich. Er sagte, ›das Casino wird mir eines Tages gehören‹, und er hat entschieden darauf hingearbeitet. Eines Tages hat es ihm gehört. Mich hat das nicht gewundert.«

»Hmhm«, machte Duval.

Dann erkannte er noch jemanden: »Das ist doch

Georges!«, sagte er überrascht zu seiner Mutter. »Oder? Das ist doch Georges? Der Mann, der dich ansieht?«

Georges war ein Freund der Eltern gewesen und gleichzeitig ihr Hausarzt. Auch wenn er sich an all das, was er hier auf den Fotos an mondänem Leben sah, so gut wie nicht erinnerte, an die Präsenz von Georges zu Hause erinnerte er sich gut. Georges war heiter gewesen, leichtlebig. Und er war weniger von oben herab mit ihm umgegangen als die anderen Erwachsenen. Onkel Georges hatte er ihn genannt. Manchmal hatte er sich einen Vater wie Georges gewünscht, sich manches Mal sogar gefragt, ob er es sein könnte, denn, das hatte Duval selbst als Kind gespürt, Georges hatte durchaus eine gewisse Schwäche für seine Mutter gehabt. Allerdings war Duval seinem Vater wie aus dem Gesicht geschnitten, was die Vaterschaftsfrage eindeutig klärte.

»Ja, das ist Georges.« Seine Mutter betrachtete das Foto und schlug dann das Album zu. »Er ist bei einem Autounfall ums Leben gekommen«, sagte sie mit belegter Stimme.

»Ich weiß, ich erinnere mich. Also nicht an den Unfall, aber ich weiß, dass er bei einem Unfall ums Leben gekommen ist. Wie ist das passiert?«

»Ach«, sagte seine Mutter, »es ist eben passiert. Weißt du, die Autos waren damals nicht so sicher wie heute. Es gab keine Sicherheitsgurte und Airbags und all das. Und wir waren so sorglos zu der Zeit, wir haben gerne gefeiert und viel mehr getrunken damals, und wir sind trotzdem Auto gefahren. Es war eine andere Zeit.«

»Ich mochte Georges sehr«, sagte Duval.

Seine Mutter hatte plötzlich Tränen in den Augen.

»*Maman,* entschuldige bitte. Ich wollte dir nicht weh tun, mit diesen Erinnerungen.«

»Es geht schon.« Seine Mutter winkte ab. »Es ist nur, er fehlt mir nach all den Jahren immer noch.«

»Wirklich?« Duval sah seine Mutter fragend an.

»Nun, Junge«, setzte sie an, »das hast du doch verstanden, oder? Georges und ich – nun – ich wollte mich von deinem Vater trennen, wegen Georges. Und dann hatte er diesen Autounfall, als er von einer Feier nach Hause gefahren ist.«

»Du wolltest dich wegen Georges von Vater trennen?«

»Ja«, antwortete sie schlicht und sah ihren Sohn an. »Ich dachte, du wüsstest das.«

»Woher denn?« Duval schüttelte den Kopf. »*Maman,* ich war ein Kind damals. Gespürt habe ich vielleicht etwas, aber«, er machte eine Pause, »›gewusst‹ habe ich gar nichts. Ich kann mich an das alles«, er schlug das Album wieder auf und suchte das Foto, das seine Eltern mit Cosenza zeigte, »ich kann mich nicht erinnern. Als wäre ich nicht da gewesen.«

»Du warst noch klein, und du hast immer viel Zeit bei den Großeltern verbracht. Und dann sind wir ja auch bald nach Paris gezogen, weil dein Vater glaubte, er könne dort mehr Geld verdienen. Ich habe mich dann erst nach dem Tod meines Vaters von Jean getrennt. Vorher habe ich es nicht gewagt, eine Scheidung war noch ein Skandal damals, zumindest in meiner Familie, und wir hatten ja kirchlich geheiratet … ach«, seufzte sie und schüttelte den Kopf. »Eine andere Zeit war das. Ein Teil meiner Familie hat mich danach gemieden. Und selbst du durftest jahrelang nicht mehr mit den Cousins und Cousinen Ferien machen. So etwas! Schuldig geschieden wurde ich! Kannst du dir das vorstellen?«, fragte sie. »Schuldig! Als hätte ich Schuld gehabt an irgendetwas. Aber so war es damals, der, der die Scheidung wollte, hat Schuld auf sich geladen. Du und

Hélène, ihr habt euch ganz anders trennen können. Schuldig! Was für eine Schande das war! Und natürlich bekam ich keinen Pfennig von deinem Vater. Deswegen habe ich mit der Scheidung dann auch gewartet, bis ich das Erbe von meinem Vater bekommen habe, anders hätte ich mir das Leben alleine nicht leisten können.« Sie seufzte. »Nun gut. Was willst du machen, es war eine andere Zeit.«

»Wann war der Unfall von Georges, Mama? Und wo war das?«

»Das war im August, ach je, das ist fast auf den Tag genau vierzig Jahre her, am 10. August 1979«, erinnerte sie sich. »Damals war auch so eine furchtbare Hitzewelle. Ich werde es nie vergessen. Wir waren übers Wochenende im Hinterland von Grasse bei«, sie zögerte kurz, »bei Freunden eingeladen. Damals sind die Cannois immer dorthin gefahren, weißt du. Nach Cabris oder nach Spéracèdes. Es ist immer ein bisschen frischer da oben, nicht zu weit weg, das war ein netter kleiner Ausflug. Zuerst waren wir immer in Cabris, dort gab es ein nettes Restaurant, *La chèvre d'or* hieß es. Ich glaube sogar, das Restaurant gibt es noch immer, aber es ist nicht mehr wie früher. Manchmal aßen wir auch in Spéracèdes in dem Restaurant am Dorfplatz. Ganz reizend war es dort, man fühlte sich immer wie in einem Film von Pagnol. Und dann hat«, sie zögerte kurz, »nun, Louis Cosenza hat hinter St. Cézaire dieses riesige Anwesen mit den Oliventerrassen und der Ölmühle gekauft. Dort war auch ausreichend Platz, sodass man übernachten konnte. Da waren wir dann oft, bis eben zu diesem Unfall.«

»Cosenza hat ein Anwesen gekauft?« Duval kam aus dem Staunen nicht mehr raus. »Der war doch noch so jung!« Duval suchte wieder das Foto und betrachtete das Gesicht Cosenzas. »Der ist doch höchstens dreißig da!«

»Er hat gut Geld verdient. Dein Vater hat ihn bewundert dafür. Alle haben ihn bewundert. Er kommt aus ganz einfachen Verhältnissen, das spürte man, aber er war ambitioniert. Und, um ehrlich zu sein, diese Mühle und das Haus waren schon arg verkommen. Der letzte Besitzer hat getrunken und hatte Schulden, es kam zu einer Zwangsversteigerung, Cosenza hat es wohl für einen Spottpreis erworben. Also, das war das, was sie erzählt haben.«

»Was du alles noch weißt, *Maman*!«

»Ach«, wehrte sie ab, »die Geschichten von früher, die weiß ich noch, aber mich an das zu erinnern, was ich letzte Woche gemacht habe, wird immer schwieriger.«

»Und Cosenza hat also dieses Gelände erworben«, setzte Duval wieder an.

»Ja, mit den Oliventerrassen und der Mühle und dem Haus. Das war riesig. Völlig verrückt, haben alle gesagt. Niemand wollte damals aufs Land. Außer vielleicht ein paar Hippies. Cosenza hat es damals ganz schnell ein bisschen renoviert, aber es ist lange sehr primitiv geblieben. Es gab kein Bad, stell dir das vor! Wir mussten uns in der Küche oder am Brunnen waschen. Und die Toilette war im Garten, das war eine simple Holzhütte, darin war nur ein Holzbrett mit einem Loch über einer Grube«, sie verzog das Gesicht. »Das kann man sich heute gar nicht mehr vorstellen, aber damals war das auf dem Land noch völlig normal. Und wir hatten einen Nachttopf unter dem Bett«, sie schüttelte den Kopf, als sie sich daran erinnerte. »Aber das Haus war groß, es gab viele Schlafmöglichkeiten, wir haben im Salon im offenen Kaminfeuer gegrillt, es hatte etwas Wildromantisches.«

Duval sah vor seinem geistigen Auge das Haus vor sich. Vermutlich war es die *wildeste* Zeit seiner damals so jungen Mutter gewesen.

»Und der Unfall, *Maman?*«

»Georges ist auf der Straße hinter St. Cézaire verunglückt, die Serpentinenstraße, die hinunter zum Fluss führt. Er ist in einer Kurve ins Schleudern geraten und den Abhang hinabgestürzt.« Sie schwieg. »Es war so schrecklich. Und es fing an zu brennen. Es war ja so wahnsinnig heiß und trocken gewesen die ganze Zeit. Wir haben es erst gemerkt, als die Feuerwehr mit den Sirenen zu hören war, und dann haben wir den Rauch gesehen und gerochen. Es hätte viel schlimmer ausgehen können, der Fluss unten hat das Feuer eingegrenzt, die Feuerwehr kam sogar aus dem Var.« Sie schwieg. »Von Georges und dem Auto ist so gut wie nichts übrig geblieben.« Sie atmete tief ein und aus. »Aber jetzt lass uns von was anderem reden«, wechselte sie abrupt das Thema. »Zeig mir noch mal die Fotos von den Kindern. Ich muss mir doch auch so ein Telefon zulegen, mit dem man Fotos bekommen kann. Ich habe das Gefühl, ohne so ein Telefon kriegt man heute gar nichts mehr mit.«

»Ihr wart damals bei den Cosenzas?«, fragte Duval dennoch nach. »Vater und du und Georges?«

»Ja«, sie winkte ab, »wir und noch viele andere Leute. Es war ein großes Haus mit einem riesigen Gelände. Ein bisschen primitiv, wie gesagt, aber sehr charmant. Aber nach diesem Unfall sind wir nie wieder dorthin gefahren. Es war überhaupt das Ende unserer Beziehung mit den Cosenzas«, überlegte sie. »Und kurz danach sind wir nach Paris gezogen.«

Duval wusste später nicht mehr, wie er nach Hause gekommen war. Seine Mutter hatte ihn gedrängt, zum Abendessen zu bleiben, zu übernachten, sie versuchte mit ihm über Alltagsdinge zu plaudern, über die Familie, aber er ertrug es nicht. Er wollte in Ruhe nachdenken. Georges, der Freund der Eltern, der Geliebte seiner Mutter, war also in der gleichen Kurve verunglückt wie Nicki Cosenza. Vermutlich hatte es die gemauerte Straßenbegrenzung damals noch nicht gegeben. Die drohenden Andeutungen von Louis Cosenza im Ohr, malte sich Duval ein Szenario aus. Jemand hatte Georges so alkoholisiert, dass er zwangsläufig einen Unfall bauen musste, vielleicht hatte man ihm noch etwas anderes in den Alkohol gemischt. Vielleicht war auch das Auto manipuliert worden. Von wem? Von seinem Vater? Von Cosenza? Hatte Cosenza seinen Vater dabei beobachtet? Oder hatten sie es zusammen ausgeheckt? An Autos schrauben konnte sein Vater, dafür hätte er keine Hilfe gebraucht. Was wusste Cosenza? Es ließ ihm keine Ruhe. Die Tatsache, dass dieser »Unfall« schon vor über vierzig Jahren passiert und sein Vater in der Zwischenzeit verstorben war, beruhigte ihn nur wenig. Er selbst hatte damit nichts zu tun. Sicher nicht. Dennoch, Cosenza könnte diese Geschichte, was immer er davon wusste, an die Presse geben. Vielleicht hatte er ein vergilbtes Farbfoto, wie sein Vater unter dem Auto hervorkroch, vielleicht gab es etwas Schriftliches. Und ein Foto, das seinen Vater beinahe Arm in Arm mit Cosenza zeigte, gab es auch. Ein bisschen Rufschädigung brächte ihm das sicher ein, irgendwas blieb immer hängen. Er stellte sich vor, wie Cosenza und sein Vater hemdsärmelig im Salon des Hauses in St. Cézaire eine riesige *Côte de Bœuf* im Kamin grillten und die Damen sich derweil an Wein und Apérohäppchen labten. Seine Eltern waren befreundet gewesen mit den Cosenzas. Das musste man sich mal vorstellen. Seine Mutter schien nicht die geringste Vorstellung davon zu haben, bei wem sie mit und ohne Pelzmantel ein und aus gegangen war. Oder vielleicht war es ihr auch egal. Hauptsache das Leben war mondän.

Am nächsten Tag fuhr Duval ins Hinterland von Grasse. Aufgewühlt wie er war, hatte er nur mit einer Schlaftablette überhaupt einschlafen können. Aber kaum war er erwacht, ratterte es wieder in seinem Kopf. Jetzt wollte er es wissen. Dass andere alte Geschichten ruhen lassen wollten, nun, das war ihre Entscheidung, er konnte es nicht. Mit gemischten Gefühlen fuhr er am Tor zum Anwesen Louis Cosenzas vorbei. Etwas später hielt er rechts am Straßenrand und stellte die Warnblinkanlage an. Die letzten Meter lief er zu Fuß. Die Hitze war weniger drückend als in Cannes, ein kleines Lüftchen wehte, aber das Zikadenkonzert war dasselbe. In der Haarnadelkurve starrte er von der halbhohen Mauer hinunter, wo sich klar und grünlichblau die Siagne schlängelte. Er hörte von dort fröhliche Schreie und Gequietsche, vermutlich badeten Kinder in dem Flüsschen. Er atmete tief aus. Das würde er jetzt auch deutlich lieber tun. Stattdessen fuhr er zur Gendarmerie nach St. Valliers, die für den Sektor zuständig war. Die Akte, die man ihm aus dem Keller holte, roch leicht modrig. Er blätterte das dünne gelbliche Papier der Dokumente durch. Zwei Zeugenaussagen von Automobilisten, die sich zeitgleich am Unfallort befunden hatten, Bericht des Feuerwehrkommandanten, Bericht des Gerichtssachverständigen einschließlich der Fotos des ausgebrannten Autos. Mit mulmigem Gefühl besah er die Aufnahmen des verkohlten Körpers. Er las sämtliche Papiere durch, auch die Zeugenaussagen der Gäste des etwas oberhalb liegenden Anwesens Le Moulin, von wo der Verunglückte gekommen war. Ein feuchtfröhliches Sommerfest war gefeiert worden. Die Namen seiner Eltern standen ebenso auf der Liste der Anwesenden, die übereinstimmend aussagten, dass der Verunglückte möglicherweise zu viel getrunken hatte. Nichts ließ darauf schließen, dass es sich nicht um einen tragischen Unfall gehandelt hatte. Schließlich schlug er die bräunliche Mappe zu und gab sie dem Capitaine der Gendarmerie zurück.

»Haben Sie gefunden, was Sie suchten?«

Duval verneinte mit dem Kopf.

»Glauben Sie, es gibt einen Zusammenhang zwischen diesem Unfall und dem Unfall der jungen Frau?«, erkundigte sich der Capitaine.

»Ist es nicht befremdlich, dass beide Unfälle am gleichen Ort stattgefunden haben?«, fragte Duval zurück.

Der Capitaine lachte bitter auf. »Wir haben jedes Jahr mindestens einen Unfall in dieser Kurve, aber es ist bislang niemand mehr ums Leben gekommen, das immerhin. Jedes Jahr verstärkt der Straßendienst die Mauer, die immerhin verhindert, dass noch einmal ein Wagen in die Schlucht stürzt. Das hat die Bevölkerung damals sehr schockiert. Der Brand natürlich auch. In St. Cézaire haben sie diesen Unfall bis heute nicht verwunden. Ich bin erst seit drei Jahren hier, aber bei jedem Unfall in dieser Kurve wird die alte Geschichte wieder erzählt. Also von den Alten, die dabei waren, zumindest.«

»Gibt es eine Autowerkstatt in St. Cézaire?«, erkundigte sich Duval.

»In St. Cézaire?!«, überlegte der Gendarm. »Meines Wissens hat der alte Mechaniker seine Werkstatt vor ein paar

Jahren zugemacht. Aber wir haben zwei Werkstätten in St. Vallier, ich kann die am Ortsausgang rechts Richtung St. Cézaire empfehlen. Cyril heißt der junge Mann. Er schraubt ordentlich und macht korrekte Preise. Was haben Sie für ein Problem?«

»Ach, nur ein komisches Geräusch«, wehrte Duval ab. »Vielleicht geht es auch so. Ich danke Ihnen«, sagte Duval abschließend und gab dem Capitain die Hand.

»Keine Ursache. *Au revoir.*«

In St. Cézaire stellte Duval seinen Wagen in den Schatten der Platane am Rande des Dorfplatzes und lief durch die Straßen des sommerlich verschlafenen Dorfs. Es war immer noch so heiß, und auch hier zirpten unablässig die Zikaden. Er hatte Lust, seinen Kopf unter das fließende Brunnenwasser zu halten, trank dann aber nur ein paar Schlucke des kalten Wassers und rieb sich mit der nassen Hand den Nacken ab. Er bog ab in eine kleine Seitenstraße, angezogen von einem Geräusch: hinter einem halb geschlossenen grauen Holztor schlug jemand auf Metall. Duval blickte hinter das Tor. Eine Autowerkstatt! Er sah nur die Füße eines Menschen, der unter einem hellblauen Citroën Ami 6 lag.

»*Toctoc*«, machte Duval ein Klopfgeräusch nach.

»Was gibt's?«, fragte es von unter dem Auto.

»Entschuldigen Sie, ich suche eine Werkstatt«, begann Duval.

Ein Mann mit ölverschmiertem Gesicht rollte auf einem Brett unter dem Auto hervor und richtete sich auf. Er war höchstens dreißig.

»Sie haben eine gefunden«, lachte der Mann. »Was ist das Problem?«

Duval konnte seine Enttäuschung fast nicht verbergen. »Ich dachte«, sagte er, »entschuldigen Sie, aber ich suchte einen eher älteren Herrn in dieser Werkstatt. Als ich den Ami 6 sah, dachte ich ...«

»Sie suchen meinen Großvater? Ich habe die Werkstatt gerade erst übernommen, deswegen sieht es hier auch noch etwas altbacken aus. Ich kann neue und alte Autos schrauben, wie Sie sehen. Der Ami 6 gehört mir. Was haben Sie für ein Problem?«

Duval schüttelte den Kopf. »Kein Problem. Also keines mit dem Auto zumindest. Ich wollte gern mit Ihrem Großvater sprechen ...«

»Mein Großvater ist im Garten.« Er wies mit der Hand die Richtung. »Sie gehen da vorne rechts und noch mal rechts, dann kommen Sie zu den Gärten.«

»Danke.« Duval ging wie beschrieben und stand vor mehreren langgezogenen Gartengrundstücken, die sich aneinanderreihten. In dem mittleren Garten sah er einen älteren Mann, der einen löchrigen Strohhut trug, werkeln. Als Duval näher kam, erkannte er, dass der Mann Bohnen erntete und sie in eine Holzkiste neben sich warf.

»*Bonjour,* entschuldigen Sie«, begann Duval und blieb am Zaun stehen.

»*Bonjour«,* grüßte der Mann, sah kurz auf, rupfte aber weiter die Bohnen ab. »Möchten Sie ein paar Bohnen?«

Duval lachte. »Das ist nett, aber danke, nein.«

»Schade, ich habe so viele, ich weiß nicht mehr wohin damit. Ein paar Zucchini vielleicht?«

»Ihr Enkel hat mir gesagt, wo ich Sie finde. Sie sind doch der ehemalige Automechaniker, oder?«

»Jawohl«, nickte der Mann. »Also, ich bin immer noch Automechaniker, aber die Werkstatt gehört jetzt meinem Enkel«, berichtigte der Mann.

»Ich wollte Sie zu einem Unfall befragen«, begann Duval.

»Wissen Sie, der Unfall, bei dem ein Mann ums Leben gekommen ist. Vor etwa 40 Jahren, erinnern Sie sich noch daran? Es gab einen Brand.«

Der alte Mann musterte Duval. »Natürlich erinnere ich mich daran«, sagte er langsam. »Sind Sie von der Familie?«

»Der Mann, der ums Leben gekommen ist, war ein Freund meiner Eltern«, erklärte Duval. »Für mich war er Onkel Georges. Ich bin Polizist«, fügte er hinzu. »In Zusammenhang mit dem Unfall, der kürzlich hier passiert ist, bin ich auf diesen alten Unfall gestoßen. Ich wusste davon, aber nicht, dass es sich um genau dieselbe Stelle handelt. Ich war gerade bei der Gendarmerie in St. Valliers und habe die Akte eingesehen.«

Der alte Mann war näher gekommen und öffnete das hölzerne Gartentürchen. »Kommen Sie, setzen wir uns einen Moment«, schlug er vor und zeigte auf zwei alte Gartenstühle und einen Klapptisch, die vor einem Schuppen standen. »Möchten Sie etwas trinken? Ich habe aber nur Wasser.«

»*Allez*«, stimmte Duval zu, »einen Schluck, wir sollen ja viel trinken.«

»Mich muss man auch dazu zwingen«, meinte der Mann, »ich vergesse es sonst. Nur den Garten, den gieße ich. Es ist alles so trocken, es wird wirklich Zeit, dass es regnet.« Er machte eine umfassende Bewegung mit dem Arm und zeigte von den vertrockneten gelben Wiesenflächen hinter den Gärten bis zu den großen Sonnenblumen mit den gelb verwelkten Blättern neben dem Schuppen, deren Köpfe schon schwer nach unten hingen.

Er holte eine Flasche Wasser aus dem Innern des Schuppens und füllte zwei einfache Wassergläser voll. »Bitte schön.«

»Danke. *Santé*«, wünschte Duval und trank einen Schluck von dem lauwarmen stillen Wasser.

»Sie sind also Polizist?«

»Ja.« Duval zeigte seinen Dienstausweis.

»Was wollen Sie denn wissen?«

»Waren Sie es, der den Wagen damals geborgen hat?«

»Ja, zusammen mit der Feuerwehr. Das war ein ordentliches Stück Arbeit«, seufzte er. »Damals war es auch so heiß. Kaum auszuhalten.« Er wischte sich mit dem Handrücken den Schweiß von der Stirn.

»Ich vermute, der Wagen war komplett ausgebrannt?«

»Ja«, sagte der Mann gedehnt. »Ausgebrannt war er.«

»Und haben Sie den Wagen untersucht, oder kam ein Gutachter von der Versicherung?«

»Zunächst war ich das. Ich habe den Wagen oder das, was davon übrig war, genau angesehen.«

»Und?«, fragte Duval.

»Na, Sie haben die Akte bei der Gendarmerie doch gesehen, dann haben Sie meine Aussage ja gelesen, oder? Deswegen sind Sie doch hier?«

»Ich habe eben gar kein Dokument einer Werkstatt in der Akte gefunden, *deswegen* bin ich hier.«

»Aber ich habe es doch ausgesagt! Danach sind sie gekommen und haben mir gesagt, wenn ich nicht wolle, dass meine Werkstatt abbrennt, solle ich die Klappe halten.«

»Wer ist gekommen? Die Gendarmerie?«

»Nein. Drei Typen. Schlägertypen. Nicht von hier. Drückten sich im Dorf herum und ließen sich immer mal wieder in der Werkstatt sehen und schlugen mit einem Baseballschläger mal hierhin und mal dahin. Solange sie nur drohten, meine Werkstatt abbrennen zu wollen, ging es noch, aber als sie eines Tages meine Tochter vor der Schule belästigt haben, da habe ich richtig Angst bekommen. Ich bin zur Gendarmerie und habe gesagt, vielleicht habe ich mich getäuscht, und danach habe nie wieder darüber geredet, und es kam auch nie jemand, der etwas dazu wissen wollte. Auch nicht von der Versicherung. Das hat mich gewundert. Irgendwann habe ich das Autogerippe dann auf den Schrottplatz gefahren.«

»Ihre Aussage war da vermutlich schon nicht mehr in der Akte.«

»Deshalb.«

»Was haben Sie denn ursprünglich ausgesagt?«

Der Mann sah Duval lange an und schnaufte tief. »Wissen Sie, der Wagen hat zwar gebrannt, aber die Feuerwehr war doch relativ schnell da. Die kamen auch aus dem Var damals. Das war wirklich beeindruckend zu sehen, wie die gearbeitet haben, das war ja noch lange nicht so hochtechnisiert wie heute, aber egal«, unterbrach er sich, »der Wagen, ein Triumph Dolomite, kennen Sie?«, fragt er Duval.

Der schüttelte den Kopf.

»Ein englischer Wagen. Ich hatte so einen noch nie vorher in den Händen gehabt, vielleicht habe ich ihn deshalb so genau angesehen, was weiß ich.« Er machte eine Pause. »Nun, er war nicht komplett ausgebrannt. Vieles war nur verschmurgelt, Kunststoffteile waren zusammengeschmolzen und so.« Er machte wieder eine Pause. »Einer der Bremsschläuche«, sagte er dann, »einer war noch da, und den hatte ganz eindeutig jemand gekappt.« Er sah Duval an.

Duval schluckte. Sein Hals war ihm plötzlich eng geworden. Er trank nun doch gern etwas von dem lauwarmen Wasser.

»Wenn einer manipuliert war, dann waren es vielleicht auch die anderen, dachte ich mir, und das habe ich gesagt«, sprach der Mann weiter. »Mich hat natürlich keiner ernst genommen, der kleine Autoschrauber aus dem Provinzdorf nimmt sich wichtig … eines Tages kam ein Sachverständiger vom Gericht, ich habe mit ihm gesprochen und ihm alles gezeigt. Er hat genickt und ›soso‹ gesagt und Fotos gemacht. Ich wartete immer, dass noch ein Gutachter von der Versicherung käme, um das zu überprüfen. Kam aber niemand.«

»Die Versicherung hat sich wohl an den Bericht des Gerichtssachverständigen gehalten«, mutmaßte Duval. »Und in diesem Bericht werden der oder die abgeschnittenen Bremsschläuche nicht erwähnt, und die entsprechenden Fotos sind nicht mehr in der Akte. Vielleicht waren sie es auch nie.«

»Ach so?!«

»Nein. Aber immerhin hat irgendjemand Sie so ernst genommen, dass er wollte, dass Sie den Mund halten. Und er hat auch erreicht, dass Sie Ihre Aussage ändern. Und dann ist sie, weil vermutlich jemand Sie als unseriös eingestuft hat, komplett aus der Akte verschwunden.«

Duval sah den Mann so bekümmert an, dass dieser ihm tröstend den Arm tätschelte. »Das ist schon so lange her«, sagte er. »Und tot war er ja sowieso.«

»Ja«, seufzte Duval. »Tot war er sowieso.« Er trank noch einen Schluck lauwarmes Wasser und lauschte dem unablässigen Konzert der Zikaden. »Ich werde dann mal wieder gehen«, sagte er endlich.

»Ich gebe Ihnen ein paar Bohnen mit«, entschied der Mann und erhob sich. »So frische kriegen Sie so schnell nicht wieder.«

Duval sah zu, wie der Mann bedächtig zwei große Hände voller Buschbohnen aus der Kiste in eine Plastiktüte steckte.

Dann legte er noch mehrere Zucchini dazu, eine längliche rote Zwiebel und zwei üppige Tomaten.

»Hier«, er reichte Duval die Tüte. »Lassen Sie es sich schmecken!«

Wortlos und mit einem Kloß im Hals drückte Duval dem Mann die schwielige Hand.

8

Selbstmord oder Mord aus Leidenschaft? Der Verdacht wiegt schwer auf der jungen Madame Cosenza, die kein Alibi hat …
Louis Cosenza schlug angewidert die Zeitung zu. Maître Carlton-Arditi hatte ihm in aller Frühe schon mitgeteilt, es wäre besser, wenn Nicki gestehen würde, und jetzt musste er noch diesen dermaßen dämlichen Artikel im *Nice Matin* lesen. Er suchte nach dem Namen des Journalisten. Eric Dupuy. Er kannte ihn nicht, aber den würde er gerne auf dem Grund eines Brunnens sehen.

»Aber sie ist unschuldig!«, hatte er dem Anwalt mehrfach beteuert. »Wieso hält man sie ohne Beweise in Untersuchungshaft? Das ist unrechtmäßig! Ich erwarte, dass Sie sie da rausholen! Mit allen Mitteln!«

Der Anwalt machte ein hustendes Geräusch am Telefon.

»Ich bezahle Sie dafür, dass Sie meine Frau *verteidigen,* Maître Carlton-Arditi!«

»Hören Sie, Monsieur Cosenza, genau das tue ich, ich verteidige Ihre Frau. Aber was mir in diesem Fall auffällt, ist ein sehr feindliches Verhalten von Seiten der Justiz. Ich kenne das so nicht. Wir arbeiten sonst Hand in Hand, das heißt, man erreicht immer einen Kompromiss, in der Regel jedenfalls. In diesem Fall aber ist es anders, und ich verstehe es nicht. Die Justiz scheint an Ihrer Frau ein Exempel statuieren zu wollen. Wissen Sie, dieses neue Gesetz

›*tolérance zéro*‹, es gab zu viele«, er stockte, »nun, nennen wir es Kompromisse. Sie verstehen, was ich sagen will?!«

»Und ob ich verstehe! Jeder Politiker mit Konten in der Schweiz wird geschont, jeder kleine korrupte Bürgermeister kommt davon, und an meiner Frau, die *unschuldig* ist, ich wiederhole das, wollen sie ein Exempel statuieren?! Verlangen Sie eine Rekonstruktion des Tathergangs, jeder wird sehen, dass sie es nicht war!«

»Mit Verlaub, Monsieur Cosenza, Sie sind der Einzige, der das glaubt!«, gab Maitre Carlton-Arditi zurück.

»Einen Verfahrensfehler, dann finden Sie einen Verfahrensfehler! Das wird ja nicht so schwierig sein. Man hält sie ohne Beweise fest!«

»Monsieur Cosenza, ich habe den Richter Dussolier bereits kontaktiert. Er wolle mich zurückrufen, hieß es. Das hat er bis jetzt nicht getan.«

»Ah, Dussolier, dieser vertrottelte Kerl, ist der immer noch nicht in Rente?«

»Nein, Monsieur Cosenza, und ich habe das Gefühl, mit diesem Richter haben wir einen harten Brocken vor uns.«

»Besetzen Sie sein Büro! Herrgott, lassen Sie sich etwas einfallen!«

»Das, Monsieur Cosenza, kann ich mir nicht erlauben. Und ich rate Ihnen dringend davon ab, es selbst zu tun. Der Richter wird nur noch mehr abblocken, wenn Sie versuchen, ihn in die Enge zu treiben.«

Cosenza knurrte wie ein wütender Hund.

»Hören Sie, Monsieur Cosenza, Sie sind sich vielleicht nicht darüber im Klaren, wie aufgeheizt die Stimmung wegen dieses Prozesses ist. Vor allem im Süden. Ich weiß nicht, ob Sie die Presse verfolgen? Es geht nur darum!«

»Ich habe nur *Nice Matin* gelesen, das hat mir gereicht.«

»Sehen Sie. Eine junge Pariserin, die sich einen wohlhabenden Mann im Süden geangelt hat, um ihm bei erstbester Gelegenheit Hörner aufzusetzen, so etwas ist immer noch schlecht angesehen. Die Menschen sind auf Ihrer Seite, Monsieur Cosenza, verstehen Sie? Sie sind ein Mann des Südens, wenn man Sie verraten hat, dann hat man die Menschen aus dem Midi verraten! Niemand versteht, dass Sie Ihre Frau derart verteidigen.«

»SIE sollen sie verteidigen, Maître! Dafür bezahle ich Sie!« Ein »und nicht zu knapp« konnte er sich gerade noch verkneifen. »Verstehen SIE das?«, rief Cosenza hitzig durchs Telefon. »Was gibt es denn an Beweisen?«, ereiferte er sich. »Es gibt keine Beweise, oder? Der Kerl hat sich umgebracht!«

»Monsieur Cosenza, ich kann Ihnen sagen, es wird ein exemplarischer Prozess werden. Der ganze Zorn der Fischer, die Wut der kleinen Leute von Cannes entlädt sich hier gegen die reichen zugezogenen Pariser. Die Mutter von Raphaël Picot hat vor Jahren schon tragisch ihren Mann verloren und jetzt ihren Sohn. Auch der Tod des Mannes, so wird gemunkelt, habe mit einem reichen ausländischen Schiffseigner zu tun, was aber nie bewiesen werden konnte. Die Ermittlungen wurden damals eingestellt. Der Anwalt von Madame Picot fordert dramatisch Gerechtigkeit ein. Verstehen Sie, Monsieur Cosenza? Die üblichen Deals zur Einigung werden dieses Mal nicht greifen. Die Geschworenen werden nicht gut auf Ihre Frau zu sprechen sein, so wie ich die Lage einschätze. Mit dieser Unschuldsnummer kommen wir nie durch. Ihre Frau wird nicht freigesprochen, das ist so gut wie sicher.«

Cosenza platzte der Kragen: »Wozu bezahle ich Sie denn, Maître? Wozu nehme ich denn den teuersten Anwalt Frankreichs? Den angeblich erfolgreichsten und medienwirksamsten dazu? Wozu, wenn Sie schon im Vorhinein wissen, dass Sie nichts erreichen können? Dann hätte ich ja auch jeden hergelaufenen Anwalt nehmen können, der würde mich zumindest weniger kosten«, erboste sich Cosenza. »Sie kriegen jeden verlogenen Araber frei, obwohl er im terroristischen Umfeld agiert, aber nicht meine Frau? Wo sind wir denn hier?«

»Es steht Ihnen frei, Monsieur Cosenza, auf meine Dienste zu verzichten«, gab der Anwalt kühl zurück. »Um auf die Affäre Mehru zu sprechen zu kommen, auf die Sie anspielen, da lag der Sachverhalt komplett anders. Aber ja, Sie haben recht, dort gab es keine Beweise, weshalb der junge Mann freigesprochen wurde. Ich verlange von unserem Rechtsstaat, dass er auch einen Maghrebiner, der aus einem schwierigen Milieu kommt, korrekt behandelt. Wenn es keine Beweise gibt, dann gibt es keine Beweise.«

»Na eben!« Cosenza schnaufte wütend.

»Dies ist eine vollkommen andere Situation, Monsieur Cosenza. Versuchen Sie, Ihre Frau umzustimmen. Sie sollte sich schuldig bekennen und Reue zeigen. Ein paar Tränen. Damit kann ich arbeiten, und der Umstand, dass Ihre Frau bislang unbescholten ist, wird sich strafmildernd auswirken. Allerdings werde ich sie nicht in eine Bewährungsstrafe umwandeln können, aber es gibt vielleicht nur fünf Jahre, mit guter Führung und unter Anrechnung der Untersuchungshaft kommt sie nach zwei oder drei Jahren wieder raus.«

»Zwei oder drei Jahre?! Das ist doch hanebüchen, SIE IST UNSCHULDIG!«

»Denken Sie in Ruhe nach, Monsieur Cosenza, und dann sprechen Sie mit Ihrer Frau. Wir haben nicht mehr viel Zeit. Die Untersuchung ist so gut wie abgeschlossen. Der Prozess wird nicht mehr lange auf sich warten lassen. Die Mühlen der Justiz mahlen in der Regel langsam, aber nicht in unserem Fall. All das stimmt mich skeptisch. Immerhin habe ich endlich eine Besuchserlaubnis für Sie erwirkt.«

»Wann kann ich zu ihr?«, fragte Cosenza ohne weitere Umschweife.

»Morgen Nachmittag, um 14 Uhr. Ich schicke Ihnen die Erlaubnis per Mail und das Original für alle Fälle noch einmal mit Chronopost.«

»In Ordnung.«

»*Au revoir* Monsieur Cosenza!«

»*Au revoir* Maître.«

Auf dem Weg zum Untersuchungsgefängnis in Nizza versuchte Cosenza hellsichtig und gerecht gleichzeitig zu sein. Durfte er Nicki in dieser Situation lassen? Angeklagt? Vor Gericht? Ein paar Wochen, vielleicht Monate in Untersuchungshaft? Sie würde ein paar unangenehme Momente erleben. Sehr unangenehme Momente. Aber herrje, das schuldete sie ihm, dachte er grimmig. Eine kleine Strafexpedition würde ihr guttun: ein bisschen Ungewissheit über ihre Zukunft, das ungemütliche Untersuchungsgefängnis. Buße tun, dachte er, jawohl, das verdiente sie. Dann käme sie geläutert und lammfromm wieder nach Hause. »Gereinigt«, dachte er. Und dann würden sie ein anderes Leben beginnen. Sie würde sich seinem Kinderwunsch nicht mehr widersetzen. Wir werden ein Kind haben, dachte er wieder und war sehr zufrieden.

Kaum, dass die Aufseherinnen die Tür des kleinen, nüchternen Besuchszimmers hinter ihm geschlossen hatte, sprang Nicki auf und stürzte sich in seine Arme. »Oh Louis, Louis!«, schluchzte sie, »bitte hol' mich hier raus, ich schaff das nicht, es ist so furchtbar.«

Er drückte sie an sich. *»Ma Chérie«*, flüsterte er in ihr Ohr und streichelte ihr über den Kopf. »Alles wird gut! Setz dich, Nickilein, bitte.« Er war erschrocken, wie klein und blass sie ungeschminkt aussah und wie dünn sie geworden war, in den wenigen Tagen, in denen er sie nicht gesehen hatte. Er starrte sie an. An die rote Narbe auf der Stirn musste er sich auch erst gewöhnen.

»Schau mich nicht an«, sie senkte den Blick, »ich sehe bestimmt schrecklich aus.« Sie löste sich von ihm und setzte sich zusammengesunken auf einen der Stühle. »Ich habe ihn nicht getötet!« Verzweifelt betonte sie jedes Wort.

»Ich glaube dir, *ma Chérie*, ich glaube dir!«

Sie schluchzte auf. »Ausgerechnet du glaubst mir! Oh Louis, ich, ich«, stammelte sie, »ich schäme mich so, Louis, verzeih mir, ich weiß wirklich nicht, was mich ...«

»Psssch, ma Puce«, unterbrach Cosenza. »Alles gut, es ist alles gut.«

»Nichts ist gut«, jammerte sie wie ein kleines Mädchen. »Ich will nach Hause, Louis, bitte!«

»Mein Schätzchen, du wirst nach Hause kommen! Bald! Es wird nicht ewig dauern. Vertrau mir! Und dann lasse ich dich nie wieder los, das verspreche ich dir!«

»Weißt du, was sie mit mir gemacht haben?« Sie flüsterte es nur.

Cosenza wurde starr. Sein Herz krampfte sich zusammen. Er war auf alles gefasst. In den Männergefängnissen war Gewalt an der Tagesordnung. Um klarzumachen, wer im Gefängnis das Sagen hatte, gab es Schlägereien, Initiationsriten, Vergewaltigungen. Hatte Nicki so etwas auch durchzumachen?

Er griff nach ihrer Hand. »Erzähl mir alles, *Chérie,* ich kann es ertragen, erzähle es mir!«

»Sie haben mir«, sie stockte. Leise und mit gesenktem Blick sprach sie weiter. »Sie haben meinen Körper durchsucht!« Sie schluchzte auf. »Es war so schrecklich!«

Cosenza fiel ein Stein vom Herzen, es war nur die normale Durchsuchung. »Das war alles? Haben sie dir weh getan?«

»Sie haben mir in die Vagina gegriffen und in den Anus!« Nicki sah ihn mit schreckgeweiteten Augen an. »Einfach so! ›Vorbeugen‹, haben sie gesagt und dann ... ich wusste nicht, was passieren würde! Das ist so unangenehm. Ich war total schockiert!«

»Mein armes Mäuschen«, Cosenza streichelte ihre Hand.

Sie schluchzte wieder. »Das war so erniedrigend. Man steht da vollkommen nackt vor diesen Frauen in Uniform. Sie sind so gefühllos!«

»Mein Armes, komm her«, Cosenza stand auf und zog sie vom Stuhl. Er umarmte sie, und sie schmiegte sich an ihn. »Gibt es sonst etwas? Bist du alleine in der Zelle? Wie sind die anderen Frauen? Lassen sie dich in Ruhe?«

»Ja, ich bin alleine«, nuschelte sie an seiner Brust. »Oh, du riechst so gut, Louis«, sie schnüffelte an seinem Hals und stellte sich auf die Zehen, um ihn zu küssen. »Küss mich, bitte, küss mich, Louis!«

Cosenza küsste sie zart und strich ihr gerührt über das Haar. »Erzähl mir alles«, sagte er sanft.

»Ich bin alleine. Es ist schrecklich ohne jede Ablenkung, aber in der Nachbar ...«, sie stockte, »*Zelle*«, sagte sie dann endlich, »da ist eine, die redet die ganze Zeit laut mit sich selbst. Ich bin dann froh, dass sie nicht mit mir die ... Zelle teilt.«

»Belästigt sie dich irgendwie?«

Nicki schüttelte den Kopf.

»Und die anderen Frauen? Belästigen sie dich?«

»Nein, aber ich gehe auch kaum raus. Ich höre nur, dass es anderswo laut und aggressiv zugeht.«

»Wollen sie was von dir? Haben sie dir weh getan?«

Sie schüttelte den Kopf.

»Wenn etwas ist, sagst du es mir, hörst du?! Du rufst mich an, sofort! Es gibt doch ein Telefon irgendwo?«

Sie nickte.

»Gut. Isst du denn genug?«, erkundigte sich Cosenza.

»Ich *kann* nichts essen.«

»Du musst was essen, mein Herz!«

»Oh Louis«, sagte sie gequält, »es ekelt mich an hier. Ich kann das nicht. Es riecht alles so komisch hier.« Sie schnüffelte und verzog angewidert das Gesicht. Cosenza zog die Luft ein und zuckte mit den Achseln. »Hm, na ja«, sagte er unbestimmt.

»Riechst du das nicht? Diese abgestandene Luft? Und dann der Geruch von warm gehaltenem Essen und Desinfektionsmitteln. Und das Klo ist mitten in ...«, sie zögerte, »mitten im Raum«, sagte sie dann. »Kannst du dir das vorstellen?« Sie sah ihn eindringlich an. »Total widerlich. Es würgt mich beim Essen, ich habe das Gefühl, auf einem dreckigen Putzschwamm herumzukauen.«

»Du kannst dir doch was bestellen, du hast Geld, Nicki, ich habe dir Geld auf dein Konto überwiesen. Bestell dir, was dein Herz begehrt.«

»Ich weiß nicht, wie ich das machen soll.« Sie zuckte resigniert mit den Schultern. »Man kann nur einmal die Woche etwas bestellen, glaube ich, und ich weiß nicht, wo und wie.«

»Gut, dann werde ich mich darum kümmern«, sagte er entschlossen. »Ich lasse dir etwas bringen. Was möchtest du, *Chérie?*«

»Was?«

»Was möchtest du essen? Ein ordentliches Steak?«

Sie lächelte scheu. »Meinst du das im Ernst?«

»Sicher!«

»Ach, irgendetwas, was Geschmack hat. Einen frischen Salat mit einer echten Vinaigrette, einen saftigen Pfirsich oder eine Melone. Oder, vielleicht ein bisschen Patisserie und gute Schokolade«, fügte sie mutiger geworden hinzu. »Aber geht das denn?«

»Mein Herz, was geht und was nicht, das entscheide immer noch ich. Lass mich nur machen.«

»Danke Louis.«

»Mein Liebling, vertrau mir, alles wird gut werden! Versuch dich auszuruhen ... Schläfst du genug?« Er betrachtete sorgenvoll die Ringe unter ihren Augen.

Von weitem hörte man laute Schreie und wie jemand Metallgegenstände rhythmisch aneinanderschlug, *»klapp, klapp, klapp«,* machte es blechern. Töpfe, dachte Cosenza. Jetzt fielen andere in das metallische Konzert ein: *»klapp, klapp, klapp«* und immer lauter und schneller *»klapp, klapp, klapp«*. Sie schlagen auf Töpfe, dachte Cosenza beunruhigt. Es klang nach Aufruhr. Der schrille Ton einer Trillerpfeife setzte sich durch. Es wurde gebrüllt, geschrien und gerannt, Türen wurden zugeknallt. Langsam wurde es ruhiger, nur eine Frau schrie noch immer unflätige Worte, die durch das Gebäude hallten.

Nicki sah ihn gequält an. »Hörst du das?«, flüsterte sie. »Das ist die ganze Zeit so! Selbst nachts schreien manche! Es ist so laut hier, es hallt so. Man hört alles! Ich KANN hier nicht schlafen. Ich bin total müde, manchmal schlafe ich ein paar Minuten, eine Stunde oder zwei, aber selbst wenn ich schlafe, habe ich das Gefühl, dass ich wach bin, so viel rattert durch meinen Kopf. Ich versuche zu verstehen, was passiert ist. Warum bin ich hier? Das ist doch alles absurd, oder? Wie ein schlimmer Traum. Und dann, dann schreit wieder jemand irgendwo oder stöhnt oder schlägt gegen die Wände oder gegen das Fenstergitter, es ist so furchtbar. Ich schaff das nicht, Louis.«

»Du musst schlafen!«, unterbrach sie Cosenza. »Essen und schlafen, hörst du! Ich kümmere mich darum, ich lasse dir was bringen. Der Anwalt kann dir *Lexomil* mitbringen, wenn er das nächste Mal kommt, das nimmst du, wenigstens zum Schlafen, dann wirst du insgesamt etwas ruhiger.«

Sie nickte. »Louis«, sagte sie dann fragend.

»Ja, *ma Chérie?*«

»Ich mag den Anwalt nicht.«

»Es ist der beste Anwalt, den es in Frankreich gerade gibt, Schätzchen«, sagte er ohne große Überzeugung.

»Er glaubt mir nicht.«

»Liebchen, *ich* glaube dir!«

»Ja, aber«, begann sie, »der Anwalt will, dass ich gestehe, aber ich weiß gar nicht, was ich sagen soll, wie es sich zugetragen hat ...«

»Du wirst nichts gestehen!«, reagierte er entrüstet.

»Aber selbst der Anwalt hat gesagt ...«

»Ah dieser Dreckskerl, der steckt ein Maximum an Kohle ein und macht seine Arbeit wie ein Stümper«, schimpfte

Cosenza los, unterbrach sich aber sofort, als er Nickis erschrockenes Gesicht sah, die schon wieder Tränen in den Augen hatte.

»Ich rede mit dem Anwalt«, sagte er dann, »hörst du?«

»Ich habe ihn nicht getötet«, wimmerte sie leise, »und sie werden mich trotzdem verurteilen. Alle sind gegen mich, hat er gesagt. Die Geschworenen werden mich verurteilen! Und dann werde ich nach Rennes verlegt. Dorthin kommen alle Frauen, die eine schwere Straftat begangen haben, sagen sie hier. Rennes! Das ist in der Bretagne!« Sie sah ihn verzweifelt an, und Tränen rollten über ihre Wangen.

»Das werden wir noch sehen, mein Liebling, bitte, mein Herz, nicht weinen, bitte!«

»Ich hab nichts getan, Louis, ich schwöre es dir! Ich will nicht hier drinbleiben, bitte, Louis!«

»Ich weiß, mein Schatz, ich weiß es.«

»Du bist so gut, Louis. Du bist der Einzige, der auf meiner Seite ist, dabei habe ich dir so weh getan. Ich schäme mich so, Louis, bitte verzeih mir!«

»Alles ist gut, mein Herz. Denk nicht mehr daran. Denk an unsere Zukunft! Hab Vertrauen!«

»Die Zuuu-huhu-kunft«, heulte sie nun haltlos. »Ich hab kein Vertrauen. In wen denn? Alle glauben, ich war's. Nicht mal der Anwalt glaubt mir. Der Anwalt sagt, wenn ich gestehe, wird es ›relativ‹ gut ausgehen. Aber ich kann doch nicht etwas gestehen, was ich nicht getan habe, oder?! Das ist doch völlig verrückt!?«

»Nein! Du wirst *nichts* gestehen!«

Die in Dunkelblau gekleidete Aufseherin mit dem strengen Pferdeschwanz tauchte hinter der Scheibe auf und rasselte mit dem Schlüsselbund. »Zeit, sich zu verabschieden«, sagte sie und stellte sich sichtbar vor die Tür. Cosenza machte ihr ein bittendes Zeichen, aber sie schüttelte gleichgültig den Kopf.

Nicki schluchzte auf. »Bitte Louis, ich will nicht hierbleiben. Ich bin unschuldig! Ich will nicht verurteilt werden. Ich will nach Hause, bitte, bitte, ich will nur nach Hause. Louis, bitte!«, flehte sie ihn an. Sie zitterte jetzt.

Es brach ihm fast das Herz, sie so zu sehen. Wo war sie hin, die lustige und kokette Frau, die er so liebte?

Auf ihrer Seite tauchte nun ebenfalls eine dunkelblaue Aufseherin auf und öffnete die Tür. »Schluss für heute!«, sagte sie in einem freundlichen Ton.

»NEIN!« Nicki schrie nun und klammerte sich an Cosenza. »NEIN, NEIN, NEIN! Geh nicht, bitte!«

»Ach je«, seufzte die Aufseherin, »es ist das erste Mal, was? Das ist immer schwierig, aber er wird doch sicher wiederkommen, Ihr Mann, nicht wahr?« Sie sah Cosenza auffordernd an.

»Natürlich komme ich wieder, sooft ich kann«, bestätigte er. »Nicki«, sagte er dann sanft, »nicht weinen, bitte hör auf.« Er löste sich energisch aus ihrer Umklammerung. Dann nahm er ihr kleines Gesicht in beide Hände: »Nicki, hör mir zu«, redete er auf sie ein. »Niemand wird dich verurteilen, hörst du! Ich werde dafür sorgen! Du kommst nach Hause. Glaub mir! *Ich* werde dich verteidigen, *ma Chérie!*« Er küsste sie lange und intensiv. »Vertrau mir!«

Den leidenden, verzweifelten Blick, den sie ihm zugeworfen hatte, als sie von der Aufseherin in ihre Zelle geführt wurde, bekam er nicht aus dem Kopf. Ihre jammervollen großen Augen erinnerten ihn an eine Filmszene. Was war das noch für ein Film gewesen, überlegte er. Er kam nicht darauf. Das Gefängnis verließ er wie in Trance. Die Sonne knallte unbarmherzig auf die schattenlose Straße. Die Luft über dem heißen Asphalt flirrte und flimmerte. Louis Cosenza hörte und fühlte nichts. Er war wie in einem Wattekokon, nicht einmal die Hitze drang zu ihm durch. Automatisch warf er sich in seinen Wagen und startete. Automatisch suchte er den Weg Richtung Schnellstraße und fuhr ebenso automatisch Richtung Cannes. Seine Gedanken aber waren bei Nicki. Seine süße, zarte Nicki, die nun in irgendeiner gesichtslosen Zelle saß und weinte. Er dachte nicht mehr, dass sie ihm etwas schulde, dass sie etwas abzuzahlen habe. Sie litt und büßte bereits, und er befürchtete plötzlich, dass sie ein paar Wochen oder Monate in Untersuchungshaft nicht unbeschadet überleben würde. Ganz zu schweigen von einer Gefängnisstrafe. Selbst wenn man ihr keine vorsätzliche Handlung vorwerfen würde. Totschlag im Affekt oder möglicherweise einen Unfall mit Todesfolge, oder was immer Maître Carlton-Arditi zu plädieren gedachte. Warum glaubte eigentlich ums Verrecken niemand an einen Selbstmord? Er hatte es doch so gut geplant.

Es gibt keine andere Lösung, dachte er. Er würde sich selbst anzeigen. Er hatte keine Angst vor dem Gefängnis, er wusste, dass man mit Geld dort alles regeln konnte. Er hatte auch keine Angst vor Gewalt. Er würde seine Tat gestehen, auch wenn er keinerlei Gewissensbisse verspürte. Er fühlte sich absolut im Recht, diesen Kerl, der ihm seine Frau hatte ausspannen wollen, beseitigt zu haben. Aber Nicki sollte nicht noch weiter dafür büßen müssen. Ihre Lektion hatte sie gelernt. Er glaubte nun auch nicht mehr, dass sie ihm den Mord an Raphaël übel nehmen würde. Sie wäre ihm nur dankbar, dass er sie aus dieser Situation befreit hätte, und möglicherweise wäre sie auch beeindruckt von seiner Tat. Ein Mann, der seinen Nebenbuhler tötet, um seine Frau zurückzugewinnen, ist doch ein wahrhafter Kerl. Ein Held. Zumindest in seinen Augen. Es gab genug Frauen, die von starken Männern beeindruckt waren. Nicki würde da keine Ausnahme machen, dachte er. Sie würde bei ihm bleiben, treu, ergeben und bewundernd. Vielleicht würde sie ihn von nun an anders respektieren. Das wäre auch nicht das Schlechteste. Die Idee gefiel ihm ausnehmend gut.

Er goss sich einen Whisky ein, warf zwei große Eiswürfel in das Glas und setzte sich an den Schreibtisch. Er nahm seine Schreibmappe, wählte einen cremefarbenen Bogen, auf dem sein Name eingedruckt war. Dann schraubte er den schwarzen Montblanc-Füller auf. Ein Geschenk von Nicki zu seinem letzten Geburtstag. Ach Nicki.

Monsieur le Juge, begann er.

Mit diesem Schreiben möchte ich verhindern, dass Sie einen Justizirrtum begehen. Den Tod von Raphaël Picot habe ich verschuldet.

Im Folgenden schildere ich Ihnen den Ablauf der Geschehnisse, wie sie sich am Abend des 4. August zugetragen haben. …

Er überlegte und begann noch etwas zögerlich damit, wie er Verdacht geschöpft habe, dass seine Frau ihn betrog, wie er ihr eine Falle gestellt habe. Je mehr er schrieb, desto leichter ging es ihm von der Hand. Da er wusste, wie es sich zugetragen hatte, fügte sich ein Satz an den anderen. Flüssig und geradezu beseelt von seinem Geständnis schrieb er immer schneller, konnte sich einen Seitenhieb auf den

Commissaire nicht verkneifen, der nicht in der Lage gewesen sei, die Unschuld seiner Frau zu erkennen. Vier Seiten schrieb er so in einem Zug, ohne auch nur ein Wort zu ändern. Danach trank er den nun verwässerten Whisky aus und las den Brief noch einmal durch. Er war zufrieden mit sich. Vielleicht sollte er öfter schreiben. Er könnte seine Memoiren verfassen, in der vielen freien Zeit, die ihn im Gefängnis erwarten würde. Ein gutes Projekt, dachte er. Ein sehr gutes Projekt.

Er datierte und unterzeichnete sein Geständnis, faltete die Seiten und steckte sie in einen Umschlag. *Monsieur le Juge Dussolier persönlich,* er unterstrich »persönlich«. *Tribunal Grande Instance Grasse,* adressierte er. Er betrachtete den dicken cremefarbenen Umschlag auf seinem Schreibtisch. Dann erhob er sich, griff nach dem Umschlag, dem Schlüsselbund und warf die Haustür hinter sich zu. Zügig fuhr er zum Gericht. Kein Stau, keine Baustelle hielt ihn auf. Alles war so, als solle es so sein.

Er lief die langgezogenen Stufen zum Gerichtsgebäude hinauf, ließ die Sicherheitskontrolle über sich ergehen und ging entschlossenen Schrittes zum Empfang.

»Richter Dussolier bitte!«, warf er der Dame hinter dem aufgeschobenen Glasfenster mit autoritärer Stimme zu.

»Haben Sie einen Termin?«, fragte die wohlfrisierte Dame und sah ihn über die Ränder der schmalen Lesebrille auf ihrer Nasenspitze an. Sie schob die Brille die Nase hinauf und blätterte lustlos in einer großen Agenda »Sie sind Monsieur ...?«.

»Nein, ich habe keinen Termin«, antwortete Cosenza, mürrisch darüber, dass sich ihm letzten Endes doch etwas in den Weg stellen konnte. »Cosenza mein Name, Louis Cosenza, der Richter Dussolier und ich, wir kennen uns«, sagte er unverfroren, es war nicht einmal gelogen, »und es ist außerordentlich dringend! Ich möchte, nein, ich *muss*«, beschwor er sie eindringlich, »ihm diesen Brief persönlich übergeben.«

»Ich verstehe, Monsieur Cosenza, aber ich bedaure, Richter Dussolier ist momentan nicht im Haus.«

»Ach«, machte Cosenza, und sein durchgedrücktes Kreuz sackte etwas zusammen. »Kann ich warten?«

»Oh, selbstverständlich können Sie warten.« Müde wies sie auf eine Handvoll Stühle, die verloren in der großen Halle herumstanden.

Cosenza legte etwas mehr Charme in seine nächste Frage: »Wann erwarten Sie den Richter denn wieder?«

»Das kann ich Ihnen wirklich nicht sagen. Vielleicht kommt er im nächsten Moment, vielleicht in zwei Stunden, vielleicht gar nicht. Sie kennen ihn ja, dann wissen Sie, wie er ist«, fügte sie hinzu.

»Ja, sicher.« Cosenza machte eine zerknirschte Miene. Unschlüssig stand er vor dem Fenster des Empfangsbüros und sah auf den Brief in seiner Hand.

Da erbarmte sie sich. »Kommen Sie!« Sie machte ihm ein Zeichen, drückte mit einem Summen die Tür an der Seite ihres Glaskubus auf und bat ihn herein.

»Können Sie sich ausweisen?«

Cosenza nestelte die Brieftasche aus seiner hinteren Hosentasche und reichte ihr seinen Personalausweis.

Sie blickte darauf, sah Cosenza ins Gesicht, nickte und gab ihm den Ausweis zurück.

»Die Fotokopie?«, fragte sie dann.

Cosenza verstand nicht. »Die Fotokopie? Welche Fotokopie?«

»Na, ich muss Ihnen den Erhalt des Briefes doch bestätigen. In der Regel mache ich auf die Kopie des Schreibens meinen Eingangsstempel.«

»Aha«, er zuckte bedauernd die Schultern. »Tut mir leid, ich habe keine Kopie.«

»Nicht schlimm. Sie erlauben?«, fragte sie und streckte die Hand nach seinem Brief aus.

Cosenza reagierte nicht.

»Sie erlauben?!«, wiederholte sie etwas lauter und sah ihn auffordernd an.

Cosenza zögerte kurz. In seinem Kopf arbeitete es. Aber nein, er wollte diesen Brief nicht noch einmal mitnehmen, er würde ihn nicht noch einmal lesen oder die Entscheidung überdenken und den Brief vielleicht zerstören. Er hatte sich entschieden. Entschlossen reichte er ihr den Brief. Sie nickte gnädig und öffnete ihn mit einer selbstverständlichen Geste.

»Verzeihen Sie«, er versuchte sie davon abzuhalten, »der Brief ist für Richter Dussolier persönlich«, sagte er.

»Keine Sorge«, beruhigte sie ihn, »ich lese ihn nicht, ich mache nur eine Fotokopie der ersten Seite.« Rasch legte sie die Seite auf einen Kopierer, der beim Darüberfahren ein leicht asthmatisches Geräusch machte, entnahm die Kopie, drückte zügig und fest einen roten Stempel darauf und reichte sie ihm. »Bitte schön!« Den Brief legte sie zuoberst in eine große Mappe und klappte sie entschieden zu.

Cosenza sah es wie in Trance. »Alles in Ordnung«, wiederholte sie freundlich. »Gleich, wenn Richter Dussolier kommt, nimmt er diese Mappe an sich. Ihr Brief landet so direkt auf seinem Schreibtisch. Es war die richtige Entscheidung, persönlich zu kommen«, erklärte sie. »Die tägliche Briefpost nimmt einen anderen Weg«, vertraute sie ihm an, »sie kommt in den Ablagekorb«, sie deutete auf einen enormen Stapel brauner und weißer DIN-A4-Umschläge, »und wird zunächst von seinen Mitarbeitern bearbeitet. Sie sehen, Sie haben alles richtig gemacht.«

»Das hoffe ich«, sagte Cosenza.

»Aber sicher«, sagte die Dame und drückte ihm die Tür ihres Glashäuschens wieder auf. »Einen schönen Abend noch!«

»Danke ebenso.«

Cosenza fühlte sich befreit und erleichtert, und gleichzeitig in einer geradezu heilig ernsten Stimmung, weil er wusste, was auf ihn zukommen würde. Er hatte Nicki erlöst. Er sah wieder ihr kleines Gesicht mit den Schatten unter den großen Augen vor sich. Blitzartig fiel es ihm ein: *La Passion de Jeanne d'Arc!* Da hatte er ihn erstmals gesehen, diesen leidenden Gesichtsausdruck der jungen Schauspielerin, die in einem uralten Stummfilm Jeanne d'Arc gespielt hatte. Es war der Moment, als man sie zum Scheiterhaufen führte. Vor Jahren hatte er diesen Film mit Klavierbegleitung im Palais des Festivals gesehen und sich geschämt für seine Ergriffenheit, die ihm das Leid der jungen Jeanne d'Arc verursacht hatte. Seelenregungen dieser Art hatte er nicht allzu oft. Nickis Leid hatte ihn ähnlich berührt. Aber es war nun bald vorbei. Er fühlte sich großartig in seiner Güte. So großartig, dass er es gerne feiern würde. Er überlegte, ob er sich mit ein paar Freunden die letzte Nacht um die Ohren schlagen sollte, bevor morgen die Polizei an seine Tür klopfte, eine Art Junggesellenabschied, dann entschied er sich anders. Er würde mit seinem Sohn ein paar Dinge zu regeln haben. Wenn Giorgio ihn zukünftig draußen vertreten sollte, müsste er ihn noch in das eine oder andere einweisen. Wie gut, dass Giorgio zur Vernunft gekommen war. Er hatte das zufriedene Gefühl, dass sich alles fügte.

Auf dem Weg nach Hause hörte er einen Mix von Céline Dion, die in jedem ihrer Lieder die Kraft der Liebe beschwor. Inbrünstig schmetterte er die *Hymne à l'amour* mit, ein Chanson von Edith Piaf, aber er liebte eine neuere Version, Céline Dion im Duett mit Johnny Hallyday, vielleicht weil er Nicki und sich mit den beiden Sängern identifizierte. »*On peut bien rire de moi, oh, je ferais n'importe quoi si tu me le demandais …*«

Alles würde er aus Liebe für Nicki tun. Jawohl. Er hatte es gerade getan. Und auch wenn man über ihn lachen würde, er fühlte sich großartig. Er nahm die letzte Kurve und bremste jäh. Vor seinem Haus stand ein Wagen. Langsam näherte er sich, hielt auf gleicher Höhe und sah den Kommissar überrascht an. »Sie sind schon da?«

»Ich warte schon eine Weile auf Sie, Monsieur Cosenza.«

»Lassen Sie uns hineingehen.« Cosenza hatte das Eingangstor mit der Fernbedienung geöffnet und fuhr den Wagen in die Auffahrt. Duval folgte ihm zu Fuß.

»Sie sind also schon da«, sagte Cosenza und erhob sich mit etwas Mühe aus dem Sitz des tiefliegenden Sportwagens.

»Ich wollte Ihnen die frohe Botschaft direkt überbringen.«

»Frohe Botschaft?« Cosenza sah den Kommissar grimmig an. »Was meinen Sie?«

»Ihre Frau ist unschuldig, Monsieur Cosenza.«

»Sicher.« Cosenza nickte und öffnete die Haustür. »Kommen Sie rein, es ist kühler drinnen. Kann ich mich schnell noch duschen und umziehen?«, fragte er und warf den Schlüsselbund in eine ausladende türkisfarbene Glasschale.

Duval sah ihn amüsiert an. »Wie Sie wünschen. Aber ich brauche nicht lange.«

»Sicher, aber ich …«, begann Cosenza.

»Monsieur Cosenza«, unterbrach ihn Duval und blieb in der Eingangshalle stehen, »ich mache es kurz. Wir haben den Mann gefunden, der Ihrer Frau geholfen hat, erinnern Sie sich? Die Autopanne?!«

»Ach ja?!« Cosenza sah den Kommissar perplex an.

»Ein Tourist, tatsächlich«, fuhr Duval fort. »Er hat gerade erst erfahren, dass er als Zeuge gesucht wurde. Er spricht so gut wie kein Französisch und liest natürlich keine Tageszeitung, also zumindest keine französische. Heute aber hat er ein Foto Ihrer Frau im *Nice Matin* gesehen, sie wiedererkannt und sich den Text von einem Hotelangestellten übersetzen lassen. Er hat sich vorhin auf dem Kommissariat gemeldet. Er bestätigt die Angaben Ihrer Frau!«

»Wie schön.« Cosenza schien nicht zu begreifen, worauf Duval hinauswollte.

»Verstehen Sie nicht? Ihre Frau ist unschuldig! Sie hatten vollkommen recht, sie zu verteidigen!«

Cosenza starrte Duval an. »Natürlich ist sie unschuldig!«, blaffte er. Was schwafelte der Kerl so lange herum? »Und?«, setzte er dann nach, weil Duval schwieg.

»Na, dieser Tourist, ein Deutscher tatsächlich, ein Monsieur Berger«, Duval sprach den Namen französisch aus, »er bezeugt, dass er Ihrer Frau geholfen hat. Er gab an, der Benzinschlauch sei defekt gewesen, er habe ihn mit seinem Taschenmesser abgeschnitten und provisorisch wieder aufgesteckt. Er hat wohl versucht, Ihrer Frau zu erklären, dass sie zwar fahren könne, aber dennoch eine Werkstatt aufsuchen müsse. Alles so, wie Ihre Frau es zu Protokoll gegeben hat.«

»Aha«, machte Cosenza abwartend. »Und?«

»Verstehen Sie es nicht, Monsieur Cosenza?« Duval sah Cosenza prüfend an. »Die Nachbarn von Raphaël Picot gaben zu Protokoll, den Schuss, den sie damals noch nicht für einen Schuss hielten, kurz vor halb acht gehört zu haben. Sie sind sicher mit dieser Zeitangabe, weil sie ein Interview auf Radio Riviera hörten, wir haben das überprüft. Und die Herrschaften sind glaubwürdig. Um kurz vor halb acht also, während des Interviews mit einem Saxophonisten anlässlich des Jazz-Festivals in Monaco, hörten sie einen Schuss. Um kurz vor halb acht aber stand Ihre Frau schon eine Weile mit einer Autopanne auf der Schnellstraße. Sie *kann* Raphaël Picot nicht erschossen haben! Monsieur Berger hat Ihrer Frau ein eindeutiges Alibi gegeben.«

Cosenza starrte den Commissaire entgeistert an. »Was?« Er verschluckte sich an seinem Atem und musste husten.

»Ihre Frau hat ein Alibi«, wiederholte Duval. »Zudem hat die alte Dame, die vorgab, Ihre Frau später, nämlich um zwanzig vor acht, gesehen zu haben, ihre Aussage zurückgezogen. Im Kommissariat, als sie Ihre Frau identifizieren sollte und die Aussage bestätigen, da war sie plötzlich nicht mehr sicher. Wir dann auch nicht mehr. Sie hatte nämlich angegeben, dass Ihre Frau kurz vor Beginn ihrer Lieblingssendung *Plus belle la vie* das Haus verlassen habe, wir haben das zunächst nicht überprüft, jeder weiß, dass *Plus belle la vie* jeden Abend um Viertel vor acht auf France 3 läuft, nicht wahr?« Duval sah Cosenza an, der deutlich verwirrt blickte. Von was redete dieser *flic* nur, schien er sich zu fragen. »Nun ja, jeden Abend, aber nicht während der Sommerpause!« Duval schwieg, als sei es selbsterklärend.

»Was?«, fragte Cosenza. »Ich verstehe nicht ...«

»*Plus belle la vie* wurde gar nicht ausgestrahlt im August! Was immer die Dame gesehen hatte, nun ja ... sie wollte vermutlich gerne behilflich sein, als meine Kollegin sie befragt hat, und hat übereifrig etwas erfunden. Bei der

Gegenüberstellung war sie dann ebenfalls unsicher. So ist es häufig.« Er zuckte die Achseln. »Wenn die Zeugen sich der Wichtigkeit ihrer Aussage bewusst werden, dann wollen sie lieber nichts gesagt haben.«

»Nicki hat ein Alibi«, wiederholte Cosenza röchelnd.

»Monsieur Cosenza?« fragte Duval. »Geht es Ihnen nicht gut?«

Cosenza riss sich zusammen. »Doch«, krächzte er, »wer also hat ihn erschossen?«

»Wir gehen jetzt doch wieder von der Selbstmordtheorie aus. Raphaël Picot war sehr wahrscheinlich bipolar, manisch depressiv hat man früher dazu gesagt. Seine Mutter hat ausgesagt, dass er lange Zeit in therapeutischer Behandlung war.«

Cosenza hustete wieder. »Ach so«, sagte er mit rauer Stimme, hustete und räusperte sich. »Soso.« Seine linke Hand begann leicht zu zittern. Ihm brach der Schweiß aus. »Verzeihen Sie.« Er öffnete noch einen Knopf seines Poloshirts, ohne dass es ihn erleichterte.

»Ist Ihnen nicht gut?«

»Doch, doch«, murmelte Cosenza. »Alles in Ordnung. Ich muss mich kurz setzen«, sagte er und ließ sich schwer auf einen transparenten Plexiglasstuhl sinken, der dekorativ in einer Ecke stand. Duval sah den massigen Mann auf der leichten Design-Version eines Louis-XV.-Stuhls aufrichtig besorgt an. »Geht es wieder?«

»Weiß der Ermittlungsrichter das schon?«, fragte Cosenza mit belegter Stimme.

»Ich komme von ihm. Er hat angeordnet, dass Ihre Frau umgehend freigelassen wird.«

»Und sonst nichts?«

Duval lachte kurz auf. »Ist das etwa nichts? Sie werden

sie bald wieder in Ihre Arme schließen können. Freut Sie das nicht?«

»Doch, doch«, murmelte Cosenza. »Natürlich.« Der Brief. Der Brief! Was war ich für ein hirnverbrannter Idiot, dachte Cosenza. »Ist das alles?«, vergewisserte er sich noch einmal misstrauisch. »Sie sind doch nicht nur deswegen gekommen?«

»Nein«, reagierte Duval ironisch, »Ich bin nicht *nur* deswegen gekommen.«

Cosenza verkrampfte sich. »Sondern?«, fragte er angespannt.

»Ich bin *extra* deswegen gekommen!« Duval grinste.

Cosenza starrte ihn an.

Duval zuckte mit den Achseln.

Cosenza stöhnte auf. Was für ein Trottel er war. Dann aber erhob er sich energisch. »Wenn das so ist, dann muss ich Sie bitten ...«, er schob Duval zur Tür hinaus und klaubte den Schlüsselbund aus der Glasschale. »Ich muss dringend noch mal los.«

»Es ist vielleicht noch zu früh, für Ihre Frau«, rief Duval, aber Cosenza ließ ihn ohne ein weiteres Wort der Erklärung stehen, warf sich in sein Auto, fuhr rückwärts die Ausfahrt hinunter, quetschte sich durch das sich nur langsam öffnende Tor und schoss mit quietschenden Reifen davon.

Gegen alle Geschwindigkeitsbegrenzungen verstoßend, raste er zurück zum Landgericht nach Grasse, stellte das Auto verkehrswidrig auf dem Gehweg ab und eilte erneut die langgezogenen flachen Treppen hinauf. »Haben Sie einen Termin?«, fragte der Sicherheitsbeamte und versperrte ihm die Tür.

»Termin! Termin! Was geht Sie das an?!«, herrschte Cosenza ihn an.

»Das Gerichtsgebäude schließt jetzt. Wenn Sie keinen Termin haben ...«

»Ich muss da rein!«, wütete Cosenza. »Ich MUSS! Es ist dringend! Ich habe einen Termin mit Richter Dussolier«, log er dann. »Ich bin spät dran.«

»Warum sagen Sie das nicht gleich.« Der Sicherheitsbeamte öffnete die Tür und schickte ihn zunächst durch das Sicherheitsportal. Es piepste schrill. »Kommen Sie bitte noch einmal hierher«, forderte er ihn auf.

»Ich hab's eilig«, blaffte Cosenza.

»Immer mit der Ruhe, sonst kommen Sie hier gar nicht rein!« Der Sicherheitsbeamte hob und senkte mit betulicher Langsamkeit den Metalldetektor vor und hinter seinem Körper. »Bitte«, sagte er endlich und gab den Weg frei.

Cosenza war rot vor unterdrücktem Zorn. Schwitzend und außer Atem stand er wieder vor der Empfangssekretärin.

»Ich habe vorhin einen Brief an Richter Dussolier abgegeben«, schnaufte er, »erinnern Sie sich?«

Sie lächelte und nickte. »Sicher.«

»Verzeihen Sie mir, aber ich habe aus Versehen ein falsches Schreiben abgegeben. Ich hatte mehrere Schriftstücke in meiner Mappe und habe in der Eile das falsche gegriffen. Ich habe es eben erst gemerkt, das Schreiben, das ich Ihnen hiergelassen habe, betrifft gar nicht Richter Dussoulier, sondern meinen Notar. Es ist mir sehr unangenehm, Sie damit zu belästigen, aber könnten Sie ihn mir vielleicht wieder zurückgeben?!«

»Das tut mir leid, Richter Dussoulier hat die Post bereits an sich genommen. Aber machen Sie sich keine Sorgen, wenn er merkt, dass das Schreiben nicht für ihn bestimmt ist, wird er umgehend das Nötige veranlassen.«

Louis Cosenza stand wie erstarrt. »Er hat die Post bereits an sich genommen«, wiederholte er benommen.

»Richtig. Er ist gekommen, kurz nachdem Sie hier waren, und hat die Mappe mitgenommen, genau wie ich es Ihnen gesagt habe.« Die Empfangssekretärin begann auf ihrem Schreibtisch Dinge zu ordnen, doch als sie bemerkte, dass Cosenza sich nicht rührte, wandte sich sie erneut an ihn. Fürsorglich sagte sie: »Sie müssen sich wirklich nicht beunruhigen, Richter Dussolier ist ein korrekter und sehr diskreter Mann. Was immer Sie Ihrem Notar anvertraut haben, ich bin sicher, es wird keine Konsequenzen für Sie haben.«

Epilog

Das Gewitter kam überraschend frühmorgens. Über mehrere Tage hatte es sich grollend angekündigt. Jeden Abend hatten sich die Wolken grau zusammengeballt, es donnerte und blitzte, ein warmer Wind wirbelte die bräunlichen trockenen Blätter der Platanen durch die Alleen, aber es fiel, zumindest über Cannes, kein einziger Tropfen Regen. In anderen Départements war nach der Alarmstufe Orange für die Hitzewelle schon gleich danach die Alarmstufe Rot für Überschwemmungskatastrophen ausgerufen worden. Auch in den Bergen gingen nun jeden Nachmittag heftige Gewitter herunter, wie Annie ihm berichtete, nicht so in Cannes. Hier war die Luft nur dichter geworden, schwerer, schwüler. Man fühlte sich erdrückt von der Hitze, die einen wie ein Schraubstock umklammert hielt. Ein wattiger Schraubstock, aber die Umklammerung war ebenso fest. Kein Entkommen. Nicht mal das Meer bot noch eine Erfrischung, wo das Wasser sich auf 28 Grad aufgeheizt hatte.

Und dann eines Morgens, kurz nach sechs, vollkommen überraschend, riss eine krachende Explosion Duval aus dem letzten Traumfetzen seines Schlafes. Erst verstand er es nicht und lauschte. Es krachte wieder über dem Haus, und ein lautes Rauschen setzte ein. Ein Gewitter! Endlich! Duval sprang aus dem Bett und riss das Fenster und die Fensterläden auf und wurde von einem Schwall Regen und heftigem Wind begrüßt. Schnell knallte er das Fenster wieder zu, aber er hatte für einen Moment die frische Luft gespürt. Endlich! Er blieb hinter dem Fenster stehen und sah dem Spektakel zu. Die Büsche, Bäume und Palmen beugten sich im böigen Wind in alle Richtungen, die weißen Glöckchen der blühenden Yuccapalmen wurden wild davongeschüttelt, und die dürren Äste ihres Glockenbaums ragten danach leer und verwaist inmitten der Pflanze nach oben. Der Regen stürzte wie ein Wasserfall auf die vertrocknete Erde und den aufgeheizten Asphalt. Regen. Endlich. Was für eine Wohltat. Der Donner rollte nun schon von ferne. Dafür hörte man bereits die Sirenen der Feuerwehr. Bei jedem Gewitter schwollen die sonst so gemächlich vor sich hin fließenden Kanäle zwischen und unter den Häusern in Cannes in Sekundenschnelle an, und die Wassermassen drangen in alle offenen und auch in die weniger offenen Kellerfenster und Türen ein und überschwemmten die Souterrains, die Garagen und die Kellerräume.

Es regnete noch den ganzen Vormittag, sehr zur Freude der afrikanischen Straßenhändler, die eilig ihre Regenschirme aus den Depots geholt hatten und sie an strategischen Straßenecken und vor Kaufhaustüren anboten. Der Donner grollte mal von rechts, mal von links, kam näher und entfernte sich wieder, und der sommerliche Lärm der Stadt verschwand unter dem steten Rauschen des Regens und dem Glitschen der Autos auf den nassen Straßen. Der Himmel wurde erst nachmittags wieder heller, und bald schien die Sonne wieder so, als wäre nichts gewesen. Die große Hitzewelle aber war beendet. Die Temperaturen waren auf einen Schlag um fünf Grad gesunken, und man fand 29°C jetzt geradezu angenehm. Es kühlte von nun an nachts etwas ab, was die Hitze der letzten Augusttage, selbst wenn die Temperaturen tagsüber erneut auf über 30°C anstiegen, erträglich machte.

Duval besuchte erneut seine Mutter, um ihr von den Umständen des Unfalls zu berichten und dem dringenden Verdacht, den er gegen seinen Vater hegte, und der ihm schwer auf der Seele lag, aber sie wollte ihn nicht anhören. »Das ist schon so lange her«, wehrte sie ab. »Ich will nicht mehr daran denken. Es ist vorbei. Georges ist tot, dein Vater ist tot. Wozu in diesen alten Geschichten herumrühren?« Sie wandte sich ab und bot ihm stattdessen einen weiteren Tee und etwas Gebäck an und lobte ausführlich die Qualität ihres Patissiers und begann alsbald ein Gespräch über das Wetter. Auch in Avignon hatte es zwischenzeitlich sintflutartig geregnet. Hatte es so starke Regenfälle wirklich früher schon gegeben? Zeitweise waren die Autobahnen rund um Avignon in Flüsse verwandelt worden. Hatte er keine Probleme bei der Anfahrt gehabt?

Duval tauschte resigniert noch ein paar Belanglosigkeiten mit seiner Mutter aus und verabschiedete sich alsbald.

Madame Picot hingegen war erleichtert, dass man mit dem Mörder ihres Sohnes gleichzeitig auch einen Mitschuldigen am Tod ihres Mannes gefunden hatte, auch wenn dies offiziell nicht zur Sprache kommen und im Prozess nicht verhandelt werden würde.

»Und Patrick, der eigentliche Schuldige, ist seines Lebens nicht mehr froh geworden nach diesem schrecklichen Unfall«, erklärte Duval. »Für ihn war diese Geheimhaltungs- und Vertuschungsaktion keine gute Entscheidung. Er hätte sich besser gestellt, eine Strafe abgebüßt, dann hätte er sich, Ihnen und allen anderen wieder in die Augen sehen können und nicht dieses jämmerliche Leben eines Schwächlings und Lügners führen müssen.«

»Ich mochte ihn nicht. Ich dachte lange, es hinge damit zusammen, dass er immer betrunken war, aber ich glaube, es war seine Art, sich bei mir lieb Kind zu machen. Ich fand ihn aufdringlich und mied ihn. Jetzt denke ich, er wollte einen Kontakt zu mir herstellen oder er fühlte sich mit mir verbunden durch den Tod von Pierre und er wollte irgendein erlösendes Wort von mir hören. Aber ich wusste ja nicht, warum.«

»Er hatte ein Bedürfnis, es Ihnen zu beichten, und er hat es dann Raphaël eines Tages erzählt, nicht wahr? Genauso, wie er es später mir erzählt hat.«

Madame Picot nickte. »Raphaël war so wütend, als er das erfahren hat. Er hat mich befragt und mir Vorwürfe gemacht, weil ich damals so schnell klein beigegeben habe mit einem Umschlag voller Geld. Er war außer sich. ›Du hast Vater verraten für ein paar tausend Francs!‹, hat er geschimpft. Er wollte sich rächen, das habe ich verstanden.«

»Aber nicht an Patrick, der ja der eigentliche Schuldige war, sondern an dem Mann, der dafür gesorgt hat, dass die Ermittlung eingestellt worden ist. Patrick hatte in seinen Augen schon gebüßt.«

Madame Picot nickte.

»Und so hat er Kontakt gesucht. Zunächst folgte er Louis Cosenza von weitem, las alles, was er über ihn finden konnte, und freundete sich mit Cosenzas Sohn an: sie sind gleich alt, man kennt sich vom Sehen und läuft sich im Suquet immer mal über den Weg. Das war nicht weiter schwierig. Um näher an Giorgio heranzukommen, hat er sogar angefangen, Poker mit ihm zu spielen. Vielleicht hoffte er auch, beim Spielen Geld zu gewinnen und sich indirekt zu rächen, was meinen Sie? Wussten Sie davon?«

Sie senkte die Augen. »Ich wollte das alles nicht wissen.

Mir war das unheimlich. Ich wollte, dass unser Leben einfach so weitergeht, aber Raphaël war völlig fixiert auf seine Idee, sich zu rächen.«

»Und über Giorgio hat er Nicki kennengelernt. Nicki ist der schwache Punkt von Cosenza. Das hat er gespürt, er hatte beide jahrelang von weitem beobachtet. Er hat Nicki umgarnt und sie verführt, nur in der Absicht, Cosenza zu treffen.«

»Mir hat er das nicht erzählt, aber ich habe schon gespürt, dass etwas los ist. Ich habe ihn ja kaum noch gesehen in den letzten Wochen. Er war wie ausgewechselt. So überdreht. Er hatte häufig so intensive Phasen. Wenn er wütend war, dann war er so schrecklich wütend, dass ich Angst vor ihm hatte. Und manchmal hatte er so düstere Phasen, dass ich dachte, er tut sich etwas an. Und die letzten Wochen war er so ...«, sie suchte ein Wort.

»Euphorisch«, ergänzte Duval.

»Ja«, stimmte sie zu, »das ist es wohl. Euphorisch.«

»Dann war er also doch bipolar, wie Léa vermutet hatte?«, fragte Annie.

»Möglich.«

»Warum wollte sie das denn nicht erzählen?«, fragte sie Duval. »Hat sie euch nicht vertraut?«

»Genau das. ›Warum sollte ich Ihnen etwas erzählen? Ich habe nicht geglaubt, dass etwas dabei herauskommt‹, hat sie mir gesagt. Sie dachte, alles verläuft im Sand, wie schon beim Tod ihres Mannes.«

»Und bist du sicher, dass es wirklich Cosenza war, der damals auf der Yacht gefeiert hat und dann alles vertuscht hat?«

»Ziemlich. Mir ist es aufgefallen, als ich aus einem anderen Grund das Geburtsdatum von Cosenza gesucht habe. Ich wollte wissen, wie alt er ist. Er ist 63. Cosenza wurde am 26. Juni 1956 geboren. Pierre Picot ist in der Nacht vom 26. auf den 27. Juni 1996 verunglückt. Wenn du mich fragst, hat Cosenza da seinen vierzigsten Geburtstag gefeiert, und zwar ordentlich. Er hat seine besten Freunde und ein paar Mädchen eingeladen, um es so richtig krachen zu lassen.«

»Er hat Prostituierte bezahlt, willst du sagen.«

»Das spielt nun auch keine Rolle mehr. Er wird es sowieso nie zugeben. Aber ich bin sicher, dass es so war.«

»Und er hat Patrick auf dem Gewissen?«

»Ich vermute das, aber es wird nicht zu beweisen sein. Der Gerichtsmediziner hat nur eindeutig Tod durch Ertrinken festgestellt und eine sehr hohe Alkoholkonzentration im Blut. Vielleicht ist er wirklich beim Pinkeln ins Hafenbecken gefallen, wie es Galliano in seinem Bericht annimmt. Vielleicht war es auch ein Akt der Selbsttötung. Vielleicht hat ihn jemand geschubst und dafür gesorgt, dass er nicht wieder auftaucht.«

»Hm.« Annie schwieg und stocherte in ihrem Salat herum. »Letzten Endes habt ihr Cosenza eine Falle gestellt.«

»Hm«, machte Duval unbestimmt und zuckte mit den Schultern.

»Und der Anwalt hat mitgespielt?«

»Lass uns über was anderes reden«, wich Duval aus, »wir feiern immerhin deinen Geburtstag.« Er war stolz, dass er daran gedacht hatte, und erhob das Glas Champagner. »*Santé!* Auf dein Wohl!« Er beugte sich über den Tisch und küsste sie.

Sie hob das Glas und nippte daran. »Ja«, sagte sie, »genau,

lass uns über was anderes reden.« Sie stellte das Glas ab. »Wie stellst du dir das eigentlich zukünftig mit uns vor?«

»Wieso?«, fragte Duval perplex. »Ist es nicht gut mit uns, so wie es ist?« Dann begriff er. »Du kommst zurück nach Cannes?«, fragte er.

»Es gibt da ein Angebot, und ich denke darüber nach«, lächelte sie.

»Na prima, Glückwunsch! Wollen sie dich in Cannes also wiederhaben?«

»Der Leiter der Geschäftsstelle in Cannes ist gegangen, und sie haben mir den Posten als Assistentin des neuen Chefs angeboten.«

»Na, das ist doch wirklich super, ich dachte *Nice Matin* hat kein Geld mehr für qualifiziertes Personal.«

»Ich fürchte auch, dass das ein ganz schlimmer Allroundjob wird. Mädchen für alles. Vom Promi-Interview bis zum Kaffeekochen ist alles drin.«

»Ach Mensch, gerade hatte ich mich daran gewöhnt, immer mal in die Berge zu fahren. Ich mag es da oben. Ich kann da gut abschalten, es ist so ein anderes Leben.«

»Ja, das würde für mich tatsächlich ein ganz anderes Leben, wenn ich wieder dauerhaft in Cannes wäre«, begann Annie, »und für dich auch, León«, fügte sie hinzu. »Ich bin nämlich schwanger.«

Dass in diesem Moment die Musik dröhnend losschallte und zeitgleich die ersten Raketen des letzten Feuerwerks der Saison explodierten, enthob Duval einer direkten Antwort. Er leerte das Glas Champagner in einem Zug und blickte dann schweigend das rote, goldene und grüne Geflimmer an, das im Nachthimmel explodierte und ihn schillernd erleuchtete. Ein Kind. Noch einmal ein Kind. Es würde alles verändern, ihre für ihn geradezu perfekte Beziehung würde von nun an um ein kleines Wesen kreisen. Er erinnerte sich an durchwachte Nächte mit einem schreienden Baby, das Hunger hat oder Durchfall oder Zähne bekommt. Und an diese bleierne Müdigkeit. Ihn übermannte nicht das große zärtliche und überwältigende Glücksgefühl, das man in allen Filmen immer sah, wenn eine Frau ihrem Mann das »glückliche Ereignis« ankündigte.

»Willst du es behalten?«, fragte er, nachdem das Feuerwerk beendet war, und sah ihr zum ersten Mal in die Augen. Ihr Blick war dunkel.

»Das ist die erste Frage nach knapp zwanzig Minuten, in denen du nichts gesagt hast? Ob ich ›es‹ behalten will?«

Duval sah das Unheil kommen, aber er war unfähig zu reagieren.

»Natürlich will ich ›es‹ behalten, León. Mein Gynäkologe hatte mir jahrelang versichert, dass ich nicht schwanger werden könne, ich hatte eine Blinddarmvereiterung als junges Mädchen, und da gab es Komplikationen, meine Eierstöcke sind verklebt, hieß es. Insofern habe ich mich damit abgefunden und habe daraus meinen beruflichen Vorteil gezogen. Ich war immer viel unterwegs, unabhängig, immer einsatzfähig, egal wann und egal wo. Und jetzt bin ich doch schwanger geworden! Das ist vielleicht meine einzige und letzte Chance, verstehst du, León? Aber ich dachte nicht, dass ich ›es‹ alleine großziehen müsste. Ich dachte, du wärst an meiner Seite. Wenn du mich jetzt so charmant fragst, ob ich ›es‹ behalten will, so neutral und so als würde dich das gar nichts angehen, dann, dann ...« Sie hatte sich in Rage geredet und bei den letzten Worten das Besteck auf den Teller geworfen, dass es klirrte. Abrupt stand sie auf, riss ihre Tasche von der Stuhllehne und stapfte über die hölzerne Terrasse davon, dass sie vibrierte.

»Annie!«, rief er. Aber er wusste es selbst, er rief sie nur halbherzig zurück, und sie blieb auch nicht stehen. Er hingegen blieb sitzen, unfähig, sich zu rühren, vollkommen anders, als man es in den Filmen immer sah. Da wäre er ihr nachgelaufen, hätte sie an sich gezogen und besänftigende Worte gefunden wie »Natürlich will ich dieses Kind mit dir. Ich liebe dich. Lass uns heiraten.«

»Einen doppelten Whisky«, bat er den Kellner.

Leicht angetrunken lief er später nach Hause. Er sah kein Licht hinter den Fenstern. Annie war nicht mehr da. Nur der Kater begrüßte ihn wie jeden Abend und strich ihm schnurrend um die Beine. »Na, du Kater«, sagte Duval, bückte sich, hob den maunzenden Kater hoch und drückte ihn an sich. »Was hältst du von einem kleinen Hosenscheißer, der unser gemütliches Leben durcheinanderbringt?«, murmelte er in sein Fell. Der Kater verharrte kurz und blickte Duval an, als überlege er, wand sich dann aus seinen Armen, sprang hinab und strebte Richtung Küche. »Krieg' ich erst mal mal was zu fressen?!«, schien er zu sagen.

Nachwort und Dank

Die vorliegende Geschichte ist erfunden. Die Konflikte zwischen Fischern, Yachtbesitzern, Freizeitanglern, Wassersportlern und Badenden in Cannes und an anderen touristischen Orten am Mittelmeer sind jedoch reell. Im Herbst 2017 wurde in Cagnes sur Mer ein Fischerboot von einer über das Meer rasenden Yacht überfahren. Das Boot sank, der Fischer hat knapp überlebt. Als Folge dieses tragischen Unfalls wurde im Sommer 2018 ein präfektoraler Erlass (n°086 / 2018) angeordnet, der in einer dem Cap d'Antibes vorgelagerten Zone eine Geschwindigkeitsbegrenzung von 10 Knoten vorsieht. Die Zone ist jedoch nicht gekennzeichnet und nur durch geographische Koordinaten zu ermitteln.

Ich danke an dieser Stelle allen Menschen, die mich bei der Entstehung dieses Buchs unterstützt haben:

Mehreren Fischern von Cannes für ihre Bereitschaft, mir aus ihrem Berufsalltag zu erzählen: allen voran Christoph Pègues. Ebenso Vonny Marshall-Edwards, Lebensgefährtin eines Fischers, für ergänzende Informationen. Jean-Daniel Moiret und der supernetten »Mannschaft« bei Bestdrive in Cannes für die Unterstützung in allen autotechnischen Fragen.

Ich danke weiterhin Caroline Bahri, Eckard Dreifke, Heike Fournial und allen Menschen, deren Anregungen oder Geschichten mich inspiriert haben.

Postface et Remerciements

L'histoire que j'ai raconté est le fruit de mon imagination. Ce qui n'est pas inventé par contre ce sont les conflits entre pêcheurs, propriétaires des bateaux et yachts, pécheurs à la ligne, sportifs nautiques et baigneurs. À Cagnes sur Mer s'est passé un grave accident en 2017: un petit bateau de pêche était coupé en deux par un yacht qui se déplaçait à grande vitesse. Le bateau a coulé. Le pêcheur à survécu de justesse. Suite à cet accident le 17 mai 2018, un arrêté préfectoral (n°086 / 2018) a été déposé par la Préfecture Maritime de Méditerranée. Cet arrêté réglemente la vitesse en mer aux abords du Cap d'Antibes. Dans une zone définie par des points virtuels (coordonnées géographiques), la vitesse est désormais limitée à 10 nœuds.

Je remercie ici tous les personnes qui m'ont aidé pour la réalisation de ce roman policier:

Les pêcheurs qui ont eu la volonté et l'amabilité de me parler ouvertement de leur métier, pour tous Christophe Pègues. Ainsi que Vonny Marshall-Edwards qui m'a raconté sa vie de compagne de pêcheur.

Jean-Daniel Moiret et son équipe sympathique de *Bestdrive* Cannes pour tous les questions technique d'automobile.

Caroline Bahri, Eckard Dreifke, Heike Fournial et tous ceux dont les histoires ou des idées m'ont inspiré.